Rebecca Andel

Jäger der Schatten

Rebecca Andel wurde 1992 in Wien geboren. Sie studierte Bildhauerei an der Wiener Kunstschule und begann anschließend ein Germanistikstudium an der Universität Wien. Neben dem Studium arbeitet sie als Übersetzerin und Lektorin. In ihrer Freizeit unternimmt sie gerne ausgedehnte Stadt-Spaziergänge, hört Musik oder bastelt alle möglichen und unmöglichen Dinge.

Rebecca Andel

Jäger der Schatten

Roman

PIPER

Mehr über unsere Autoren und Bücher:
www.piper.de

Wenn Ihnen dieser Roman gefallen hat, schreiben Sie uns unter Nennung des Titels »Jäger der Schatten« an empfehlungen@piper.de, und wir empfehlen Ihnen gerne vergleichbare Bücher.

ISBN 978-3-492-50458-4

Redaktion: Antje Steinhäuser
Satz auf Grundlage eines CSS-Layouts von digital publishing competence (München) mit abavo vlow (Buchloe)
Karte: Ingrid Ellhotka
Covergestaltung: Giessel Design
Covermotiv: Bilder unter Lizenzierung von Shutterstock.com genutzt
Printed in Germany

Astra
Tesken
Isgrad
Süd-
Astra
VENA
Abor
Die südliche
Steppe
AWHEN
Norhan
RAVRIS
Masonisches Reich
Leburg
Grimfels
LUZERIEN
Drevstein
Kaiserreich Ankor-Drak
Marbor
Durmau
Vidunn
Kaltenbach
Die vereinigten Fürstentümer
Wolfspass
Vskar
Antras
Esnia
N

Danksagung

Ich danke dem Literaturreferat der Stadt Wien, das vorliegendes Werk 2019 mit dem Wiener Arbeitsstipendium für Literatur unterstützt hat. Das Stipendium war für mich eine unschätzbare Hilfe für die Fertigstellung.

Von ganzem Herzen danke ich meinen Testleserinnen Susa und Nelly sowie meinen Testlesern Thomas, Michi und Matthias. Ohne euch wäre dieses Buch niemals das geworden, was es heute ist.

Ganz herzlichen Dank auch an Ingrid für die Landkarte.

Teil Eins
Zirkus

Kapitel 1

Vidunn

Manchmal, wenn ich durch die Gitterstäbe in ihre Gesichter blicke, stelle ich mir vor, dass in Wirklichkeit *sie* diejenigen sind, die in einem Käfig sitzen. Dass ich mich an einem sehr kleinen Ort der Freiheit befinde und die Welt um mich herum ein sehr großer Käfig ist, in dem sie alle gefangen sind.

Doch natürlich ist mir völlig klar, dass dieses Szenario nur in meiner Vorstellung existiert. Ich weiß, dass ich nur den Wind jage; dass ich versuche, Schatten zu fangen – wie man so schön über Menschen zu sagen pflegt, die zu viel Fantasie besitzen.

Ora zieht das Tuch von meinem Käfig. Das plötzliche Licht lässt mir Tränen in die Augen schießen. Doch ich halte sie krampfhaft offen und ignoriere den Schmerz.

Einige wenige Mutige stehen von ihren Plätzen auf und nähern sich zögerlich, um mich genauer zu mustern. Ein Raunen breitet sich aus, wabert zwischen den Wänden des Zirkuszeltes hin und her und wird schließlich von den Sägespänen in der Manege verschluckt.

Die Karbidlampen sind hell, viel zu hell. Dennoch widerstehe ich dem Drang, die Lider zusammenzukneifen.

Meine Augen sind nämlich die Hauptattraktion. Sie sind das, was die Zuschauer sehen wollen. Mein Haar und meine

Haut – beides weiß wie Schnee – das haben vielleicht einige von ihnen schon einmal gesehen. Es ist selten, doch es kommt vor. Manchmal. Eine seltsame Laune der Natur, nicht wahr? Die Natur hat viele seltsame Launen.

Erst in Kombination mit meinen Augen machen meine Haut und mein Haar mich zur Dämonin, zum *Schattenmädchen.* Zum Scheusal. Zum Monster. Letztere Bezeichnung hasse ich am meisten. Die Zuschauer haben viele Namen für mich. Ora nennt mich immer nur *Schattenmädchen*, und doch bin ich letztlich schlicht ein Schrecknis. Sonst würde Ora mich wohl kaum in der Monstrositätenschau ausstellen.

»Achtung, meine Damen und Herren. Nicht zu nahe«, sagt Ora mit seiner tiefen, salbungsvollen Stimme. »Sie ist sehr gefährlich, wenn man sie reizt.« Nur ich höre den bestimmten Unterton, der klar macht, dass er diese Worte bereits zum zweiten Mal sagt und ich wieder meinen Einsatz verpasst habe. Hitze schießt in meine Wangen. Dafür wird er mich später schelten. Wie um mich zu mahnen, tritt Ora einen weiteren Schritt auf mich zu und leuchtet mir mit der Lampe ins Gesicht, sodass mich alle noch besser sehen können. Fast hätte ich vor Schmerz aufgejault. Stattdessen lege ich meine Finger um die Gitterstäbe, rüttle daran und lasse halbherzig ein tiefes Grollen aus meiner Kehle ertönen. Die Hälfte des Publikums zuckt zurück. Eine Frau zieht Riechsalz aus ihrer Handtasche, um es sich unter die Nase zu halten.

»Wie ich sagte, meine Damen und Herren …« beginnt Ora seinen Vortrag erneut. Das Licht flackert. Die Frau mit dem Riechsalz reißt die Augen auf und greift sich an die Brust. Das Licht flackert erneut. Und dann ist es weg.

Endlich, Dunkelheit. Ich seufze erleichtert, ziehe flink eine Haarnadel aus meiner Hochsteckfrisur und öffne damit innerhalb von Sekunden das Schloss an meinem Käfig. In der Dunkelheit zu sehen, hat mir noch nie Mühe bereitet. Genauso wenig wie das Öffnen von Schlössern ohne Schlüssel. Während sie alle verwirrt herumtasten und zögerlich versuchen, sich zu orientieren, mache ich einen Schritt, dann noch einen, bis ich genau neben der ängstlichen Riechsalz-Dame in der ersten Reihe stehe. Sie trägt ein enges Kleid, aus Seide und mit ausgeschnittenen Ärmeln, wie es für feine Damen in Drak gerade Mode ist. Es muss teuer gewesen sein. Ich beuge mich nach vorne, bis ich ihr schweres Parfüm riechen kann. Es bereitet mir diebische Freude, gleich herauszufinden, ob sie nur simuliert.

Genau im richtigen Augenblick glimmt das Licht wieder auf. Genau im richtigen Augenblick breite ich die Arme aus und brülle diesmal lauter, noch tiefer. Die Frau fällt in Ohnmacht, wird aber von ihrem Begleiter aufgefangen, bevor sie von ihrer Bank rutscht. Neugierig betrachte ich sie.

Offensichtlich ist sie doch keine Simulantin. Oder? Sie kommt erstaunlich schnell wieder zu sich, fasst sich erneut an die Brust und starrt mich aus großen Augen an. Ihr Begleiter hält sie zwar galant im Arm, doch auch in seinem Blick kann ich einen Anflug von Angst lesen.

Ora knallt mit seiner Peitsche. »Zurück in deinen Käfig, Schattenmädchen!«, befiehlt er.

Ich baue mich drohend auf und brülle erneut.

»Geh zurück in den eiskalten Abgrund, aus dem du gekrochen bist!«, faucht Ora und kommt näher, lässt drohend die Peitsche wippen. Ich fauche zurück, senke den Kopf und mache langsam ein paar Schritte in Richtung Käfig. Ora hebt effektvoll die Hände, gestikuliert ausdrucksstark. Noch einmal bäume ich mich auf. Ora gestikuliert heftiger. Schließlich setze ich einen Fuß nach hinten, begebe mich zurück in mein Gefängnis.

Ora stürzt auf den Käfig zu und windet schwere Eisenketten um die Gitterstäbe. Er verschließt sie mit einem noch größeren Schloss als jenem, das ich zuvor geöffnet habe. Dann seufzt er gespielt erleichtert auf, wischt sich imaginären Schweiß von der Stirn und macht eine ausschweifende Verbeugung.

Jubel breitet sich aus. Keine faulen Eier. Nicht heute. Vielleicht liegt es an der berühmten Vidunner Zurückhaltung. Oder ich hatte einfach Glück. Unauffällig macht Ora das Zeichen, mich mitsamt meinem Käfig wieder hinter den Vorhang zu karren.

Eduard eilt herbei und tut, wie ihm geheißen. »Großartig, Louise«, flüstert er mir noch zu, dann huscht er wieder in die Manege, um alles für Vincents Pferdedomptur aufzubauen.

Ich lege meinen Kopf in die Hände und atme tief durch. Hier, in dem kleinen Bereich zwischen den beiden Vorhängen, ist es dunkel. Die Dunkelheit tut meinen Augen gut, und ich kann augenblicklich spüren, wie mein Körper sich entkrampft. Als Ora zu reden beginnt, ziehe ich eine weitere Haarnadel aus meiner hochgesteckten Frisur. Eine zu viel, denn mein Haar löst sich und fließt mir weiß glänzend über die Schultern. Doch es stört mich nicht. Ich stecke die Haarnadel in das Schloss an der Eisenkette und suche den Widerstand, der den Mechanismus öffnet. Ein leises Klicken erklingt und das Schloss springt auf. Noch eine Sache, wegen der Ora mich schelten wird. Eigentlich soll ich auf ihn warten, bis er kommt, um aufzuschließen. Er behauptet, dass die Schlösser zu schnell kaputt gehen, wenn ich sie zu oft aufbreche. Das stimmt nicht. Ich weiß, was ich tue. Doch Ora, der immer recht haben muss, beharrt felsenfest darauf.

Dies kümmert mich im Moment nicht. Oras Sermon zwischen meinem Part in der Vorstellung und Vincents Auftritt dauert eine halbe Ewigkeit. Ora füllt die Zeit mit langen Reden darüber, wie er Maku, Dorothea und mich auf seinen langen Reisen gefunden hat. Alles davon ist schamlos erlogen, wie etwa die Geschichte darüber, dass Maku von Wölfen aufgezogen wurde oder ich mit meinem Blick Menschen versteinern kann. Ich kenne jede einzelne von Oras Lügengeschichten seit Ewigkeiten auswendig und will nicht länger warten. Zuvor, als Eduard mich in die Manege karrte, konnte ich Stimmen aus dem kleinen, abgetrennten Bereich für die Artisten hören. Ich glaube, dass Elis Stimme darunter war und dass er wütend klang.

Dieser Sache muss ich unbedingt nachgehen, denn Eli klingt nur selten wütend, eigentlich niemals. Irgendetwas muss ihn furchtbar aufgeregt haben.

Achtlos lasse ich Kette und Schloss zu Boden fallen und steige aus meinem verhassten Käfig. Der Schein der Karbidlampen dringt durch den zweiten Vorhang, hinter dem der Bereich für die Artisten liegt. Ich rümpfe die Nase. An den Geruch der Lampen werde ich mich niemals gewöhnen; sie stinken nach Knoblauch. Außerdem sind sie viel zu grell. Doch Ora ist ganz vernarrt in die Lampen. Wenn man ihn auf sie anspricht, schwillt seine Brust vor Stolz, und er verliert sich in langen Vorträgen darüber, dass kein anderer Zirkus der Welt eine so moderne transportable Beleuchtungstechnik besitzt wie der Zirkus Ora; weder in Luzerien noch in Vena. Die anderen Zirkusse können entweder in Gebäuden auftreten, in denen es Gasleitungen gibt, oder mit ihrem Zelt herumreisen und Vorstellungen geben, solange das Licht des Tages von oben ins Zelt scheint. Nur der Zirkus Ora besitzt sowohl ein Zelt als auch die notwendige Beleuchtung, um bei Dunkelheit Aufführungen zu geben. Oras gute Kontakte zu den Chemikern in Leburg haben ihm die Lampen verschafft. So behauptet er es zumindest; aber man darf ihm wahrlich nicht alles glauben, wie an seinen Lügengeschichten über meinen Todesblick unschwer zu erkennen ist. Ich kneife die Augen ein wenig zusammen, wappne mich für das gleißende Licht, das mir gleich entgegenstrahlen wird, und öffne den zweiten Vorhang.

Sofort kann ich spüren, dass etwas in der Luft liegt. Maku und Dorothea sitzen in dem kleinen, abgetrennten Bereich hinter dem Vorhang auf Bänken. Dorothea hat tröstend einen Arm um Maku gelegt. Maku hält ein Tuch gegen seine Wange und starrt Eli aus großen Augen an. Eli hat die Stirn gerunzelt und wandert mit langen Schritten vor ihm auf und ab. Als mein Blick auf ihn fällt, rauft er sich gerade die ohnehin schon wirren Locken, die um einiges länger sind, als es der Mode entspricht.

»Es ist nicht so schlimm, Eli«, sagt Maku soeben kleinlaut.

Eli hält inne und sieht Maku an.

Ich öffne den Mund, um etwas zu sagen, schließe ihn jedoch wieder. Noch weiß ich nicht, um was es geht. Ich habe jedoch eine gewisse Ahnung.

Elis Blick wird traurig. Er kniet sich vor Maku hin und berührt sanft die Wange, die Maku gerade nicht mit seinem Tuch abreibt. »Es tut mir leid«, sagt er erstickt. »Ich wollte nicht ... Natürlich rede ich nur mit Ora, wenn du nichts dagegen hast. Aber es ist nicht richtig, dass ...«

»Es ist doch nun schon einige Male passiert«, grummelt Maku und reibt weiter mit dem Tuch über seine Wange. »Irgendwann gewöhnt man sich daran. Igitt, ich muss mich waschen gehen. Er hat zuvor auch noch die Nase hochgezogen. Igitt.«

Eli knurrt. »Was hat er zu dir gesagt?«, fragt er heiser.

Maku verzieht das Gesicht. »Ich will das wirklich nicht wiederholen. Sonst muss ich mir auch noch den Mund auswaschen.«

Ein bleischweres Gewicht fällt in meinen Magen, als mir klar wird, was passiert sein muss. Einer der Zuschauer hat Maku beschimpft. Angespuckt. Schon wieder. Als es zum ersten Mal geschehen ist, hat Maku zu weinen begonnen. Beim zweiten Mal konnte er die Tränen gerade noch zurückhalten. Und nun hat er sich bereits daran gewöhnt. So wie ich mich daran gewöhnt habe, angespuckt oder mit faulen Eiern beworfen zu werden.

Am liebsten hätte ich vor Wut aufgeschrien. Stattdessen setze ich mich neben Maku auf die Bank und fahre ihm vorsichtig über das Haar. Besorgt tausche ich einen Blick mit Eli, der noch immer vor mir und Maku kniet. Seine dunklen Augen bohren sich in meine.

Eli macht ein ratloses Gesicht. Dann steht er auf und wandert erneut nervös herum. Erst jetzt wird mir bewusst, wie nahe er mir gerade war.

Maku drückt sich enger an meine Seite und sieht mich blinzelnd von unten an. »Wie war es bei dir, Louise?«, fragt er, als würde er vom Thema ablenken wollen.

Ich zucke mit den Schultern. »Wie jeden Abend«, antworte ich leise.

»Dein Dämonengrollen wird immer besser«, sagt Maku und verzieht den Mund zu dem breiten, spitzzähnigen Grinsen, das mit der richtigen Beleuchtung ebenfalls schon einige Damen in Ohnmacht hat fallen lassen »Du hörst dich wie eine richtige Dämonin an.«

Ich lächele nachdenklich zurück. Es gibt unzählige Fragen, die ich Maku gerne stellen würde. *Kannst du nachts schlafen, wenn dich wieder jemand angespuckt hat?* Ich kann es nicht. Wenn es passiert, wälze ich mich bis zum Morgengrauen in den Laken. *Hat Ora dir die Zähne spitz gefeilt? Hat er dir diese Zeichen in die Haut geritzt? Oder ist es wirklich in Awhen so Mode? Tut das nicht fürchterlich weh? Wie ist dein wahrer Name, der Name, den du von deinen Eltern bekommen hast? Kennst du ihn überhaupt? Kannst du dich an deine Eltern erinnern?* Denn natürlich muss Maku Eltern gehabt haben. Er wurde ganz sicher nicht von Wölfen aufgezogen, es sei denn diese Wölfe sprachen fließend Masonisch, Ankorisch, Drak, Teskisch und noch zwei weitere Sprachen, deren Namen ich nicht einmal aussprechen kann. Sprechende Wölfe, das würde Ora gefallen. Sicher würde er ihnen bunte Kostüme anziehen und sie in der Manege Lieder trällern lassen. Maku ist jedenfalls nicht wirklich Makus Name, das weiß ich. Ora hat ihn so benannt, er findet, dass es exotisch klingt.

Ich reiße mich aus meinen wirren Gedanken. Jedenfalls darf ich Maku meine unzähligen Fragen nicht stellen, das wäre unangebracht.

Elis Stimme reißt mich aus meinen Gedanken. »Soll ich wirklich nicht noch mal mit Ora reden, Maku?«, fragt er.

»Eli«, sagt Dorothea entschlossen und steht auf. Sie stützt die Hände in die Hüften, eine Geste, die mahnend wirkt, auch oder sogar, weil sie Eli nur etwa bis zum Bauchnabel geht. »Lass es auf sich beruhen. Du siehst doch, dass er nicht darüber sprechen will.« Sie setzt sich wieder und klopft Maku sanft auf den Rücken.

Maku schüttelt den Kopf. »Mit Ora zu sprechen hat nach der Sache mit Louise und den faulen Eiern doch auch nicht geholfen«, meint er. »Ich muss mich wohl einfach noch weiter daran gewöhnen.« Er zögert kurz und drückt sich schließlich noch enger an mich. »Wenn, dann soll Louise mit ihm reden«, flüstert er. »Sie weiß, wie das ist.«

Eli schüttelt wieder den Kopf. »Das ist nicht richtig«, murmelt er erneut vor sich hin. »Du bist doch noch ein Kind. Und ich muss sowieso ein ernstes Wort mit Ora sprechen. Ich kann ebenfalls nicht mehr so weitermachen. Es muss sich hier etwas ändern. Auch das mit Louise und Dorothea. Auch diese Sache mit den Ein-«

Ich hüstele leise. Mir ist völlig klar, was Eli sagen will. Unsere Blicke treffen sich, und ich deute mit dem Kopf warnend auf Maku. Dorotheas Stirn hat sich ebenfalls verdüstert. »Eli«, sagt sie leise und bestimmt.

Eli schließt sofort den Mund. Fast hätte er es verraten. Das Geheimnis, von dem Maku nichts erfahren soll. Er ist noch zu klein; zehn oder elf vielleicht, obwohl wir es nicht genau wissen. Es ist nicht gut, wenn schon jetzt Recht und Unrecht in seiner Vorstellung verschwimmen. Darauf haben Eli, Vincent, Eduard, Marie, Dorothea und ich uns geeinigt. Ora ist es völlig egal, ob Maku davon erfährt oder nicht, doch zumindest hat er zugestimmt, ihm nicht zu erzählen, warum wir in manchen Nächten aus dem Zirkus verschwinden.

Manchmal frage ich mich, woher Maku sein wahres Alter kennt. Ich kenne meines nicht; ich bin ein Findelkind. In meinen dunkelsten Nächten kann ich es meinen Eltern nicht einmal übel nehmen, dass sie mich ausgesetzt haben. In meinen dunkelsten Nächten, in denen ich mich zwischen den Laken wälze, stimme ich ihnen zu; ich bin tatsächlich ein Monster. Ora hat mich aus dem Waisenhaus mitgenommen, als ich ein kleines Mädchen war. Weil mich sonst niemand wollte. Jeder fürchtete sich vor mir. Zumindest erzählt er diese Geschichte gerne. Ich kann mich nicht an ein Waisenhaus erinnern, nur an den Zirkus. Vielleicht ist auch das mit dem Waisenhaus nur eine von Oras Lügen. Es ist, als wäre da immer nur der Zirkus gewesen. Der Geruch von kandierten Kastanien, die fröhliche Musik aus Leierkästen, die Gesichter, die Tag für Tag an mir vorüberziehen. Dorotheas Fürsorge. Sie hat mich aufgezogen wie eine Mutter, genauso wie sie jetzt Maku aufzieht. Der Knoblauchgeruch der Lampen. Mein Wagen, in dem ich meine wenigen Habseligkeiten aufbewahre, meine Bücher, meine Kleidung. Kaltes Wasser aus dem Brunnen, das ich erst mühsam auf meinem kleinen Öfchen erhitzen muss, um mich in einem winzigen Zuber zu waschen Alle paar Wochen eine neue Stadt, neue Gesichter.

Vor einer Weile habe ich Eli gefragt, wie alt er ist. Entweder er weiß es ebenfalls nicht, oder er will es mir nicht verraten. Bei Eli kann man sich da nie so sicher sein. Er muss ungefähr Anfang zwanzig sein, einige Jahre älter als ich. Ich schätze, dass ich siebzehn oder achtzehn bin, genau weiß ich es nicht.

Würde ich in einem der Bücher leben, die ich so gerne lese, hätte ich jetzt sicherlich schon Heldentaten begangen oder meine wahre Liebe gefunden. Wahlweise beides. Das kommt ganz auf das Buch an. Doch ich bin sicherlich keine Heldin, und ich bezweifle auch stark, dass sich jemand in mich verlieben könnte.

Maku seufzt und unterbricht so erneut meine Gedanken. Er sieht Eli treuherzig an. »Soll ich euch meinen neuen Zaubertrick zeigen?«, fragt er.

Eli lächelt. Er spürt wohl, dass Maku nicht weiter über den Vorfall sprechen will. »Aber natürlich. Es wäre mir eine Ehre.«

Dorothea klatscht begeistert in die Hände. »Was hast du dir wieder ausgedacht, mein Schatz?«, fragt sie strahlend.

Maku richtet sich mit stolzgeschwellter Brust auf. Er verbeugt sich flüchtig und hebt dann die Hände. Die gleißende Karbidlampe flackert genau in diesem Moment ein wenig. Sein Gesicht wird ernst. »Eli, Louise, darf ich um eure Hände bitten?«, fragt er.

Das reißt mich vollends aus meiner düsteren Stimmung. Ich lasse mich von Makus Begeisterung anstecken, ziehe die Augenbrauen hoch und muss mich bemühen, nicht zu kichern. Er klingt so sehr wie Ora, dass es schon unheimlich ist. Ob es Absicht ist? Dennoch reiche ich ihm meine Hand. Eli grinst ihn breit an und kommt dann näher, um es mir gleichzutun. Die Grübchen in seinen Wangen lassen mein

Herz auf merkwürdige Weise flattern. Er reicht Maku seine rechte Hand.

Maku hebt sie und betrachtet neugierig Elis Handfläche, auf der die seltsame Brandnarbe prangt. Mit etwas Fantasie – und davon habe ich wahrlich genug – erinnert sie an zwei große, geschwungene »W«, von denen eines auf dem Kopf steht und mit dem anderen durch schnörkelige Verzierungen verbunden ist.

»Woher hast du das eigentlich?«, fragt Maku.

Ich habe Eli einmal dasselbe gefragt, vor etwa einem Jahr, als er noch ganz neu im Zirkus Ora war. Damals habe ich nur eine ausweichende Antwort erhalten.

Eli hebt den Kopf und unsere Blicke treffen sich flüchtig, nur für einen Herzschlag. Dann sieht er wieder nach unten.

»Gut, ich verrate es euch«, sagt er leise. »Ausnahmsweise. Ihr dürft es aber nicht weitererzählen, ja? Das ist mir ziemlich peinlich.«

Sowohl Maku als auch ich nicken gespannt.

»Also schön«, sagt Eli gedehnt mit seiner warmen, weichen Stimme, die einen kaum wahrnehmbaren Akzent besitzt. Ich habe schon so oft versucht, ihn einzuordnen, doch ich komme einfach nicht darauf. Norn? Esnisch?

»Dort, wo ich früher gewohnt habe, besaß ich einen Ofen. Einen sehr schön geschmiedeten, gusseisernen Ofen …« Neugierig richte ich mich auf. Eli spricht nie über seine Vergangenheit. Ich habe keine Ahnung, wo er gewohnt hat, bevor er zum Zirkus Ora gekommen ist.

»Nun, ich hatte Hunger und wollte mir Eier kochen. Also feuerte ich den Ofen an, und um zu prüfen, ob er schon warm war, legte ich kurzerhand meine Hand dagegen …«

Maku prustet los.

»… er war warm«, endet Eli. »Sehr warm sogar. Zu meiner Verteidigung, ich hatte noch nie zuvor gekocht. Beim Zusehen hat es so furchtbar einfach ausgesehen.«

Nun muss auch ich lachen. »Das muss aber ein seltsamer Ofen gewesen sein, um so eine Narbe zu hinterlassen«, sage ich leicht spöttisch. Irgendwie kann ich mich des Gefühls nicht erwehren, dass Eli die Geschichte nur erfunden hat, um Maku zum Lachen zu bringen.

Eli zwinkert mir zu. »Ja, tatsächlich«, sagt er leichthin. »Überaus seltsam.«

»Die andere Hand«, sagt Maku. Ernsthaft reicht Eli ihm seine Linke. Maku hebt meine Hand, die er immer noch umklammert hält. Dann tut er dasselbe mit Elis Hand. »In die Hände klatschen«, befiehlt er.

Nun muss ich wirklich lachen. »Was wird das werden?«, frage ich neugierig.

Maku grinst nur geheimnisvoll. »Klatschen«, wiederholt er.

Eli macht den Anfang und klatscht mit seiner Hand gegen meine. Wieder treffen sich unsere Blicke. Elis Lider flattern. Dann sieht er weg. Ein warmes, angenehmes Brennen breitet sich von meiner Handfläche, wo unsere Haut sich berührt, in meinem gesamten Körper aus. Es wird immer stärker.

Ich runzele die Stirn. Eli und ich berühren uns normalerweise nicht. Fast scheint es mir, als würde er es absichtlich vermeiden. Vielleicht ekelt er sich vor mir. Doch wenn es doch manchmal unabsichtlich passiert, ganz zufällig, während wir miteinander sprechen, dann … Ich kenne dieses warme, angenehme Kribbeln, das sich in diesen Momenten in mir ausbreitet. Das Gefühl, als würde mein Herzschlag kurz aussetzen. Doch das hier ist etwas anderes. Ohne Zweifel.

Wieder flackert die Lampe. Nun keucht auch Eli überrascht auf. Ob er es ebenfalls spürt?

»Tadaa«, sagt Maku und lässt unsere Hände los. Verwirrt versuche ich, meine Hand von Elis zu lösen. Das Gefühl ist überwältigend. Doch es funktioniert nicht. Es ist, als wären wir aneinandergeklebt.

Auch Eli runzelt jetzt die Stirn und will seine Hand wegziehen. Als er bemerkt, dass es nicht geht, überzieht leichtes Entsetzen seine Miene. »Was zur ...«, beginnt er.

Maku beginnt zu lachen. »Nun müsst ihr den Rest eures Lebens aneinandergeklebt verbringen«, kichert er. »Ich fürchte, ihr müsst heiraten. Dann könnt ihr als das zusammengeklebte Ehepaar auftreten.« Sein Lachen ist so ansteckend, dass ich gegen meinen Willen ebenfalls grinsen muss. Auch Eli prustet los, sichtlich verwirrt, aber erheitert. Maku juchzt, und wir schaukeln uns immer weiter hoch, bis mir Tränen in die Augen treten.

»Das ist nicht lustig, Maku«, beschwere ich mich zwischen zwei Lachanfällen, die meine Worte Lügen strafen. »Mach uns wieder los.«

Innerhalb eines Moments wird sein Gesicht wieder ernst. »Verzeiht mir. Wartet kurz ...« Er richtet sich auf und runzelt die Stirn, als müsste er sich daran erinnern, wie er uns wieder voneinander befreien soll.

»Soll ich kaltes Wasser holen?«, fragt Dorothea und beginnt ebenfalls zu kichern. »Bei Hunden hilft das, wenn ...« Plötzlich scheint ihr einzufallen, dass Maku noch zu klein ist, um allzu genaue Details über derlei Vorgänge zu erfahren. Mein Blick trifft Dorotheas verschmitztes Zwinkern und wir brechen erneut in schallendes Gelächter aus. »Psst«, macht Dorothea hilflos mit Tränen in den Augen. »Wir stören die Vorstellung. Gleich kommt Ora rein und sagt ...« Sie steht auf, streckt die Brust heraus und klemmt sich eine Strähne dunkles Haar über die Oberlippe. Tatsächlich sieht sie Ora mit seinem Schnurrbart zum Fürchten ähnlich. »Was soll das?«, keift sie und ahmt Oras uskarischen Akzent nach. »Der Zuschauer ist König! Wir haben den Zuschauern die beste Vorstellung zu liefern, die sie je gesehen haben! Wir haben den Zuschauern die Füße zu küssen und ihnen so viel kandierte Kastanien in den Rachen zu schieben, bis sie ersticken! Wir haben den Zuschauern das Hinterteil …«

Ich höre nicht mehr, was Dorothea sagt. Vor Lachen komme ich auf der Bank ins Rutschen und reiße Eli, der immer noch mit seiner Hand an meiner klebt, fast mit zu Boden. »*Das* ist die beste Vorstellung, die sie je gesehen haben«, ächze ich. »Dorothea, du bist unschlagbar. Maku, du auch. Aber mach uns wieder los. Bitte.« Ich kriege kaum Luft.

Maku ringt um Fassung und hebt konzentriert die Hand. Das Brennen lässt nach. Endlich löst sich Elis Hand von meiner. Gleichzeitig heben wir unsere Hände und betrachten sie staunend. Meine Hand sieht so aus wie zuvor: blass und durchscheinend wie die eines toten Olmes, der viele Tage im Wasser gelegen hat. Nur ein leichtes Prickeln ist zurückgeblieben.

»Wie hast du das gemacht, Maku?«, frage ich verwirrt.

Er zuckt mit den Schultern. »Weiß nicht«, antwortet er achselzuckend.

»Pst«, macht Eli. »Ein Magier verrät niemals seine Tricks.« Seine Augen funkeln. Er umfasst seine linke Hand mit seiner rechten und reibt abwesend daran, als müsste er das Prickeln stoppen.

Vincent schiebt den Vorhang beiseite. Er bringt den vertrauten Geruch von Pferden mit sich. Ächzend wischt er sich den Schweiß von der Stirn, schiebt sich das blonde Haar aus den Augen und lässt sich auf die Bank gegenüber sinken. »Vorsicht«, warnt er. »Ora ist wütend.«

Doch es bleibt keine Zeit, sich zu wappnen. Ora kommt herein und baut sich auf, wischt sich über den Schnurrbart. »Was soll das, Louise?«, bellt er in meine Richtung.

»Was?«, frage ich mit Unschuldsmiene.

»Du hast schon wieder deinen Einsatz verpasst. Wo bist du in letzter Zeit mit deinen Gedanken, Mädchen? Und das Schloss hast du auch wieder geöffnet. Du solltest doch warten.«

Gespielt schuldbewusst senke ich den Kopf. »Tut mir leid, Onkel Umberto«, sage ich leise. Ich hasse es, dass er von mir und Maku verlangt, ihn so zu nennen. Er ist nicht unser Onkel. Und selbst wenn er es wäre – ich würde es trotzdem verabscheuen, ihn so zu nennen.

Eli stößt ein missbilligendes Schnauben aus. Ora dreht sich auf dem Absatz um und starrt ihn finster an. »Ich habe mit euch allen ein ernstes Wort zu reden«, ereifert er sich. »Man konnte euer Gelächter noch meilenweit hören. Die Zuschauer wurden von der Vorstellung abgelenkt!«

Dorothea stößt mich in die Seite und schenkt mir einen Blick, der Oras so unnachahmlich ähnlich sieht, dass ich erneut ein Lachen zurückhalten muss. Als Oras Blick wieder auf mich trifft, werde ich sofort ernst. Er ist wirklich in Rage.

»Also? Was sollte das?«, fragt er erneut wutentbrannt. Ich tausche einen Blick mit Maku. Maku nickt kaum merkbar.

»Ein Zuschauer hat Maku angespuckt«, sage ich fest. »Und ihn beschimpft. Du hast doch gesagt, dass das nicht mehr passieren wird, Onkel Umberto.«

Ora gerät aus dem Gleichgewicht. Er zögert und sieht Maku an. Fast wirkt es, als würde er sich gleich entschuldigen. Doch er tut es nicht. »Ich kann nicht wissen, ob ein Zuschauer das tun wird oder nicht«, stößt er verbissen hervor. »Ich kann sie wohl kaum am Eingang fragen, ob sie es vorhaben. Das ist ein Berufsrisiko. Doch wirst du nicht großzügig dafür entschädigt? Habe ich dir nicht gerade erst neues Spielzeug gekauft, Maku? Bekommst du nicht jeden Tag mehr Süßigkeiten, als du essen kannst?«

Maku sieht ihn an und nickt kleinlaut.

Nun wendet Ora sich an mich. »Hast du nicht einen neuen, besseren Ofen für deinen Wagen bekommen, Louise? Hast du nicht mehr Kleider, als du brauchst? Ihr bekommt alle genug zu essen, habt es nachts warm und gemütlich, sitzt nicht auf der Straße, nicht wahr?«

Ich beiße mir auf die Unterlippe. Natürlich, es stimmt. Dennoch hat Eli recht. Es ist falsch, dass Maku, Dorothea und ich angespuckt oder mit verfaulten Eiern beworfen werden.

Ora beginnt, vor uns auf und ab zu schreiten, wie Eli zuvor. »Ihr habt hier ein Zuhause«, sagt er. »Niemand sonst würde euch diese Gelegenheit bieten. Niemand würde sich um euch kümmern. Ihr habt keinen anderen Platz auf der Welt. Seht euch doch einmal an«, er deutet auf mich und Dorothea, dann auf Maku. Er muss nicht einmal sagen, was wir in den Augen der anderen sind. *Seltsame Launen der Natur. Eine Zwergin. Eine Dämonin. Ein awhenischer Wilder mit spitzgefeilten Zähnen.* Es spielt für die Zuschauer keine Rolle, dass Maku klüger ist als wir alle zusammen. Er kann sechs Sprachen fließend sprechen, vier mehr als ich. Ich beherrsche nur Masonisch und Ankorisch. Es spielt für sie keine Rolle, dass ich gut Seiltanzen kann und Dorothea schreiend komische Witze erzählt. Für sie ist nur unser Äußeres wichtig. Maku ist der wilde Junge, der von Wölfen aufgezogen wurde, ich bin das *Schattenmädchen* und Dorothea die kleinste Frau der Welt.

Ein festgezurrter Knoten scheint plötzlich in meiner Kehle zu stecken. Ich senke den Kopf und schlucke. Viel schlimmer als Oras Worte ist die Tatsache, dass er recht hat.

Denn natürlich habe ich versucht, den Zirkus zu verlassen. Es muss nun etwa drei Jahre her sein. Nach einer Woche bin ich zurückgekehrt, völlig ausgehungert und frierend. Und seitdem habe ich sie, die Gewissheit: Es gibt auf der Welt tatsächlich keinen Platz für jemanden wie mich.

»Du solltest mir dankbar sein, dass ich dich wieder aufnehme«, hat Ora nur gezischt. »Nimm dich in Acht, Mädchen. Eine weitere Chance wirst du nicht bekommen.«

Eli stellt sich vor Ora und schiebt sein Kinn nach vorne. »Ich werde nicht mehr auftreten, wenn du dem nicht einen Riegel vorschiebst«, sagt er schlicht.

Ora beginnt zu lachen. »Mach dich nicht lächerlich, Eli«, gluckst er. »Du kannst ebenso wenig woanders hin. Du bist genauso eine verlorene Seele wie alle anderen hier. Sonst wärst du niemals hier gelandet. Und wenn du tatsächlich einen anderen Platz auf der Welt hättest, wärst du längst dort.«

Eli schweigt und zieht die Brauen zusammen. Ich mustere ihn unauffällig. Ob Ora mehr über ihn weiß als ich? Über seine Vergangenheit? Er hat ganz sicherlich etwas zu verbergen, doch andererseits habe ich ebenso etwas zu verbergen. Wir alle. Ob es etwas Schreckliches ist, etwas weitaus Schlimmeres, als ein Dieb zu sein? Nein. Das kann ich mir unmöglich vorstellen. Eli hat ein gutes Herz. Das weiß ich ganz genau.

»Na also«, sagt Ora nach Elis langem Schweigen. »Solltest du nicht längst dein Trikot tragen, Eli? Und wo ist überhaupt Marie? Ihr seid gleich dran. Eduards Vorstellung ist fast vorbei.« Verärgert rauscht er nach draußen, wohl um Marie zu holen.

Eli dreht sich um und beginnt, nach seinem Trikot zu suchen. Schließlich findet er es und zieht sich kurzweg das Hemd über den Kopf, um sich umzukleiden. Meine Wangen beginnen zu brennen. Eigentlich will ich wegsehen, und dennoch sehe ich wie jedes Mal verstohlen hin. Die Muskeln auf Elis Rücken tanzen, als er in das Trikot schlüpft. Sein Körper ist durch und durch der eines Artisten, schlank, sehnig und ohne ein Gramm Fett. Mich erstaunt jedes Mal, wie viel Kraft er besitzt, weil man es ihm nicht anmerkt. Dass alle anderen ihm ebenfalls beim Umziehen zusehen können, scheint ihm rein gar nichts auszumachen. Andererseits sieht außer mir auch niemand hin. Rasch wende ich den Blick ab.

Mir ist schon öfter aufgefallen, dass Eli keinerlei Scham zu kennen scheint. Im Sommer wäscht er sich oft völlig unbefangen und halb nackt vor seinem Wagen mit frischem, eiskaltem Wasser aus dem Brunnen.

In diesem Moment tritt Ora zurück ins Zelt, Marie im Schlepptau. Marie schiebt sich ihr langes, rotes Haar hinters Ohr und stürzt sofort zum Spiegel, um ihre Schminke zu überprüfen. Sie trägt bereits ihr Trikot. Schließlich lächelt sie sich selbst im Spiegel an, legt noch einen Hauch Rouge auf und dreht sich um. Sie schenkt mir ein Zwinkern mit langen Wimpern und strahlt mich an.

Ich senke den Kopf. Maries Anblick ruft wie jedes Mal zwiegespaltene Gefühle in mir hervor. Sie ist so freundlich und warmherzig, dass man sie einfach lieben muss; und doch habe ich zu oft geträumt, ich wäre wie sie. Furchtlos, kühn und wunderschön. Es ist nur eine Frage der Zeit, bis Eli sich in sie verlieben wird und sie sich in ihn. In einem meiner Bücher wären sie längst ein Liebespaar. Sicher geht es nur so langsam voran, weil Eli im Gegensatz zu Marie ein wenig schüchtern ist. Mit dem Gedanken, dass es eines Tages so kommen wird, habe ich mich längst abgefunden. Auch damit, dass niemand eine seltsame Laune der Natur lieben kann, das *Schattenmädchen*, die Dämonin. Das Scheusal. Und dennoch nagt diese Gewissheit an mir; in meinen schlimmsten Nächten.

»Los, los«, faucht Ora und gestikuliert wild. »Ihr solltet längst bereitstehen.«

Eli lächelt Marie an und hält ihr den Arm hin. Sie laufen immer Hand in Hand in die Manege.

Ich beiße mir auf die Lippen und sehe weg. Als ich wieder hinsehe, sind Eli, Marie und Ora weg. Applaus erklingt. Ora beginnt wieder mit seiner Rede. Ich greife in die verborgene Tasche meines Kleides und ziehe meine Taschenuhr hervor. Ein Geschenk von Ora, wie fast alles, was ich besitze. Nur nicht meine Bücher. Meine Bücher hat Eli mir geschenkt. Alle paar Wochen ein neues, wenn wir auf unseren Reisen sind. Nun habe ich noch zehn Minuten, um rechtzeitig zu sein, wenn Eli nach dem Auftritt mit Marie seine Solovorstellung gibt.

Eduard stolpert hinein. Müde sieht er sich um und greift nach einem Tuch, um sich die weiße Schminke vom Gesicht zu wischen. Er setzt sich neben mich und greift in einer routinierten Geste unter die Bank, um seine Flasche Schnaps hervorzufischen.

»Wie war es?«, frage ich leise.

»Wie jeden Abend«, sagt Eduard und trinkt. Sein Adamsapfel hebt und senkt sich. Ein Schluck, zwei, drei. Ich betrachte ihn nachdenklich, sein dunkles, kurzes Haar, von Grau durchzogen, und die traurigen Augen, um die sich viele Falten ziehen. In einigen von ihnen ist noch etwas von der weißen Schminke zurückgeblieben. Eduard spricht nie besonders viel. Er ist von uns allen schon am längsten im Zirkus Ora. Die Zuschauer lieben seine Pantomime, doch oft habe ich das Gefühl, dass er das Auftreten genauso sehr hasst wie ich.

Ich mag Eduard, sehr sogar. Er ist im Gegensatz zu Ora tatsächlich so etwas Ähnliches wie ein Onkel für mich. Vieles, was ich weiß, weiß ich von ihm. Nur über ihn weiß ich kaum etwas. Nichts darüber, warum er so traurig ist.

Eduard trinkt noch einen Schluck. »Wir sehen uns später«, sagt er kurz und verzieht sich.

Maku lacht leise auf. Wahrscheinlich hat Dorothea ihm einen Witz erzählt. Ich habe nicht zugehört. Müde blicke ich auf. Dann fasse ich einen Entschluss. Ich stupse Maku an und wispere ihm ins Ohr. »Was hat er gesagt? Der Mann, der dich angespuckt hat?«

Maku schüttelt den Kopf. »Es war eine Beleidigung«, entgegnet er trocken. »Für Menschen wie mich. Menschen aus Awhen. Tieranbeter.«

Ein seltsames Gefühl kriecht meine Kehle empor. Plötzlich will ich es nicht mehr so genau wissen.

»Es ist Zeit fürs Bett«, sagt Dorothea liebevoll und schiebt Maku von der Bank.

»Aber ...«, beginnt Maku zu protestieren.

»Kein aber, mein Schatz. Du siehst aus, als würdest du gleich einschlafen.«

Maku grummelt. »Ich bin kein kleines Kind mehr«, beschwert er sich.

Ich muss lächeln. Vor einigen Jahren habe ich auf ganz ähnliche Art protestiert. Doch Dorothea ist unerbittlich. »Du kannst ja noch etwas lesen«, beschwichtigt sie ihn.

Murrend gibt Maku sich zufrieden und lässt sich fortziehen. Er winkt mir noch zu. »Bis bald, Louise.«

Ich schicke ihm eine Kusshand. »Schlaf gut, Maku.«

Ich bin ebenfalls müde. Doch ich muss wach bleiben. Für mich wird es noch eine lange, lange Nacht.

Endlich bin ich allein. Die Aufregung beginnt, sich in meinem Bauch zu winden. Ich sehe auf die Taschenuhr. Noch drei Minuten.

Unruhig gehe ich zum Spiegel, an dem Marie sich zuvor geschminkt hat. Zuerst halte ich die Augen gesenkt. Dann sehe ich langsam nach oben. Ich weiß, welcher Anblick mich erwartet. Warum muss ich mich immer selbst quälen und mich erneut vergewissern, dass ich noch immer ein Monster bin?

Dennoch tue ich es wieder. Müde starre ich mir selbst entgegen.

Louise. Das Schattenmädchen. Weißes Haar und weiße Haut; so bleich, dass jede einzelne rote Ader wirkt wie die erhabene Narbe einer schrecklichen Verletzung. Die einzige Stelle an meinem Körper, die ich mag, ist mein linker Knöchel. Dort habe ich ein kleines Feuermal, das mit viel Fantasie an einen kleinen, roten Stern erinnert.

Dort, wo normale Menschen Pupillen haben und eine Iris in jedem Auge, habe ich nichts davon.

Meine Augen sind einfach nur pechschwarz. Durch und durch.

Kapitel 2

Marie läuft strahlend aus der Manege. Sie bemerkt gar nicht, dass ich zwischen den zwei Vorhängen in der Dunkelheit stehe, mit den Schatten verschmolzen. Ich höre am Rande meines Bewusstseins, wie sie summt und wohl beginnt, sich abzuschminken. Maries Parfüm bleibt noch eine Weile in der Luft hängen, übertüncht den Gestank der Lampen. Ich atme tief ein. Der Staub von Sägespänen. Knoblauch. Gebrannte Kastanien. Maries Parfüm.

Die Karbidlampen werden verdunkelt. Es ist soweit. Ich schiebe den Vorhang beiseite, nur ein winziges Stück, sodass ich hindurchblicken kann. Mein Herz rast. Es beginnt.

Eli steht inmitten der Manege und verbeugt sich. Die dunklen Locken fallen über sein Gesicht. Im nächsten Moment wirft er sie zurück und verbiegt seinen Körper nach hinten, streckt die Arme aus. Die Karbidlampen beleuchten seinen Körper.

Es gibt keinen Applaus, diesmal nicht. Die Zuschauer halten den Atem an, und ihr Schweigen wiegt mehr als jedes Geräusch. Elis Körper ist das Einzige, das noch existiert. Jedes einzelne Augenpaar im Zelt ist gebannt auf ihn gerichtet.

Auch mir verschlägt es den Atem, wie jeden Abend. Ich kann einfach nichts dagegen tun.

Und dann geht es los. Eli beginnt zu laufen, schlägt ein Rad, zwei, drei. Er wirbelt durch die Luft, und dann springt er. Im nächsten Moment hängt er am Trapez. Als würde die

Schwerkraft überhaupt nicht existieren. Er schwingt sich um die dünne Holzstange, lässt los, es wirkt so, als würde er fallen. Ein Keuchen aus unzähligen Kehlen erklingt. Auch ich keuche, obwohl ich seine Vorstellung in- und auswendig kenne.

Eli fällt nicht, natürlich nicht, auch an diesem Abend nicht. Er macht einen Salto in der Luft, zwei. Dann greift er mit flinken Fingern wieder nach dem Trapez, genau rechtzeitig. Im nächsten Moment, der nur einen Schlag meines Herzens dauert, schaukelt er lächelnd durch das Zelt, sein Gesicht verzerrt von der Trunkenheit, der Euphorie, die wir alle spüren, alle im Zelt. Wieder lässt er los, lässt sich einfach in die Luft fallen. Die Lampen flackern. Fast ist es, als würde der Wind durch das Zelt brausen und uns alle hinwegtragen in vereinter Faszination. Sein herumwirbelnder Körper ist das einzige, das noch existiert.

Eli schwingt sich zum nächsthöheren Trapez, dann zum nächsten. Wieder ein Salto. Mit einer Hand stemmt er sich im Handstand nach oben und es ist, als würde die Zeit kurz einfrieren. Dann fliegt er weiter ... weiter.

Wie jeden Abend steigen mir Tränen in meine Dämonenaugen. Mein Blick huscht zu der Dame mit dem Riechsalz. Sie weint.

Eli stößt sich mit bloßen Füßen am höchsten Trapez ab, fliegt durch das halbe Zelt, fällt und schwingt sich dreimal um das niedrigste Trapez. Für einen Moment hält er sich nur mit der Spitze seines Zeigefingers fest, tanzt weiter, immer weiter.

Ich weiß, warum Ora seine Vorführung *Windtanz* nennt. Es ist so, als wäre er mit der Luft verschmolzen. Als *wäre* er der Wind.

Meine Hände klammern sich um den Vorhang. Wenn ich Eli bei seinem Windtanz zusehe ist es, als wäre ich nicht mehr ich. Vergessen ist das Schattenmädchen. Sein Tanz ist wie Musik, Musik, die trunken macht vor Begeisterung. Wenn Eli tanzt, ist es, als wäre alles eins.

Ich weiß, dass das merkwürdig klingt. Aber es ist einfach so. Der Atem der Zuschauer, die ich zuvor so verachtet habe, wird plötzlich zu meinem Atem. Im selben Moment bangen wir, keuchen und erschrecken. Im selben Moment jubeln wir, als Eli noch ein letztes Mal durch die Luft wirbelt, diesmal durch das ganze Zelt, und schließlich im letzten Moment nach einem Seil greift, an dem er sich herabgleiten lässt.

Er strahlt und verbeugt sich erneut. Tosender Jubel bricht aus.

Ich atme tief durch und bemerke erst jetzt, dass ich die Luft angehalten habe. Verstohlen hole ich meine Taschenuhr hervor und blicke darauf. Fünf Minuten. Er hat nur fünf Minuten getanzt, und ich habe das Gefühl, dass es einerseits viel zu kurz war, andererseits eine Ewigkeit gedauert hat, ein ganzes Leben lang.

Eli verbeugt sich wieder und wieder. Er sieht so aus, als hätte es ihm nicht die geringste Mühe bereitet. Er schwitzt nicht einmal, soweit ich es von hier beurteilen kann.

Schließlich flaut der Jubel ab. Ora tritt in die Manege und hält seine Abschiedsrede. Eltern nehmen ihren Kindern die kandierten Kastanien ab, tätscheln ihnen die erhitzten Wangen und beginnen, sie nach draußen zu scheuchen. Damen mit ebenso erhitzten Wangen stehen auf und verrenken sich den Hals nach Eli, der sich ein letztes Mal verbeugt und aus der Manege läuft. Direkt auf mich zu.

Mein Herzschlag schnellt erneut in ungeahnte Höhen. Ein Brennen kriecht meinen Rücken empor. Eigentlich sollte ich seit fünfzehn Sekunden weg sein. Das ist eine lange eingeübte Choreografie. Fünfzehn Sekunden, bevor Eli aus der Manege läuft, ziehe ich mich zurück. Doch anscheinend habe ich heute zum zweiten Mal meinen Einsatz verpasst. Vielleicht hat Ora recht, wenn er behauptet, dass ich in letzter Zeit mit meinen Gedanken woanders bin.

Ich drücke mich noch weiter in die Schatten. Doch anders als zuvor Marie bemerkt Eli mich trotzdem.

Ein überraschtes Lächeln breitet sich auf seinem Gesicht aus. »Louise«, sagt er, als wäre er tatsächlich erfreut, mich zu sehen. »Hast du mir zugesehen?« Er bleibt stehen und schenkt mir ein weiteres Lächeln, diesmal sanfter. Von außerhalb des Vorhangs erklingt das Fußgetrappel der Zuschauer, die sich auf den Heimweg machen. Zurück in ihr normales Leben, in ihren eintönigen Trott.

»Louise?«, fragt er und greift nach meiner Schulter. Im letzten Moment, bevor er meine weiße Haut berührt, hält er inne. »Geht es dir gut?«

Wie ich schon sagte, ich habe das Gefühl, dass er peinlich genau darauf achtet, mich niemals zu berühren. Schnell wende ich mein Gesicht ab. Noch immer brennen meine Wangen.

»Du warst gut«, sage ich leise.

Elis Lächeln wird noch breiter. Die Grübchen in seinen Wangen werden tiefer. »Danke«, sagt er und strahlt nun so hell wie die Karbidlampen, deren Schein durch einen kleinen Spalt in die Dunkelheit zwischen den zwei Vorhängen dringt. »Aber geht es dir nun gut oder nicht?«

Ich mache eine unbestimmte Geste zwischen Nicken und Ratlosigkeit.

Elis Hand überwindet die letzte Strecke, und nun legt er sie doch auf meine bloße Schulter, zögerlich, als würde es ihn Überwindung kosten. »Komm, gehen wir«, sagt er. Er führt mich in den abgetrennten Bereich, in dem nun niemand mehr ist. Wahrscheinlich sind die anderen schon in Oras Wagen.

Eli platziert mich mit sanftem Druck auf der Bank und mustert mich besorgt.

»Mir geht es gut, Eli«, sage ich schwach. »Wirklich.«

Er wirkt nicht überzeugt. »Ist es wegen Maku?«, fragt er.

Ich zögere. Ja, es ist wegen Maku; aber nicht nur. Es ist *alles*. Die Euphorie seines Auftritts lässt langsam nach. Wie jeden Abend frage ich mich nach dem *warum*. Warum haben die Menschen, die zuvor Maku, mich und Dorothea verhöhnt haben, Eli zugejubelt? Sie lassen sich alle so leicht mitreißen. Mitreißen von Hass, Furcht und später Bewunderung.

»Louise ...«, beginnt er leise.

Ich schrecke auf. Für einen Moment war ich weit, weit weg. »Ja?«

»Es kann nicht mehr so weitergehen«, sagt er leise. »Nein, bitte«, unterbricht er mich, als ich automatisch den Mund öffne, um zu protestieren. »Wir müssen mit Ora reden. Alle gemeinsam.«

Ich will lachen, doch mir gelingt nur eine Art höhnisches Keuchen. »Was soll das bringen? Du hast ja mitbekommen, wie er zuvor reagiert hat.«

Eli wirft die Hände in die Luft. »Aber wenn er dich nur sehen würde! Wenn du es ihm zeigen würdest! Du kannst genauso gut auf dem Seil tanzen wie ich am Trapez. Wenn du nur die Gelegenheit hättest, die Zuschauer würden dir genauso zujubeln wie soeben mir ... Und wenn Dorothea ihre Witze erzählen und Maku seine Zauber vorführen würde ...«

Ich schlucke. Es schmeckt bitter.

Elis Augen glänzen zwar vor Begeisterung, und ich kann sehen, dass er wirklich an seine Worte glaubt. Er mag Mitleid mit mir, Maku und Dorothea haben, doch er weiß nicht, wie es ist.

»Und was machen wir mit meinen Augen, Eli?«, frage ich leise. »Was machen wir mit meinem Haar und meiner Haut? Und Dorothea und Maku ...«

Er senkt betroffen den Blick, bevor ich zu Ende sprechen kann. »Mir fällt etwas ein, Louise«, sagt er. »Ich verspreche es.«

Obwohl ich nicht will, muss ich lächeln. »Du hast ein gutes Herz, Eli. Du meinst es nett.«

»Aber ich bin es nicht?«, fragt er und hebt den Blick. Seine dunklen Augen funkeln traurig.

»Was?«

»Nett. Ich bin nicht nett?«

Ich muss lachen. »Doch. Bist du. Komm, lass uns gehen. Wir sprechen ein anderes Mal darüber.« Schon bevor ich die Worte ausgesprochen habe, fangen meine Wangen wieder an zu brennen. Heute ist ein merkwürdiger Abend. Vielleicht liegt es am Herbst, der nun vollständig über die Welt hereingebrochen ist. Der Herbst verdreht mir immer den Kopf, erfüllt mich mit einer seltsamen Aufregung, einer Vorfreude auf etwas, von dem ich nicht weiß, was es ist.

Eli schluckt. Doch schließlich nickt er. »Verzeih mir, Louise.«

»Was soll ich dir verzeihen?«, frage ich und stehe auf. Ich muss mich zwingen, meinen Blick abzuwenden.

Er hat doch nur Mitleid mit einem Monster wie mir. Ich darf ihm nicht böse sein.

»Nichts. Alles«, murmelt er und folgt mir nach draußen.

Die letzten Zuschauer gehen an uns vorbei und biegen in die Straße ein, wo Gaslaternen das bunte Herbstlaub erleuchten. Langsam verklingen ihre Stimmen.

Leichter Nebel liegt in der Luft. Aus Madame Rosas Wagen erklingt die sanfte Musik eines Leierkastens. Sie hat wohl noch einen Kunden. Viele Zuschauer wollen sich nach der Vorstellung noch ein wenig die Zukunft voraussagen lassen.

In Gedanken verloren bleibe ich stehen und atme die Herbstluft ein. Mein Blick bleibt an Madame Rosas Zelt hängen. Es ist dunkelrot; reich verziert. Ein großer, elfzackiger Stern ist auf den Vorhang gestickt, durch den man ins Innere gelangt. Irgendwann muss ich Madame Rosa fragen, was das Symbol bedeutet. Schon viele Male habe ich es mir vorgenommen; doch jedes Mal vergesse ich es wieder. Madame Rosa verwirrt mich irgendwie, mit ihrem seltsamen Blick.

Ich kann das Plätschern des Echos selbst von hier hören, obwohl die Bäume den Blick auf den Fluss versperren. *Den grünen Fluss*, so nennt man ihn auch. Ich finde nicht, dass er grün ist; er ist eher grau. In meinem Lexikon habe ich etwas darüber gelesen, warum dieser Fluss *Echos* heißt. Ein alter Aberglauben besagt, dass in dem Fluss eine Flussdämonin haust, so schwarzäugig wie ich, die kleine Kinder zu sich in die Tiefe zieht. Wenn man dem Plätschern der Wellen ganz aufmerksam lauscht, kann man angeblich das Rufen der vielen Kinderseelen hören. Doch ich höre nichts dergleichen.

Mit einem Kopfschütteln setze ich mich wieder in Bewegung und laufe neben Eli her. Wir sprechen nicht mehr, bis wir Oras Wagen betreten. Marie, Vincent, Eduard und Ora sitzen schon auf den harten Holzbänken und spielen Karten. Als wir hereinkommen, blicken sie alle auf.

»Nun, dann sind wir wohl vollzählig«, sagt Ora und bleckt die Zähne zu einem Lächeln. Ich verdrehe innerlich die Augen und setze mich.

»Schön, schön, schön«, sagt Ora und lächelt wieder sein breites Lächeln. »Marie – der Plan?«

Marie räuspert sich. »Freiherr Leopold von und zu Kleefeld ... Oder irgendwie so ... Um ehrlich zu sein, habe ich seinen

Namen vergessen. Doch ich schätze, der ist nicht so wichtig, oder?«

Ora nickt. »Nicht so wichtig, mein Kind«, beschwichtigt er sie. »Du musst Vincent nur den Weg erklären. Mag Freiherr von und zu Hunde?«

»Keine Hunde«, sagt Marie. »Er hasst Hunde, hat er mir bei unserem Rendezvous gesagt. Katzen sind ihm lieber. Sein Anwesen ist am Rande des Vidunner Waldes. Zehn Bedienstete, fünf von ihnen haben nachts frei. Drei Wächter, eine Köchin und ein Kindermädchen sind anwesend. Ansonsten nur er, und die Kinder natürlich.«

Ich rutsche unruhig auf meiner Bank herum. »Kindermädchen? Kinder?«

»Ja, er hat eine Tochter und einen Sohn. Aber keine Gattin. Verwitwet.«

Ich beiße mir auf die Unterlippe. Kinder. Das ist mir nicht recht.

Ora hat meinen Ausdruck wohl gesehen, denn er lacht. »Louise scheint ängstlich zu sein. Gut, du hast recht, Louise. Das ist besorgniserregend viel Publikum. Heute Abend gehen nur Louise und Eli rein«, befiehlt er. »Vincent, Eduard – ihr wartet draußen.«

Ich nicke erleichtert. Wenn ich nur mit Eli gemeinsam gehe, mache ich mir nicht so viele Sorgen. Oft habe ich den Verdacht, dass Eli genauso gut im Dunklen sehen kann wie ich. Nur Schlösser öffnen kann ich besser.

Ora nickt zufrieden. »Also dann. Vincent, Eduard, Eli – baut das Zelt ab und beladet die Wagen.« Er zieht seine Taschenuhr hervor und betrachtet sie. »Dann ist der Zirkus bereit zum Aufbruch, sobald Eduard und Vincent mit der Kutsche zurück sind. Louise, Eli, wir sehen uns morgen zu Einbruch der Dunkelheit in Marbor; am gewohnten Platz. Worauf wartet ihr noch?«

Ich seufze. Nun muss ich warten, bis die Männer damit fertig sind, alles abzubauen. Es würde natürlich schneller gehen, wenn Ora mithelfen würde, aber dafür ist er sich zu fein. »Sagst du Maku liebe Grüße?«, flüstere ich Marie zu. Sie nickt und schickt mir eine Kusshand. »Viel Glück, ihr vier«, sagt sie leise. Dann verlässt sie den Wagen. Sicher, um sich schlafen zu legen. Noch etwas, um das ich sie beneide. Für uns ist die Nacht noch lange nicht vorbei.

Kapitel 3

Die Kutsche rattert über das Kopfsteinpflaster der gewundenen Straße, die in den Vidunner Wald hinauf führt. Vincents Pferde, Calimero und Primadonna – seltsame Namen, ich weiß, doch so hat Vincent sie genannt – schnauben vor Anstrengung. Kein Wunder, der Berg, den wir hinauffahren, ist steil. Schon vor einer Weile haben die Gaslaternen aufgehört, den Weg zu säumen. Vor dem Kutschenfenster ist es nun fast völlig dunkel. Mir macht das natürlich nichts aus. Ich sehe trotzdem den Herbstwald entlang der Straße, die Serpentinen. Noch immer liegt Nebel in der Luft. Mir kommt es so vor, als ob er immer stärker wird.

Eli und Eduard sind auffallend schweigsam. Eduard sitzt mir gegenüber und ist wahrscheinlich betrunken, zumindest lassen seine glasigen Augen das vermuten. Andererseits ist er meistens betrunken, also ist das nicht besonders auffällig. Nachdenklich betrachte ich ihn, frage mich zum zweiten Mal an diesem Abend, welch traurige Ereignisse in seinem Leben ihm trotz seines noch nicht so hohen Alters diese tiefen Falten ins Gesicht gegraben haben. Vielleicht hat es mit seinem Unfall zu tun. Eduard war früher Artist, bis zu dem Unfall, seit dem er seinen linken Arm nur mehr unter Schmerzen bewegen kann. Er war es, der mir schon als Kind Seiltanzen beigebracht hat.

Ich traue mich nicht, denjenigen anzusehen, den ich viel lieber ansehen würde. Eli sitzt an meiner Seite, und es wäre allzu auffallend, wenn ich den Kopf drehen würde, um ihn unverwandt anzustarren. Außerdem weiß ich ja längst, wie er aussieht. Ich habe ihn oft genug heimlich betrachtet, seine dunklen Locken und die blitzenden Augen, die Grübchen in seinen Wangen, wenn er lacht. Seine schlanken Hände, die tanzenden Muskeln auf seinem Rücken.

»Wir sind fast da«, ruft Vincent über das Hufgeklapper hinweg vom Kutschbock aus.

Die Aufregung jagt wieder durch meine Adern. Vielleicht liegt es am Herbst, an dem Nebel und der Kälte und den bunten Bäumen, die an den Kutschenfenstern vorbeiziehen.

Früher wusste ich nicht, dass normale Menschen in der Nacht keine Farben erkennen können. Ich kann es.

Meine schwirrenden Gedanken kehren wieder an ihren Ausgangspunkt zurück. Dieses seltsame Gefühl, das ich immer im Herbst verspüre ... Es ist, als würde etwas Großes auf mich zukommen. Etwas Wichtiges. Eine Geschichte wie in meinen Büchern, voller Abenteuer und Heldenmut und unglücklicher Liebe, die am Ende doch erfüllt wird. Doch ich weiß, dass dieser Gedanke genauso dumm ist wie der Gedanke, dass in Wirklichkeit ich die Einzige bin, die frei ist, während die Menschen außerhalb meines Käfigs diejenigen sind, die ihr Leben in Gefangenschaft fristen.

So dumm, wie den Wind zu jagen. So dumm, wie den Schatten fangen zu wollen.

Wir biegen in einen kleinen Weg ab, der in die Weinberge Vidunns führt.

»Brrr«, macht Vincent schließlich. Primadonna und Calimero werden langsamer. Dann hält die Kutsche. Die Pferde schnauben zufrieden.

Eduard strafft die Schultern und wirkt plötzlich wieder nüchtern. Eli neben mir räuspert sich leise und öffnet die Tür, um sie mir aufzuhalten. »Die Dame zuerst«, sagt er mit

Schalk in der Stimme. Ich zwinkere ihm zu und steige aus der Kutsche. Wie eine Dame sehe ich gerade wirklich nicht aus. Das Haar habe ich mir zu einem Zopf geflochten und in den Hemdkragen gesteckt. Kleider sind fürchterlich unpraktisch für das, was wir vorhaben, also habe ich mir wie jedes Mal von Vincent ein Hemd, eine Hose und ein Jackett geborgt. Seine Kleidung passt mir wie angegossen, er ist genauso groß wie ich.

Unwillkürlich frage ich mich, ob Elis Kleider mir passen würden. Wahrscheinlich nicht, er ist einen halben Kopf größer als ich. Die Bundweite würde mir wahrscheinlich passen. Aber ich habe mich noch nie getraut, Eli statt Vincent um Kleider zu bitten. Obwohl ich seine Kleider lieber tragen würden. Sicher riechen sie nach Eli und nicht nach Pferd, wie Vincents Hose. Den Geruch bekommt man auch beim Waschen unmöglich heraus, egal mit wie viel Seife man sie schrubbt.

Als wir alle ausgestiegen sind, sammeln wir uns kurz. Es ist schon so kalt, dass unser Atem in der Luft hängt, sich zu einer Wolke über uns sammelt. Die Trauben der Weinreben sind bereits abgeerntet. Eine Vogelscheuche steht ein paar Schritte von uns entfernt. Ihr zerrissener Kittel hängt traurig hinab, kein einziger Lufthauch weht durch die neblige Nacht.

»Also«, sagt Vincent. »Wir gehen gemeinsam zum Anwesen. Eduard und ich postieren uns am Zaun. Louise, du versuchst, ein Fenster oder eine Tür zu finden, die du möglichst lautlos öffnen kannst. Eli, du gehst gemeinsam mit Louise hinein. Keine Laterne. Wenn es für dich zu dunkel ist, wird Louise dich führen. Ihr nehmt nur, was in die Tasche passt. Diamanten zuerst, dann Gold, dann Silber.« Vincent wirft mir eine Stofftasche zu. Ich fange sie routiniert auf. Ich weiß, wie die Sache läuft.

»Wenn etwas schiefgeht, schreit ihr wie ein Käuzchen. Sobald ihr fertig seid, wie eine Eule.« Eli und ich nicken beflissen. Wir haben das schon unzählige Male so gemacht. »Wenn ihr entdeckt werdet, lauft nach draußen. Wenn es zum Kampf kommt, bist du für Louise verantwortlich, Eli.«

Eli runzelt die Stirn. »Du musst mich nicht daran erinnern«, erwidert er leise. »Niemand muss mich daran erinnern. Ich würde niemals zulassen, dass Louise etwas geschieht, das weißt du ganz genau.«

Meine Wangen werden heiß, wie jedes Mal, wenn Vincent Eli darauf anspricht. Es ist ein schönes Gefühl, zu wissen, dass Eli mich beschützen würde, wie die Helden in meinen Büchern ihre Geliebte beschützen. Allerdings bin ich nicht so schwach, wie Vincent denkt. Es braucht Kraft, um auf dem Seil zu tanzen. Vincent weiß aber nichts davon, dass ich das heimlich tue. Nur Eduard, Eli, Marie und Dorothea wissen es. Deshalb nehme ich Vincent seine Worte nicht übel. Manchmal frage ich mich unweigerlich, ob ich einen Angreifer nicht auch allein in die Flucht schlagen könnte. Ich weiß nicht, ob ich es schaffen würde, jemanden bewusstlos zu schlagen. Doch vielleicht würde ein Angreifer ja wie die Riechsalz-Dame in Ohnmacht fallen, wenn ich mein bestes Dämonengrollen erklingen lasse. Wahrscheinlich nicht. Trotzdem muss ich über den Gedanken lächeln.

»Also, los geht es.« Vincent richtet sich auf. »Ab jetzt kein Laut mehr.« Er bindet Calimero und Primadonna an einem Baum fest. Und dann gehen wir los.

Das Herbstlaub raschelt unter meinen Stiefeln, als wir die Weinberge entlanggehen. Nur das wolkenverhangene Licht des Mondes leitet uns. Vincent und Eduard stolpern ab und zu über Wurzeln oder Steine. Eli geht neben mir. Er stolpert nie. Deshalb habe ich auch die seltsame Vermutung, dass er genauso gut im Dunklen sieht wie ich. Ob er ebenfalls Farben erkennen kann?

Als ich das Anwesen erblicke, zische ich leise. Ein Zeichen für Vincent, Eduard und Eli, stehen zu bleiben. »Da vorne«, hauche ich und strecke den Zeigefinger aus. Kein einziges Licht brennt in dem riesigen Gebäude. Sehr gut. Es ist von einem hohen, eisernen Zaun umgeben. Ich kann aus der Ferne erkennen, dass das Tor mit einem großen Schloss bestückt ist.

Ich übernehme die Führung, leite die anderen zu dem Zaun neben den Weinbergen. Wir sprechen nicht mehr miteinander.

»Ihr bleibt hier«, befehle ich, als wir angekommen sind. »Verteilt euch. Achtet auf den Ruf des Käuzchens. Und lasst euch nicht von den Wachmännern erwischen.«

Vincent und Eduard nicken.

»Bis später«, sage ich leise und schwinge mir die Stofftasche über meine Schulter.

Eli klettert flink über den Zaun und hält mir die Hand hin, um mich hochzuziehen, doch ich klettere selbst darüber. Wir nähern uns dem Gebäude vollkommen lautlos. Der Park um das Anwesen ist reich ausstaffiert. Ich erkenne Statuen, eine mit Rosen bestückte Gartenlaube, ja, sogar den Eingang in ein Heckenlabyrinth.

Lautlos schleiche ich von Fenster zu Fenster. Eli folgt mir. Endlich entdecke ich ein Fenster im Erdgeschoss, dessen Riegel von innen nur halb vorgeschoben ist. *Sehr gut.* Ich werde also nicht einmal den Dietrich brauchen. »Hier«, hauche ich und mache mich ans Werk. Eli nickt, seine Augen glänzen in der Dunkelheit.

Innerhalb weniger Sekunden habe ich das Fenster geöffnet. Ich schwinge mich über den Sims und komme geräuschlos auf dem Boden auf. Diesmal bin ich es, die Eli die Hand hinhält. Er nimmt sie und lässt sich von mir ins Innere ziehen.

Die Einrichtung verschlägt mir den Atem. Wir sind in einer Art Ausstellungsraum gelandet, das legen zumindest die Vitrinen nahe. Freiherr von und zu muss geradezu obszön reich sein. Überall hängen Gemälde. Nur widerwillig kann ich den Blick von ihnen abwenden. Sie sind viel zu schwer, um sie zu transportieren.

Eli tippt gegen meine Schulter und deutet auf eine Truhe am Boden, die zwischen Bücherregalen steht. Ich nicke und husche zu der Truhe, um sie zu öffnen. Sie enthält nur Kleidung. Doch auch diese kann uns gute Dienste leisten, schließlich brauchen Eli und ich noch eine Tarnung für die morgige Zugreise nach Marbor. So leise wie möglich entfalte ich ein blassgrünes Kleid und nicke Eli fragend zu. Er nickt anerkennend zurück. Ich weiß, was er meint. Wir verstehen uns ohne Worte. Es würde mir seiner Meinung nach gut stehen. Also packe ich es in die Tasche und setze mir gleich auch noch den dazu passenden Hut auf.

Eli greift ebenfalls in die Truhe und zaubert einen Zylinder und einen Gehrock hervor. Probeweise drückt er den Hut auf seine Locken, hält sich den Gehrock an den Körper und sieht mich an. Ich nicke begeistert und muss mich zusammenreißen, um nicht in Lachen auszubrechen. Er sieht aus wie ein feiner Herr. Perfekt. Eli grinst und stopft den Gehrock ebenfalls in meine Tasche.

Dann schwärmen wir aus. Ich muss immer noch das Lachen unterdrücken. Eli sieht zum Schreien komisch aus, wie er mit dem Zylinder umherhuscht, auf der Suche nach wertvollen Gegenständen.

Ohne uns abgesprochen zu haben, übernimmt Eli das untere Geschoss. Ich schleiche über die geschwungene Holztreppe nach oben und achte darauf, keine Stufe zum Knarren zu bringen. Gewissenhaft lausche ich auf Schnarchen hinter den Türen, bevor ich sie aufstoße. Hinter der ersten Zimmertür schnarcht eindeutig ein Kind. Trotz meiner Anspannung muss ich lächeln. »Schlaf nur weiter«, forme ich lautlos mit den Lippen. »Träum schön, Kleines.« Dann husche ich weiter.

Das Schnarchen eines Mannes hallt laut durch den Gang, es kommt von der Tür am Ende des Flurs.

Endlich finde ich das Ankleidezimmer der verblichenen Madame Freiherr von und zu wie-auch-immer. Zum Glück knarrt die Tür nicht. Mit flinken Fingern öffne ich ihre Schmuckschatulle und packe großzügig Diamantohrringe, Goldringe und sonstige Kostbarkeiten in meine Tasche. Dann sause ich wieder nach unten. Eli erwartet mich schon am Fuß der Treppe. Er wirft Silberbesteck und einige Goldmünzen in die Tasche. Ich sehe ihn fragend an. Er nickt. Gut. Ich weiß, was das bedeutet. Wir haben genug.

Wir schleichen wieder zu dem Fenster und klettern hindurch. Mit einigen geschickten Handgriffen und einer zurechtgebogenen Haarnadel aus der Tasche meiner ... nein, Vincents Hose verschließe ich es wieder. Noch immer völlig lautlos schleichen wir zum Zaun. Erst, als wir wieder darüber geklettert sind, breche ich in das Kichern aus, das sich die ganze Zeit in mir aufgestaut hat. Eli trägt immer noch den Zylinder und blinzelt mich verdutzt an.

»Du siehst aus wie ein feiner Herr«, japse ich.

Eli stutzt, dann grinst er. »Und, bin ich das etwa nicht?«, fragt er und beginnt, geziert vor mir auf und ab zu schreiten.

Ich antworte ihm mit einem unterdrückten Prusten.

Er zieht eine Schnute. »Du siehst auch nicht besser aus«, grummelt er. Erst jetzt wird mir bewusst, dass ich noch immer den radgroßen, blassgrünen Hut trage. Das gibt mir den Rest. Eli stimmt so leise wie möglich in mein Kichern ein.

Schließlich zaubert er zwei verstaubte Weinflaschen hinter seinem Rücken hervor und präsentiert sie mir.

»Was ist das?«, frage ich neugierig.

»Keine Ahnung. Ich dachte mir, eine trinken wir jetzt, die andere ist unsere Wegzehrung für morgen. Habe ich in der Küche gefunden. Sie sahen teuer aus, also habe ich sie mitgenommen.«

Ich grinse noch einmal, dann lege ich die Hände vor meinem Mund zu einem Trichter zusammen und stoße einen Eulenschrei aus.

Nach höchstens einer Minute sind Eduard und Vincent zurück. Wir schleichen durch die Weinberge, zurück zu unserer Kutsche. Calimero und Primadonna warten auf uns und schnauben zufrieden, als Vincent ihnen den Hals tätschelt und sie mit Zuckerstücken belohnt. Wir steigen zurück in die Kutsche und die Fahrt über holpriges Kopfsteinpflaster beginnt.

Nun, da wir die Weinflasche herumreichen, ist es nicht mehr so still wie bei der Hinfahrt. Wir lachen und reißen Witze. Das Herbstgefühl breitet sich wieder in meinem Bauch aus. Als würde gleich etwas geschehen. Etwas Wichtiges.

Ich strecke den Kopf zum Kutschenfenster hinaus und lasse mir den Fahrtwind ins Gesicht wehen. Es ist seltsam; manchmal, in der Stille der Herbstnächte, ist mir fast, als würde eine leise Stimme meinen Namen rufen. Voller Sehnsucht und Schmerz.

Doch das ist verrückt, ich weiß. Natürlich ruft niemand meinen Namen.

Ich schüttele den Kopf und ziehe ihn wieder nach drinnen.

Eli rückt sich den Zylinder zurecht, hält eine Rede und wir brechen wieder in Gelächter aus. Er streckt die Hand aus, wie um sie mir um die Schultern zu legen, doch im letzten Moment zieht er sie zurück und wir wenden beide die Blicke ab.

Mein Herbstgefühl hat mich getrogen. Es passiert nichts Wichtiges mehr. Doch das merke ich erst Stunden später, als Vincent und Eduard uns längst am Vidunner Bahnhof abgesetzt haben und der Morgen bereits graut.

Kapitel 4

Die Landschaft saust vor dem Zugfenster an mir vorbei. Immer wieder mischen sich die schwarzen Dampfschwaden der Lokomotive darunter und lösen sich im Fahrtwind auf. Meine Augen brennen vor Müdigkeit, die Sonne des Herbstmorgens ist hell, viel zu hell, und dennoch kann ich nicht anders, als glücklich zu sein. Ich bin frei. Daran, dass mit jedem Ticken meiner Taschenuhr eine Sekunde der Freiheit verstreicht, darf ich nicht denken. Ich muss mich auf diesen Moment konzentrieren, hier, mit Eli. Die Freiheit fließt durch meine Adern, lässt mich fühlen, dass die Welt mir offensteht. Und das tut sie ja auch, zumindest jetzt, in dieser vergänglichen Sekunde. Ich sehe fast normal aus. Immer noch anders als die anderen, ja – immerhin tarne ich mich gerade als Elis blinde Schwester. Aber wir sind so gut gekleidet, dass es niemand wagen würde, sich über mich lustig zu machen. Die dunkle Brille, die ich mir auf die Nase geklemmt habe, verbirgt meine Augen und lindert den stechenden Schmerz, den die Sonne verursacht, ein wenig. Mein Haar habe ich unter dem riesigen Hut verborgen. Gegen meine Haut kann ich wenig tun, aber ich habe eine dicke Schicht von Maries Theaterschminke aufgelegt, sodass man wenigstens die roten Adern kaum sehen kann. Und ich habe den schwarzen Rüschen-Sonnenschirm, der als Erklärung dafür dienen kann, warum ich dennoch so blass bin.

Ich habe manchmal auch andere Tarnungen. Früher war ich oft die trauernde Witwe, deren Gesicht von einem dunklen Schleier verborgen wird. Doch der Schleier ist lästig, ständig im Weg. Er kratzt an den Wangen. Meine Tarnung als Elis blinde Schwester hat außerdem den Vorteil, dass Eli mich am Arm nehmen und herumführen muss. Deshalb mag ich sie am liebsten. Bei dem Gedanken muss ich ein wenig grinsen. Zum Glück kann Eli es nicht sehen.

Er sitzt mir gegenüber und hat es sich auf der Bank gemütlich gemacht, den Zylinder über sein Gesicht gelegt, um ein wenig zu schlafen. Ich sehe gedankenverloren dabei zu, wie seine Brust sich hebt und senkt.

Als er sich abrupt aufrichtet, kann ich gerade noch ein leises, erschrockenes Quietschen unterdrücken. Hastig wende ich den Blick ab.

»Ich kann nicht schlafen«, murrt Eli. »Es ist viel zu hell.«

»Wem sagst du das?«, frage ich leichthin.

Eli lächelt mich entschuldigend an und kramt in der Reisetasche, die neben ihm auf der Bank liegt. Er hält mir einen Apfel entgegen. »Hier. Bist du hungrig?«

Das bin ich. Wie auf Kommando beginnt mein Magen zu knurren, fast so laut wie mein Dämonengrollen. Begeistert lächele ich zurück. »Ja. Danke. Reichst du mir mal das Brot und die Wurst?«

Eli greift in seine Tasche, zieht sein Messer hervor und schneidet mir eine Scheibe Brot ab, dann ein Stück Wurst. »Brot und Wurst. Das passt nicht gerade zur Tarnung«, sagt er grinsend. »Eigentlich hätten wir Kaviar und Gänseleber kaufen sollen.«

»Hätten wir«, stimme ich kauend zu. »Alleine, um Ora zu ärgern, weil wir die ganze Beute verprassen.«

»Pst«, macht Eli, kichert aber leise. Ich lege den Finger über die Lippen und zwinkere ihm zu.

Eigentlich kann uns hier ohnehin niemand hören. Vincent und Eduard sind längst mit dem Zirkus auf dem Weg nach Marbor, während Eli und ich die Tasche mit der Beute im Zug transportieren. Wir reisen immer getrennt, so erregen wir weniger Verdacht. Ora will natürlich kein Risiko eingehen. Nicht auszudenken, wenn der Zirkus an der Grenze durchsucht werden würde und man die Beute in seinem Besitz entdecken würde.

Ich zupfe an dem blassgrünen Kleid. Es ist alles andere als bequem, aber ich denke nicht, dass jemand auf die Idee kommen würde, Eli und mich zu durchsuchen. Wir sehen viel zu fein aus.

Der Zug ist laut und wir haben ein Abteil nur zu zweit. Erste Klasse. Die Bänke sind mit rotem Samt bezogen und das dunkle Holz der Türen ist mit Schnitzereien verziert. Das Leben als Adelige hat schon seine Vorteile. Anneliese und Engelbert von und zu Arberg, so heißen wir gerade.

»Engelbert« war meine Idee. Eli hat sich darüber köstlich amüsiert. Wir sind auf dem Weg zu einem Begräbnis einer entfernten Verwandten in Marbor. Angeblich zumindest.

Eli ist ein guter Schauspieler. Er mimt perfekt diese Kombination aus herablassender Stimme und aufrechter Haltung, die niemanden zu viele Fragen stellen lässt.

Eli isst langsam und scheint zu grübeln. Seine Stirn zieht sich immer in Falten, wenn er das tut.

»Was ist?«, frage ich und schlucke den Bissen hinunter.

»Ora«, kehrt Eli zum vorherigen Thema zurück. »Du hast gesagt, wir würden ein anderes Mal darüber sprechen. Wir sollten jetzt darüber sprechen.«

Ich beiße mir auf die Unterlippe. Nur ungerne denke ich in diesen Sekunden der Freiheit an das Gefühl, wieder gefangen zu sein. Doch Eli sieht mich so eindringlich an, dass ich meine Scheibe Brot sinken lasse und nicke. »Also gut. Sprechen wir darüber.«

»Es muss sich etwas ändern«, erklärt Eli leise. »Ich finde, du solltest ihm vorführen, wie du auf dem Seil tanzt.«

Natürlich habe ich selbst daran gedacht. Nicht in meinen dunklen Nächten, nein, in den anderen. In den Nächten, in denen ich Hoffnung habe. In den Herbstnächten.

»Und was machen wir mit …«

Eli richtet sich auf. »Mir ist etwas eingefallen«, sagt er fest. »Du könntest doch so tanzen.« Er deutet auf mich.

Ein Lachen entringt sich meiner Kehle. »So?«, frage ich ungläubig. »Als Anneliese von und zu Arberg? In *diesem* Kleid? Mit dem Hut?« Sofort erscheint das Bild in meinem Kopf, und ich muss unwillkürlich lachen, obwohl mir nicht danach zumute ist.

Eli schüttelt den Kopf, grinst aber. »Nein, natürlich nicht. Ich meinte, mit Brille. Oh, oder mit Augenbinde. Das wäre sogar noch besser! Die Augenbinde kann nicht herunterfallen.« Begeistert klatscht er in die Hände. »Hier kommt Louise – sie tanzt auf dem Seil, völlig blind!«

Ich wiege unschlüssig den Kopf. Ja, ich kann schon Oras Stimme hören, wie er es ankündigt, sensationsheischend … aber dennoch. »Ich habe noch nie blind getanzt«, gebe ich zu bedenken.

»Macht nichts«, sagt Eli ungerührt. »Es gibt Stoffe, durch die man ein wenig sehen kann, obwohl sie von außen nicht so wirken. Alter Bühnentrick.«

»Und mein Haar?«, frage ich. »Und meine Haut?«

Eli verzieht angestrengt das Gesicht, als wäre es ihm überhaupt nicht in den Sinn gekommen. »Denkst du, dass es ein Problem wäre?«, fragt er.

Ein *Problem*? Natürlich ist es ein Problem. Die Menschen mögen es nicht, wenn jemand nicht so ist wie alle anderen.

Sie haben Angst vor dem Unbekannten. Das musste ich schon zu oft schmerzvoll erfahren. Genauso wie Maku und Dorothea.

»Ich könnte es färben«, sage ich zögerlich. »Mit Walnussblättern. Und mich schminken; so wie jetzt.«

»Heißt das, du wirst Ora deinen Tanz vorführen?«, fragt Eli strahlend.

Ich lasse mir den Gedanken durch den Kopf gehen. Schweigend, wieder und wieder. Schließlich seufze ich. »Also schön«, stimme ich leise zu. »Ich denke darüber nach.«

Eli strahlt mich so hell an, dass ich für eine kostbare Sekunde der Freiheit alle Bedenken vergesse. Für eine Sekunde glaube ich ihm, dass ich vor all diesen Menschen auf dem Seil tanzen werde, dass sie mir zujubeln werden, so wie sie ihm und Marie zujubeln.

Doch vielleicht liegt es auch nur an der Euphorie der Freiheit, die mit jeder Sekunde verblasst.

Ich tauche aus einer Geschichte voller Liebe, Hass, Verrat und Heldentaten auf. Seufzend trinke ich den letzten Schluck aus der Weinflasche, klappe das Buch zu und lasse die Worte nachklingen.

»Hat es dir gefallen?«, fragt Eli nach einer Weile und deutet auf das Buch.

Ich nicke. »Oh, ja. Vielen Dank. Genau mein Geschmack.«

Eli lächelt das Lächeln, das Grübchen in seine Wangen zaubert. »Das freut mich. Das war das letzte, das du noch nicht ausgelesen hattest, nicht wahr?«

Ich nicke erneut. Er lächelt wieder, ein wenig geheimnisvoll. »Hmm«, macht er leise. »Dann brauchst du wohl ein neues.«

Ich muss unwillkürlich ebenfalls lächeln, obwohl meine Freiheit weiterhin mit jeder verstreichenden Sekunde schrumpft. Der Höhepunkt unserer Reise kommt nämlich noch. Jedes Mal, wenn wir in einer neuen Stadt ankommen, verschwindet Eli kurz, unter Vorwänden. *Oh, warte hier einen Moment, Louise. Ich muss noch einen Brief abholen. Etwas zu essen kaufen. Ich brauche neue Schuhe. Ich muss einen Groschen in den Brunnen werfen und mir etwas wünschen. Es dauert nicht lange. Höchstens eine halbe Stunde.*

Am Schluss taucht er jedes Mal mit seinem besten Grinsen wieder auf und hat die Arme hinter dem Rücken verschränkt. Erst, wenn ich schon zum Gehen dränge, zaubert er seine Überraschung hinter seinem Rücken hervor. Es ist immer ein neues Buch. Ich weiß nicht, wie er es schafft, zu jeder möglichen und unmöglichen Zeit ein Buch zu finden, das mir gefällt. Aber irgendwie gelingt es immer. Es sind immer unterschiedliche Bücher. Mal ein Abenteuerroman oder ein Reisebericht, das nächste Mal ein Märchen oder eine Liebesgeschichte. Inzwischen besitze ich schon über fünfzig Bücher. Für jemanden, der niemals zur Schule gegangen ist, ist das eine beeindruckende Sammlung. Die meisten meiner Bücher kenne ich fast auswendig.

»Darf ich es als Nächstes lesen?«, fragt Eli neugierig und greift nach dem Buch. »Worum geht es?«

»Um eine unmögliche Liebe«, sage ich geheimnisvoll. Ich will nicht zu viel verraten. »Ein Feenroman.«

»Romantisch?« Eli zieht eine Augenbraue hoch.

»Schrecklich romantisch. Ich weiß nicht, ob es dir gefallen wird.«

»Oh, aber ich liebe romantische Geschichten«, sagt Eli beflissen, schlägt das Buch auf und beginnt zu lesen. »Die sind immer so ... romantisch.«

Ich versuche zwar, das Prusten zu unterdrücken, aber es gelingt mir nicht.

Eli klappt das Buch wieder zu. »So kann ich mich nicht konzentrieren«, beschwert er sich. »Ich lese es heute Abend in meinem Wagen, wenn ich es mir ausborgen darf?«

»Du hast es mir geschenkt.«

»Das heißt, dass es dir gehört. Darf ich es nun ausborgen oder nicht?«

»Aber natürlich«, sage ich und schenke ihm ein zögerliches Lächeln. Als er zurücklächelt, wende ich den Blick ab und sehe aus dem Zugfenster. Wir fahren schon durch die Vorstädte von Marbor. »Wir sind ohnehin bald da«, bemerke ich und deute aus dem Fenster.

Elis Miene verdüstert sich kurz, nur für einen Moment. »Ach«, sagt er. »Du hast recht. Die Zeit vergeht viel zu schnell.«

In diesem Punkt kann ich ihm nur zustimmen. Der Moment, in dem ich aus dem Zug steige und plötzlich in einer anderen Stadt bin, erscheint mir jedes Mal so schrecklich unwirklich. Vor ungefähr siebzig Jahren dachte man noch, dass Menschen es nicht überleben, schneller als mit Kutschengeschwindigkeit zu reisen. Und nun kann man im Morgengrauen in Vidunn in einen Zug steigen und in Marbor aussteigen, wenn es immer noch hell ist.

Der Zug wird langsamer und langsamer. Und schließlich hält er. Wir sind angekommen.

Die Sonne ist schon untergegangen, als wir uns in Marbor über den Markt drängen.

Ich sehe mich neugierig um. *Die Silberstadt*; so nennt man Marbor. Ich war schon viele Male hier und jedes Mal ist mir wieder unklar, warum man sie so nennt. Ja, einige der Kirchen haben Dächer, die man mit viel Fantasie als silberfarben bezeichnen könnte. Ich finde allerdings, dass sie ebenso wie der Echos eher grau sind.

Unwillkürlich fällt mein Blick auf die Kirche gegenüber. Die Messe scheint gerade vorbei zu sein, Menschen drängen aus dem Kirchentor. Das Antlitz des Dreigesichtigen prangt darüber, in Stein gemeißelt.

Ein leichtes Kribbeln kriecht meinen Nacken empor. Eigentlich glaube ich nicht an den Dreigesichtigen; nicht wirklich, aber diese Reliefs sind eindrucksvoll, das muss ich zugeben.

Der Blutige, Krieg und Geburt, ist immer links. Der Lichte; Leben und Sonne, in der Mitte. Der Dunkle; Tod und Erde, hat den rechten Platz.

Mein Blick bleibt am Antlitz des Lichten hängen. Jemand muss sein weißes Marmorgesicht geschrubbt haben, denn es leuchtet aus der einsetzenden Dunkelheit hervor, ebenso wie meine Haut. Seltsam, dass die Menschen den Lichten mit seiner marmorweißen Haut anbeten und mich bespucken.

Die blaue Stunde ist angebrochen, diese Stunde, in der die Welt im Zwielicht liegt und nur der Nachhall der Sonne den Horizont erhellt. Dunkel und vor Ruß geschwärzt ragen die Häuser um uns herum auf. Das Kopfsteinpflaster glänzt, als hätte es kürzlich geregnet, vor einer Stunde oder zwei, als wir noch im Zug saßen, unterwegs in die neue Stadt.

Eli hält meinen Arm sanft umschlossen und führt mich, weiter und weiter. Manchmal schließe ich für einige Sekunden die Augen, einfach nur, um es zu probieren. Eli führt mich trotzdem weiter, als wäre ich wirklich blind. Ich kann mich einfach fallen lassen und einen Fuß vor den anderen auf das Kopfsteinpflaster setzen. Er merkt es gar nicht.

Die Menschen um uns herum machen uns den Weg frei. Kein Wunder, so wie wir aussehen. Eli geht aufrecht, und auch ich bemühe mich, so sehr wie eine feine Dame zu wirken, wie es mir nur möglich ist. Ich kann nicht so gut schauspielern wie Eli, doch es muss reichen.

An einem Brunnen etwas abseits des Marktes hält er inne. »Kannst du kurz hier warten, Louise?«, fragte er. »Meine Reisetasche hat ein Loch. Ich gehe wohl besser eine neue kaufen. Es dauert nicht lange, höchstens eine halbe Stunde.«

Ich unterdrücke das Lächeln, das mir ins Gesicht steigen will.

»Also schön«, sage ich gedehnt. »Ich sehe auf die Uhr.«

»Mach die Augen zu«, sagt Eli geheimnisvoll.

»Was, eine ganze halbe Stunde lang?«

»Genau«, sagt Eli und gluckst. »Aber pass auf die Taschendiebe auf.« Und dann ist er weg, verschwunden im Getümmel.

Ich probiere für einige Sekunden, die Augen zu schließen. Dann wird es mir zu langweilig, und ich reiße sie wieder auf. Das Getümmel der Menschen auf dem Markt nimmt immer mehr zu. Der Geruch vieler Gewürze und köstlicher Speisen kriecht erneut in meine Nase. Unwillkürlich beginnt der Hunger, wieder meinen Bauch zusammenzuziehen.

Fasziniert betrachte ich die Anzahl der Menschen, die sich hier tummeln. Hausfrauen, die ihr Haar unter Tüchern verborgen haben. Manche ziehen eines oder mehrere Kinder am Arm mit sich. Die Kinder betteln um Süßigkeiten, manch eine Mutter gibt nach und kauft ihrem Liebling die Leckerei. Uskarischen Honig, kandierte Früchte, Süßgebäck. Andere sind unbarmherzig und ziehen die Kinder schimpfend weiter.

Auch einige Junggesellen erspähe ich. Sie kaufen hauptsächlich Eier, Brot, geräucherten Speck. Zwei Laternenmänner biegen um die Ecke und beginnen, die Gaslaternen anzuzünden. Langsam lässt der Schwall an Menschen ein wenig nach, als hätte es ein geheimes Kommando gegeben. Ich seufze tief auf. Es sind immer noch viele, noch immer herrscht Gedränge. Doch nun beginnen sie langsam, nach Hause zu gehen. All die Junggesellen, die Eier und Speck gekauft haben. Vielleicht haben sie noch eine Verabredung, für die sie ihr bestes Hemd anziehen und nervös vor dem Spiegel ihre Liebesschwüre üben. All die Hausfrauen mit ihren Kindern. Vielleicht erzählen sie ihnen noch eine Geschichte, bevor sie schlafen müssen. Vielleicht kommt ihr Vater nach der Arbeit nach Hause und haucht ihnen noch einen Kuss auf die Stirn, wenn sie schon träumen.

Ich habe keine Eltern, die mir abends einen Kuss auf die Stirn gehaucht haben.

Nein, das stimmt nicht; jeder Mensch hat Eltern. Ich kenne meine nur nicht, und ich erinnere mich nicht an ihre Küsse, falls sie mir solche gegeben haben. Dorothea ist für mich der Mensch, der einer Mutter am nächsten kommt. Sie war diejenige, die mir vor dem Einschlafen Geschichten erzählte. Diejenige, die meine Stirn gekühlt hat, als ich krank war. Geschimpft hat sie nie. Sie war immer gut zu mir. Dorothea war es auch, die mir gesagt hat, dass ich wohl niemals eigene Kinder bekommen kann. Frauen können nur schwanger werden, wenn sie einmal im Monat bluten, so hat sie es mir erklärt, damals, vor zwei oder drei Jahren. Sie hat geduldig all meine Fragen beantwortet und sogar Geld gespart, um mich zu einem Arzt zu schicken. Doch er hat nur bestätigt, was Dorothea gesagt hat: Ich werde keine eigenen Kinder haben können.

Danach bin ich nie wieder zu einem Arzt gegangen.

Vorher hatte ich nie darüber nachgedacht, Kinder zu bekommen. Warum denn auch? Vielleicht wären sie so wie ich und das würde ich keinem Kind der Welt wünschen. Doch nun, da ich weiß, dass ich es nicht kann, tut der Gedanke manchmal weh. Zumindest in meinen dunkelsten Nächten.

Mein Seufzen verklingt in den Geräuschen all der Menschen um mich herum.

Ich sollte Dorothea noch ein Geschenk kaufen, fällt mir ein. Sie würde sich sicher freuen.

Ich ziehe die Taschenuhr hervor. Noch zwanzig Minuten. Genügend Zeit.

Erneut versuche ich, die Augen zu schließen, denke wieder an die Jungen, die sich mit ihrer Verabredung treffen. Ich hatte noch nie eine. Allein bei dem Gedanken, dass ich Eli um eine Verabredung bitten könnte, beginnen meine Wangen zu glühen.

Er hat doch nur Mitleid mit einem Monster wie dir, Louise. Deshalb kauft er dir Bücher. Andere Liebesgeschichten als die in deinen Büchern wirst du niemals bekommen.

Das muss dir doch klar sein. Er ekelt sich vor dir. Deshalb achtet er so peinlich genau darauf, dich nicht zu berühren.

Eine Stimme zerreißt die beginnende Nacht. »Frisches Obst!«

Verwirrt öffne ich die Augen. Vor mir steht eine Händlerin mit ihrem Bauchladen. Sie grinst mich freudig an.

»Ich …« Aus meinen Gedanken gerissen hebe ich den Kopf, rücke den Hut nach oben und betrachte durch die dunkle Brille abwesend ihr Sortiment. Sie hat frische Äpfel, Birnen, Beeren, sogar einige kandierte Feigen. »Tut mir leid, ich kann nicht …«

Sie schlägt sich an die Stirn. »Oh, mein liebes Kind! Mir war nicht klar … Ich wusste nicht, dass Sie nicht sehen können.« Eifrig hält sie mir eine Birne unter die Nase. »Hier, bei mir gibt es nur beste Qualität! Riechen Sie mal!«

Zögerlich schnuppere ich an der Birne. Eigentlich sollte ich etwas für Dorothea kaufen. Doch in diesem Moment fällt mir ein, dass ich kein Geld dabeihabe. Die spärlichen Münzen, die ich mein Eigen nenne, befinden sich in Elis Reisetasche, die angeblich ein Loch hat.

»Es tut mir leid, ich kann wirklich nicht …«, sage ich abwehrend.

Die Frau legt die Stirn in Falten. »Aber ich habe wirklich etwas Besonderes für Sie, Kindchen. Hier, etwas ganz Außergewöhnliches … Frisch aus den vereinigten Fürstentümern geliefert …« Sie hält mir eine rote, glänzende Frucht unter die Nase, die ich noch nie gesehen habe. Sie riecht köstlich. »Das ist ein …«

Ich bewege den Kopf weiter nach vorne, um das wundervolle Aroma einzuatmen.

In diesem Moment beginnt meine Brille zu rutschen. Ich will sie noch auffangen, doch sie gleitet durch meine Finger und fällt mir von der Nase. Erschrocken bücke ich mich, taste auf dem Boden herum. Doch die Frau beginnt zu schreien.

Ihr Gesicht ist verzerrt, zuerst in Furcht, dann vor abgrundtiefem Hass. »Achai!«, kreischt sie mit fast unmenschlicher hoher Stimme. »*Achai*!«

Dann stürzt sie sich auf mich. Ich fühle ihre Hand an meiner Kehle, ihre Finger, die fester zudrücken und mir den Atem rauben. Alles um mich herum verschwimmt in einer einzigen Bewegung, als ich hilflos den Arm ausstrecke, um sie abzuwehren.

Im nächsten Moment sehe ich Eli neben mir. Er zieht mich zur Seite und streckt der Händlerin seine Handfläche entgegen.

Sie erstarrt und lässt von mir ab.

Gerade noch war ihr Gesicht von Hass verzerrt, nun wird es plötzlich ausdruckslos. Sie betrachtet Elis Hand, als wüsste sie nicht so recht, was sie davon halten soll. Die Geräusche um mich herum scheinen immer lauter zu werden, bis sie das Einzige sind, was ich noch hören kann. Die Bewegungen der

Menschen um uns herum sind wie Schemen, die mit der Nacht verschmelzen.

Wahrscheinlich hat es nur den Bruchteil einer Sekunde gedauert. Doch mir kommt es wie eine Ewigkeit vor, bis Eli meinen Arm umfasst und mich wegzieht. Diesmal muss ich die Augen nicht schließen, um mich einfach von ihm mitzerren zu lassen. Meine Beine sind völlig taub und zittern so sehr, dass ich mich kaum aufrecht halten kann. Eli stützt mich und wird schneller, immer schneller, bis wir rennen. Wir verschwinden im Gedränge.

Kapitel 5

Marbor

»Eli«, keuche ich zwischen zwei flachen Atemzügen, als ich wieder sprechen kann. Wir lehnen an einer Mauer in einer heruntergekommenen Seitengasse. Auch er atmet schwer und hält meinen Arm immer noch im Klammergriff fest. »Eli, was beim Dunklen bedeutet das?«

Nun lässt er mich los, als hätte er gerade erst bemerkt, dass er es bisher noch nicht getan hat. »Die Frau war verrückt«, sagt er hastig. »Sie hat dich angegriffen, einfach so. Ich ... Es ...«

»Das meine ich nicht«, sage ich und halte mir die stechenden Seiten. Ich bin es gewohnt, dass Menschen beim Anblick meiner Augen erschrecken. Ja, es ist auch schon das eine oder andere Mal vorgekommen, dass jemand handgreiflich geworden ist. »Das meine ich nicht, Eli. Dieses Wort ...« Dieses Wort, das sie gerufen hat.

Achai.

Aus irgendeinem Grund stellen sich die Härchen in meinem Nacken auf, als ich es nur in Gedanken flüstere. *Achai.* Ein eiskalter Schauer rieselt meinen Rücken herab. Was hat das bloß zu bedeuten? Ich bin es gewohnt, dass Menschen mich eine Dämonin nennen. Ein Monster. Ein Scheusal. Eine Ausgeburt des kalten Abgrunds. Doch dieses Wort ...

Etwas erwacht in meiner Brust. Es schlägt die Augen auf, wie nach einem jahrhundertelangen Schlaf. Wie ein Tier.

»*Achai*«, flüstere ich probeweise. Dieses Wort muss etwas bedeuten, das wird mir klar, als ich es auf meiner Zunge schmecke. Das muss es einfach. Ich kann es spüren.

Eli starrt mich an. Erst in diesem Moment wird mir bewusst, dass sein Gesicht nur wenige Zentimeter von meinem entfernt ist. Seine Augen funkeln auf eigentümliche Weise im Schein der Gaslaternen. Diesen Ausdruck habe ich noch nie in ihnen gesehen. Es ist ein unstetes Flackern. Angst? Nein. Etwas anderes. Doch ich kann es unmöglich beschreiben.

Ehe ich den Ausdruck genauer ergründen kann, schlägt er die Lider nieder.

»Sie war verrückt«, wiederholt er leise. »Mach dir keine Gedanken, Louise.«

»Aber was bedeutet dieses Wort ...«

Eli öffnet den Mund und holt tief Luft. Das Tier in meiner Brust regt sich, begierig auf das, was er gleich sagen wird. Es wird gleich etwas passieren, wird mir plötzlich klar. Etwas ungemein Wichtiges.

Eli sieht mich an und wieder sehe ich für eine Sekunde das seltsame Glühen in seinen Augen aufflackern. Dann spricht er. »Wahrscheinlich bedeutet es gar nichts«, antwortet er kurz.

Ich runzele die Stirn. Er wollte etwas anderes sagen. Da bin ich mir sicher.

Eli schenkt mir ein Lächeln, und ganz plötzlich habe ich das Gefühl, er würde seine Antwort zutiefst bedauern. »Sie war verrückt«, sagt er noch ein drittes Mal. »Wer weiß schon, was in ihrem Kopf vorgeht?«

Ich starre ihn weiter an. Meine Gedanken sind so wirr, dass ich keinen einzigen klaren Satz formulieren kann.

»Louise?«, fügt er hinzu.

Ich schüttele kaum merklich den Kopf. Er wollte etwas sagen. Ich *weiß* es. Ob er die Frau kennt? Wenn ja, warum? Woher? Warum sagt er es mir nicht? Vertraut er mir nicht?

Natürlich vertraut er dir nicht, Louise. Warum sollte er? So wichtig bist du ihm nicht, vergiss das niemals. Dies hier ist nicht eines deiner Bücher.

»Ich denke, wir sollten zurück zum Zirkus gehen«, sagt Eli leise und blinzelt erneut, sodass seine langen Wimpern den Ausdruck in seinen Augen verbergen. »Ich bin ... Das hat mich aufgewühlt. Es tut mir leid, dass ich nicht da war, um dich zu beschützen. Ich hätte da sein müssen.«

Noch immer rasen die Gedanken in meinem Kopf wild umher. Ich merke kaum, wie er erneut meinen Arm nimmt und beginnt, mich durch die verwinkelten Straßen von Marbor zu führen. Die rußigen Häuser um uns herum, die mir vorher noch interessant und geheimnisumwoben erschienen sind, wirken plötzlich bedrohlich, wie sie im Schein der flackernden Gaslaternen um uns herum aufragen.

Achai, hallt es in meinem Kopf, hallt es zwischen den schiefen, dunklen Häusern, im Takt meiner Schritte auf dem Kopfsteinpflaster. *Achai*. Schritt für Schritt kommen wir dem Zirkus Ora näher. Schritt für Schritt nähern wir uns dem Moment, in dem ich erneut gefangen bin.

Eli sagt kein Wort mehr.

Die Wagen des Zirkus Ora sind auf einem großen Platz am Rande der Stadt aufgereiht, direkt am Ufer des Achos. Ob es hier wie im Echos eine schwarzäugige Flussdämonin gibt?

An diesem Platz stehen keine Laternen mehr, doch das Licht, das aus Oras Wagen scheint, ist schon von Weitem sichtbar. Vertraute Geräusche hallen durch die Nacht, das

Klirren der Zeltstangen, dumpfes Pochen, als Eduard die Tribüne mit einem Hammer im Boden verankert, Vincents unflätiges Fluchen, als er mit der Zeltplane kämpft. Eli begleitet mich immer noch schweigend zu meinem Wagen. Ich kann durch das Fenster das gedämpfte Flackern des Feuers sehen. Dorothea muss meinen Ofen für mich angezündet haben. Ich setze zögerlich einen Schritt auf die kleine Treppe, die in meinen Wagen führt. Dann drehe ich mich auf dem Absatz um. Nun ist es, als würde ich ihn um einen halben Kopf überragen.

»Eli?«, frage ich.

Er hat den Kopf gesenkt.

Tausende Fragen schwirren durch meine Gedanken. Doch ich wage es nicht, auch nur eine davon zu stellen.

Er vertraut dir nicht, Louise. Sonst hätte er das gesagt, was er sagen wollte.

Eli greift in seine Tasche und lächelt mich schief an. »Dein Buch«, flüstert er. »Ich hätte es beinahe vergessen.« Er streckt mir einen dicken Wälzer entgegen.

Mit tauben Fingern greife ich danach. Das Buch interessiert mich im Moment nicht. Doch die Fragen, die mich interessieren, kann ich ihm nicht stellen, so wie er zuvor reagiert hat.

Eli stellt sich auf die Zehenspitzen. Er öffnet den Mund, wieder auf diese Art, als würde er etwas sagen wollen. Doch erneut sagt er nichts. Stattdessen tut er etwas, was er noch nie getan hat. So schnell, dass ich gar nicht wirklich realisiere, was er vorhat, haucht er mir einen leichten Kuss auf meine linke Wange.

»Gute Nacht, Louise«, flüstert er. Und dann, noch leiser: »Verzeih mir.«

Ich lege die Finger auf meine brennende Wange. Alles in mir ist taub. »Was soll ich dir verzeihen?«, frage ich tonlos.

»Nichts. Alles«, formt er mit den Lippen, die gerade meine Wange geküsst haben. Und im nächsten Moment ist er weg, verschmolzen mit der Nacht.

Mit zitternden Beinen und so verwirrt wie noch nie zuvor gehe ich in meinen Wagen und lasse mich auf die Bank sinken. Das Feuer knistert warm und heiter. Im nächsten Moment springe ich wieder auf, eile zu der Truhe, in der meine Bücher gestapelt sind, und hole das Lexikon hervor.

Achai.

Mein Zeigefinger gleitet über die brüchigen Seiten. Es gibt keinen Eintrag zwischen Abor, Hauptstadt von Isgrad, und dem Fluss Achos, der laut Lexikon tatsächlich keine einzige schwarzäugige Flussdämonin besitzt.

»Achai«, lasse ich das Wort noch einmal über meine Lippen gleiten. »Alles. Nichts.«

Meine Wange brennt noch immer.

In dem kleinen Wald neben dem Platz, auf dem wir quartieren, finde ich schließlich zwei Bäume, die perfekt sind. Mit einer routinierten Bewegung schwinge ich mich auf den linken Baum und klettere, höher und höher. Nicht zu hoch, denn ich habe kein Sicherungsnetz. Wenn ich stürze, darf ich mich nicht schwer verletzen, aber das Seil darf auch nicht allzu niedrig gespannt sein, denn ich brauche den Platz, um mich frei bewegen zu können. Für einen Moment halte ich inne und atme tief durch. Der leichte Wind, der durch die Baumkronen saust, sortiert meine Gedanken zumindest ein wenig. Eigentlich will ich nach dem gestrigen Abend nicht trainieren, doch es ist schon viel zu lange her, und ich werde hier in Marbor nicht allzu viele Gelegenheiten bekommen. Heute Abend geht es wieder mit der ersten Vorstellung los.

Schließlich knüpfe ich mit zitternden Fingern das Seil um den Stamm und rucke probeweise daran. Der Knoten sitzt fest. Um mich aufzuwärmen, wähle ich statt des Abstiegs einen Salto rückwärts und komme mit meinen bloßen Füßen auf dem herbstbelaubten Boden auf. Flink schwinge ich mich auf den zweiten Baum und mache auch hier das Seil fest, spanne es, bis es ein leises Ächzen von sich gibt.

Der knorrige Ast sticht in meine Fußsohlen. Doch ich bemerke den Schmerz kaum. Meine Gedanken sind auf das Seil fokussiert. Ich muss es mir einprägen, so fest es geht. Mich konzentrieren.

Schließlich atme ich tief durch und hole die Augenbinde aus meiner – nein, aus Vincents – Hosentasche. Ich habe mich noch nicht getraut, Ora um ein Paar Hosen zu bitten. Doch Vincents Reiterhosen erfüllen den Zweck genauso gut.

Nun beben meine Hände geradezu. Doch ich habe den Plan gefasst und werde ihn auch durchführen. Obwohl meine Hände heftig beben, schaffe ich es, die Augenbinde anzulegen.

Du wirst es schaffen, Louise, rede ich mir selbst gut zu. Ich werde es schaffen. Endlich ist der Knoten hinter meinem Zopf geknüpft und es wird völlig dunkel. Instinktiv atme ich auf. Dunkelheit. Die Sonne sticht nicht mehr in meinen Augen. In der Dunkelheit habe ich mich schon immer zu Hause gefühlt.

Noch einmal atme ich tief durch. Und dann setze ich einen Schritt ins Leere.

Schon im nächsten Moment fühle ich das Seil zwischen meinen haschenden Fingern und kann einfach nicht anders, als triumphierend zu lächeln. Ich schwinge mich einmal um das Seil und stehe im nächsten Moment darauf. Zuerst laufe ich probeweise hin und her, einfach nur, um mich zu orientieren. Der Wind wird stärker. Ich kann fühlen, wie sich die kleinen Härchen an meinem Nacken aus dem Zopf lösen und meine Haut kitzeln.

Ich stelle mich auf ein Bein und strecke alle anderen Gliedmaßen weit aus. Es funktioniert. Seiltanzen ist wie Hochradfahren, man verlernt es nicht. Dieses Sprichwort mit dem Hochradfahren habe ich einmal gehört – ich kann in Wirklichkeit gar nicht Hochradfahren. Nur Seiltanzen.

Ich nehme wahr, dass der Wind noch stärker wird. Es ist fast, als würde er singen. Nun schon völlig im Taumel des Tanzes gefangen, mache ich einen Salto vorwärts und komme wieder sicher auf dem Seil auf. Die Euphorie in meinen Adern kocht auf. Noch ein Salto. Ein Rad. Das Seil ist da, stützt mich, gibt mir Sicherheit. Ein Salto rückwärts. Dann schwinge ich mich wieder um das Seil und lasse am höchsten Punkt kurz los. Für den Bruchteil einer Sekunde ist mir, als würde ich fallen. Doch ich falle nicht. Meine Hände schließen sich wieder um das raue Seil.

Schwer atmend halte ich inne, verbiege meinen Körper nach hinten und strecke die Arme dem Himmel entgegen. Am liebsten hätte ich gebrüllt, mein Dämonengrollen dem Himmel entgegengeschickt. Doch das ist gewiss keine gute Idee. Ich will nicht, dass jemand mich findet.

Schließlich erlaube ich mir doch ein Jauchzen. Nur leise. Ich habe es geschafft!

Ich rufe mir den Abstand zum Boden wieder in Erinnerung. Ein doppelter Rückwärtssalto sollte möglich sein. Und er ist tatsächlich möglich. Das Gefühl, wieder das Herbstlaub unter meinen Füßen zu spüren, ist atemberaubend. *Ich habe es geschafft.*

Applaus erklingt.

Mein Gedanke, bevor ich die Augenbinde abnehme, ist, dass es Eli ist. Dass Eli mir applaudiert. Doch als ich sie von den Augen gerissen habe, ist es Maku, der auf einem Baumstumpf dasitzt und mich anstrahlt, mit seinem spitzzähnigen Lächeln. Er klatscht wild in die Hände.

»Das war genial!«, ruft er mit erhitzten Wangen. »Einfach genial. Zuerst dachte ich schon, du würdest fallen, doch dann ... Ich wollte keinen Laut machen, um dich nicht zu erschrecken. Warum hast du mir nie erzählt, dass du auf dem Seil tanzen kannst?«

Ich kämpfe die Enttäuschung zurück, die bei Makus Anblick in meinen Magen gefallen ist, und lächele ihn an. Auf seinem Kindergesicht ist nichts zu lesen außer ehrliche Bewunderung und Freude.

»Danke, Maku«, sage ich. »Wie hast du mich gefunden?«

Er zuckt mit den Schultern. »Mir war langweilig. Ich bin dir nachgegangen. Hör mal, Louise, das musst du unbedingt Eli zeigen!« Ihm scheint gar nicht aufzufallen, dass ich seine Frage nicht beantwortet habe. Ich habe auch keine Antwort darauf. Warum habe ich es ihm nicht erzählt? Nun, da er gefragt hat, weiß ich es selbst nicht.

Ich lächele erneut und fasse ihn bei der Schulter. »Eli hat mir schon einige Male zugesehen«, beschwichtige ich ihn.

»Und wo ist er heute?«, fragt Maku.

»Er probt wohl auch gerade.« *Oder er will mich nicht sehen, nach dem, was gestern Abend war.* Obwohl ich noch immer nicht weiß, was gestern Abend eigentlich war.

Maku strahlt mich unbeirrt weiter an. »Hast du Hunger?«, fragt er.

Tatsächlich, jetzt wo er es sagt, beginnt mein Magen zu rumoren. »Ein bisschen«, räume ich ein und knüpfe das Seil los. Mein ganzer Körper schmerzt, doch es ist ein guter Schmerz. Er holt mich wieder in die Realität zurück, die seit gestern Abend merkwürdig erscheint. Noch immer kann ich die Gedanken nicht sortieren. *Achai.* Was hat dieses Wort zu bedeuten? Es ist ein Wort, das Eli aufgewühlt hat. Soviel ist sicher. Ich kann den Blick der Frau nicht vergessen, als Eli ihr seine Hand entgegengestreckt hat.

Das Mal, fällt mir siedend heiß ein. Ob es etwas mit dem Mal zu tun hat, das Eli auf seiner Handfläche trägt?

»Kochst du mir etwas?«, fragt Maku neugierig und baumelt mit den Beinen. »Kartoffeleintopf?«

Ich muss unwillkürlich lachen. »Also schön«, sage ich. »Mit Wurst?« Im nächsten Moment verbessere ich mich. »Ach, ja ohne Wurst. Du isst ja keine Tiere.«

»Ganz genau«, sagt Maku und sein Gesicht verzieht sich zu dem Grinsen, das einige Zuschauer als furchteinflößend bezeichnen. Das habe ich nie verstanden. Maku ist noch ein Kind, und er trägt keinen Funken Bösartigkeit im Leibe.

»Also Kartoffeleintopf, ohne Wurst«, sage ich und schlinge das Seil um meine Schulter. »Na schön, gehen wir.«

Diesmal warte ich absichtlich, nachdem Eli seinen letzten Salto gemacht hat und sich verbeugt. Wie jedes Mal scheint es, als würde in diesem Raum zwischen den zwei Vorhängen die Zeit nicht existieren. Der beißende Knoblauchgeruch der Karbidlampen hält mich fest in der Realität verankert. Von jenseits des Vorhangs höre ich die vertrauten Stimmen von Dorothea und Maku, von Vincent, Maric und Eduard. All dies verschwimmt, als Eli mir gegenübertritt.

Er streicht sich das Haar aus der Stirn, als wäre er nervös. »Louise«, sagt er leise. Seine Augen funkeln, doch es ist nicht das seltsame, dunkle Glühen, das mich gestern so irritiert hat.

»Wie geht es dir?«, frage ich, weil mir nichts Besseres einfällt.

Er antwortet nicht. Noch immer hat er diesen merkwürdigen, schuldbewussten Blick, mit dem er mich gestern angesehen hat. Nachdem er den Kuss auf meine Wange gehaucht hat.

»Bist du hungrig?«, frage ich.

Er lächelt. Endlich ist es wieder da, das Lächeln, das ich an ihm so mag. Das Lächeln, das mein Herz schneller schlagen lässt. »Ein bisschen«, gibt er zu.

»Ich habe noch Kartoffeleintopf. Willst du mit mir essen?«

Er nickt und wirkt ehrlich begeistert. »Ich liebe deinen Kartoffeleintopf.«

Als ich voran zu meinem Wagen gehe, kann ich nicht anders, als zu lächeln. Der Kartoffeleintopf war ein Angebot. Ein Angebot, die Normalität wiederherzustellen. Eine Normalität, in der wir gemeinsam essen. Das tun wir öfter. Jedes Mal schiebe ich vor, dass ich zu viel gekocht habe. Jedes Mal erklärt er sich dazu bereit, mit mir die Reste zu essen.

Wenn Eli nicht mit mir darüber reden will, was gestern passiert ist, ist es in Ordnung. Hauptsache, wir sprechen wieder miteinander. Denn eine Sache wird mir in diesem Augenblick, zwischen den zwei Vorhängen, völlig klar: Wenn er mir nicht mehr geben kann als ein Abendessen, das aus Resten von Kartoffeleintopf besteht – ich nehme es trotzdem mit Freuden an. Solange Eli da ist. Dies ist alles, was ich jemals bekommen werde. Ein Abendessen aus Resten. Liebesgeschichten in Büchern. Eine brüchige Freundschaft, die mit einem Kuss auf die linke Wange endet und kein Vertrauen in sich birgt. Mitleid mit einem Monster.

Dennoch hallt das Wort immerzu in meinem Kopf.

Achai. Achai. Achai.

In dieser Nacht träume ich. Ich träume, dass ich in der Manege stehe. Um mich herum sind unzählige Gesichter, ihre Münder weit aufgerissen. Ich halte die Augenbinde in der

Hand und will sie schon anlegen, doch in diesem Moment kommt mir eine bessere Idee.

Hier kommt Louise! Sie tanzt blind durch die Luft ... Doch Oras Stimme verklingt. Sie ist plötzlich nicht mehr wichtig. Das seltsame Tier in meiner Brust erwacht erneut.

»Hier ist Louise«, brülle ich mit meinem besten Dämonengrollen. »Sie tanzt *ohne Seil* durch die Luft.«

Schweigen breitet sich aus, und es wiegt so schwer wie Schreie aus tausend Mündern.

Ich schließe die Augen und springe einfach. Da ist kein Seil, das mich auffängt. Da ist nur der Wind. Er ergreift mich und trägt mich höher, höher ... Und ich tanze. Zum ersten Mal tanze ich wahrhaftig.

Kapitel 6

Es ist kühl geworden. Gedankenverloren rühre ich in meinem Kartoffeleintopf und sehe aus dem Fenster meines Wagens. Die Bäume sind schon fast völlig kahl. Morgen werden wir aus Marbor abreisen. Ich weiß nicht, was ich hoffen soll: Dass Marie ein neues Opfer gefunden hat, bei dem wir einbrechen sollen? Dann könnte ich wieder mit Eli reisen. Oder, dass sie niemanden gefunden hat? Dann könnte ich heute Abend mit ihm den Kartoffeleintopf essen. Vielleicht wird er mir wieder einen Kuss auf die Wange hauchen. Auf die linke. Es ist immer die linke. Das tut er manchmal, in letzter Zeit. Doch ich mache mir deshalb keine Illusionen. Es ist nur Mitleid, das ihn dazu treibt, das weiß ich ganz genau. Nur aus Mitleid geht er mit mir in den Wald und applaudiert mir, wenn ich mit Augenbinde tanze. Nur aus Mitleid küsst er meine linke Wange.

Wir diskutieren oft über die Bücher, die wir gelesen haben. Dies sind meine Lichtblicke. Jeden Tag, wenn ich in meinem Käfig sitze, freue ich mich auf den Abend. Auf die Momente mit Eli, in denen wir reden.

Er kann furchtbar leidenschaftlich werden, wenn er über Bücher spricht. Seine schlanken Finger kreisen manchmal über eine Textstelle, stechen geradezu wütend auf das Papier ein, während er mir seine Gedanken mitteilt.

»Das fand ich viel zu konstruiert«, erklärt er etwa und isst noch eine der Kastanien, die ich auf meinem Ofen brate und mit Salz und Butter würze. »Echte Menschen handeln doch nicht so, oder?«, fragt er und trinkt noch einen Schluck Bier. »Würdest du so handeln, Louise? Würdest du wirklich einfach gehen, ohne ihm die Wahrheit zu sagen? Nein, nein, das war absolut nicht nachvollziehbar. Dieser Schriftsteller sollte sich einen anderen Beruf suchen, wenn er es für nötig hält, solch weit hergeholte Situationen zu beschreiben, um den Text dramatischer zu machen.« Dabei verzieht er stets die Stirn in so verzweifelte Falten, dass ich lachen muss.

Und dann denke ich wieder an diesen Moment.

Achai.

Ich weiß, dass er mir etwas nicht sagt, etwas über seine Vergangenheit.

Warum sagst du es mir nicht, Eli?, würde ich gerne fragen. Warum sagst *du* mir nicht die Wahrheit? Doch das steht mir nicht zu.

Ein Klopfen an der Tür meines Wagens reißt mich aus meinen Gedanken.

Es ist Madame Rosa. Sie lächelt mich freundlich an und zieht ihren Schal enger um den Hals. »Louise«, sagt sie. »Umberto will, dass du ins Zelt kommst. Du bist zu spät.«

In einer hastigen Bewegung ziehe ich die Uhr hervor. Tatsächlich. »Zu spät«, murmele ich und lösche das Feuer unter meinem Ofen. »Tatsächlich.«

Madame Rosas Augen zwinkern. »Zeit ist eine merkwürdige Sache, oder?«, fragt sie geheimnisvoll. »Oft hat man das Gefühl, dass kaum eine Sekunde vergangen ist, und doch hat man über die gesamte Welt nachgedacht. Über den Anfang, das Ende, über nichts und alles …«

Ich schenke ihr ein schiefes Lächeln. Irgendwie weiß ich nicht genau, was ich von Madame Rosa halten soll. An Wahrsagerei glaube ich nicht, aber sie schafft es immer, mich zu verunsichern.

»Louise«, sagt sie, als ich an ihr vorbeieilen will. Sie greift nach meiner Hand und starrt mich aus hellen Augen an. »Warte eine Sekunde ...«

Ich erstarre unwillkürlich. Madame Rosa zieht meine Hand näher an ihre Augen heran. »Bei den elf Elementen!«, keucht sie.

»Was?«, frage ich und runzele die Stirn. Madame Rosa sagt oft seltsame Dinge, die ich nicht verstehe.

»Nichts«, haucht sie und starrt mich an, ohne zu blinzeln. »Oh, mein Kind, du hast eine interessante Geschichte vor dir ...«

»Ähm ...«, sage ich, weiß darauf aber nichts zu erwidern. »Was sind die elf Elemente?«

Madame Rosa schnalzt mit der Zunge. »Die elf Elemente? Oh, Mädchen, was bringen sie euch in der Schule bloß bei?«

Ich hebe eine Augenbraue. »Madame Rosa, ich bin nie zur Schule gegangen. Dorothea und Eduard haben mich unterrichtet.«

Sie entgegnet nichts mehr darauf, legt nur den Kopf schief und sieht mich weiterhin unverwandt an.

Ich schüttele den Kopf und nehme mir vor, die elf Elemente im Lexikon nachzuschlagen. Sie mag nett sein, aber ich habe es eilig. »Schönen Abend noch, Madame Rosa. Ich muss los.«

Sie kichert. »Lass dich nicht aufhalten. Sag Dorothea liebe Grüße, ja?«, bittet sie.

»Aber natürlich doch.« Ich eile dem Zelt entgegen. Es riecht nach gebrannten Kastanien. Marie schlendert mir entgegen, am Arm eines älteren Mannes, der mir vage bekannt vorkommt. Sie scheint sich so köstlich über einen Witz ihres Begleiters zu amüsieren, dass sie mich gar nicht bemerkt. »Marie«, rufe ich.

Nun wendet sie mir ihren Blick zu. Ihre Augen leuchten auf. »Louise!«

»Wir sollen ins Zelt kommen.«

Marie nickt, löst sich von dem Arm des nobel gekleideten Herren und eilt mir nach.

Er sieht uns hinterher. Ich kann seinen Blick in meinem Nacken spüren wie ein unangenehmes Prickeln. Sicher ist er wenig erfreut, seine reizende Begleitung gehen zu lassen.

Dorothea erwartet uns schon. »Louise«, sagt sie und schenkt mir ein Lächeln. »Geht es dir gut?«

Ich nicke, wie einer der Automaten, die Ora sich so gerne anschaffen würden. Puppen aus Holz, die sich mechanisch bewegen, wie durch Zauberhand. Natürlich lautet die Antwort, dass es mir gut geht.

Dorothea hebt zwar eine Augenbraue, doch schließlich drückt sie nur fest meine Hand und deutet in Richtung Käfig. »Kommst du nachher noch kurz zu mir? Wir könnten spazieren gehen, das haben wir schon lange nicht mehr gemacht«, sagt sie.

Ich nicke erneut. »Kommt auf Ora an«, sage ich.

Dorothea nickt und verdreht die Augen. »Müsst ihr heute Abend wieder los?«

»Ich weiß noch nicht.«

Sie wirft mir noch eine Kusshand zu. Ich merke kaum, wie Vincent mich in die Manege karrt. Automatisch spule ich mein Programm ab. Dämonengrollen. Schloss aufbrechen. Damen in Ohnmacht fallen lassen. Mich von Ora mit seiner Peitsche wieder zurück in den Käfig scheuchen lassen. Endlich ist es vorbei.

Wieder warte ich zwischen den Vorhängen auf Eli. Als er mich erblickt, schenkt er mir wie an den Abenden zuvor ein Lächeln. Doch es ist getrübt. Er weiß ebenso, dass wir gleich zu Ora gehen. Wir beide wissen es. Er bietet mir seinen Arm dar, und ich nehme ihn.

»Graf von Schwarzenstein?«, fragte Eduard. In seiner Stimme schwingt Entsetzen mit. »Im Ernst?« Er blickt von Ora zu Marie und dann wieder zurück, als müsste er sich davon überzeugen, dass das kein Witz ist.

Schwarzenstein. Der Name kommt mir seltsam bekannt vor, doch ich komme einfach nicht darauf, wo ich ihn schon einmal gehört habe. Vielleicht habe ich ihn in der Zeitung gelesen. »Wieso?«, flüstere ich Eli zu. »Was ist mit ihm?«

Er zuckt nur ratlos mit den Schultern und sieht Marie erwartungsvoll an.

»Er ist reich«, sagt sie mit ihrer glockenhellen Stimme. »Sehr, sehr reich. Und er hat mich zum Abendessen eingeladen.« Sie zieht eine Schnute.

»Ach, aber Mariechen, das ist doch wunderbar!«, sagt Ora salbungsvoll.

Marie verdreht die Augen. Sie zieht einen kleinen Spiegel aus ihrem Täschchen hervor und überprüft ihr Rouge. »Ich mache mir nichts aus ihm.«

Ora lacht. »Manchmal habe ich das Gefühl, du machst dir überhaupt nichts aus Männern.«

Marie schlägt die Wimpern nieder und errötet unter ihrem Rouge, antwortet jedoch nicht. »Ich nehme an, du willst, dass ich trotzdem hingehe, Umberto?«, fragt sie leicht säuerlich.

Ora klatscht in die Hände. »Aber natürlich! Wie viele Bediensteten hat er doch gleich?« Sein Tonfall macht klar, dass er die Antwort längst kennt.

»Keine«, sagt Marie und steckt den Spiegel wieder ein. »Null. Absolut null. Er lebt lieber abgeschieden und völlig allein. Hat er mir erzählt.«

Oras dröhnendes Lachen bringt den kleinen Wagen zum Wackeln. »Habt ihr das gehört?«, wendet er sich an alle. »Ihr werdet vollkommen ungestört sein.«

Unwillkürlich beiße ich mir auf die Unterlippe. Plötzlich macht sich Nervosität in mir breit. Das klingt zu gut, um wahr zu sein.

»Nein. Da mache ich nicht mit«, mischt Eduard sich wieder ein. »Schwarzenstein ist verrückt, wusstet ihr das nicht? Wer weiß, vielleicht hat er Fallen in seinem Anwesen … oder …« Er schaudert.

Ich lehne mich alarmiert nach vorne. Verrückt?

»Rede doch nicht so einen Blödsinn, Eduard«, fällt Ora ihm scharf ins Wort. »Das ist nichts weiter als Klatsch und Tratsch.«

»Nein«, beharrt Eduard. »Er ist verrückt. Und bösartig. Ein Ungläubiger obendrein. Er betet Dämonen an. Das weiß doch jeder. Früher war er nicht so, heißt es zumindest, doch vor einigen Monaten …«

»Papperlapapp«, unterbricht Ora ihn erneut. »Marie, ist der Mann verrückt?«

Marie zieht erneut eine Schnute und zuckt mit den Schultern. »Ein wenig sonderlich. Aber er war eigentlich recht freundlich zu mir. Freundlicher als die meisten. Obwohl er so einflussreich ist.«

Schwarzenstein. In dieser Sekunde fällt mir wieder ein, woher ich den Namen kenne. Ich habe ihn in der Zeitung gelesen. Und nun weiß ich auch, woher Maries Begleiter mir so bekannt vorkam. Das muss er gewesen sein: Schwarzenstein. Er ist einer der wichtigsten Berater des Kaisers von Ankor-Drak. Man munkelt sogar, dass er vielleicht zum Ministerpräsidenten ernannt werden soll. Ungewöhnlich, dass er sich unter das Volk mischt. Nun ja, vielleicht mag er den Zirkus eben.

»Und du sagst, er ist verrückt?«, frage ich Eduard neugierig. Ich weiß nicht sonderlich viel über Politik, finde sie aber ungemein spannend.

»Hört doch endlich auf mit diesem Blödsinn!«, ereifert sich Ora. »Louise, lass dir bloß nichts von Eduard einreden, er ist abergläubisch. Ihr geht, und das ist ein Befehl. Das wird unser größter Coup bisher!« Er verzieht den Mund zu einem breiten Grinsen. »Diesmal gehen wir die Sache anders an. Vincent, ihr könnt mit dem Wagen direkt beim Anwesen halten und ihn ordentlich vollladen. Louise, Eli, ihr reist uns diesmal nicht mit dem Zug hinterher. Wir nehmen die Beute einfach so mit, versteckt unter dem Heu für die Pferde. Marie, halte den Grafen so lange hin wie möglich. Lass dir etwas einfallen. Nimm dir für heute Nacht eine Unterkunft, ich zahle. Du kommst morgen mit dem Zug nach Dreustein. Eduard, du wirst nicht kneifen, sonst setzt es was.«

Eduard schluckt. Schließlich nickt er widerwillig.

Mein Magen verkrampft sich vor lauter Enttäuschung. Ich darf nicht mit Eli nachreisen. Verschwunden ist die Hoffnung auf ein paar Stunden Freiheit.

Ora erhebt sich. »Worauf wartet ihr noch? Vincent, spann die Pferde vor den Wagen! Louise, geh dich umziehen.«

Vincent greift sich an die Stirn und stöhnt auf. »Die Hose! Tut mir leid, Louise, ich habe sie letztens im Wald zerrissen, als ich beim Pilze suchen in ein Gestrüpp geraten bin. Das linke Bein ist ab.«

Das fängt ja großartig an. Das alte Trikot, das Marie mir geborgt hat und das ich im Sommer zum Üben trage, kann ich nicht anziehen, es ist viel zu dünn für diese kalte Nacht. Ich sollte mir wirklich bald ein eigenes Paar Hosen, Hemden und einen praktischen Mantel zulegen. Aber dann muss ich Ora um Geld bitten, und das hasse ich.

»Macht nichts«, mischt Eli sich ein. »Du kannst mein zweites Paar Sachen haben, Louise. Die sollten dir passen. Komm mit, dann kannst du sie anprobieren.«

Ich muss ein Lächeln zurückhalten. Vielleicht läuft diese Nacht doch besser als gedacht. Vor lauter Aufregung werfe ich fast Eduards Bierflasche vom Tisch, als ich mich erhebe. Nur im letzten Moment fange ich sie auf und reiche sie Eduard mit einem entschuldigenden Lächeln wieder.

Eli wartet schon in der Tür. Ich folge ihm in die kalte Herbstnacht.

Als wir bei seinem Wagen angelangt sind, sperrt er hastig auf und bittet mich mit einer Handbewegung ins Innere. Mein Herz macht einen Satz. Ich bin nur selten in Elis Wagen, meist besucht er mich, nicht umgekehrt. Hier riecht es überall nach ihm, nach diesem ganz eigenen Geruch von Wind und Sommer, der Eli anhaftet. Eli hat nicht viele Sachen. Sein Wagen ist nur spärlich eingerichtet.

Er zündet eine Lampe an. Sie wirft flackernde Schatten auf sein Gesicht. »Louise«, sagt er leise und sieht sich um, als würden wir belauscht werden. »Ich wollte mit dir sprechen.«

Mein Herz setzt für eine Sekunde aus. Warum will er mit mir reden? Will er mir sagen, dass er eine Geliebte hat, vielleicht gar Marie? Dass die Küsse auf die linke Wange und unsere Abende in meinem Wagen für alle Zeiten vorüber sind?

Ich muss wohl entsetzt aussehen, denn Eli lächelt schief. »Es ist nichts Schlimmes. Im Gegenteil. Versprochen.«

Ich nicke zögerlich.

»Es ist nur ... Ich habe nachgedacht. Ich kann so nicht weitermachen. Es muss sich etwas ändern. Ich habe einen Plan; und ich wollte dich fragen, ob du auf meiner Seite bist.« Er blickt mich hoffnungsvoll an.

Sofort nicke ich. Egal, was für einen Plan Eli hat – natürlich bin ich auf seiner Seite!

»Ich will aussteigen«, sagt Eli entschlossen. »Aus dem Zirkus Ora. Aus der Bande. Aus allem.«

Das Entsetzen kehrt mit einem Schlag zurück. Will er mich etwa hier allein zurücklassen? Ich könnte es ihm nicht verübeln, doch ...

»Ich will, dass du dabei bist«, fährt Eli im nächsten Moment fort. »Mein Plan war folgender: Ich will einen eigenen Zirkus gründen.« Er senkt die Stimme und flüstert die nächsten Worte. »Wir könnten schon heute etwas von der Beute abzweigen. Dann schnappen wir uns zwei von Oras Pferden, meinen und deinen Wagen, und hauen ab. Gemeinsam mit Maku und Dorothea, wenn sie mitkommen wollen. Ich habe schon überlegt, ob ich Marie, Eduard und Vincent auch fragen soll, aber ich habe Angst, dass sie es Ora verraten oder sich verplappern. Nein, es ist besser, wenn wir nur zu viert sind. Zu viert können wir uns selbst etwas aufbauen, etwas viel Besseres. Ich kann weiterhin meinen Windtanz aufführen, du tanzt auf dem Seil, Maku führt seine Zaubertricks auf und Dorothea könnte Komödie machen. Wir würden unser Geld ehrlich verdienen, die Zuschauer wahrhaftig begeistern. Mit der abgezweigten Beute können wir uns ein eigenes Zelt besorgen ... Was hältst du davon?«

Das Herz klopft mir bis in den Hals. Ich schaffe es kaum, die Worte hervorzubringen. »Meinst du das ernst?«, hauche ich.

»Aber natürlich meine ich das ernst!«, sagt Eli laut und senkt seine Stimme sofort wieder.

Ich zögere. Ja, natürlich ist es das, was ich mir insgeheim wünsche. In meinen besten Nächten, in denen der Herbstwind um meinen Wagen pfeift und ich die ganze Nacht unter der Lampe ein Buch verschlinge, das von Abenteuern und

Heldentaten handelt. Aber bin ich bereit dazu, vor Zuschauern ...

»Du bist bereit, Louise«, sagt Eli in diesem Moment. »Du bist genauso gut wie ich. Dir fehlt nur noch ein wenig Übung, doch die kommt mit der Zeit, wenn du jeden Tag ungestört proben kannst.«

Mein Herz schlägt noch schneller, obwohl ich das nicht für möglich gehalten hätte. Ich atme tief durch. Und dann nicke ich. »Gut«, sage ich. Es hört sich ängstlich an. Ich bemühe mich, meine Stimme fester klingen zu lassen, als ich es erneut sage. »Gut. Ich bin dabei, Eli.«

Ein breites Grinsen breitet sich auf seinem Gesicht aus. Er legt den Kopf zurück und stößt einen stummen Jubelschrei aus.

Mein Blick bleibt voller Faszination an seinem Hals hängen. Wie es sich wohl anfühlen würde, die Finger auszustrecken und ... Doch Eli unterbricht meine Gedanken.

»Wir werden so viel wie möglich von der Beute verstecken«, wispert er. »Das Beste ist, wenn wir kleine Dinge wählen, die sich gut transportieren lassen.«

Ich nicke. Die Aufregung brennt in meinem Bauch, flackert synchron mit der kleinen Flamme von Elis Lampe.

Eli klatscht in die Hände. »Dann ist es abgemacht?«

Ich nicke erneut.

Er springt auf, sein Gesicht immer noch von wildem Grinsen verzerrt. »Dann lass uns dich einkleiden«, sagt er und eilt zu einer Truhe am Boden.

Ich stutze; dann fällt es mir wieder ein. Ach ja, stimmt. Deswegen sind wir ja hergekommen.

Eli beginnt, Kleidung auf die Bank neben der Truhe zu häufen. »Nein, das wird dir zu groß sein ... Einen Moment ... Warte kurz ...«

Schließlich hält er mir stolz ein dunkelgraues Hemd, einen schwarzen Mantel und eine ebenso schwarze Hose entgegen. »Hier. Die habe ich immer getragen, als ich noch jünger war. Ich glaube, da war ich auch noch ein wenig kleiner. Sie sollten dir passen; hoffe ich.«

Mit bebenden Händen fahre ich über den verblichenen Stoff. Er fühlt sich gleichzeitig rau und weich unter meinen Fingern an. Ich kann es kaum erwarten, sie anzuprobieren. Schon hebe ich die Arme hinter den Rücken, um den Verschluss des verhassten Kleides zu lösen, da wendet Eli den Blick ab. Seine Wangen sind ein wenig rot geworden.

»Ich lasse dich dann lieber kurz allein«, sagt er und räuspert sich.

Ich stocke. Dann grinse ich. Plötzlich fühle ich mich übermütig. Eigentlich hätte ich ihm gerne gesagt, dass er ruhig zusehen darf; immerhin habe ich ihn auch schon oft genug unverhohlen angestarrt, als er sich umgezogen hat. Doch natürlich geziemt sich das nicht. Also nicke ich nur und lächele. »Ja, danke, das wäre nett«, sage ich aufgeräumt.

Eli verlässt den Wagen. Seine Wangen wirken sogar noch röter als zuvor.

Ich schäle mich aus dem Kleid und schlüpfe in Hose und Hemd. Beides passt wie angegossen, nur die Hosenbeine sind etwas zu lang. Ich krempele sie auf, dann werfe ich mir den Mantel über und halte kurz inne. Tief atme ich die Luft in meine Lungen. Die Kleider riechen durch und durch nach Eli, wie ich es mir immer vorgestellt habe. Entschlossen reiße ich die Tür auf. »Tadaa«, sage ich.

Eli mustert mich von Kopf bis Fuß, dann grinst er. »Perfekt, Louise.« Etwas, das ich nicht deuten kann, schwingt in seiner Stimme mit. Anerkennung?

Dann hält er mir den Arm hin. Ich hake mich unter und folge ihm zurück zu Oras Wagen.

Kapitel 7

Vincent tätschelt beruhigend Calimeros Hals und hängt ihm einen Hafersack um, wie er es eben bei Primadonna getan hat. »So«, sagt er leise und grinst. »Damit sollten die beiden beschäftigt sein, bis wir zurückkehren.«

Wind ist aufgekommen. Er zerzaust meinen Zopf, als ich aus der Kutsche hüpfe. Elis Kleider, die um meinen Körper wehen, fühlen sich einerseits fremd und vertraut an; immer wieder weht ein Windstoß oder eine Bewegung Elis Geruch in meine Nase.

Einen Moment bleibe ich stehen und atme tief durch. Das Herbstgefühl ergreift wieder Besitz von mir, doch etwas ist anders. Ich neige den Kopf schief und lausche. Für einen Moment dachte ich ... Doch nein, nichts.

»Louise; Eli«, sagt Vincent und unterbricht so meinen Gedankengang. »Ihr geht voran; ihr könnt besser im Dunklen sehen. Wir beide bleiben direkt hinter euch.« Er hakt sich bei Eduard unter.

Eduard hat sich sichtlich bemüht, nicht zu viel zu trinken. Er schwankt nicht; sein Blick ist unüblich klar.

Wir gehen schweigend. Nur der wolkenverhangene Vollmond erleuchtet den kleinen Pfad durch den Wald. Als wir um die Ecke biegen, steht das Anwesen des Grafen von und zu Schwarzenstein vor uns.

Vincent kann ein leises Pfeifen nicht zurückhalten. »Nicht schlecht«, sagt er anerkennend. »Wirklich nicht schlecht.«

Eduard keucht nur leise auf.

Ich schüttele das leichte Prickeln ab, das meine Wirbelsäule hinunterkriecht. Aus irgendeinem Grund stellen sich die Härchen in meinem Nacken auf. Als würde hier irgendetwas nicht stimmen. Doch was sollte nicht stimmen? Dies ist ein Einbruch wie jeder andere. Wir haben so etwas schon viele, viele Male gemacht.

Aber auch Eli bleibt plötzlich stehen. »Wartet«, sagt er. Ich kann trotz der Dunkelheit erkennen, wie er die Stirn in Falten zieht.

»Was ist denn, Eli?«, fragt Vincent etwas ungeduldig.

»Ich weiß nicht. Irgendetwas ist ... merkwürdig.«

»Hast du etwa Skrupel?« Vincent lacht leise. »Sieh dir mal dieses Anwesen an! Der alte Knacker hat genug Erspartes unter dem Kopfkissen. Und er wälzt sich gerade in einer Unterkunft in der Stadt mit Marie in den Laken, wir haben genug Zeit.«

Eli und ich schütteln synchron die Köpfe. Was auch immer die beiden treiben; sie wälzen sich garantiert nicht in den Laken, das passt nicht zu Marie. Ich runzele unwillkürlich die Stirn. Vielleicht macht Marie sich tatsächlich nichts aus Männern. Doch sie lenkt den Grafen sicher anderweitig ab, immerhin hat Ora ihr es befohlen.

»Nicht so wichtig«, sagt Eli und fährt sich grübelnd über die Schläfe. »Mir war nur, als ... Ach, vergesst es.« Er tauscht einen raschen Blick mit mir.

Doch; ich weiß genau, was er meint. Auch ich spüre etwas. Irgendetwas ist nicht wie sonst. Ich erwidere Elis Blick. *Vielleicht ist es wegen dem, was wir zuvor besprochen haben?*, versuche ich ihm geistig mitzuteilen.

Er hebt eine Augenbraue, als Zeichen, dass er verstanden hat. »Ich weiß nicht«, sagt er leise. »Seid auf der Hut, ja?«

Vincent und Eduard nicken. Langsam nähern wir uns dem Anwesen, schwingen uns nacheinander über den Zaun.

Obwohl mein Nacken immer noch kribbelt, passiert nichts. Mit flinken Fingern ziehe ich den Dietrich aus der Manteltasche, öffne ein Fenster im Erdgeschoss und wir steigen hindurch. Drinnen ist es völlig dunkel. Prompt kracht Vincent gegen einen Schrank.

»Wartet«, sage ich leise. »Ich denke, wir können ausnahmsweise eine Lampe anzünden. Nur eine.«

Eduard nickt, er macht sich an einer Lampe zu schaffen und dämpft das Licht sofort. »Also gut«, sagt er bedächtig. »Schwärmt aus. Ladet so schnell wie möglich so viel wie möglich in den Wagen. Je eher wir hier rauskommen, desto besser.«

»Ihr nehmt das untere Geschoss«, wispere ich und werfe Eli einen Seitenblick zu. Er nickt. Im nächsten Moment sind wir schon auf der Treppe.

Noch immer brennt das merkwürdige Gefühl in meiner Magengrube, in meinen Armen, in meinen Beinen ... Ich stolpere. Eli fängt mich am Arm ab, hält inne und schenkt mir einen besorgten Blick. »Alles in Ordnung?«, formt er mit den Lippen.

Ich nicke, mit glühenden Wangen. So etwas ist mir noch nie passiert. »Ja«, entgegne ich ebenso lautlos, und wir laufen weiter nach oben.

Als wir das Zimmer zu unserer Rechten betreten, klappt uns beiden die Kinnlade hinunter. In Vitrinen vor uns liegt Schmuck, wie ich ihn noch nie zuvor gesehen habe. Wie gebannt nähere ich mich einer Vitrine, die eine Krone, eine Halskette und viele Ringe ausstellt. Ich merke gar nicht, dass ein Spiegel hinter der Vitrine steht und mein Dämonenantlitz zeigt. »Beim Dreigesichtigen ...«, wispere ich.

Eli fasst mich an der Schulter. »Genau das, was wir gesucht haben«, flüstert er.

Ich nicke wortlos. Tatsächlich. Auch mit einem einzigen dieser Schmuckstücke könnte er einen eigenen Zirkus gründen. Für eine Sekunde lasse ich zu, dass das Bild in meiner Vorstellung aufsteigt.

Hier kommt Louise, ruft Eli, und Bewunderung schwingt in seiner Stimme mit. *Sie tanzt auf dem Seil, völlig blind!*

Rasch schüttele ich den Gedanken ab und nähere mich der Vitrine.

Eli öffnet sie mit flinken Fingern. »Ich denke, es ist das beste, wenn wir das meiste der Beute mit nach unten bringen, und du ein kleines Schmuckstück unter deinen Kleidern versteckst«, sagt er rasch. »Ora mag ein Widerling sein, aber er wird sicher nicht verlangen, dass du dich ausziehst, damit er dich durchsuchen kann. Und schon allein diese Kette würde ausreichen, um ...«

Ich nicke abwesend, gefangen in dem Bild, das der Spiegel zeigt. Der weiße Zopf hat sich nun schon fast völlig gelöst, das Haar fließt mir über die Schultern, fächert sich über Elis Mantel. Meine Dämonenaugen blicken starr zurück. Mein Blick wandert zu der Kette, auf die er deutet. Sie ist aus Gold, kunstvoll geschmiedet und reich mit Rubinen bestückt.

Ich sehe Elis Gesicht im Spiegel hinter mir. Er scheint zu zögern. Und dann greift er nach der Kette und legt sie mir rasch um den Hals. Ein flüchtiges Lächeln huscht über seine Züge.

Ich muss unwillkürlich ebenfalls lächeln, starre mich immer noch aus meinen Dämonenaugen an. »Hör auf, Eli«, verlange ich. Meine Stimme klingt seltsam heiser.

Er beugt sich näher an den Spiegel, über meinen Nacken. Seine Lippen sind so nahe an meiner Haut, dass er mich auf den Hals küssen könnte, wenn er nur wollte. »Wieso?«, fragt er. Seine Stimme klingt ebenfalls merkwürdig.

»Weil ich mich sonst wie eine hübsche Dame aus einem meiner Bücher fühle«, sage ich leichthin.

Ich habe es als Scherz gemeint, doch Eli hebt nur eine Augenbraue. »Ist das gut oder schlecht?«, fragt er und neigt den Kopf.

Ich runzele die Stirn. »Machst du über mich lustig?«

Eli schüttelt den Kopf und deutet wortlos auf den Spiegel.

Und ich sehe mich an. Ich sehe meine blasse, durchscheinende Haut, unter der die Adern rot und dick hervortreten. Meine schwarzen Dämonenaugen. Die Männerkleidung. Die viel zu langen, viel zu dürren Gliedmaßen, das schlohweiße Haar. Und die goldene Rubinkette. Eilig verberge ich sie unter meinem ...nein, unter Elis Hemd. »Mach dich nicht über mich lustig, Eli«, sage ich. »Das ist nicht nett.«

Etwas huscht über seine Miene. Doch ich kann es nicht deuten. Und ich bin mir auch nicht sicher, ob ich es deuten will. Mit einem Ruck erhebe ich mich, schlage Elis Mantelkragen über die Kette und weiche seinem Blick auf. »Wir sollten gehen«, sage ich rasch. »Irgendwie habe ich die ganze Zeit über ein merkwürdiges Gefühl.«

Eli schweigt einen Moment, dann gibt er sich einen Ruck und nickt. »Stimmt. Ich auch. Lass uns verschwinden. Du hast recht; irgendetwas ist hier seltsam.« Er nimmt mir die Tasche ab, die ich über meiner Schulter trage, und wirft wahllos Schmuckstücke hinein, bis sie bis oben hin voll ist.

Dann huschen wir nebeneinander die Treppen hinunter.

Eduard und Vincent warten schon. »Wo wart ihr so lange?«, zischt Vincent. »Wir waren schon dreimal beim Wagen. Er ist bis oben hin voll mit Schmuck und Silbertellern.«

Erleichterung macht sich in mir breit. Das heißt, dass der Beutezug beendet ist. Ora wird bekommen, was er wollte –

und auch Eli und ich haben, was wir wollten. Die Kette mag nur ein winziger Teil der Beute sein, doch sie wird für einen Neuanfang reichen. Jetzt können wir endlich von hier verschwinden. Weg von diesem seltsamen Gefühl, das in meinem Nacken prickelt und mir sagt, dass hier etwas nicht stimmt.

Eli nickt ebenfalls; sichtlich erleichtert. »Dann lass uns gehen«, sagt er und tauscht einen Blick mit mir. Ich runzele die Stirn, kann nicht genau erkennen, was er damit ausdrücken will. Hoffnung? Freude? Etwas anderes?

Vincent schiebt das Fenster auf und bedeutet mir, als Erste hindurchzuklettern.

Und dann geschieht es.

Das, wovor mein Bauchgefühl mich die ganze Zeit gewarnt hat.

Doch das merke ich erst, als es zu spät ist.

Eine Tür wird aufgerissen. Licht sticht in meinen Augen, so gleißend hell, dass ich aufschreie und die Lider zusammenkneife. Plötzlich ist Eli nicht mehr neben mir, ich kann seine fehlende Präsenz spüren wie ein klaffendes Loch, also reiße ich die Augen wieder auf.

Ein gellender Schrei erklingt. Erst, als er verhallt, wird mir klar, dass ich selbst geschrien habe. Und nun erklingt Elis Schrei, zerreißt die Luft, gequält wie der eines Tieres.

Da sind vier Männer. Ihre Gesichter sind von Kutten verhüllt. Sie halten Eli in ihrer Mitte. Ich sehe den Lauf einer Pistole aufblitzen. Eli kämpft mit Klauen und Zähnen. »Wartet«, brüllt er. »Wartet!« Er zieht seinen rechten Arm aus dem Griff, mit dem der Mann neben ihm ihn umfasst hat, und streckt ihm eilig seine Handfläche entgegen.

Der Mann, dessen Gesicht ich noch immer nicht erkennen kann, stutzt. Er betrachtet Elis Handfläche. Im nächsten Moment erklingt Gelächter, so laut, dass es mir in den Ohren dröhnt. Ich betrachte die Szene vor mir, gefangen in der Starre dieses Albtraumes. Was geht hier vor sich?

Noch immer dröhnt das Gelächter. Seltsam. Es klingt, als würde es von überallher hallen, den Raum völlig ausfüllen, wie ein Echo.

Ehe ich genauer darüber nachdenken kann, verklingt es.

Als wäre das ein Startzeichen, stürze ich los. »Eli«, schreie ich, zuerst tonlos, weil kein Geräusch aus meiner wie zugeschnürten Kehle dringen will, dann laut. »Eli!«

Ich gehe auf den Mann zu seiner Rechten los, bohre meine Finger unter seine Kapuze, suche nach seinen Augen, um ...

Der Mann zu Elis Linker stößt mich mit Leichtigkeit zurück. Erneut lacht jemand, und wieder ist es, als würde das Lachen zwischen den Wänden umherhallen, ohne Quelle, ohne Ziel. Ich rappele mich erneut auf, stürze wieder auf ihn zu, brülle ihm alles entgegen, was ich zu bieten habe. Meine Wut. Meine Verzweiflung.

Eli starrt mich an, mit weit aufgerissenen Augen. »Nein«, formt er mit den Lippen. »Nein!«

Ich krache mit meinem gesamten Körpergewicht gegen den rechten Mann. Er bebt nicht einmal. Nur eine Sekunde später liege ich erneut mehrere Meter entfernt am Steinboden. Als mein Kopf wieder klar wird, sehe ich nur Elis Gesicht. »Nein«, sagen seine Lippen ein letztes Mal.

Das Licht der Lampe flackert. Und verlischt. Nur der schwache Schein des Mondes erhellt den Raum.

Und dann sehe ich plötzlich eine Klinge im Mondlicht aufblitzen. Eli schreit.

Ich spüre, wie Vincent und Eduard von hinten meine Arme umfassen. *Nein!* Ich kämpfe, will mich losreißen, ich muss zu Eli, ich muss ihm helfen ...

Die Schreie von Vincent und Eduard werden zu einem Störgeräusch im Hintergrund. Ich zerre, rufe. *Eli! Ich muss zu ihm!*

Elis Augen bohren sich in meine. Der Ausdruck in ihnen ist traurig. Er schüttelt den Kopf.

Sein Hemd wird von Blut durchtränkt. Es breitet sich langsam aus, wie eine todbringende Rose, die sanft erblüht.

Das ist das Letzte, was ich sehe, bevor Vincent und Eduard mich durch das Fenster nach draußen ziehen.

Kapitel 8

»Wir müssen ihm helfen!« Erneut versuche ich, mich loszureißen, doch Vincent hält meine Arme fest umklammert und zieht mich erbarmungslos mit sich, durch Gestrüpp, über Wurzeln. Äste peitschen in mein Gesicht, doch ich fühle keinen Schmerz. »Wir müssen weg von hier«, zischt er. »Louise, jetzt komm schon, es ist ...«

»Nein!«

»Jetzt sei doch vernünftig!« Er stößt mich in die Kutsche, deutet Eduard, mich festzuhalten, und schwingt sich auf den Kutschbock.

Ich stoße die Kutschentür auf, will laufen, zu Eli, ich muss ...

Starke Arme schließen sich um meine Handgelenke. Eduard zieht mich zurück in die Kutsche. »Es tut mir leid«, sagt er mir ins Ohr. »Louise, wir ...«

»Nein! Eli«, brülle ich. Meine Stimme bricht. »Eli!«

Vincent knallt mit der Peitsche. Calimero wiehert erschrocken. Die Kutsche setzt sich mit einem Ruck in Bewegung.

»Wir müssen ihm helfen!«, rufe ich, wieder und wieder. Meine Worte gehen im wilden Geklapper der Pferdehufe auf dem Kopfsteinpflaster unter. Etwas legt sich wie ein eiserner Ring um meine Brust. »Eduard, bitte, jetzt tu doch etwas ... Sag ihm, dass er anhalten soll, bitte«, flehe ich. Tränen fließen heiß über meine Wangen. »Sag ihm, dass ...«

Eduard schüttelt den Kopf. Er hält meine Handgelenke immer noch fest umschlossen. »Louise«, beschwört er mich. »Die waren zu viert, wir können nichts ... Sie waren bis an die Zähne bewaffnet! Wir haben nicht einmal ein Messer, jetzt komm doch zur ...«

»Ich kann kämpfen«, schreie ich ihm entgegen. »Wir sind zu dritt! Ich werde ihnen das Herz aus der Brust ... Sag ihm, er soll ...« Ich bekomme eine Hand frei und zerre am Griff der Kutschentür. Sie schwingt auf. Ich setze an hinauszuhechten, doch ...

Eduard keucht erschrocken auf. In der nächsten Sekunde liegen seine Hände um meine Taille. »Louise«, sagt er eindringlich, »bist du verrückt geworden?«

Ich heule auf. »Eli!« Dann kommt mir eine Idee. »Wir müssen zu den Gesetzeshütern gehen«, keuche ich. »Ihnen sagen, dass ...«

»Ihnen was sagen? Dass wir dort eingebrochen sind?« Eduard zieht mich wortlos an sich. »Es tut mir leid, Louise«, sagt er erneut und drückt mich fest an sich. »Wir können nichts für ihn tun.«

Ora legt die Finger an sein Kinn. Er steht auf und beginnt, in seinem Wagen auf- und abzugehen.

Ich sehe ihm aus brennenden Augen zu. »Wir müssen zurück, wir müssen nach ihm suchen, ihm helfen ... Onkel Umberto, *bitte*!«

Ora bleibt stehen, mir den Rücken zugewandt. Ich sehe, wie seine Schultern nach unten sacken. Er räuspert sich und dreht sich um.

»Nein«, sagt er und sieht mir fest in die Augen. »Wir brechen in Richtung Dreustein auf. Jetzt sofort. Vincent; mach die Pferde und die Wagen bereit. Eduard, geh und wecke Madame Rosa, Dorothea und Maku. Maku muss mit anpacken.«

Ich starre ihn fassungslos an.

Für einen Moment wirkt es, als würde Ora sich gleich entschuldigen. Doch er tut es nicht. »Es ist das Beste so«, sagt er schließlich.

Diesmal sind es Tränen des Zorns, die mir über die Wangen fließen. Die Wut flammt heiß in meinem Magen auf, steigt mir bis in die Kehle. »Du ...«, keuche ich. »Du ...« Dann verschlägt es mir die Sprache. Ich kann nicht atmen. Unkontrolliertes Zittern breitet sich in meinem gesamten Körper aus.

Eduard und Vincent eilen nach draußen. Eduard wirft mir über die Schulter einen bedauernden Blick zu.

»Du«, japse ich erneut. Meine Kehle brennt. Ich kann nicht mehr schreien; es geht nicht.

Ora zögert. Dann kommt er auf mich zu und geht vor mir in die Knie. »Louise«, sagt er. »Louise, hör mir zu.«

Ich bebe immer noch. Mir ist kalt; furchtbar kalt. Ich hebe die Hand, schlage nach ihm, doch meine Bewegung ist so schrecklich kraftlos.

Ora packt mein Handgelenk. »Hör mir zu«, sagt er erneut. »Konntest du ihre Gesichter erkennen? Waren es Gesetzeshüter?«

Ich schüttele stumm den Kopf. Wen kümmert das schon? Wir müssen Eli helfen, nur das zählt!

»Du sagtest, sie haben ihn verletzt? Vincent und Eduard haben nichts dergleichen gesehen.«

»Blut«, würge ich hervor. »Da war so viel Blut.«

Ora schüttelt den Kopf, lässt mich los und fährt sich über den Schnurrbart. »Keine Gesetzeshüter? Sicher?«, fragt er.

Ich nicke.

»Gut. Gut. Nein, Louise – hör mir zu, hör mir zu. Denken wir doch mal logisch, ja?«

Bitterer Geschmack sammelt sich in meinem Mund. Ich starre ihn an. Logisch?

»Wir müssen einen kühlen Kopf bewahren«, sagt Ora. »Ganz ruhig bleiben. Wenn es keine Gesetzeshüter waren – was haben sie dort gesucht? Warum waren sie dort?«

Erneut schüttele ich den Kopf. Das Mal auf Elis Handfläche! Er hat es ihnen gezeigt. Und sie haben gelacht. Das ergibt überhaupt keinen Sinn. Was hat das nur zu bedeuten?

»Sie ... sie kannten ihn«, stammele ich. »Ich glaube, sie kannten ihn.«

Es ist nur ein Gefühl; eine Ahnung, doch plötzlich weiß ich, dass ich richtig liege. *Sie kannten ihn.*

»Erzähl mir alles noch einmal. Vom Anfang bis zum Ende.«

Ich presse die Lippen aufeinander. Ich hasse Ora; aber im Moment ist er meine einzige Hoffnung. Wenn ich ihn nur davon überzeugen kann, gemeinsam mit Vincent und Eduard zurück zu fahren, nach Eli zu suchen, und ... Im nächsten Moment sprudeln die Worte schon aus meinem Mund.

»Hm. Hm. Ja, doch, das ist die einzige logische Erklärung ...«, sinniert Ora.

»Was?«, frage ich heiser. »Was ist die einzige logische Erklärung?«

»Dass sie ihn kannten. Ich weiß nicht woher, und ich weiß auch nicht, wie sie ihn gefunden haben – eigentlich interessiert es mich auch nicht. Vielleicht hatte Eli eine Rechnung mit ihnen offen. Egal. Gut, denn das bedeutet, dass die Gesetzeshüter uns nicht auf die Schliche gekommen sind. Die Männer haben sich nicht für uns interessiert; nur für Eli. Wo haben sie ihn erwischt?«

Ich deute wortlos auf eine Stelle auf meinem Rumpf, rechts und oberhalb des Bauchnabels, direkt unter den Rippen.

Ora nickt beflissen. »Wie hat er das Messer gehalten? Wie hat er es bewegt? Wie lang war die Klinge?« Er steht auf, zieht ein Klappmesser aus seiner Hosentasche und reicht es mir. »Zeig es mir.«

Ich erhebe mich mit tauben Knien, deute mit den Händen die Länge des Messers an und bohre die Klinge mit einem entschlossenen Ruck in einen unsichtbaren Torso vor mir in der Luft. Dann rucke ich sie nach oben und drehe sie leicht im Uhrzeigersinn.

Ich merke kaum, wie mir das Messer aus den bebenden Händen fällt. Es landet klirrend am Boden. Ich weiß nichts über Medizin oder Anatomie. Ich weiß nur, dass da Blut war. Eine enorme Menge davon.

Ora nickt wieder. Seine verdammte Ruhe treibt mich zur Weißglut. Ich überlege schon, ob ich ihm das Messer einfach in seine Visage rammen soll, doch er scheint meine Gedanken gelesen zu haben und hebt es rasch vom Boden auf. »Vergiss ihn, Mädchen«, sagt Ora grimmig. »Das Beste ist, wenn du ihn schnell vergisst.«

Ich starre ihn an. Das Blut rauscht in meinen Ohren.

Ihn vergessen?

Ora meint doch nicht etwa, dass ... »Wir müssen nach ihm suchen«, begehre ich auf. »Onkel Umberto, wir ...«

Er schüttelt den Kopf und wendet sich ab.

»Nein«, keuche ich und springe auf. »Onkel Umberto ...«

»Das ist mein letztes Wort. Jetzt reiß dich zusammen. Wenn du nicht freiwillig mit uns nach Dreustein kommst, nehmen wir dich im Käfig mit. Und ich nehme dir vorher all deine Haarnadeln weg.«

Kapitel 9

Dreustein

Zwei Tage später

Mein ganzer Körper schmerzt. Zwei Nächte lang habe ich an den Gitterstäben gerüttelt. In meiner Verzweiflung habe ich sogar meine Fingernägel abgekaut und versucht, mit ihnen die Schlösser aufzubrechen. Vergebens. Ora hat die Schlüssellöcher mit Wachs versiegelt, sodass selbst ich sie nicht knacken kann. Erst vor wenigen Minuten hat er mich wieder freigelassen.

Mit brennenden Augen starre ich die Holzwand in Oras Wagen an. In jeder einzelnen Maserung, jedem Astloch sehe ich Elis Gesicht. Etwas in mir windet sich in brüllender Verzweiflung, doch ich bringe keinen Ton hervor. Ich kann nicht mehr schreien, nicht mehr weinen. Mit jedem Ticken meiner Taschenuhr schwindet die Hoffnung auf ein Wunder weiter. Nicht, dass ich das Ticken wirklich hören könnte. Ora hat mir alles abgenommen; auch die Uhr. Nur die Kette habe ich noch. Die Kette, die Eli mir angelegt hat. Sie hat er nicht gefunden. Das Metall fühlt sich warm an meiner Haut an.

Er wird nicht zurückkommen; das weiß ich nun. Er ist längst tot. Aber ich muss ihn trotzdem suchen. Das wird mir in diesem Moment klar, als ich auf die Holzwand in Oras Wagen starre. Sobald alle schlafen, werde ich gehen. Ich werde die Kette verkaufen, zurück nach Marbor fahren und

Eli suchen. Ich werde ihn finden und ihn begraben. Ich werde mich an denen rächen, die ihm dies angetan haben. Wer auch immer sie sein mögen.

Maku drängt sich eng an meine Seite. Dorothea sitzt auf der anderen Seite und tätschelt mir sanft den Rücken. Marie wandert im Wagen herum und stöbert durch Oras Sachen.

Madame Rosa sitzt zwischen Vincent und Eduard. Sie lehnt sich über den Tisch und sieht mich aus ihren merkwürdig blassen Augen an. »Wie fühlst du dich, Louise?«, fragt sie im Plauderton; als würden wir uns zufällig auf dem Platz zwischen den Wagen begegnen.

Ich schüttele den Kopf.

»Nur Mut, mein Kind«, sagt Madame Rosa. Ihre Armreifen klimpern, als sie sich wieder auf der Bank zurücklehnt. »Da ist er«, fügt sie hinzu.

Im ersten Moment flammt die Hoffnung wieder auf, eine verrückte, wilde Hoffnung, doch im nächsten Moment schwingt die Tür des Wagens auf, und es ist nur Ora, der sich im Türrahmen aufbaut.

Er sieht müde aus. Ich kann mir ein bitteres Lächeln nicht verkneifen. Jetzt, wo Eli fehlt, musste er sich beim Aufbau des Zeltes selbst die Hände schmutzig machen.

»Nun«, beginnt Ora und räuspert sich. »Morgen ist die erste Vorstellung. Wir müssen überlegen, was wir ...« Seine Stimme verklingt.

Ich starre ihn finster an. Dieser verdammte Bastard.

Wenn Eli hier gewesen wäre, hätte er sicher gesagt, dass dies nun meine Chance ist. Dass ich ihm meinen Seiltanz vorführen soll. Aber Eli ist nicht hier.

»Maku«, sagt Ora und sieht Maku mit väterlichem Blick an. Ekel breitet sich in mir aus.

Maku drückt sich noch enger an mich. »Ja, Onkel Umberto?«

»Ich habe dich beim Üben deiner Zaubertricks beobachtet. Du bist gut, wirklich. Wenn wir dir eine Maske anziehen würden, dann ... Wir müssen nur wenige Minuten des Programms füllen ... Es wäre nur, bis wir Ersatz für Eli gefunden haben ...«

»Halt deinen dreckigen Mund«, keuche ich.

Vincent zieht scharf die Luft zwischen den Zähnen ein. Marie quietscht auf.

Ora starrt mich zornig an. »Sprich nicht so mit mir«, sagt er gefährlich ruhig. »Du machst nichts als Probleme, Mädchen. Bilde dir bloß nicht ein, dass du unersetzlich für diesen Zirkus bist.«

Dorothea regt sich neben mir. »Umberto«, sagt sie kühl. »Zeig etwas Verständnis. Sie hat etwas Schreckliches erleben müssen. Und du weißt ganz genau, was ich davon halte, dass ...«

»Still, Dorothea«, schneidet Ora ihr das Wort ab. »Du bist genauso wenig unersetzlich für diesen Zirkus. Ich finde eine andere Zwergin. Oder eine Frau mit Bart. Das ist völlig nebensächlich.«

Ich kann hören, wie Dorothea schluckt. Doch sie erwidert nichts mehr. Stattdessen fährt sie fort, tröstend meinen Rücken zu tätscheln.

»Maku, hol alles, was du für deine Vorstellung brauchst und komm dann ins Zelt«, befiehlt Ora. »Gib dein Bestes, das ist die Generalprobe, eine weitere wirst du nicht bekommen. Ich gehe morgen eine Maske für dich kaufen. *Der maskierte Junge führt seine Zaubertricks vor.* Das wird gut.«

Maku sieht mich hilfesuchend von unten an. Er ist noch so klein. Ein Kind. Man sieht es ganz eindeutig in seinen Augen. Doch er hat etwas Besseres verdient, als angespuckt zu werden, das steht fest. Ja, Ora benutzt ihn nur. Doch wenn Maku seine Sache gut macht – und das wird er, das weiß ich –

dann wird sich hier für ihn Einiges zum Besseren ändern. Und das ist wichtig, wenn ich nicht mehr da bin. Wenn er alt genug ist, wird er seinen eigenen Weg gehen. Zumindest rede ich mir das ein.

Ich nicke kaum merklich.

»Gut, Onkel Umberto«, sagt Maku folgsam und erhebt sich.

Madame Rosa stößt plötzlich ein leises Keuchen aus. Alle Blicke wenden sich ihr gleichzeitig zu.

Sie presst den Schal auf ihr Gesicht.

»Rosa?«, fragt Ora stirnrunzelnd.

Eduard zieht die Stirn in Falten und stützt sie. »Rosa?«, fragt er ebenfalls.

Madame Rosa gibt eine Mischung aus Stöhnen und Wimmern von sich.

»Rosa?«, fragt nun auch Dorothea. Sie klingt unruhig.

»Das ist ...«, sagt Madame Rosa mit tiefer Stimme, geradezu überdeutlich. »Das ist merkwürdig ... Ich weiß nicht, was ...«

»Was?«, fragt Ora.

»Bei den elf Elementen! Das ist ... Nein, nein. Ja. Was bedeutet es?« Sie wimmert wieder. »Ja, aber was bedeutet es?«, fragt sie dann, als würde sie mit jemandem reden, den niemand außer ihr hören kann. Ihre Augen verdrehen sich, bis man nur noch das Weiße erkennen kann. Noch immer hält sie ihren Schal eng an ihren Mund gepresst.

Schweigen.

Ganz plötzlich wird ihre Stimme tiefer, noch tiefer, bis sie nur noch ein heiseres Wispern ist. »Nehmt euch in Acht!« Und dann, im nächsten Moment, wird ihre Stimme so tief, dass der Wagen bebt. Wie mein Dämonengrollen zerreißt sie das angespannte Schweigen im Wagen. »Sie sind zurück. Es ist so weit.«

»Rosa?«, fragt Dorothea und springt auf. »Rosa!«

Es klopft. Dreimal. Es klingt energisch.

Nun springen wir alle auf.

»Wer zum …«, wispert Ora. Sein Blick huscht im Wagen umher. Und dann öffnet sich die Tür mit einem leisen Knarren. Der kalte Wind lässt die Flamme der Lampe flackern.

Eli steht im Türrahmen.

Kapitel 10

»Eli.« Ich höre kaum, dass ich es sage. In meinem Kopf herrscht nur leises Summen. »Eli«, sage ich noch einmal, probeweise.

Und dann laufe ich los. Etwas fällt zu Boden und klirrt, doch ich kümmere mich nicht darum. Im nächsten Moment bin ich bei ihm und schlinge die Arme um seinen Hals. Sein zerrissener Mantel fühlt sich kalt an.

»Guten Abend«, sagt er leise und hält mich noch einen weiteren Moment im Arm. Dann schiebt er mich auf Armlänge von sich und sieht mich einfach nur an. Und lächelt.

Ich schlucke. »Eli«, hauche ich und falle ihm noch einmal um den Hals. Atemlos löse ich mich von ihm. Er trägt sein weißes Hemd.

Und er lächelt erneut.

Ich runzele die Stirn. »Dein Hemd ...«, sage ich schwach.

Doch bevor ich den Gedanken ausgesprochen habe, der gerade durch meinen Kopf schwirrt, unterbricht mich Oras lautes Seufzen.

»Dem Dreigesichtigen sei Dank«, stöhnt er. »Eli! Wie beim eiskalten Abgrund ...«

Eli lacht. Und dann geht er einfach an mir vorbei und setzt sich, schlägt die Beine übereinander. Vincent, Eduard und Maku sperren einfach nur den Mund auf. Dorothea und Madame Rosa runzeln die Stirn.

Ich starre ihn an. Mein Herzschlag dröhnt bis in meine Ohren. Unwillkürlich kneife ich mich in den Arm. Ist das ein Traum? Es fühlt sich so ... unwirklich an. Verwirrt schüttele ich den Kopf und suche Elis Blick. Er fängt ihn auf. Diesmal lächelt er nicht. Er rührt keine Miene.

»Willst du ein Bier?«, fragt Ora.

Eli nickt. »Danke.«

Ora stellt ihm eine Flasche hin. Eli öffnet sie und trinkt. Sein Adamsapfel hebt und senkt sich. »Ahh«, sagt er, als die Flasche schon halb leer ist. »Das tut gut.«

Maku starrt ihn mit großen Augen an. »Eli?«

Elis Blick fällt auf Maku. Er lächelt erneut.

Irgendetwas stimmt nicht. Sein Lächeln ist so seltsam abwesend. »Ja, Kleiner?«, fragt er mit seinem kaum merklichen Akzent.

»Was ist passiert? Wo warst du?«, fragt Maku und nimmt mir damit die Worte aus dem Mund. Ich stehe immer noch wie festgefroren neben der Tür. Schritt für Schritt gehe ich mit zitternden Knien zur Bank und setzte mich neben Eli. Sein Mantel fühlt sich immer noch kalt an. Es ist, als würde die Kälte von ihm zu mir herüberkriechen. Unwillkürlich fröstele ich und kneife mich erneut. Nein. Kein Traum. Es ist wahr. Eli ist zurück.

Vielleicht liegt es daran, dass ich es nicht glauben kann. Doch etwas fühlt sich nicht so an, wie es sich anfühlen *sollte*. Hilflos starre ich ihn an, hebe die Hand, um die zerrissenen Nähte an seinem Mantel zu betasten, und lasse sie wieder sinken.

»Ahh, das ist eine lange Geschichte«, sagt Eli und trinkt sein Bier aus. »Hast du noch eines?«, fragt er an Ora gewandt.

Ora stellt ihm kommentarlos eine weitere Flasche hin und setzt sich ihm gegenüber hin. »Erzähl«, verlangt er.

Eli leert auch die zweite Flasche zur Hälfte. Dann stellt er sie hin und streicht mit seinen langen, schlanken Fingern über das beschlagene Glas. »Das ist eine lange *und* komplizierte Geschichte.«

»Wir wollen sie trotzdem hören«, sagt Ora und sieht Eli überaus lange an. »Erzähl sie uns, bitte.« Sein Tonfall macht klar, dass es mehr Befehl als Bitte ist.

Ich suche wieder Elis Blick. Er zuckt nicht mit der Wimper. Es scheint, als würde er mich gar nicht bemerken. Als wäre er meilenweit weg.

»Diese Männer ...«, beginnt Eli.

Ich starre ihn an. Er ist zurück. Noch immer ist dieser Gedanke nicht in meinem Kopf angekommen. *Er ist zurück!* Er ist nicht tot. Im Gegenteil, er sitzt neben mir. Vollkommen lebendig.

»Was war mit diesen Männern?«, fragt Ora ungerührt.

Eli seufzt. »Sie wollten ebenfalls dort einbrechen«, sagt er kurz.

Ich starre ihn verwirrt an. »Und?«

»Ich kannte sie. Von früher. Sie kannten mich. Wir hatten noch eine Rechnung miteinander offen. Sie haben mich gefangen genommen, ich habe mich befreit. Dann bin ich hierhergekommen. Ende der Geschichte.«

»Das klang gar nicht lang und kompliziert«, sagt Maku mit großen Augen. »Musstest du kämpfen? Woher kanntest du sie?«

Eli hüllt sich in Schweigen. Er trinkt wieder ein paar Schlucke.

Plötzlich fällt es mir ein. »Du bist verletzt«, stoße ich hervor. »Da war ... all das Blut, und ... Lass mich mal sehen, ich ...« Mit zitternden Fingern greife ich nach seinem weißen Hemd. Sein weißes Hemd, das gar nicht mehr weiß war ...

Elis Schrei hallt durch meine Erinnerung. Gequält wie der eines sterbenden Tieres. Ich sehe wieder die Klinge des Messers aufblitzen.

Doch sein Hemd ist völlig unversehrt.

»Ich bin nicht verletzt«, sagt Eli und runzelt die Stirn. »Wie kommst du darauf?«

»Ich ...«, sage ich hilflos. »Das Messer ... Das Blut ...«

Eli macht eine abwehrende Handbewegung. »Nein, nein. Ich bin nicht verletzt. Mir geht es blendend. Ich bin nur müde.«

Verwirrt kneife ich die Augen zusammen. Dann reiße ich sie wieder auf. Doch, Eli sitzt immer noch da.

»Aber sie haben dir ein Messer in den Bauch gerammt, Eli!«

»Nein, das haben sie nicht.«

»Ich ...« Erneut blinzele ich. »Aber ich habe es doch gesehen. Vincent, Eduard, ihr habt es doch auch gesehen, oder?«

»Ich weiß nicht, Louise«, sagt Eduard zögerlich und räuspert sich. »Es war dunkel ...«

»Ja, es war dunkel«, stimmt Vincent ihm zu. »Die Lampe ist ausgegangen, weißt du noch?«

»Natürlich weiß ich das noch«, sage ich tonlos. »Aber ihr wisst, dass ich gut im Dunklen sehen kann, und ...« Meine Stimme verklingt.

Eli verzieht das Gesicht. »Ich bin nicht verletzt«, sagt er erneut.

»Aber da war all das Blut und ... ich habe es doch gesehen!« Ich greife nach seinem Hemd. »Genau hier«, beharre ich.

Eli springt auf. »Dann hast du es dir wohl eingebildet«, sagt er. Es klingt kühl.

»Ich ... nein!« Hilflos tausche ich einen Blick mit Dorothea, dann mit Madame Rosa. »Ich weiß, was ich gesehen habe!«

Eli schnaubt. »Vielleicht solltest du mal deine Augen untersuchen lassen«, murmelt er, springt auf und geht in Richtung Tür. »Ich bin müde und will einfach nur schlafen gehen.«

Damit verlässt er den Wagen.

Fassungslos starre ich ihm nach.

Dorothea wirft mir einen Blick zu. Sie sieht genauso verwirrt aus, wie ich mich fühle. Madame Rosa starrt nur mit ihren seltsamen Augen ins Leere.

»Ich ...«, setze ich an, doch dann wird mir klar, dass ich keine Ahnung habe, was ich sagen soll, also klappe ich den Mund wieder zu.

Was ist hier los?

Ich schüttele den Kopf und stehe auf. Es fühlt sich an, als würden Bleigewichte an meinen Gliedern hängen. »Onkel Umberto, ich ... Mir ist nicht gut«, sage ich. Und das entspricht voll und ganz der Wahrheit. Mir ist übel.

Ora blinzelt. Falls er verwirrt ist, lässt er es sich nicht anmerken. »Dann geh und leg dich hin«, sagt er kühl. »Wir sind ohnehin fertig hier.«

Ich stolpere nach draußen, an die frische Luft, presse mir die Hand vor den Mund. In meinem Kopf herrscht ein einziges Durcheinander.

Ich weiß nur, dass ich mit Eli sprechen muss. Allein.

Mehr taumelnd als gehend lege ich den Weg zu seinem Wagen zurück. Es ist kalt, eiskalt. Sicher wird man morgen früh Raureif auf den wenigen Blättern finden, die noch an den Bäumen hängen.

Dann stehe ich vor Elis Wagen. Es brennt kein Licht darin. Mir ist immer noch übel, doch noch etwas anderes windet sich in meinem Magen. Es fühlt sich irgendwie an wie mein Herbstgefühl; und doch anders. *Bösartig*, flammt ein Gedanke in meinem Kopf auf. Es fühlt sich nicht aufregend an, sondern bösartig. Wie eine giftige Schlange.

Immer noch jagt ein wirrer Gedanke den nächsten. Und dann erwacht eine Vermutung.

Eli muss etwas Schreckliches geschehen sein. Sonst würde er sich niemals so verhalten. Oder?

Bevor ich es mir anders überlegen kann, klopfe ich.

Eli antwortet nicht. Doch ich stoße die Tür trotzdem auf.

Er sitzt auf seiner Bank, die Beine überschlagen, und starrt in die Finsternis. Langsam dreht er den Kopf.

»Louise«, sagt er leise. Es klingt weder erfreut noch verärgert, mehr wie eine Feststellung.

In diesem Moment wird die Vermutung zur Gewissheit: Es ist etwas Schreckliches geschehen. Ich habe keine Ahnung, was es ist, doch ich weiß es in dieser Sekunde.

Mit zitternden Knien gehe ich zu ihm, lasse mich vor ihm auf den Boden sinken. »Eli«, sage ich. »Was ist los?«

Eli zieht nur irritiert die Augenbrauen hoch. »Nichts ist los«, sagt er, und noch immer schwingt keine Emotion in seiner Stimme mit. »Ich bin schrecklich müde, wie ich zuvor gesagt habe.«

Ich nicke zögerlich. Ja; das kann ich verstehen, auch ich bin müde. Meine Augen brennen. Zum wiederholten Mal an diesem Tag fröstele ich.

»Willst du kein Feuer anzünden?«, frage ich und deute auf Elis Ofen.

Er schüttelt nur leicht den Kopf. »Mir ist nicht kalt.«

Und doch steigt mein Atem in kleinen Wolken vor meinem Gesicht auf. Wir schweigen.

Hier riecht es überall nach Eli. In diesem Moment wird mir bewusst, dass ich immer noch seine Kleider trage.

Bilder flacken in meiner Vorstellung auf. Das Gespräch in Elis Wagen. Der Aufbruch. Die Männer, eine Klinge, die im Mondlicht aufblitzt ...

Ich habe es gesehen! Ich weiß es ganz genau. Das Messer, all das Blut ... Oder habe ich mich geirrt? Eli will ganz offensichtlich nicht darüber sprechen. Ich habe keine Ahnung warum, doch ich muss es wohl oder übel akzeptieren.

Ich räuspere mich. »Was ist mit der Sache, über die wir gesprochen haben ... Du weißt schon ...«

Eli sieht mich teilnahmslos an. »Welche Sache?«

Unwillkürlich greife ich mir an die Brust, wo unter Elis Hemd immer noch die Kette hängt, die sich so warm anfühlt. »Unser Plan, Eli! Der eigene Zirkus ...?«

Eli starrt mich weiter an. Und dann passiert etwas äußerst Seltsames. Er lacht. Abfällig. Das Geräusch wirkt aus seiner Kehle so fremd, so widersprüchlich, dass ich zusammenzucke.

»Ich ... was ...«, stammele ich.

»Unser eigener Zirkus«, sagt Eli spöttisch. Seine Lippen verziehen sich. Etwas in seinen Augen flackert in der Dunkelheit auf, etwas, das mich auf schreckliche Art und Weise an den ersten Abend in Marbor erinnert. An ein Aufleuchten seiner Augen im Schein der Gaslaternen. Unstet.

Doch jetzt, in diesem Moment, erkenne ich den Ausdruck.

Abscheu.

Eli nimmt meine Hand. Seine Finger sind eiskalt. Erschrocken entziehe ich mich ihm.

»Louise«, sagt er gedehnt. »Unser eigener Zirkus ...« Vor seinem Gesicht steigt keine weiße Wolke auf, als er spricht. »Du musst doch selbst erkennen, dass dieser Plan töricht war, oder?«

Ich starre ihn an. »Ich ... was? Eli, was ist ... Was ist passiert?«

Er steht auf und sieht mich einfach nur an. Mir wird erneut bewusst, dass er tatsächlich um Einiges größer ist als ich.

»Was passiert ist?«, fragt er. »Ich bin zur Vernunft gekommen, das ist passiert.«

»Zur Vernunft ...« Meine Stimme versagt.

»Ganz genau. Und dasselbe solltest du auch tun. Zur Vernunft kommen. Die Idee mit dem eigenen Zirkus war ein dummer, törichter Traum. So dumm, wie Schatten zu jagen oder den Wind zu fangen. Das muss dir doch klar sein.«

Er lehnt sich ein Stück zu mir hinunter, so nahe, dass er mir einen Kuss auf die linke Wange hauchen könnte. Doch er flüstert mir nur ins Ohr, immer noch mit dieser schrecklich gefühllosen Stimme. »Und du bist doch nicht dumm, oder, Louise?«

Etwas ergießt sich wie ein eiskalter Schwall Wasser über meinen Rücken. Unwillkürlich trete ich einen Schritt zurück und schlucke.

Er lacht nur. »Geh jetzt schlafen.«

Ich öffne den Mund, doch kein Wort will aus meiner Kehle dringen.

Als Eli mein Handgelenk packt und mich aus seinem Wagen schiebt, breitet sich die Kälte seiner Haut in meinem gesamten Körper aus. Langsam. Wie der Frost, der morgen die verbleibenden Blätter überziehen wird.

»Süße Träume, Louise«, wispert er noch, dann knallt er mir die Tür vor der Nase zu.

Kapitel 11

Als ich erwache, aus wirren Träumen hochschrecke, flammt im ersten Moment die Sorge um Eli auf. Erst, als ich mich verwirrt aufsetze und mir stöhnend an die Stirn greife, fallen mir die Ereignisse des gestrigen Abends wieder ein.

Eli ist zurück.

Doch der Gedanke schmeckt schal. Das Licht des Morgens sticht grell in meine Augen. Mein Mund ist pelzig. Mir ist eiskalt und mein Kopf dröhnt. Seltsamerweise fühle ich mich, als hätte ich gestern mindestens sechs Flaschen Bier geleert. Doch das habe ich nicht.

Blinzelnd sehe ich auf meine Taschenuhr und japse im nächsten Moment auf. Die Mittagsstunde ist schon vorbei. Ich habe über zwölf Stunden geschlafen. Trotzdem ist mir, als hätte mich eine Dampflok überfahren.

Als ich auf meine Taschenuhr blicke, auf der der Sekundenzeiger unbarmherzig weitertickt, strömen die Erinnerungen auf mich ein.

Eli.

Ihm muss etwas Schreckliches passiert sein.

Ein Klopfen an meiner Wagentür reißt mich aus meiner Starre. Erschrocken springe ich auf, raffe das Nachthemd um mich und eile zur Tür, öffne sie einen Spalt. Madame Rosa steht davor und mustert mich mit ihrem undeutbaren Gesichtsausdruck.

»Louise«, sagt sie förmlich und stört sich anscheinend nicht an meiner derangierten Erscheinung.

Ich gähne unwillkürlich.

Madame Rosa ignoriert es. »Du sollst ins Zelt kommen. Die erste Vorstellung geht in einer Stunde los.«

Beim Dreigesichtigen. Das hatte ich völlig vergessen. »Sag Onkel Umberto, ich komme gleich«, nuschele ich und will Madame Rosa schon die Tür vor der Nase zuknallen, da beugt sie sich nach vorne und hält mich am Handgelenk zurück. Etwas blitzt auf, ein Anhänger, den sie um den Hals trägt. Der elfzackige Stern. Ich weiß nicht warum, doch aus irgendeinem Grund beginnt mein Nacken zu prickeln.

»Louise«, sagt Madame Rosa mit ihrer dunklen Stimme.

Ich blinzele sie nur an.

»Pass auf dich auf, mein Kind«, sagt sie eindringlich. »Wenn du über etwas reden willst ... Egal, über was ... Komm zu mir, ja?«

Und dann ist sie weg.

Ich bleibe zurück, so verwirrt wie noch nie zuvor.

Auch an diesem Abend spule ich mein Programm ab, doch es ist, als würde ich neben mir stehen und mir selbst dabei zusehen. Oras Reden über mich ergehen lassen. Eine einsame, verfaulte Kartoffel trifft mich an der Wange, glitschig und stinkend, doch ich merke es kaum, wische den Schleim von meiner Wange und mache weiter. Dämonengrollen. Dunkelheit. Das Schloss aufbrechen. Damen in Ohnmacht fallen lassen. Zurück in den Käfig. Eduard karrt mich zurück hinter den Vorhang.

Dorothea scheucht Maku an diesem Abend früher als sonst ins Bett. Natürlich, er ist gestern Nacht später zu Bett gegangen als üblich. Ich registriere Dorotheas Worte kaum. Erst als sie mich fragend ansieht, merke ich, dass sie wohl eine Antwort erwartet.

»Ich ... wie?«, frage ich.

Dorothea runzelt die Stirn und mustert mich besorgt. »Ich habe gefragt, ob du spazieren gehen willst«, wiederholt sie. »Es wäre doch schön, wenn wir uns mal wieder so richtig unterhalten könnten. Wir könnten uns kandierte Kastanien und heißen Wein holen, zur Burg spazieren ... Ich glaube, bei diesem Wetter werden nicht viele Leute unterwegs sein.«

Ich schüttele den Kopf. »Nicht heute. Entschuldige. Ich ...« Fröstelnd ziehe ich mein Kleid enger um mich. »Mir ist kalt.«

Und ich will Elis Auftritt sehen.

Dorothea nickt und streckt die Hand nach meiner Schulter aus, lässt sie jedoch dann wieder sinken. Sie öffnet den Mund, als würde sie etwas sagen wollen. Doch dann schließt sie ihn wieder.

Ich starre gebannt auf meine Taschenuhr. Eli sollte gleich da sein. Marie trägt schon ihr Trikot; sie sitzt am Spiegel und schminkt sich, verteilt Rouge auf ihrem Schmollmund und den hohen Wangenknochen.

Und tatsächlich; im nächsten Moment betritt Eli das Zelt.

Alles in mir erstarrt. Es ist so wie immer; seine wirren Locken zeichnen im Schein der Karbidlampen Schatten auf seine Wangen. Er huscht in die Ecke zu seiner Truhe und beginnt sich umzuziehen. Es geht zu schnell, ich kann keinen Blick auf die Stelle erhaschen, an der er verletzt wurde.

Als ich Maries Blick bemerke, sehe ich rasch weg. Ich spüre ihn noch eine Weile auf mir. Angestrengt mustere ich die Zeltwand.

»Louise?«, fragt Eli, viel zu nahe. Ich zucke erschrocken zusammen. Er steht direkt vor mir, sieht auf mich herab.

Ich will etwas sagen. Etwas fragen.

Was ist mit dir passiert? War es etwas Schreckliches? Warum erzählst du es mir nicht?

Doch Eli kommt mir zuvor. »Komm nach der Vorstellung in meinen Wagen«, sagt er kurz angebunden. »Ich habe etwas für dich.«

Meine Gedanken schwirren. Etwas erwacht in meiner Brust; etwas, das sich verdächtig nach Hoffnung anfühlt. Hoffnung, dass nun die Normalität wiederhergestellt wird. Eine Normalität aus Kartoffeleintopf, Küssen auf die linke Wange, Büchern und dem flackernden Feuer meines Ofens; Kastanien, die ich über dem Feuer brate und mit Salz und Butter würze.

Als ich etwas erwidern will, ihm sagen will, dass ich Kartoffeleintopf koche, ist er schon bei Marie.

Er fasst ihre Hand und sie laufen gemeinsam in die Manege.

Ich starre auf meine Taschenuhr.

Dorotheas Berührung an meiner Schulter reißt mich aus meiner Starre. Als ich den Kopf wende und sie ansehe, drücken ihre Gesichtszüge etwas aus, das ich nicht in Worte fassen kann. Rasch sieht sie sich um, dann beginnt sie zu sprechen, leise, während der Jubel der Zuschauer ihre Worte fast übertönt.

»Louise«, beginnt sie und zögert dann. Bis sie schließlich doch weiterspricht. »Louise, ich weiß, wie du dich fühlst.«

Ich schlucke. *Ja?*, will ich fragen, mit Verachtung in meiner Stimme. *Weißt du das tatsächlich?*

Doch das ist ungerecht. Ich liebe Dorothea. Sie ist für mich das, was einer Mutter am Nächsten kommt. Nein, sie *ist* meine Mutter. Sie ist diejenige, die mir Nacht für Nacht vorgelesen hat. Die meine Tränen getrocknet hat, wenn ich traurig war.

Wie zum Hohn fühle ich, wie brennende Tränen in mir aufsteigen.

Dorothea scheint meine Gedanken gelesen zu haben. Sie zieht mich zu sich heran. »Louise«, sagt sie leise. »Mein kleiner Schatz.«

Ich lasse mich in ihre Arme sinken, die so mager und so klein sind und sich dennoch so groß anfühlen. Unwillkürlich fühle ich mich an den Tag erinnert, an dem Dorothea bemerkt hat, dass ich ihr über den Kopf gewachsen bin. Sie hat geweint; ich muss etwa sechs Jahre alt gewesen sein.

Ich sinke vor ihr auf die Knie, zu Boden; lasse einfach zu, dass die Tränen sich ihren Weg bahnen.

Dorothea tätschelt meinen Kopf. Als ich aufblicke, sehe ich ihre Augen eigentümlich funkeln.

»Weißt du, ich war auch schon einmal verliebt. Vor langer Zeit. Vielleicht kannst du dir das nicht vorstellen, doch es war so.«

In diesem Moment wird mir bewusst, dass sie mich durchschaut hat; wahrscheinlich besser, als ich mich selbst durchschaut habe. Schniefend kuschele ich mich an sie. »Wer war es?«, frage ich leise.

»Es ist lange her«, sagt sie und streicht mir erneut über den Kopf. »Damals bist du noch mit den Sternen geflogen«

Mit den Sternen geflogen. Also war ich noch nicht geboren. »Es geht wieder vorbei, meine Kleine«, fügt Dorothea hinzu. »Eines Tages geht es vorbei. Du musst nur Geduld haben.«

»Wie ist es ausgegangen?«, frage ich mit tauben Lippen.

Dorothea antwortet lange nicht. Doch als sie es tut, kann ich das traurige Lächeln in ihrer Stimme hören. »Kannst du es dir nicht vorstellen, mein Kind?«, fragt sie.

Wir verharren noch eine Weile. Während der Sekundenzeiger lange tickt.

Dorothea haucht mir einen Kuss auf mein Haar. »Und jetzt geh«, sagt sie liebevoll. »Ich werde mich langsam in meinen Wagen begeben; schlafen.«

Ich richte mich auf, wische mir noch einmal über die Nase und blinzele sie an. »Danke, Dorothea. Danke ...« *Danke, Mutter.*

Das letzte Wort sage ich nicht, doch Dorothea hört es wohl trotzdem. Sie tätschelt mir die Schulter und springt auf.

Dann geht sie; mit ihrem gebeugten Gang, der ausdrückt, dass sie wieder Schmerzen hat, wie jedes Jahr, wenn der Winter naht.

Ich husche in die Dunkelheit zwischen den zwei Vorhängen. Es ist alles wie immer. Der Knoblauchgeruch der Karbidlampen. Marie, die an mir vorbeiläuft und mich nicht bemerkt, weil ich mit dem Schatten verschmolzen bin.

Das Ticken meiner Taschenuhr. Das Herbstgefühl in meinem Bauch, das sich windet wie eine Schlange.

Ich halte den Atem an.

Eli verbeugt sich. Ich sehe, wie seine Sehnen und Muskeln sich unter dem Trikot bewegen, sehe jeden einzigen Knochen seiner Wirbelsäule, jede Rippe.

Er richtet sich wieder auf, breitet die Arme aus, wirft seine Locken zurück. Das Schweigen der Zuschauer ist tiefer als je zuvor.

Dann beginnt er seinen Windtanz.

Als er sich vom ersten Trapez zum nächsten schwingt, schlage ich entsetzt die Hände vor den Mund. Die Schlange in meinem Bauch windet sich; giftig und todbringend. Ich keuche, als er zu fallen droht, wimmere auf, als er im letzten Moment nach dem Seil greift.

Und doch ist es ganz anders als früher.

Das wird mir bewusst, als ich mit weichen Knien dastehe und meine Hände sich um den Vorhang klammern, bis meine Knöchel taub werden.

Etwas ist anders. Ich keuche nicht, weil ich mir Sorgen um Eli mache, ich wimmere nicht, weil ich Angst habe, dass er fällt. *Nein.*

In seinen Bewegungen, in seinem Körper, schlummert etwas, das mir eiskaltes Grauen den Nacken hinunterprickeln lässt. Etwas ist anders. Etwas an seinem Windtanz ist anders.

Ich ersticke meinen Schrei mit den Händen, als es mir klar wird.

Elis Tanz war immer etwas Leichtes. Etwas Wunderschönes. So sanft und spielerisch wie der Sommerwind, der einem das Haar zerzaust, während man auf der Spitze eines Hügels steht.

Und jetzt ist es ... *anders.*

Sein Tanz ist wie der Winterwind, der einem die Tränenflüssigkeit in den Augen gefrieren lässt und das Leben aus den Gliedmaßen saugt, Schmerz und Frost bringt. Tödlichen Frost, langsam wachsende Rosen aus Eis, die im Sonnenlicht funkeln und doch die Blätter ersterben lassen.

Es ist nicht weniger wunderschön. Und doch birgt diese Schönheit etwas Schreckliches und Grauenerregendes in sich.

Ich beiße auf meine Finger, bis ich das metallische Blut schmecke. Mir ist wieder übel. Dennoch harre ich aus, bis Eli sich mit einem doppelten Salto vom letzten Trapez schwingt und sich verbeugt.

Jubel bricht aus; lauter als jemals zuvor. Eli verbeugt sich, mehrere Male, wirft Kusshände ins Publikum.

Wie erstarrt, erfroren stehe ich da; bis Eli durch die Vorhänge huscht, durch diesen kleinen Raum, in dem das Ticken meiner Taschenuhr keine Rolle spielt.

Auch diesmal bemerkt er mich.

»Louise«, sagt er und hält inne; doch nichts von der Freude, die ich kenne, schwingt in seiner Stimme mit. Unwillkürlich atme ich ein, versuche seinen Geruch in meine Lungen zu saugen. Doch ich rieche nur den Gestank der Karbidlampen.

»Kommst du nun nachher in meinen Wagen?«, fragt er.

Ich nicke zögerlich. »Gib mir eine Stunde«, sage ich und schiele auf die Taschenuhr.

»Gut«, sagt er. Und dann ist er weg.

Mit zitternden Fingern schneide ich die Zwiebeln, werfe das letzte Stück Butter in den Topf, dann die Zwiebeln gleich hinterher. Es riecht köstlich, und doch wird mir von dem Geruch erneut flau im Magen.

Als ich die Kartoffeln schneide, gleitet das Messer ab, tief in meine Haut.

»Beim Blutigen«, fluche ich und stecke den Finger in meinen Mund; starre in die Dunkelheit vor dem Fenster meines Wagens. Die Dreusteiner Berge türmen sich dort auf, wolkenumwoben und schon längst schneebedeckt.

Dorotheas Stimme erklingt in meinem Kopf; eine lange vergessene Erinnerung. Eine Melodie. Das Schlaflied, das sie mir immer vorgesungen hat.

Mein kleiner Schatz, geh schlafen
Der Tag geht auch zur Ruh'
Er huschet durch die Schatten
Den großen Bergen zu.

Ärgerlich werfe ich die Kartoffeln in den Topf. Nun habe ich noch zwanzig Minuten, bis das Essen fertig ist.

Ich greife in den Kasten neben der Bank und fische eine Flasche Bier heraus, öffne sie und trinke einen Schluck.

Ratlos starre ich auf den brodelnden Eintopf auf meinem kleinen Ofen. Kartoffeleintopf. Ein Angebot an Eli, die Normalität wiederherzustellen.

Als ich nach einer gefühlten Ewigkeit ein Kartoffelstück aus dem Eintopf fische, ist es immer noch hart. Also nehme ich noch einen Schluck von meinem Bier und krame in meiner Truhe, fische das Lexikon heraus.

Achai, huscht es wieder durch meinen Kopf. Doch noch immer gibt es keinen Eintrag zwischen Abor und Achos. Gedankenverloren blättere ich weiter, bis mir etwas einfällt. Ich suche zuerst nach »elf«, dann nach »Elementen«, wo ich fündig werde. Ein elfzackiger Stern ziert die untere Hälfte der Seite. Kleine Worte sind neben jeden Zacken gekritzelt, in einer Schrift, die ich kaum entziffern kann. Ich kneife die Augen zusammen. »Schatten«, lese ich. »Blitz, Wald, Blut, Wasser, Frost, Erde, Feuer, Stein, Nebel, Wind.«

Interessiert blättere ich auf die nächste Seite.

»Die elf Elemente: Ein alter, primitiver und fast in Vergessenheit geratener Glaube. Vor weit mehr als tausend Jahren verbreitet; bis sich dann der rechte Glauben an den Dreigesichtigen durchsetzte.«

Seufzend klappe ich das Lexikon wieder zu. Nun; das ist zwar interessant, bringt mich aber auch nicht weiter.

Ich fahre mit dem Kramen fort. Am Boden meiner Truhe liegt ein Spiegel; der einzige, den ich besitze. Düster starre ich mich selbst an, die schwarzen Dämonenaugen, mein weißes Haar, die roten Adern unter meiner Haut. Liegt es an mir? Ist mein Aussehen der Grund dafür, dass Eli so abweisend ist? Doch ich habe schon immer so ausgesehen. Eli war trotzdem stets nett zu mir.

Ich war auch schon einmal verliebt, sagt Dorothea in meinem Kopf.

Und in diesem Moment wird es mir klar. Sie hat recht. Dorothea hat recht. In diesem Moment, als ich auf dem Boden kauere, gestehe ich es mir ein. Ich bin verliebt; in Eli. Das Herbstgefühl beginnt sich zu winden; doch es ist nicht wie früher. Kein bisschen. Irgendetwas ist anders. Ob es daran liegt, dass der Herbst in Wirklichkeit längst vorbei ist und der Winter das Land schon im Griff hat?

Entschlossen greife ich nach der Theaterschminke, die Marie mir gegeben hat, beginne, meine Makel zu überschminken. Die roten, fast violetten Adern. Die weiße, durscheinende Olmen-Haut. Das Ergebnis ist nicht gut; aber auch nicht unbedingt schrecklich. Ich sollte mir wirklich die Haare mit Walnussblättern färben. Gegen meine Augen und mein Haar kann ich im Moment wenig tun. Seufzend stecke ich mein Haar hoch und drücke mir den Witwenhut auf den Kopf, lasse den Schleier jedoch oben.

Als ich erneut die Kartoffeln koste, sind sie weich. Zögerlich nehme ich den Topf mit beiden Händen, trete meine Wagentür mit dem Fuß auf und mache mich auf den Weg zu Elis Wagen.

Als Eli die Tür öffnet, sieht er aus wie immer. Er schenkt mir ein Lächeln.

»Ich habe Eintopf gemacht«, murmele ich und strecke ihm den Topf entgegen.

Er antwortet nicht; stattdessen wedelt er nur vage mit der Hand. »Komm rein.«

Ich betrete seinen Wagen und sehe mich um. Es sieht aus wie immer. Alles riecht nach Eli. Alles ist wie immer, und doch stimmt irgendetwas nicht.

Er trägt immer noch sein weißes Hemd, wie ich am Rande bemerke. Soeben setzt er sich und schlägt die Beine übereinander.

»Hast du Hunger?«, frage ich und balanciere den Topf. Er ist immer noch ziemlich heiß.

»Ein wenig«, räumt er ein.

Ich stelle den Topf auf seinem Ofen ab und krame nach Tellern und Löffeln. Ich weiß, wo alles ist. Wir haben schon viele Male zusammen gegessen. Mit bebenden Händen schöpfe ich den Eintopf in seinen Teller, drehe mich um und halte ihm sein Essen entgegen.

Mir ist kalt; so furchtbar kalt, obwohl der heiße Eintopf meine Hände fast verbrennt. Und dann geschieht es. Der Teller rutscht mir aus den Fingern. Ich fange ihn im letzten Moment noch auf; dennoch tropft ein großer Teil davon auf Elis weißes Hemd. Ein sehr großer Teil.

Eli zieht zischend die Luft ein.

Sofort stelle ich den Teller ab und schlage die Hände vor den Mund. »Beim Dreigesichtigen. Es tut mir leid. Ich …«

Er springt auf. »Was?«, zischt er. »Was?«

»Ich … Verdammt. Es tut mir leid.«

Eli wirbelt zu mir herum, tritt einen Schritt zu mir und funkelt mich wütend an. »Jetzt muss ich dieses Ding waschen«, faucht er.

Tränen steigen in meine Augen. »Aber ich … der Eintopf …«

Es hätte eine Versöhnung sein sollen.

»Scheiß auf deinen Eintopf. Ich habe deinen beschissenen Eintopf schon immer gehasst.«

Im nächsten Moment knöpft er das Hemd auf, zieht es sich über den Kopf und wirft es in eine Ecke.

Mein Mund wird schlagartig knochentrocken. Er steht vor mir, schwer atmend, mit nacktem Oberkörper. Und er kommt näher. Bis er nur weniger Zentimeter vor mir steht.

Mein Blick huscht nach unten.

Ich kenne seinen Körper; ich weiß, wie er aussieht. Und er sieht aus wie immer. Und doch grabe ich die Fingernägel in meine Handflächen. Die Erinnerungen flackern auf.

Das Messer. Der Blutfleck, der sich auf seinem Hemd ausbreitet. Doch da ist nichts. Keine Wunde, nicht einmal eine Narbe.

Nichts.

Erneut huscht mein Blick; zu seinen flackernden Augen, dann zurück zu seiner unversehrten Haut. *Nichts.*

Ihm muss etwas Schreckliches passiert sein, erwacht der Gedanke erneut in meinem Kopf. *Doch was?*

Eli schnaubt, dreht sich um und setzt sich.

Ich starre ihn nur an.

»Es tut mir leid, Louise«, sagt er. Es klingt halbherzig. »Es tut mir leid. Eigentlich habe ich dich hierhergebeten, weil ich mich mit dir versöhnen wollte. Ich war gestern schroff zu dir.«

Ich wollte mich auch mit dir versöhnen. Aber diese Worte dringen nicht aus meinem Mund. Ich starre ihn noch immer an.

Eli hebt eine Augenbraue, wendet sich um und beginnt in der Tasche seines Mantels zu kramen. »Ich habe etwas für dich«, sagt er undeutlich. »Wie ich sagte. Ein Geschenk. Habe ich auf meiner Reise hierher gekauft.«

Ich erstarre. Ein Buch? Hat er auch ein Angebot für mich; ein Angebot, dass eines Tages alles wieder normal werden wird?

Doch Eli zieht eine kleine Schachtel hervor, öffnet sie und hält sie mir entgegen.

Ich starre fassungslos auf das Silber, das im Schein seiner Lampe aufglänzt. Die Steine kann ich nicht identifizieren. Sie sind grün.

»Ich dachte, sie würden dir gut stehen«, erklärt er leichthin.

»Ohrringe?«, frage ich ungläubig. Eli hat mir noch nie Schmuck geschenkt. Immer nur Bücher. Nur dieses eine Mal, vor dem Spiegel, bei dem Einbruch – ja, damals hat er mir Schmuck geschenkt. Obwohl er nicht geschenkt, sondern gestohlen war. Die Kette unter meinem Kleid schwingt gegen meine bloße Haut, als würde sie mich an diesen Augenblick erinnern wollen.

Eli sieht mich weiterhin erwartungsvoll an.

»Ohrringe?«, frage ich erneut und trete unwillkürlich einen Schritt zurück.

»Ganz offensichtlich«, sagt er und drückt mir die Schachtel in die Hände. »Jetzt nimm sie schon.«

Ich schlucke, als seine Hand die meine streift. Wenn wir uns berühren, ist da normalerweise dieses Prickeln, nur für die Dauer eines Herzschlages, doch diesmal ist da nichts. Da ist nur Kälte, die meine Haut wie Frost überzieht.

Mit zittrigen Händen nehme ich die Schachtel an mich. »Ich habe keine durchstochenen Ohren«, sage ich, um das leise Summen in meinem Kopf zu übertönen. Tatsächlich hat mir nie jemand die Ohren durchstochen. Normalerweise macht man das mit Mädchen, sobald sie zum ersten Mal bluten. Die Mutter übernimmt das, mit einer Silbernadel. Oder, falls die Mutter tot oder abwesend ist; so wie meine Mutter abwesend oder tot ist, macht es eine andere Frau, die Patin oder eine Vertraute, die die Mutterrolle innehat. Es ist ein großes Fest, mit Kuchen und Girlanden. Ein Eintritt in das Leben als Erwachsene. Man singt ein Loblied auf den Dreigesichtigen und wünscht der jungen Frau einen gut aussehenden Mann und viele Kinder. Doch Dorothea hält diesen Brauch genauso wie ich für merkwürdig. Außerdem habe ich niemals geblutet. Also hatte ich auch niemals solch ein Fest.

»Dann musst du sie dir eben durchstechen lassen«, sagt Eli leichthin. »Wenn du willst, kann ich das machen. Geht ganz schnell.«

Ich trete noch einen Schritt zurück. Die Schachtel mit den Ohrringen fällt zu Boden.

In meinem Kopf herrscht nur leises Summen. Ich betrachte Eli; seine helle Haut, seine dunklen Locken, die Schatten, die die Wimpern auf seinen Wangenknochen zeichnen. Seinen Hals, als er schluckt.

Er tritt einen Schritt näher, drängt mich weiter zur Tür. Kälte geht von ihm aus, dringt bis zu mir hinüber.

Noch einmal huscht mein Blick über seinen Oberkörper, bis hinunter zu der Stelle, an der die Wunde sein sollte. Ich habe es doch gesehen, das Blut, das sich auf seinem weißen Hemd ausgebreitet hat.

Die Messerklinge im Mondschein blitzt vor meinem inneren Auge auf. Und in diesem Moment wird es mir klar. Das, was ich eigentlich schon die ganze Zeit wusste.

Was auch immer mit Eli geschehen ist, es hat ihn völlig verändert.

Kapitel 12

Der beißende Wind lässt meine Tränen gefrieren, überzieht meine Wangen mit Frost. Ich taumele durch die Straßen Dreusteins; in meinem viel zu leichten Kleid. Der Mantel ist in meinem Wagen. Ich bin einfach losgelaufen, mitten in die Nacht. Immer weiter. Nur weg.

Weg von Eli und seinem Blick, der überhaupt nicht zu ihm passt. Von seiner gehässigen Stimme, die so klingt, als würde sie nicht aus seiner Kehle dringen.

Mein Atem geht flach. Ich bekomme keine Luft. Und doch stolpere ich weiter, immer weiter, ohne Ziel. Trotz meines dunklen Schleiers sticht das Licht der vielen flackernden Gaslaternen in meinen Augen. Da sind Menschen um mich herum; unzählige Menschen. Von weit her erklingt ein Leierkasten. Jemand jauchzt. Bierflaschen klirren, als sie aneinandergestoßen werden. Es riecht nach gebratenem Fleisch und in Fett gebratenem Süßgebäck, ein Geruch, der mir den Magen umdreht.

Meine Beine sind so taub, dass ich auf dem Kopfsteinpflaster ausrutsche. Mein Fuß knackt laut. Der Linke. Schmerz flammt im Knöchel auf, doch ich ignoriere ihn und humpele weiter. Immer weiter.

Jemand prallt gegen mich. Ein Mädchen der Nacht, wie man an ihrer Kleidung unschwer erkennt. Sie trägt einen Pelzmantel, doch er steht offen und ihr Kleid ist weit ausgeschnitten, sodass man sehen kann, was sie zu bieten hat. Sie ist hübsch.

»Ups«, sagt sie und kichert. »Alles in Ordnung, meine Süße? Kommst du von einer Beerdigung?«

Ich starre sie nur an.

Sie lehnt sich nach vorne. »Du kannst mich gerne auf einen Schnaps einladen, ich habe schrecklichen Durst«, säuselt sie und greift nach meiner Hand. »Du bist ja eiskalt, Liebes. Komm. Wenn du Geld hast, lasse ich dich jeden Mann vergessen. Keine Sorge, es macht mir nichts aus. Frauen sind mir ohnehin lieber«, sagt sie verschwörerisch. Ihre Augen sind glasig. Sie lallt.

Ich zucke zurück, entreiße ihr meine Hand, die sie am Handgelenk umschlossen hält. Ich muss weiter, weiter, auch wenn ich keine Ahnung habe wohin.

Und ich stolpere weiter. Mein linker Fuß, inzwischen taub vor Schmerz, gibt nach, ich rutsche auf dem glatten Kopfsteinpflaster aus, rappele mich wieder auf. *Weiter.*

In einer dunklen Gasse komme ich wieder zu mir. Häuser ragen hoch um mich auf. Irgendwo weint ein Kind. Eine Frau schreit, ein Klatschen ertönt. Haut auf Haut. Eine flache Hand, die auf eine Wange prallt. Dann ist es wieder still.

Die spärlichen Laternen in dieser Gegend brennen rot; vielleicht sind es Rubidiumlampen. Einige Fenster sind zerschlagen. Gestalten in dunklen Mänteln huschen vorbei, die Kapuzen über die Gesichter gezogen.

Tausende Gedanken flattern durch meinen Kopf, völlig unzusammenhängend.

Eli hat sich völlig verändert.

Nein, das ergibt keinen Sinn, nichts ergibt Sinn. Gar nichts. Mein linker Knöchel pocht wütend. Erst jetzt wird mir bewusst, dass ich mich wirklich verletzt haben muss. Ich werde tagelang nicht Seiltanzen können, vielleicht wochenlang. Mit zitternden Beinen lasse ich mich an der rauen Hauswand herabgleiten. Mein Kleid reißt.

Ich muss zurück, das weiß ich. Sonst hole ich mir hier noch den Tod. Doch mein Körper fühlt sich so schwer an. Ich will nach Hause; und doch weiß ich gar nicht, wo zu Hause ist. Wenn ich nur die Augen schließen könnte, nur für eine kurze Weile ...

Plötzlich sehe ich Eli in Gedanken vor mir. In Windeseile wechseln sich die Bilder ab. Eli, der in meinem Wagen sitzt und Kartoffeleintopf löffelt. Eli an dem Tag, an dem wir uns zum ersten Mal begegnet sind, sein schüchternes Lächeln und das Flattern in meinem Magen, als er mir seine Hand entgegenstreckt. Eli im Zug. Er lässt sein Buch sinken und wieder lächelt er, auf diese ganz eigene Art. Und dann wechselt das Bild wieder, er baut sich vor mir auf, bedrohlich und mit kalter, gehässiger Stimme. *Du bist doch nicht dumm, oder, Louise?*

Ich krümme mich zusammen. »Dorothea«, flüstere ich in die Nacht. »Mutter?«

Im nächsten Moment packt mich jemand an der Schulter. Mit brennenden Augen sehe ich auf.

»Louise«, sagt Madame Rosa entsetzt. »Was zum eisigen Abgrund machst du hier?«

Ich würde gerne antworten, das würde ich wirklich, doch nur ein leises Röcheln dringt aus meiner Kehle.

Madame Rosa flucht. Sie nimmt ihren dicken, bunten Wollschal ab und schlingt ihn mir um die Schultern, beginnt meine Hände zu reiben und meine Wangen zu tätscheln. »Louise«, flüstert sie. »Was machst du bloß hier? Du bist ja halb erfroren.«

»Ich ... Eli ... Mir ist so ... kalt«, bringe ich zwischen klappernden Zähnen hervor.

Madame Rosa schüttelt nur den Kopf. Eine tiefe Sorgenfalte hat sich zwischen ihre Augenbrauen gegraben. »Komm«, sagt sie resolut und hievt mich auf die Beine.

Ich jaule vor Schmerz auf, als ich meinen linken Fuß belaste. Sie runzelt nur die Stirn, stützt mich aber, sodass ich neben ihr her humpeln kann.

»Nicht ... nicht zurück zum Zirkus«, stammele ich mühsam. Ich kann nicht zurück. Nicht solange ich nicht weiß, was mich dort erwartet.

»Nein, nicht zurück«, sagt Madame Rosa. »Wir gehen etwas trinken. Tee mit Rum. Jetzt komm schon.«

»Nicht zurück zum Zirkus?«, frage ich erneut. Meine Kehle brennt. Ich bringe es kaum hervor.

»Nein. Die Wände haben dort Ohren, wie du sehr genau weißt. Und ich denke, wir sollten uns dringend miteinander unterhalten. Allein.«

Der Geigenspieler, der auf einem kleinen Podest gegenüber steht, fiedelt ein fröhliches Tanzlied. In der Kneipe ist es warm, Stimmen von vielen Menschen schwirren zwischen den rußgeschwärzten Wänden hin und her und vermischen sich mit den Klängen der Musik. Pfeifenrauch hängt schwer und beißend in der Luft.

Je wärmer mir wird, desto stärker brennen meine Gliedmaßen. Ich kann spüren, wie mein Knöchel anschwillt. Vor Schmerz beiße ich die Zähne zusammen.

»Du solltest eine Weile nicht Seiltanzen«, stellt Madame Rosa streng klar. »Er ist verstaucht. Morgen wird er grün und blau sein, doch er heilt wieder.«

»Ich ... Woher weißt du ...«

Madame Rosa wischt meine Worte mit nur einer Handbewegung beiseite.

Eine Barfrau kommt zu uns an den Tisch. Ihr Gesicht ist faltenumwittert, ihre Hüften ausladend. Das Haar hat sie zu einem unordentlichen, grauen Zopf gebunden.

»Was darf es für die Damen …«, beginnt sie, dann stockt sie. Ihr Gesicht verdüstert sich, als sie mich ansieht.

Ich ducke mich instinktiv. Ob sie …

Doch dann wird ihr Gesicht plötzlich weich. »Mein Beileid«, sagt sie. »Mein Mann ist auch tot. Gefallen; im dritten Reichskrieg. Verdammte Masonier, oder?« Die letzten drei Worte sagt sie auf Ankorisch, leise nur, doch ich verstehe sie trotzdem.

Ich nicke. Kein Wort will aus meiner Kehle dringen. Noch immer schlagen meine Zähne aufeinander.

»Nun ja …« Sie seufzt. »Der Schmerz lässt nach, mein Kind. Auch wenn ich jeden Tag an ihn denke, jeden Tag, seit dreißig Jahren.«

Als ich nur erneut nicke, wendet sie sich an Madame Rosa.

»Hat sie ein Schweigegelübde abgelegt?«, fragt sie.

Statt einer Antwort macht Madame Rosa eine unbestimmte Geste.

»Der Schmerz sitzt wohl noch zu tief, oder?«, sinniert die Barfrau. »Was wollt ihr trinken?«

Madame Rosa bestellt Tee mit Rum.

Nur wenige Minuten später kehrt die Barfrau mit zwei Tassen zurück und stellt sie auf den Tisch. »Ich habe für dich mehr hineingetan«, sagt sie geschäftig und klopft mir auf die Schulter. »Der Extra-Rum geht aufs Haus. Das hilft.«

Dann entfernt sie sich. Ich sehe ihr nach. Sie geht leicht gebeugt.

Als ich die dampfende Tasse zum Mund führe, klappert sie auf der Untertasse, weil meine Hände so stark zittern. Der Tee brennt in meiner Kehle, was nicht nur daran liegt, dass er kochend heiß ist. Wahrscheinlich besteht er mindestens zur Hälfte aus Rum.

Madame Rosa schlürft an ihrem Tee und sieht mich an, als würde sie auf etwas warten.

Ich erwidere ihren Blick. Noch immer zittere ich am ganzen Körper. Die beißende Kälte will einfach nicht aus meinen Knochen weichen. Nachdenklich studiere ich Madame Rosas merkwürdige Augen. Sie sieht viel älter aus, als sie eigentlich ist. Ein Gedanke schießt durch meinen Kopf, so verrückt, dass ich die Tasse abrupt sinken lasse. Ob ich ihr von meinem Verdacht ... Nein, sie würde denken, dass ich nicht alle Kerzen am Kronleuchter habe, was nur ein freundlicherer Ausdruck für »verrückt« ist. Andererseits ... ist Madame Rosa nicht selbst ein wenig verrückt? Immerhin ist sie Wahrsagerin und scheint an die elf Elemente zu glauben, was auch immer das heißen mag.

»Was hast du eigentlich in dieser Gegend zu suchen?«, frage ich, als meine Zähne nicht mehr aufeinanderschlagen.

Madame Rosa lächelt geheimnisvoll. »Nichts, was im Moment von Bedeutung ist. Hmm. Oder vielleicht doch?« Sie macht eine Pause, als würde sie auf eine Antwort warten. »Ja, ja«, sagt sie dann geschäftig, obwohl ich kein Wort gesagt habe. »Doch, vielleicht schon. Aber wir müssen vorsichtig sein. Sehr vorsichtig.«

Mit einem Seufzen rühre ich ein weiteres Stück Zucker in meinen Tee. Es war zwar sehr nett von ihr, mich zum Teetrinken einzuladen – aber ich kann ihr nichts von meinem seltsamen, verdrehten Verdacht erzählen, den ich ja selbst nicht einmal in Worte fassen kann. Es geht nicht. Sie würde es nicht verstehen.

»Blödsinn«, sagt sie im nächsten Moment sehr vehement und richtet sich auf.

Ich zucke zusammen. Habe ich meine Gedanken gerade laut ausgesprochen?

Sie blickt sich rasch um, als würden wir belauscht werden. »Ich sehe das genauso wie du, Louise«, sagt sie leise. »Mit ihm stimmt etwas nicht. Und jetzt trink deinen Tee, das hilft gegen den Schmerz in deinem Knöchel.«

Ich verschlucke mich an meinem Tee. Meine Brust zieht sich zusammen. Zum wiederholten Mal an diesem Abend habe ich das Gefühl, keine Luft zu bekommen. Hustend spucke ich Madame Rosa den Tee entgegen, direkt auf ihr Kleid. Sie scheint es nicht einmal zu merken.

»Was?«, japse ich.

»Ich sehe es genauso wie du«, meint sie und runzelt die Stirn. »Wie ich sagte.«

»Ja, aber ... Ich habe gar nichts ...«

Madame Rosa lacht nur leise. »Oh, mach dir deshalb keine Gedanken, mein Kind. Ich habe den *Seelenblick.*«

Ich starre sie an, über die Kerze hinweg, die fröhlich auf unserem Tisch flackert. Ich glaube nicht an den Seelenblick; genauso wenig wie an den Dreigesichtigen. Das ist doch alles Aberglaube. Ein großer, dampfender Haufen Pferdemist. Das Einzige, woran ich wirklich glaube, ist die moderne Wissenschaft. Daran, dass die naheliegendste Lösung auch immer die logische sein muss. An das, was die Forscher aus Leburg schreiben, im Wissenschaftsteil der Zeitungen. Aber dennoch ... Woher zum Abgrund kann Madame Rosa wissen, was ich ...

»Du kannst doch meine Gedanken nicht lesen, oder?«, vergewissere ich mich.

Madame Rosa lacht. »Nur manchmal«, erklärt sie unbeeindruckt. »Nur, wenn sie so wirr sind, dass sie dir förmlich zu den Ohren hinausflüchten.«

Hilflos trinke ich noch einen Schluck Tee. Er wärmt meine Glieder, und ich merke schon, wie der Rum sich zu dem Bier von vorher gesellt und mir zu Kopf steigt. Normalerweise trinke ich nicht viel, es bekommt mir nicht.

Und auch heute bekommt es mir nicht. Meine Wangen brennen wieder, doch es liegt nicht an dem Nachhall der Kälte. Alles dreht sich schon leicht. Doch Madame Rosa hat recht, inzwischen spüre ich das Pochen in meinem Fuß kaum noch.

Und dann fasse ich einen Entschluss. »Madame Rosa ...« beginne ich zögernd.

»Sprich nur, Kindchen.«

»Du findest auch, dass er wie ausgewechselt ist?«, frage ich.

Sie runzelt die Stirn. »Ja, allerdings ... Da war dieses Gefühl ... Er ist *kalt*«, sagt sie leise und zieht die Schultern hoch. »So kalt wie der Schatten in Rauris ...«

Unwillkürlich erschaudere ich. »Rauris«, sage ich leise.

Es gibt viele Legenden über Rauris. Jeder kennt irgendwen, der jemanden kennt, der angeblich schon einmal dort war. Es soll schrecklich sein, und wunderschön. Eine Welt aus uraltem Eis, so weiß, dass es die Menschen erblinden lässt. Die Priester sagen, dass Rauris früher grün war, ein Land mit üppiger Vegetation, bewohnt von einem Volk, dem das ewige Glück geschenkt wurde. Doch sie waren trotzdem nicht zufrieden. Sie wollten mehr. Und so nahm der Dreigesichtige ihnen das ewige Glück wieder und ließ sie zu Eis erstarren. Froststatuen, die aus kalten, toten Augen in die Ewigkeit starren. Er überzog ihr Land mit ewigem Weiß.

Tatsächlich gibt es Momente, in denen ich ins Zweifeln gerate. Doch jedes Mal, wenn ich mich frage, ob der Dreigesichtige nicht vielleicht doch existiert, komme ich zu dem Schluss, dass er ein grausamer Gott sein muss. Ich denke, dass es in der Natur des Menschen liegt, mehr zu wollen, als man hat. Und wenn der Dreigesichtige die Menschen erschaffen hat, warum hat er sie dann mit dieser Natur erschaffen? Nur, um sie nachher dafür zu bestrafen?

Trotz des Schwindels trinke ich noch einen Schluck Tee. Madame Rosa sieht mich an und wartet.

»Was soll ich tun?«, frage ich unwillkürlich.

»Das kann ich dir nicht sagen. Aber vielleicht kann ich dir dennoch helfen. Es dir zeigen.«

Ich lehne mich nach vorne. Nun ist mir plötzlich heiß. »Wie?«, frage ich.

Madame Rosa geht nicht auf meine Frage ein. »Weißt du ...«, beginnt sie langsam, sinnierend. »Ich habe schon seit vielen Wochen, Monaten ein merkwürdiges Gefühl. Überaus merkwürdig, ja.«

»Merkwürdig?«

»Ja, allerdings ... Überaus merkwürdig. Da ist Feuer, ein riesiges Feuer ...«

»Feuer?«, frage ich verwirrt. Was ...

»Krieg. Chaos. Hunger, schrecklicher Hunger. Und dann die Feuersbrunst. Brennendes Fleisch ... Die Sonne verdunkelt sich ...« Madame Rosa beginnt zu zittern. Ihre Augen verdrehen sich. »Sie kehren zurück. Diesmal für immer. Und dann sterben wir. Wir alle.«

»Madame Rosa«, keuche ich und greife nach ihrer Hand.

Sie wischt sie beiseite. »Vergiss es nicht«, sagt sie mit tiefer Stimme. »Vergiss es niemals. Das Feuer. Das Ende der Menschheit. Der Beginn eines neuen Zeitalters ...«

Im nächsten Moment zucken ihre Augen und sie sind wieder so wie immer.

»Wo waren wir?«, fragt sie leichthin.

Ich keuche auf. »Ich ... wir ...«

»Oh, hatte ich wieder eine Vision?«, fragt sie und trinkt einen Schluck von ihrem Tee, zuckt mit den Schultern. »Die habe ich oft in letzter Zeit. Es kommt etwas auf uns zu, Louise. Etwas Großes.«

Ich schlucke. Nein, ich glaube nicht an all das. Ich glaube genauso wenig an Visionen wie an den Seelenblick oder an den Dreigesichtigen. Kein vernünftiger Mensch glaubt an solche Dinge. Ja, natürlich, sie eilen alle in die Kirche, einmal die Woche, wenn die Glocken läuten. Die Abergläubischen, sie erzählen ihren Kindern Märchen von schwarzäugigen Flussdämoninnen und ebenso schwarzäugigen Waldgeistern ... und doch glauben die meisten nicht wirklich daran. Es sind nur Märchen.

Ich atme tief durch und versuche, meine Gedanken zu sortieren. Vergebens. Sie dringen mir tatsächlich schon fast zu den Ohren heraus.

Der Geigenspieler fiedelt immer lauter. Die Leute beginnen zu tanzen, drehen sich im Kreis, juchzen. Sie trinken Bier. In der Mitte dreht sich ein Paar, völlig ineinander versunken. Sie halten sich an den Händen, als würde es nichts auf der Welt geben außer ihnen beiden.

»Madame Rosa?«, frage ich, über die lebhafte Musik hinweg.

»Ja?«, fragt sie, als wäre sie meilenweit weg gewesen.

»Du sagtest, du könntest mir vielleicht helfen? Wie?«

»O ja, das.« Sie trinkt schlürfend ihren Tee aus und erhebt sich. »Komm morgen Abend nach der letzten Vorstellung in meinen Wagen. Es gibt da vielleicht etwas, was ich dir zeigen will.«

Sie legt einige Münzen auf den Tisch. Und dann geht sie, einfach so.

»Madame Rosa?«, rufe ich ihr fassungslos nach.

Sie dreht sich ein letztes Mal um. Und dann beginnt sie, sich mit der Musik im Kreis zu drehen. Die Menschen drängen sich, die Musik schwillt an.

Als das Lied endet, ist sie weg.

Kapitel 13

Ich schmiege mich eng an die weiche Zeltwand zwischen den zwei Vorhängen. Diesmal sitze ich am Boden, den linken Fuß von mir gestreckt. Er schmerzt immer noch. Heute Morgen war er tatsächlich grün und blau, ganz wie Madame Rosa es gesagt hat. Doch um das vorauszusagen, muss man vermutlich keine Hellseherin sein. Ärgerlich beiße ich mir auf die Lippen. Das Seiltanzen kann ich für die nächste Zeit vergessen.

Ich hülle mich fröstelnd in Elis Mantel, der nach ihm riecht.

Alles ist wie immer und doch ist alles anders. Eli fängt Marie auf, sie springen zu Boden und verbeugen sich, Hand in Hand. Meine Taschenuhr tickt.

Marie läuft an mir vorbei. Ihr Parfum steigt mir in die Nase.

Eli verbeugt sich. Applaus erklingt.

In diesem Augenblick wende ich mich ab und gehe; humpelnd, aber so schnell wie möglich. Grauen steigt meine Kehle empor. Ich kann, will es nicht mitansehen. Nicht noch einmal. Die Bewegungen, die nicht mehr zu ihm gehören. Das Lächeln, das keine Wärme mehr in sich birgt.

Jubel folgt mir, als ich durch den verlassenen Bereich für Artisten schreite. Niemand ist hier. Nicht einmal Eduard. Auch Dorothea und Maku sind schon weg. Wahrscheinlich erzählt sie ihm noch eine Geschichte. Vielleicht die von dem

Elfenvolk, das laut den Legenden unter den Dreusteiner Bergen haust und kleine Kinder in die Höhlen lockt, bis sie eines Tages als alte Menschen zurückkehren, stumm, mit abwesendem Blick und mit schlohweißen Haaren, so weiß wie meine. Ihre Seelen bleiben in den Höhlen zurück, so sagt man. Fast hätte ich geschnaubt. Diese Geschichte habe ich noch nie gemocht. Als Kind dachte ich, sie würde bedeuten, dass auch ich keine Seele habe.

Meine Schritte führen mich zu Madame Rosas Wagen. Der Geruch ihres Räucherwerkes schlägt mir entgegen, die betörende Musik ihres Leierkastens.

Ich schiebe den roten Vorhang mit dem elfzackigen Stern zurück und trete in ihren Wagen.

Sie sitzt mit unterschlagenen Beinen auf einem Kissen. »Louise«, sagt sie leise mit ihrer dunklen, tiefen Stimme. »Wie geht es deinem Fuß?«

»Besser«, lüge ich und sehe mich unschlüssig in ihrem Zuhause um. Ich war erst wenige Male hier. Es wirkt gemütlich, Madame Rosa hat alles mit vielen Kissen und Wandteppichen ausstaffiert. Rot scheint ihre erklärte Lieblingsfarbe zu sein.

Auf ihrem Herd steht ein dampfender Topf. Ich höre das leise Blubbern von kochendem Wasser. Madame Rosa steht auf, geht zum Herd und löscht die Flamme.

Sie kramt in ihrem Schrank, zieht eine blecherne Feldflasche heraus und gießt das heiße Wasser ein. Dann beginnt sie, erneut in ihrem Schrank zu kramen und holt einen Stoffbeutel hervor. Er knistert.

Ihre Hände beben, als sie etwas aus dem Beutel zieht, das wie getrocknete Kräuter aussieht. Sie betrachtet stirnrunzelnd die braunen Blätter, als würde sie abwägen, wie viel davon sie verwenden soll.

Schließlich zuckt sie mit den Schultern und streut eine großzügige Prise in die blecherne Flasche.

»Was tust du da?«, frage ich unsicher.

»Das werden wir brauchen. Und jetzt komm.« Sie schraubt die Feldflasche zu und fasst mich am Arm. »Wir gehen.«

»Wohin?«

»In den Wald. Hier ist es nicht sicher.«

»Hast du nicht später noch Kunden?«

»Nicht heute. Heute gibt es Wichtigeres zu tun.«

Kopfschüttelnd humpele ich ihr zwischen den Wagen hinterher. Dann durch kleine Gassen mit verfallenen, windschiefen Häusern, bis wir nach links in einen Feldweg einbiegen.

Hier gibt es nichts mehr. Kein Mensch kreuzt unseren Weg. Nur eine einsame Mühle dreht weit entfernt ihre Flügel. Vor uns erstreckt sich der Wald, der die Dreusteiner Berge emporwächst.

Der Himmel ist wolkenverhangen, sodass er die Nacht fast blass erscheinen lässt. Ich kann Schnee riechen.

Der Mond ist kaum sichtbar. Nur ab und zu blitzt er zwischen den Wolken hervor.

Madame Rosa seufzt. Sie hebt die Arme und stößt ein leises, klagendes Geräusch aus. Dann dreht sie sich zu mir um. Ihre Augen blitzen.

»Kannst du es spüren, Louise?«, fragt sie.

»Was spüren?«, frage ich und schlinge das Kleid enger um mich. Es wird morgen schneien, ganz sicher. Und mein Fuß tut weh. Nur das kann ich spüren, sonst gar nichts.

»Heute ist eine ganz besondere Nacht. Wintersonnenwende.«

Ich nicke abwesend. Das ist möglich. Ich habe in letzter Zeit nicht auf das Datum geachtet. Normalerweise lese ich morgens gerne Zeitung, doch ich habe derzeit andere Sorgen.

»Louise«, wendet sich Madame Rosa fast anklagend an mich. »Die Wintersonnenwende ist eine sehr wichtige Nacht. Die Nacht der weisen Frauen. Alle anderen Nächte gehören den Männern, aber diese eine Nacht des Jahres, sie gehört allein uns. Die Nacht, in der die Grenzen zwischen den Schatten und dem Licht verschwimmen. Die Nacht, in der die alte Magie den Nachhall ihrer Macht ertönen lässt. Die Nacht, in der die elf Elemente sich vereinigen. Perfekt für das, was wir vorhaben.«

»Was haben wir denn vor?«, wage ich zu fragen.

Sie lacht nur. »Du wirst schon sehen.«

Und dann betritt sie den Wald.

Mit unsicheren Schritten folge ich ihr. Die Bäume haben keine Blätter mehr, kahl und tot erstrecken sie sich in den zu hellen Nachthimmel.

Wurzeln säumen unseren Weg. Inzwischen ist es genau genommen kein Weg mehr. Wahrscheinlich nur noch ein Pfad, der von Tieren benutzt wird. Immer wieder zische ich schmerzerfüllt auf, wenn mein linker Fuß gegen etwas stößt.

»Weißt du, wie wir Frauen früher ins Erwachsenenleben eingetreten sind?«, plaudert Madame Rosa vor sich hin, während wir uns durch das Dickicht mühen. Äste schlagen mir ins Gesicht. Ärgerlich wische ich sie weg.

»Hatte es etwas mit einer Silbernadel zu tun?«, frage ich und kann den bissigen Unterton nicht aus meiner Stimme verbannen.

Sie lacht. »Nein, natürlich nicht. Das ist ein neuer Brauch. Barbarisch, wenn du mich fragst. Aber es passt natürlich zum Dreigesichtigen, nicht wahr? Mädchen beizubringen, dass Schönheit und das Leben als Frau mit Schmerz verbunden sind. Den Mädchen zu wünschen, dass sie viele Kinder bekommen sollen, unter dem strengen Antlitz des Blutigen, dem sie ihren Schmerz opfern. Furchtbar, oder?«

Unwillkürlich schüttele ich den Kopf. So habe ich es noch nie betrachtet, aber ich kann inzwischen verstehen, warum Dorothea diesen Brauch mit den durchstochenen Ohren für seltsam hält. Anscheinend sieht Madame Rosa das genauso. »Ich kann nie eigene Kinder bekommen«, sage ich plötzlich.

Madame Rosa bleibt stehen und mustert mich. »Bist du traurig deshalb?«

Bin ich das? Als ich es erfahren habe, war ich es. Manchmal. Doch in diesem Moment spüre ich keinen Schmerz, als ich daran denke.

Ob ich Madame Rosa fragen soll, warum sie eigentlich keine Kinder hat? Nein, solche Fragen sind unangebracht.

Vielleicht quellen mir meine Gedanken wieder zu den Ohren hinaus, denn im nächsten Moment sagt sie: »Ich wollte nie Kinder.« Sie schenkt mir ein rätselhaftes Lächeln, setzt sich wieder in Bewegung und spricht weiter.

»Früher, vor sehr langer Zeit, gab es andere Bräuche. Ganz anders.«

Nun beginnt die Neugierde in mir zu brennen. »Welche denn?«, frage ich.

»Die Frauen gingen in den Wald«, sagt Madame Rosa leise. »Sie zündeten ein großes Feuer an und tanzten gemeinsam nackt darum.«

»Und dann?«

»Nichts und dann. Sie tanzten, feierten. Erzählten sich Geschichten, schworen einander bei den elf Elementen ewige Freundschaft und sprachen uralte Zaubersprüche. Tranken süßen Honigwein und aßen Leckereien. Nur die Frauen. Sie schämten sich nicht für ihren Körper, wie die Frauen es heute tun. Im Gegenteil. Der weibliche Körper war zu diesen alten Zeiten ein Heiligtum; und an diesem Abend lernten sie, sich niemals für ihren Körper zu schämen.«

Ich zucke mit den Schultern und hinke ihr weiter hinterher. »Das klingt eigentlich ganz schön.« Wie es wohl sein mag, sich nicht für seinen Körper zu schämen?

Madame Rosa wird langsamer, legt die Hände gegen einen großen, alten Baum. »Ja, ja …«, sagt sie leise. »Genau. Hier entlang.«

Sie führt mich weiter, durchs Dickicht. Als ich stehen bleibe, winkt sie mich voran.

»Jetzt komm schon, Louise.«

Ich habe keine Ahnung, was sie vorhat. Missmutig knabbere ich an meiner Unterlippe. Wie soll uns ein nächtlicher Spaziergang durch den Wald bloß helfen? Am Ende werden wir uns noch verlaufen. Dennoch stolpere ich weiter.

Endlich kommen wir an einer Lichtung an.

»Hier«, sagt Madame Rosa und wendet sich mit glitzernden Augen um. »Hier ist es perfekt.«

»Perfekt für was? Was haben wir vor?«, frage ich erneut, diesmal etwas vehementer.

»Wärst du so nett, Holz zu holen?«

»Ich … also gut. Natürlich.«

Ich schlage mich erneut ins Dickicht, humpelnd und stolpernd, sammele einige Äste auf und kehre zurück. »Reicht das?«

»Das ist wundervoll, mein Kind. Leg sie da auf, direkt in der Mitte.«

Ich tue, wie mir geheißen.

Madame Rosa kniet sich hin, zieht ein Messer und einen Feuerstein aus der Manteltasche. Im nächsten Moment springt ein Funke auf das trockene Holz über. Sofort beginnt es zu knistern.

»Setz dich«, sagt Madame Rosa leise.

Ich seufze in die Nacht. Eine weiße Wolke steigt vor meinem Gesicht auf. Schließlich nicke ich und lasse mich gegenüber von ihr sinken, direkt in das klamme, verrottende Herbstlaub.

Sie greift mit bebenden Händen erneut in ihre Manteltasche und zieht die blecherne Feldflasche hervor, stellt sie direkt ins Feuer.

»Je heißer das Wasser, desto besser. Im Notfall reicht es, ihn ziehen zu lassen, doch am besten ist es, den Tee zehn Minuten kochen zu lassen«, sagt sie auf meinen Blick hin. »Wir sollten währenddessen die Grenzen unseres Geistes erweitern.«

»Und wie genau soll ich das tun?«, frage ich, etwas bissiger als nötig, und hebe eine Augenbraue.

»Du rufst dir die elf Elemente vor dein inneres Auge und ...«

»Was willst du bloß immer mit deinen elf Elementen?«, frage ich stirnrunzelnd. »Das ist doch nur ein alter Glaube, nicht wahr?«

»Alt, ja. Alt, mächtig, und vor allem wahr. Alles auf der Welt ist aus den elf Elementen gemacht.«

Ich schüttele den Kopf. Schon will ich sagen, dass ich nur an die moderne Wissenschaft glaube, doch ich will Madame Rosa schließlich nicht beleidigen.

»Ach, Louise«, sagt Madame Rosa sanft. »Träumst du manchmal?«

»Natürlich träume ich. Jeder Mensch träumt«, sage ich und hebe den Blick. Der Mond steht nun rund und voll am Himmel. Es wirkt fast, als wäre er rot.

»Und wovon träumst du?«

Ich schweige. *Von Eli,* will ich sagen, doch dann flackert eine Erinnerung auf.

Das Tier in meiner Brust öffnet die Augen. Es brüllt, wie aus tausend Stimmen. Mit geschlossenen Augen springe ich, lasse mich in die Umarmung des Windes fallen. Es gibt kein Seil.

Und dennoch tanze ich. Flammen flackern um mich herum auf, doch ich spüre keinen Schmerz. Nur pure, wilde Freude zuckt durch meine Adern und hebt mich höher, höher, bis ich den Mond fast berühren kann.

»Na siehst du«, sagt Madame Rosa befriedigt. »Du hast es in dir, weißt du?«

»Was habe ich in mir?«

Madame Rosa antwortet nicht. Sie greift in die Flammen und holt die Feldflasche heraus. Das Metall muss glühend heiß sein, und doch zuckt sie nicht einmal mit der Wimper.

Sie stellt die Flasche auf einem Stein ab. »Wir müssen noch warten«, sagt sie leise. »Nur noch ein wenig.«

»Worauf warten?«

Madame Rosa seufzt. »Du hast so viele Fragen.«

»Allerdings. Was machen wir hier?«, frage ich.

»Wir wollen Antworten finden.«

»Antworten worauf?«

Sie berührt zögerlich die Flasche, schüttelt dann aber den Kopf, als wäre es noch nicht soweit. »Antworten auf alles. Du hast es gespürt, oder etwa nicht?«

»Was gespürt?«

»Dass mit Eli etwas nicht stimmt«, sagt sie ruhig. »Und ich habe auch etwas gespürt. Etwas Großes. Etwas Wichtiges. Und ich denke, dass beides zusammenhängt.«

Ich schweige. Mir ist wieder kalt.

Madame Rosa berührt erneut die Flasche. »Ich denke, es ist soweit«, sagt sie leise. Und dann öffnet sie den Verschluss, trinkt einen Schluck. Sie verzieht das Gesicht.

Eine Dampfwolke steigt aus der Flasche auf. Sie bringt einen intensiven, würzigen Duft mit sich, von dem mein Kopf augenblicklich schwer wird.

»Was ist das?«, frage ich.

Sie wiegt den Kopf hin und her. »Etwas, mit dem man äußerst vorsichtig sein muss«, sagt sie »Es erweitert den Geist. Es kann Visionen schenken. Freude, Euphorie. Aber auch den Tod. Man darf niemals zu viel davon nehmen.«

»Was ist es?«, beharre ich.

»Odisskraut«, sagt sie schlicht.

Ein Keuchen steigt aus meiner Kehle auf. »Odisskraut?«

Ich weiß nicht viel darüber. Nur, dass es Menschen in den Wahnsinn treiben kann. Es kann bewirken, dass sie keinen anderen Wunsch mehr haben, als mehr davon zu trinken. Bis sie sterben, weil sie alles andere vergessen.

»Soll ich auch davon trinken?«, frage ich mit bebender Stimme.

»Das ist deine Entscheidung, Louise«, sagt Madame Rosa. »Nur deine. Du bist eine erwachsene Frau.« Ihre Augen verdrehen sich, bis man nur noch das Weiße sehen kann.

Ich schlucke. Meine Taschenuhr tickt. Mit rasendem Herzen betrachte ich Madame Rosa, doch nichts geschieht. Wolken schieben sich vor den Vollmond.

Eli huscht durch meine Gedanken. Eli, der mir eine Hand auf die Schulter legt. Eli, der mir einen Kuss auf die linke Wange haucht.

»Was soll ich dir verzeihen?«, frage ich.

»Nichts. Alles.«

Und schließlich greife ich nach der Feldflasche und trinke einen Schluck; nur einen, den letzten. Als sie leer ist, stecke ich sie in Elis Manteltasche.

Kapitel 14

Der nächtliche Wald ist vollkommen stumm. Kein Vogel schreit, kein Tier raschelt im Unterholz. Es ist, als wären wir allein auf der Welt, eingehüllt in die wohlige Geborgenheit der Stille.

Wir liegen auf dem Rücken, nebeneinander, zugedeckt mit Madame Rosas warmem Mantel, und blicken in den dunklen Himmel. Der Mond leuchtet ab und zu zwischen den toten, verdorrten Ästen hervor.

Mir ist nicht kalt. Eine merkwürdige Wärme hat mich erfasst, samtig und schwer. Meine Gliedmaßen kribbeln. Der Schmerz in meinem Knöchel ist völlig abgeebbt. Zwischen trägen Gedanken schließe ich die Augen; ab und zu.

So muss es sich anfühlen, mit den Sternen zu fliegen, schießt es durch meinen Kopf. *So muss sich die Ewigkeit anfühlen.* Doch es sind gar keine Sterne zu sehen. Nur der Mond.

Madame Rosa murmelt leise, doch ich kann ihre Worte nicht verstehen.

»Ich merke gar nichts«, flüstere ich. »Das Odisskraut wirkt nicht.« Erst, als ich es ausspreche, wird mir bewusst, dass das nicht stimmt.

Die Farben der Nacht sind anders als sonst. Tiefer. Sie tanzen vor meinen Augen, verschwimmen ineinander, ziehen meinen Blick an, als würden sie mich locken.

Ich setze mich auf. In diesem Moment brennt wilde, heiße Euphorie in meinen Adern. Ich habe mich seit Wochen nicht so gut gefühlt. Nein, ich habe mich noch überhaupt nie so gut gefühlt. Niemals.

Funken fliegen durch die Luft. Plötzlich erscheint das Knistern des Feuers so laut, dass es meinen Kopf völlig ausfüllt. Alle Sorgen, die ich gerade noch hatte, fallen von mir, hinein in den Nachthimmel, wie die Funken. Sie lösen sich einfach auf.

»Wir sollten um das Feuer tanzen«, murmele ich. Mein Mund ist trocken. Plötzlich muss ich lachen, obwohl mir selbst nicht ganz klar ist, warum. »Madame Rosa?«

Doch sie liegt nur da, starrt weiter in den Himmel.

»Madame Rosa?«

Plötzlich richtet sie sich ebenfalls auf und schiebt den Mantel beiseite.

»Wollen wir nackt um das Feuer tanzen?«, frage ich undeutlich; es ist, als wäre meine Zunge plötzlich schwer geworden. Nackt um das Feuer zu tanzen erscheint mir plötzlich wie eine wunderbare Idee. Erneut muss ich lachen. Am liebsten würde ich schreien, meine Freude dem Mond entgegenrufen.

Madame Rosa reagiert nicht. Sie schiebt eine ihrer schmalen, von Altersflecken übersäten Hände näher an die Flammen. »Feuer«, murmelt sie. Ihre Augen glänzen weiß auf. »Feuer, das die Welt überzieht ...«

Ich halte den Atem an. Alles dreht sich vor meinen Augen. Doch das hier ist wichtig, das weiß ich. Mühsam fokussiere ich mich. »Was hat es zu bedeuten?«, frage ich langsam.

»Die Sonne verdunkelt sich ...« Madame Rosas Stimme wird noch tiefer. Das Holz kracht. Eine Stichflamme schießt in den Himmel.

»Hunger«, flüstert Madame Rosa. »So schrecklich hungrig.« Sie vergräbt den Kopf in den Händen. Und dann, so plötzlich, dass es mir durch Mark und Bein fährt, stößt sie einen lang gezogenen, klagenden Schrei aus.

»Madame Rosa«, keuche ich und fasse sie bei der Schulter.

Im nächsten Moment blickt sie auf.

In ihren Augen ist nur noch das Weiße zu sehen. Schaum steht vor ihrem Mund. Als sie die Lippen öffnet, dringt ein Gurgeln aus ihrer Kehle, als hätte man sie durchgeschnitten. »Achai«, keucht sie. »*Achai.*«

Wird sie sterben?

Ich springe auf, rüttele an ihrer Schulter. Mein Herz rast, als würde es gleich zerspringen. *Achai.*

»Was bedeutet dieses Wort?«, zische ich. »Was bedeutet es?«

Doch Madame Rosa antwortet nicht. »Achai«, sagt sie erneut, so tief, dass ich es kaum noch verstehen kann.

»Achai?«, frage ich aus trockener Kehle. Da ist kein Lexikoneintrag zwischen »Abor« und »Achos«. Das weiß ich ganz genau. Ich habe es doch gesehen.

»Sie streben wieder nach Macht«, keucht Madame Rosa in die Stille des Waldes. »Oh Louise, sie streben wieder nach Macht; nach so langer Zeit; sie haben einen Plan ...« Sie beginnt zu schluchzen. »Der große Krieg ... Feuer ... Hunger, dieser schreckliche Hunger ... Die Sonne, verdunkelt ... Sie kommen, sie kommen! Nehmt euch in Acht ...« Sie stockt. »Louise!« Und dann legt sie den Kopf in den Nacken, brüllt es in die kalte Nacht hinein. »Achai!«

Sie zittert am ganzen Körper. Noch mehr Schaum sammelt sich vor ihrem Mund.

Plötzlich, mit einem Schlag, bin ich wieder völlig klar im Kopf. Ich tätschele ihre Wangen, lege den Mantel um sie. »Madame Rosa!«, flüstere ich entsetzt.

Sie schließt die Augen. Als sie sie wieder öffnet, sind sie völlig normal. Und doch ist etwas nicht wie zuvor. Sie starrt mich an, als würde sie mich zum ersten Mal sehen. »Louise«, flüstert sie. »Oh, Louise, mein Kind …«

Und dann kippt sie zur Seite.

Die Flammen knistern inzwischen nur noch schwach. Madame Rosa starrt teilnahmslos in das dunkle, flackernde Rot.

»Oh, Louise …«, sagt sie wieder, wieder. Sie hat nichts anderes von sich gegeben, seit sie wieder bei sich ist.

Mein Kopf schwirrt. Mir ist schwindelig, doch ich bin wieder bei klarem Verstand. Nur die Nachwirkung des Odisskrautes fließt noch durch meine Adern, meinen Körper, wie giftiges, schweres Blei.

»Hat es deinen Geist geöffnet?«, fragt Madame Rosa schließlich undeutlich, als der letzte Holzscheit nur noch glüht.

Ich schüttele den Kopf. Dann nicke ich. »Ich bin mit den Sternen geflogen, doch …«

Madame Rosa seufzt. »Manchmal entfaltet es beim ersten Mal nicht seine ganze Kraft.« Dann hält sie inne. Mit einem letzten Knacken erlischt die Glut, und es wird dunkel um uns herum.

Noch immer ist kein Laut zu hören.

»Wer sind die Achai?«, stelle ich die Frage, die in mir brennt.

Sie zuckt zusammen, reißt die Augen auf. »Die …« Ihre Stimme verklingt.

»Die *Achai*«, begehre ich auf. »Du hast dieses Wort gesagt, als du … Du hast gesagt, dass sie wieder nach Macht streben. Was bedeutet es?«

Madame Rosa sieht sich gehetzt um. »Habe ich das?«, keucht sie. »Still, Kind. Still! Man weiß nie, was in den Schatten lauert, hörst du?«

Energisch schüttele ich den Kopf. Ich habe keine Zeit für ihren Aberglauben. »Nichts lauert in den Schatten, Madame Rosa«, sage ich und kann einen gewissen Unterton nicht aus meiner Stimme verbannen. »Schatten sind nur Schatten. Die Abwesenheit von Licht, nichts weiter.«

»Oh, da wäre ich mir nicht zu sicher, Louise«, murmelt sie. »Wenn du die Schatten erst in deinen Kopf lässt, dann ...«

Sie spricht nicht weiter.

»Was bedeutet das Wort?«, begehre ich auf. »Du hast versprochen, mir zu helfen!«

»Ich habe gar nichts versprochen«, grummelt Madame Rosa undeutlich, doch dann stößt sie ein langes Seufzen aus. »Aber gut, also schön ... Es ist wohl das einzig Richtige, wenn ... Also schön.«

Ungeduldig warte ich. Das Herz schlägt mir bis in die Kehle.

Und dann lehnt Madame Rosa sich nach vorne, zu mir, über die Asche des Feuers hinweg.

»Meine Großmutter hat mir von ihnen erzählt«, wispert sie. »Damals, in dieser einen Nacht, als ich zur Frau wurde ... Zur Wintersonnwende, am Feuer ...«

Ich starre sie an, nach vorne gebeugt, bis sie weiterspricht.

»Sie war schon eine sehr alte Frau, mit schlohweißem Haar, sicher über achtzig Jahre alt ... Einige Tage darauf starb sie. Vielleicht hat sie gewartet, gewartet, bis ich ihre Nachfolge antrete-«

Ich schüttele den Kopf. Nachfolge? Nachfolge von was? Doch das ist jetzt unwichtig. »Was hat sie gesagt?«, frage ich mit tauben Lippen.

»Es ist eine sehr alte Legende. Meine Großmutter hat sie von ihrer Großmutter gehört. Es ist ein schreckliches, furchtbares Geheimnis, älter als jedes andere Geheimnis, vielleicht älter als die elf Elemente ... Du darfst mit niemandem darüber sprechen, niemals, hörst du? Die Achai …« Erneut verklingt Madame Rosas Stimme und sie sieht sich ängstlich um. »Sie leben in den Schatten«, wispert sie schließlich. »Seit Anbeginn aller Zeiten leben sie in den Schatten. Als Rauris noch grün war und lange davor …«

»Aber wer sind sie?«, frage ich atemlos.

Madame Rosa zischt, legt sich einen Finger über die Lippen. »Leise, Louise!«

»Wer sind sie?«, frage ich leiser, sodass meine Stimme kaum noch ein Nebelhauch in der Nacht ist.

Madame Rosa sieht mich aus großen Augen an. »Ich weiß es nicht«, wispert sie. »Ich weiß nur, dass sie in den Schatten wohnen und den Menschen übel gesinnt sind. Früher herrschten sie über die Welt, mit eiserner Faust, erfüllt von Hass und Niedertracht. Dann geschah etwas, ich weiß nicht was. Seitdem leben sie in den Schatten. Es bringt schon Verderben, ihren Namen nur laut auszusprechen …« Sie fröstelt.

Ich öffne den Mund, um etwas zu sagen. Dass es nur Aberglauben ist. Eine alte Legende. Doch das Bild der Frau auf dem Markt in Marbor steigt wieder in mir auf. Ihr Gesicht, vor Hass verzerrt.

»Achai«, hat sie gekreischt. Und ich wusste, dass dieses Wort etwas bedeutet. Ich konnte es auf meiner Zunge schmecken, konnte es spüren.

Und dann schließe ich den Mund wieder, während die Kälte meinen Rücken emporkriecht und ich mich umsehe; mit vor Angst pochendem Herzen beobachtete, ob in den Schatten etwas lauert.

»Was bedeutet es, Madame Rosa?«, flüstere ich. »Was bedeutet es?«

Madame Rosa beugt sich nach vorne und wispert in die Winternacht hinein. »Ich weiß es nicht, Louise«. Sie seufzt in die Nacht hinein. »Nur eines weiß ich: Wenn sie tatsächlich wieder nach Macht streben, sind wir verloren. Dann sind wir alle verloren.«

Es schneit nicht. Stattdessen ist es warm, viel zu warm für diese Jahreszeit. Ich sitze auf den Stufen meines Wagens, den linken Fuß hochgelagert. Er hat sich mittlerweile gelb und grün verfärbt und schmerzt immer noch. Es ist Morgen. Maku, Vincent und Eduard eilen immer wieder vorbei und bauen alles für die erste Vorstellung auf. Eli hat sich noch nicht blicken lassen. Die Sonne sticht in meinen Augen. Mit bebenden Händen schiebe ich die dunkle Brille enger an meine Augen.

Immer noch sitzt die bleierne Schwere des Odisskrautes in meinen Gliedmaßen. Ich fühle mich wie eine alte Frau, schwach, zittrig und schlecht zu Fuß.

Stöhnend schließe ich die Augen. Ein leises Räuspern schreckt mich aus meinen Gedanken.

»Louise?«, fragt eine Kinderstimme.

Ich reiße die Augen auf. Maku steht vor mir.

»Deine Zeitung«, sagt er. »Ein Botenjunge hat sie gebracht.«

Ich sehe ihn an und muss unwillkürlich lächeln, als er mich aus seinen dunklen, funkelnden Augen ansieht. Auch, wenn mir nicht nach Lächeln zumute ist. »Danke, Maku«, sage ich, lege ihm sanft eine Hand auf die Wange und streiche über die verschlungenen Zeichen auf seiner Haut. Sie fühlen sich dick und wulstig an.

Es muss schrecklich wehgetan haben, sie einzuritzen. Ich kann mir nicht vorstellen, wie es sein muss, Kinder zu haben, nicht wirklich ... Doch ebenso wenig kann ich mir vorstellen, wie Eltern zulassen können, dass einem Kind solche Schmerzen zugefügt werden.

Ich räuspere mich und dann stelle ich schließlich die Frage, die mir schon so lange im Kopf herumgeistert. »Kannst du dich eigentlich an deine Eltern erinnern, Maku?«

Er überlegt, dann schüttelt er den Kopf. »Nein«, sagt er leise.

Ob ich ihn nun verletzt habe? Es wirkt nicht so. Er lächelt noch einmal und ehe ich mir eine Antwort überlegen kann, ist er auch schon wieder weg.

In Gedanken versunken sehe ich ihm nach. Schließlich schlage ich die Zeitung auf. Wahrscheinlich sollte ich mich ablenken.

Ein Schatten fällt über die Seiten. Schon ehe ich aufblicke, weiß ich, wer vor mir steht. Das Papier in meinen Händen beginnt zu beben, bis der Schatten verschwimmt. Langsam hebe ich den Kopf.

Eli steht vor mir.

Das Gefühl, das bei seinem Anblick in mir aufsteigt, ist *falsch.* Mein Herz schlägt höher, ja, doch nicht vor Freude. Ich schlucke. Und dann wird es mir klar. *Angst.* Ich habe Angst.

»Bist du wütend auf mich?«, fragt Eli.

Ich zucke zusammen. »Wütend? Wieso sollte ich wütend sein?«, frage ich hastig, während mir das Herz immer noch bis in den Hals schlägt.

»Du hast meine Frage nicht beantwortet«, sagt Eli, doch keine Spur von Schalk schwingt in seiner Stimme mit.

Ich antworte nicht. Etwas sitzt in meiner Kehle, brennend und schmerzhaft. Doch Eli steht weiter da und sieht mich an, abwartend.

»Ich bin nicht wütend«, sage ich schließlich.

Ich habe nur Fragen. Was ist mit dir geschehen?

Doch ich stelle die Fragen nicht.

Eli scheint nicht zu merken, was in mir vorgeht. »Gut«, sagt er. »Dann komm heute Abend nach der Vorstellung in meinen Wagen. Du hast deine Ohrringe vergessen.«

Damit dreht er sich um und geht.

Ich wende mich ab und sehe ihm nicht nach. Stattdessen blättere ich durch die Seiten der Zeitung. Die Zeichen verschwimmen. Der Sinn der Worte kommt nicht in meinem Kopf an.

Erst, als ein Foto meine Aufmerksamkeit erregt, halte ich inne. Das Gesicht kommt mir bekannt vor.

»Graf von und zu Schwarzenstein«, steht darunter.

Ich erstarre. Wie im Flug gleiten meine Augen über die folgenden Zeilen.

Leise keuche ich auf und lese die Schlagzeile erneut.

»Graf von und zu Schwarzenstein spurlos verschwunden.«

Ich weiß nicht, wie viel Zeit vergangen ist, als Oras Ruf mich aus meiner Starre reißt. Es ist Zeit, mich für meine erste Vorstellung bereit zu machen.

Meine Taschenuhr tickt. Das Ticken hallt zwischen den Vorhängen wider, viel zu laut, bis der Applaus es auslöscht. Erst, als ich weiß, dass es vorbei ist, wende ich mich um. Meine Schultern schmerzen inzwischen genauso sehr wie mein Fuß. Mein ganzer Körper ist verkrampft.

Wenn alles normal wäre, würde ich nun warten, bis Eli seine Solovorstellung gibt. Doch es ist nichts normal, gar nichts.

Und heute ist es nicht Eli, auf den ich warte.

Marie läuft an mir vorbei. Doch diesmal löse ich mich aus dem Schatten und fasse sie an der Schulter.

Sie stößt einen leisen Schrei aus. »Louise«, keucht sie. »Hast du mich erschreckt!« Doch gleich im nächsten Moment lächelt sie. »Was machst du denn hier? Hast du uns zugesehen?«

»Nein. Also ... ja«, sage ich rasch. »Ich muss mit dir reden, Marie. Dringend. Allein.«

»Aber natürlich. Warte, ich will mich nur noch rasch abschmin-«

»Keine Zeit«, unterbreche ich sie, fasse sie an der Hand und ziehe sie mit mir, durch den Vorhang, durch den Bereich für Artisten, nach draußen. Ich ignoriere meinen pochenden Knöchel und ihre Proteste, ziehe sie weiter, durch die Gassen, die ich gestern Nacht mit Madame Rosa entlanggeschritten bin. Erst, als wir ein Stück vom Zirkus entfernt sind, bleibe ich unter einer Straßenlaterne stehen, lasse Marie los und ziehe die zerknitterte Seite der Zeitung hervor.

»Louise, was zum eiskalten ...«, ereifert Marie sich, doch als ich ihr das Stück Papier vor die Nase halte, hält sie schlagartig inne und reißt den Mund auf.

»Das ist Graf ...«

»... von und zu Schwarzenstein, ganz genau. Und er ist ...«

»... verschwunden?«, vollendet Marie und hebt eine Augenbraue. »Aber wie ... Wann ...« Sie spricht nicht weiter.

»Marie, sieh dir das Datum seines Verschwindens an«, zische ich und deute auf die Seite. »Du musst die Letzte sein, die ihn gesehen hat, ganz sicher!«

Man kann förmlich sehen, wie es hinter Maries Stirn arbeitet. Sie streicht sich hektisch das Haar aus dem Gesicht. »Denkst du, es hat etwas mit den Männern zu tun? Diesen Männern, die eine Rechnung mit Eli offen hatten?«, fragt sie.

»Ich weiß es nicht«, sage ich leise. Ja, natürlich, dieser Gedanke ist mir auch schon gekommen. Aber das ergibt keinen Sinn. Wenn sie Eli entführt haben, waren sie doch nachher nicht gleich wieder zur Stelle, um Graf von und zu Schwarzenstein ebenfalls zu entführen. Oder doch?

»Dann frag ihn doch«, sagt Marie. Sie verzieht das Gesicht. »Das ist ein Problem. Verdammt. Wir sollten das Ora zeigen. Was, wenn uns doch jemand auf die Schliche kommt? Was, wenn sie uns am Ende irgendwie mit dem Verschwinden in Verb-«

»Nein«, sage ich rasch.

Als Marie mich nur verwirrt ansieht, setze ich nach: »Ich kann Eli nicht fragen.«

»Und warum nicht? Habt ihr euch gestritten? Was ist denn los?«

Wenn ich das doch selbst bloß wüsste. »Ja, wir haben uns gestritten«, murmele ich schließlich.

»Das tut mir leid«, sagt Marie und legt mir tröstend eine Hand auf die Schulter. »Wenn du willst, kann ich ja mit ihm ...«

»Nein!«, gebe ich erneut zurück, diesmal vehementer.

»Also schön«, sagt Marie und zuckt mit den Schultern. »Wie du willst. Aber Louise, mit Ora *müssen* wir sprechen. Er muss davon erfahren.«

Ich stöhne auf und greife mir an die Stirn. Mir fällt beim besten Willen kein Gegenargument ein. »Na gut«, sage ich. »Ja, in Ordnung. Aber erzähl zuerst mir, was passiert ist.«

»Wie meinst du?«

»Ist beim Abendessen mit dem Grafen etwas Ungewöhnliches vorgefallen?«

Marie runzelt die Stirn, dann schüttelt sie den Kopf. »Nein«, sagt sie und knabbert an ihrer Unterlippe. »Außer, du findest es ungewöhnlich, dass er mich überhaupt nicht dazu überreden wollte, mit ihm ins Bett zu gehen.«

Ich schnaube. »Passiert dir das öfter?«

»Jetzt, wo du fragst ... Nein, eigentlich nicht«, sagt Marie verdutzt.

Ich stöhne auf und fahre mir über die Stirn. Unwillkürlich spüre ich einen Stich des Neids. Wie es wohl sein muss, so schön zu sein wie Marie? Doch dann schüttele ich rasch den Kopf. Für solche kindischen Gedanken habe ich jetzt keine Zeit. Ganz davon abgesehen, dass es gewiss nicht nur angenehm ist, so viel männliche Aufmerksamkeit auf sich zu ziehen.

»Wann seid ihr aus dem Restaurant aufgebrochen?«, frage ich.

»Etwa um Mitternacht. Oh, und danach waren wir noch etwas trinken. Dann hat er mich zur Herberge gebracht und ist nach Hause gefahren. Er hat mir gesagt, ich soll mich melden, wenn ich wieder in der Stadt bin, um unser Abendessen zu wiederholen.«

»Und ansonsten ist wirklich nichts geschehen?«, frage ich. Trotz des schönen Wetters am Morgen ist es nun wieder so beißend kalt, dass meine Zähne aufeinanderschlagen.

»Nein. Er war sehr freundlich zu mir. Schweigsam, aber freundlich.«

Ich lasse mich seufzend gegen den Laternenmast sinken und zucke zurück, als die Kälte des Metalls durch mein Kleid dringt. »Was hat das nur zu bedeuten?«, murmele ich.

Niemand antwortet. Marie scheint meine Worte gar nicht gehört zu haben. Sie tritt von einem Bein auf das andere und schlingt bibbernd die Arme um ihren Oberkörper. »Sprechen wir jetzt mit Ora?«, fragt sie.

Ich schüttele den Kopf, durch den wirre Gedanken huschen. Nichts ergibt Sinn.

»Also schön«, sage ich leise.

Oras Stirn hat sich mit jedem von Maries Worten weiter umwölkt. Erneut zieht er das mittlerweile völlig zerknitterte Stück Papier an sich heran und studiert es.

»Was tun wir nun, Umberto?«, fragt Marie unruhig. »Denkst du, dass ...«

»Wir brechen nach Grimfels auf. Noch heute Nacht«, unterbricht Ora sie. »Ich denke zwar nicht, dass wir Probleme bekommen werden, aber wir sollten uns zur Sicherheit eine Weile nicht mehr in Ankor-Drak blicken lassen. Marie, geh und ruf die Männer zusammen. Auch Maku, er ist alt genug, um fortan immer mit anzupacken. Wir bauen ab.«

Marie zuckt mit den Schultern und huscht nach draußen. Mit zitternden Knien erhebe ich mich, will ihr nachgehen, doch Ora ruft mich zurück. »Du nicht, Louise. Ich muss noch mit dir sprechen.«

Mit angehaltenem Atem setze ich mich wieder. *Er darf nicht mit Eli darüber sprechen*, ist der einzige Gedanke in meinem Kopf. Ich weiß nicht einmal warum. Ich weiß es einfach. Zuerst muss ich herausfinden, was mit Eli los ist. Das bin ich ihm schuldig.

Bei Oras nächsten Worten sinkt mir das Herz herab. »Habt ihr mit Eli gesprochen?«, fragt er.

Ich räuspere mich, um Zeit zu gewinnen. Und dann beschließe ich, mich einfach dumm zu stellen. »Nein«, sage ich gedehnt und blinzele. »Wieso das denn?«

Im nächsten Moment schlage ich mir mit einer übertriebenen Geste die Hände vor den Mund. »Du denkst doch nicht, dass er etwas damit zu ...«

Ora hebt eine Augenbraue. »Das habe ich nicht gesagt.« Er schüttelt den Kopf. »Aber nein, nein ... Das ist Blödsinn. Vergiss es wieder. Nein, das ergibt keinen Sinn. Es ergibt überhaupt keinen Sinn.« Er erhebt sich und beginnt, in seinem Wagen auf- und abzugehen. »Diese beiden Vorfälle hängen wahrscheinlich gar nicht zusammen«, murmelt er. »Aber was, wenn – oder vielleicht …«, sinniert er vor sich hin. Er scheint mich einfach vergessen zu haben.

»Wirst du mit ihm sprechen?«, frage ich betont ruhig, obwohl meine Stimme zittert.

»Ich … was? Oh, nein«, sagt er abwesend. »Besser, die ganze Sache auf sich beruhen zu lassen. Gras darüber wachsen lassen.«

»Darf ich jetzt gehen, Onkel Umberto?«, frage ich.

»Ja, ja, sicher. Wir sehen uns morgen in Grimfels.«

Ich schlucke und gehe wie betäubt aus seinem Wagen. Als ich einen letzten Blick über die Schulter werfe, schreitet Ora immer noch auf und ab, in Gedanken versunken.

In diesem Moment wird mir klar, dass Ora Eli in nächster Zeit genauer im Auge behalten wird.

Doch sicherlich aus völlig anderen Gründen als Madame Rosa und ich.

Kapitel 15

Ich humpele über den Platz zwischen den Wagen, ein Prickeln im Nacken, als würde mich jemand beobachten. Hastig sehe ich mich um, doch da ist niemand. Natürlich nicht. Meine Sinne spielen seit gestern Abend verrückt. Unangenehmes Kribbeln scheint in meinem ganzen Körper zu sitzen und lässt sich weder abschütteln noch ignorieren. Vielleicht liegt es am Odisskraut.

Ein plötzliches Geräusch lässt mich innehalten. Was ... Hat jemand meinen Namen gerufen? Erneut blicke ich über meine Schulter, doch nein, nichts. Es muss ein Käuzchen gewesen sein.

Aus Elis Wagen dringt Licht in die Nacht. Siedend heiß fällt es mir ein.

Komm heute Abend nach der Vorstellung in meinen Wagen, hat er gesagt. *Du hast deine Ohrringe vergessen.*

Doch ich will seine verdammten Ohrringe nicht. Ich will einfach nur, dass alles wieder normal ist. Zwischen uns. Mit ihm.

In diesem Moment, zwischen den Wagen, in der beißenden Kälte, fühle ich mich plötzlich so allein wie noch nie zuvor in meinem Leben.

Meine Augen beginnen zu brennen. Es ist alles so verworren. Und ich habe nicht die geringste Ahnung, was ich tun soll.

Von Madame Rosas Wagen weht ein vertrauter Geruch hinüber. Intensiv und würzig, fast samtig. Wie ein süßes Versprechen.

Odisskraut.

Das Kribbeln in meinen Adern nimmt zu. Plötzlich weiß ich, was ich zu tun habe.

Manchmal entfaltet es beim ersten Mal nicht seine ganze Kraft, hat Madame Rosa gesagt. Und wenn es beim zweiten Mal seine gesamte Kraft entfaltet? Was, wenn ich dann auch etwas sehe? Etwas Wichtiges?

Das Kribbeln zieht mich förmlich zu ihrem Wagen hin. Zögerlich setze ich den ersten Schritt, dann den zweiten.

Du glaubst nicht an solche Dinge, sagt eine warnende Stimme in meinem Hinterkopf.

Doch ich schüttele sie ab. Ich habe keine andere Wahl. Irgendetwas muss ich doch tun, es zumindest versuchen. Das bin ich Eli schuldig.

Madame Rosa hat gesagt, dass du vorsichtig sein musst, zischt die warnende Stimme weiter. *Vielleicht willst du Eli gar nicht helfen. Vielleicht willst du einfach noch einmal dieses Gefühl haben, das du gestern hattest? Diese Euphorie? Die Gewissheit, dass alle Sorgen in den Hintergrund treten, sobald du einen Schluck nimmst?*

Ich ignoriere auch diesen Einwand und hebe schon die Hand, um an Madame Rosas Wagentür zu klopfen.

Etwas hinter mir knackt.

Ich wirbele herum, starre mit zusammengekniffenen Augen in die Nacht. Doch da ist nichts, niemand. Natürlich nicht.

Ich atme tief durch und klopfe.

Madame Rosa wiegt den Kopf hin und her. »Also schön«, sagt sie schließlich. »Aber nur noch dieses eine Mal«, fügt sie warnend hinzu. »Wenn man nicht vorsichtig ist, wird man von der Wirkung des Odisskrautes in den Wahnsinn getrieben. Es kann sehr schnell gehen. Manche Menschen brauchen schon nach dem zweiten oder dritten Mal mehr davon, immer mehr, bis sie ...«

Ich nicke ungeduldig. »Nur noch dieses eine Mal«, bekräftige ich. Die Frage, ob Madame Rosa auch schon in den Wahnsinn getrieben wurde, verkneife ich mir.

Madame Rosa schiebt einen Zinnbecher über den Tisch. »Zwei Schluck«, sagt sie streng. »Nicht mehr.«

Der Duft lässt mir das Wasser im Mund zusammenlaufen. »Wo hast du das eigentlich her?«, frage ich. »Ist es nicht verboten?«

Madame Rosa kichert. »Aber natürlich ist es das. Man muss nur die richtigen Leute auf der Straße fragen. Die Mädchen der Nacht kennen immer jemanden, der jemanden kennt.«

Ich nicke. Und dann nehme ich einen Schluck. Dann einen zweiten. Als Madame Rosa nicht hinsieht, trinke ich einen dritten Schluck und auch einen vierten, einen kleinen nur.

»Und jetzt?«, frage ich.

Madame Rosa deutet auf einige Kissen und leert den Becher. »Mach es dir gemütlich. Ich muss noch kurz weg, mit Vincent sprechen. Bin gleich zurück.«

Ich tue, wie mir geheißen. Dann richte ich mich noch einmal auf. »Madame Rosa, warte«, sage ich hastig. »Das habe ich ganz vergessen, wir brechen noch heute Nacht nach ...«

»... nach Grimfels auf, ich weiß«, sagt Madame Rosa.

»Hat Marie dir etwa schon Bescheid gesagt?«, frage ich verdutzt.

Madame Rosa lacht. »Nein, mein Kind. Aber ich weiß es trotzdem.«

»Aber mein Wagen – und dein Wagen ...«

»Mach dir keine Sorgen. Ich kümmere mich um alles.«

Ihre Stimme ist so beruhigend, dass ich die Augen schließe und mich zurücklehne, mich sinken lasse in die wohlige Wärme, die sich in meinen Gliedmaßen ausbreitet. »Also gut«, murmele ich. »Ich muss nur kurz ...«

Doch im nächsten Moment versinkt die Welt in einem warmen, würzigen Duft, in Dunkelheit, die mich willkommen heißt, wie eine Mutter, die ihr Kind in die Arme schließt.

Ich setze den ersten Schritt auf das Seil, zögerlich nur. Es ist zwischen zwei toten Bäumen gespannt, die ihre schwarzen Äste in den blutroten Horizont recken.

Bis auf die Bäume ist nichts um mich. Es gibt nur mich auf dieser Welt, mich, die toten Bäume und das Seil. Es ist vollkommen still.

Ich durchbreche die Stille mit einem Schrei. Dies hier ist meine Vorstellung, nur meine. Fast kann ich den Applaus hören, er dröhnt mir in den Ohren, bis mir schwindelig wird.

Ich verbeuge mich.

Und dann beginne ich zu tanzen. Doch ich berühre das Seil nicht einmal. Höher und höher steige ich in den Nachthimmel, schwebe durch die blutrote Dunkelheit.

Ich schließe die Augen, mache einen Salto, und tanze weiter, mit geschlossenen Augen während Euphorie in meinen Adern kocht.

Mit einem Salto rückwärts komme ich auf dem Boden auf und öffne triumphierend die Augen. Doch es bleibt still. Zu still.

Mit einem Schlag brenne ich. Flammen züngeln an mir empor. Ich fühle keinen Schmerz, dennoch schreie ich aus vollem Hals.

Um mich herum ist nichts mehr. Nur ein riesiges Flammenmeer.

Nun erwacht die Panik in mir. Ich laufe durch die Flammen, hetze weiter und weiter.

Da ist nichts. *Nichts.*

Nur wehende Asche und Flammen.

»Eli?«, rufe ich in das tosende Feuer hinein. »Dorothea? Maku?«

Es kommt keine Antwort.

Dann stolpere ich über etwas. Ein großes Gebilde ragt vor mir auf, es stürzt ein. Ich laufe darauf zu, pralle dagegen, halte mich fest, doch es gibt nach.

Im nächsten Moment halte ich einen verbrannten Schädel in den Händen.

Mein Schrei erstirbt.

Ich schlage die Augen auf, sehe mich verwirrt um. Die Erinnerung flackert in mir hoch – ich habe Odisskraut genommen, das war alles nicht real, ich sollte mich in Madame Rosas Wagen befinden – doch ich befinde mich nicht in Madame Rosas Wagen. Stattdessen stehe ich mitten in einem nobel eingerichteten Kaminzimmer. Zwei Männer sitzen am Feuer, in gepolsterten Sesseln, und unterhalten sich leise.

Ich räuspere mich, meine, immer noch den Geschmack des Feuers in meiner Kehle zu haben. Die Männer reagieren nicht.

»Hallo?«, frage ich leise. »Ich, ähm, es tut mir leid, ich wollte nicht ...«

Die Männer reagieren noch immer nicht, als wäre ich gar nicht da.

Ein Verdacht erwacht in mir. Mit leisen Schritten gehe ich näher auf sie zu. Ihre Gesichter sind von mir abgewendet.

»Hallo?«, rufe ich einem von ihnen ins Ohr.

Er zuckt nicht einmal mit der Wimper. Stattdessen erhebt er sich und geht einen Schritt – direkt durch mich hindurch.

Mein Schrei bleibt mir in der Kehle stecken. Mit weit aufgerissenen Augen sehe ich ihm dabei zu, wie er sich bernsteinfarbene Flüssigkeit in ein Glas gießt.

Ich kenne ihn, rast es durch meinen Kopf. Ich kenne ihn. Ich weiß bloß nicht, woher. Doch sein Gesicht – der schwarze Kinnbart, das schüttere Haar, das Monokel, die buschigen Augenbrauen ... ich habe ihn schon gesehen, viele Male sogar.

Der andere Mann wendet das Gesicht. »Dann ist es also beschlossen«, sagt er mit tiefer, wohlklingender Stimme.

Ich runzele die Stirn. Auch er kommt mir schrecklich bekannt vor. Sein Haar ist blond, in der Mitte streng gescheitelt, er ist jünger als der andere. Beide tragen feine Anzüge und Gehröcke.

»Das ist es«, bekräftigt der Schwarzbärtige und kehrt zu seinem Sessel zurück, schlägt die Beine übereinander. »Morgen. Ich kann es kaum erwarten. Die Grimfelser Parade ... Das war eine wundervolle Idee. Wollen wir den Plan noch einmal durchgehen?«

Der Blonde lacht. »Das haben wir doch schon hundertmal getan. Es wird schon alles gut gehen. Der Kaiser ist eigentlich schon tot, er weiß es nur noch nicht.«

Der Schwarzbart beginnt zu lachen. »Der Kaiser ist tot«, sagt er und prostet dem anderen zu. »Lang lebe der Kaiser!«

»Lang lebe der Kaiser!«

Als ich die Augen erneut öffne, blicke ich in Madame Rosas besorgtes Gesicht. Es wirkt merkwürdig verschwommen.

Sie legt mir eine kühle Hand auf die Stirn. »Wie fühlst du dich?«, fragt sie leise. »Du hast geschrien.«

»Das Feuer ...«, stammele ich. »Die Männer ... Der Kaiser ... Morgen! Die Grimfelser Parade!«

Alles schwankt um mich herum. Stöhnend richte ich mich auf. »Wo sind wir? Warum dreht sich alles?«

Hufgeklapper erklingt. »Wir sind schon unterwegs«, sagt Madame Rosa.

»Nach Grimfels? Aber ...« Meine Zunge gehorcht mir nicht. Erschöpft lasse ich den Kopf zurück in die Kissen sinken.

»Du hast das Feuer gesehen?«, fragt Madame Rosa und legt mir einen nassen Lappen auf die Stirn. »Das große Feuer?«

Die Flammen züngeln in meiner Erinnerung auf. »Feuer«, wispere ich. »Die Grimfelser Parade – morgen!«

»Es ist mitten in der Nacht, Louise«, sagt Madame Rosa mit ihrer warmen, tiefen Stimme. »Du musst dich erholen. Wir reden morgen.«

Ich hebe den Kopf, um aufzubegehren. Doch es gelingt mir nicht. Alles schwankt. Ich merke nur noch, wie Madame Rosa mein Haar festhält, während ich mich in einen Kübel übergebe.

Dann wird alles wieder dunkel.

Als ich erwache, schwankt immer noch alles. Doch diesmal dringt helles, gleißendes Sonnenlicht durch meine Augenlider.

Stöhnend rappele ich mich auf und taste nach der dunklen Brille.

»Hier«, sagt Madame Rosa und schiebt sie mir auf die Nase.

Erst da schlage ich die Augen auf. Mein Mund ist pelzig und mir ist immer noch übel. »Wo sind wir?«, frage ich und greife mir sofort mit einem Wimmern an die Stirn. Mein Kopf dröhnt. Das Hufgeklapper der Pferde fühlt sich an, als würden sie direkt unter meiner Schädeldecke hindurchlaufen.

Als ich aufstehe, geben meine Beine nach. »Langsam, langsam«, sagt Madame Rosa. »Wie viele Schlucke hast du gestern getrunken? Ich sagte doch, nur zwei und keiner me-«

Ich wische ihren Einwand beiseite und taumele zum Fenster, drücke die Nase an das eiskalte Glas, auf dem Eisblumen erblühen.

Die roten, bunt bemalten Häuser von Grimfels ragen um mich herum auf, drängen sich in engen Serpentinen an den Fels. Es ist, als wäre die ganze Stadt aus dem Stein herausgewachsen. Gerade biegt die Kutsche um eine der engen Kurven, über das holprige Kopfsteinpflaster. Weit unter uns glänzt das Meer.

Menschen drängen sich um unsere Kutschen, die sich langsam ihren Weg die steile, enge Gasse hinauf bahnen. Einige von ihnen schwenken Banner in den Farben Masoniens und singen aus voller Kehle die Kaiserhymne.

Die Szenerie vor meinen Augen ist wunderschön. Ich liebe Grimfels, das habe ich immer getan. Manchmal, wenn ich mir vorstelle, ein Zuhause zu haben, ist es in meiner Vorstellung immer in Grimfels, in einem kleinen Häuschen aus rotem Stein. Vielleicht könnte ich eine Katze haben, der ich jeden Morgen Fleisch und ein geschlagenes Ei füttere. Vielleicht könnte ich mich um die verlorenen Tiere und Kinder der Stadt kümmern, in meinem kleinen, roten Häuschen. Manchmal, in meinen Träumen, ist Eli dabei. Er wacht morgens neben mir auf und läuft durch die verschlungenen Serpentinen, um mir süßes Brot zum Frühstück zu holen.

Ich liebe Grimfels. Dennoch, in diesem Moment jagt der Anblick der Stadt eiskaltes Grauen durch meinen gesamten Körper.

»Die Grimfelser Parade«, keuche ich. »Heute ist Thronjubiläum des Kaisers – die Parade …« Angestrengt versuche ich, die Bilder zu sortieren, die durch meine Erinnerung zucken und sich nach und nach auflösen.

Das Feuer. Und dann war da ein Mann mit Monokel und schwarzem Bart. Dann ein anderer, mit blondem Haar. »Lang lebe der Kaiser«, haben sie gesagt. Die Gedanken in meinem Kopf schwanken ebenso hin und her wie die Kutsche. »Heute«, flüstere ich. »Die Grimfelser Parade.«

Madame Rosa sieht mich nachdenklich an. »Das hast du gestern Nacht auch schon gesagt.« Ungerührt trinkt sie einen Schluck Tee. »Ich dachte, du glaubst nicht an den Seelenblick und solche Dinge.«

Ich erstarre. Das habe ich nie gesagt, zumindest nicht ihr gegenüber. Für so etwas bin ich viel zu höflich.

Madame Rosa schiebt mir mit schiefem Lächeln einen Becher Tee über den schwankenden Tisch. »Trink«, sagt sie.

Misstrauisch schnüffele ich daran.

»Entspann dich. Pfefferminze und Kamille, für deinen Magen.«

Zögerlich trinke ich einen Schluck. Madame Rosa hat völlig recht. Ich glaube nicht an solche Dinge. All das bedeutet vermutlich gar nichts. Es waren wirre Träume, ausgelöst durch das Odisskraut.

Die Enttäuschung fällt mir wie ein Stein in den Magen. Ich habe nichts über Eli herausgefunden; gar nichts. Das hätte mir eigentlich von Anfang an klar sein müssen. Doch ich wollte so sehr daran glauben. Ich wollte Madame Rosas Methoden eine Chance geben, das wollte ich wirklich. Weil ich einfach beim besten Willen nicht weiß, was ich sonst tun soll.

»Und jetzt hör mir zu. Nein, still«, sagt sie und hebt einen Zeigefinger, als ich den Mund öffne. »Du hast es in dir, wie ich gesagt habe. Doch Visionen sind mit Vorsicht zu genießen. Du kannst niemals wissen, ob das, was du gesehen hast, real ist. Und auch wenn es real ist, weißt du nicht, ob du die Zukunft oder die Vergangenheit gesehen hast.«

Ich starre sie an. Plötzlich kocht Zorn in mir auf. All das führt doch zu nichts. Ich glaube nicht an Visionen; und auch nicht daran, dass die Zukunft vorhersehbar ist.

»Nehmen wir einmal an, dass ich tatsächlich eine Vision hatte«, beginne ich langsam. »Nehmen wir an, dass ich die Zukunft gesehen habe. Was dann? Wie können wir verhindern, dass ...«

»Du kannst die Zukunft nicht beeinflussen«, fällt mir Madame Rosa ins Wort. »Ja, natürlich, du kannst es versuchen. Doch was, wenn du durch dein Eingreifen erst das Realität werden lässt, was du vorhergesehen hast?«

»Du schlägst also vor, dass wir einfach weiterhin gar nichts tun?«, fauche ich, plötzlich von eiskalter Wut erfüllt. »Das kann nicht dein Ernst sein!«

»Das ist mein voller Ernst«, entgegnet Madame Rosa.

»Aber warum dann das ganze Getue mit dem Odisskraut? Wenn ohnehin alles vergebens ist?«

»Du musst ebenso wie jeder andere auf dieser Welt dein Schicksal erfüllen, Louise. Nicht mehr und nicht weniger.«

»Mein Schicksal? Und was soll das sein?«

Madame Rosa schweigt.

»Sprich«, zische ich.

»Ich weiß nichts und alles«, erklärt sie. »Nicht mehr und nicht weniger.«

Ich werde von Sekunde zu Sekunde wütender »Du bist eine Betrügerin«, schreie ich ihr entgegen. »Du hast überhaupt keine Visionen, das Odisskraut hat dich nur schon in den Wahnsinn getrieben! All das ist sowieso nicht real!«

Sie zuckt nicht einmal mit der Wimper. Stattdessen lächelt sie mich an. »Ach, Louise. Mein Kind.«

Vor Wut bebend fege ich den Becher vom Tisch. Dann gehe ich zur Wagentür, öffne sie und springe hinaus.

Zum Glück trotten die Pferde auf dem Kopfsteinpflaster nur langsam voran, sodass ich trotz meiner zitternden Beine sicher auf dem Boden aufkomme. Ich knalle die Tür hinter mir zu und laufe zu meinem eigenen Wagen.

»He«, schreit Vincent mir vom Kutschbock entgegen. »Louise, was ...«

Ich ignoriere ihn, springe nach oben und klettere in meinen Wagen. In meinem Bett angekommen, ziehe ich mir die Decke über den Kopf. Und in diesem Moment breche ich in Tränen aus.

Als keine Tränen mehr aus meinen Augen dringen wollen, richte ich mich auf, am ganzen Körper zitternd. Die Bilder gehen mir nicht mehr aus dem Kopf. Das Feuer. Der Schwarzbart. Der Blonde.

Und dann fällt es mir ein.

Ich stürze zu meiner Truhe, krame fieberhaft, tiefer und tiefer. Endlich finde ich die Zeitung, aus der ich die Seite gerissen habe. Ich blättere, blättere.

Bis zu diesem einen Foto. Da sind sie. Der Schwarzbart mit seinem Monokel und der streng gescheitelte Blonde. Beide tragen feine Anzüge und Gehröcke.

»Der Reichskriegsminister von Ankor-Drak schüttelt dem Bruder des Masonischen Kaisers die Hand«, steht als Erklärung darunter.

Kapitel 16

Grimfels

Mit jedem Schlag meines Herzens merke ich, wie die Wirkung des Odisskrautes abebbt und nichts als bleierne Leere zurücklässt. Immer wieder dämmere ich weg, in wirre Träume. Ich weiß nicht, wie viel Zeit vergangen ist, doch nach einer Weile hält der Wagen. Von draußen höre ich Vincent und Eduard geschäftig rufen. Das vertraute Klirren der Zeltstangen, die zu Boden geworfen werden, erklingt. Stöhnend ziehe ich mir die Decke über den Kopf.

Was ist zuvor nur in mich gefahren? Ich war fürchterlich unhöflich zu Madame Rosa. Dabei hat sie doch nur versucht, mir zu helfen, auf ihre Art. Sie glaubt wirklich an den Seelenblick, an die elf Elemente, ihre Visionen und all dies, das konnte ich in ihren Augen sehen. Ich bin zwar keinen Schritt weiter als zu Beginn, aber sie hat ein gutes Herz, das weiß ich. Auch wenn sie nicht alle Kerzen im Kronleuchter hat, was vermutlich am Odisskraut liegt. Wahrscheinlich ist sie ihm längst verfallen.

Je klarer ich im Kopf werde, desto bewusster wird mir, dass all das Zufall sein *muss*. Alles, was ich gesehen habe. Es gibt keine andere Erklärung. Wahrscheinlich habe ich Bilder aus meinem alltäglichen Leben in diesen ganzen seltsamen Traum eingebaut. Aus der Zeitung, die ich überflogen habe.

Aus Madame Rosas Worten. Ja, mein Kopf hat eine Vision konstruiert. Das muss es sein.

Heute wird nichts geschehen, gar nichts, das weiß ich nun.

Der hämmernde Kopfschmerz lässt langsam nach. Plötzlich bin ich schrecklich müde. Die Dunkelheit breitet sich vor den Fenstern meines Wagens aus. Die Schatten wachsen. Mit schwirrendem Kopf setze ich mich auf; zünde die Kerze auf meinem Nachttisch an. Ich will nicht allein sein mit den Schatten. Nicht heute. Dann schließe ich die Augen. Nur kurz will ich mich ausruhen; nur einen Moment. Nur einen Moment ...

Ein Schrei lässt mich aus meinen wirren Träumen aufschrecken. Erst, als ich die Augen öffne, wird mir klar, dass ich selbst geschrien habe. Vor dem Fenster meines Wagens ist es inzwischen völlig dunkel. Die Kerze ist heruntergebrannt. Noch immer trage ich mein Kleid, das klamm vor Schweiß ist. Ich fröstele. Die Taschenuhr in meiner Tasche tickt.

Die Gedanken in meinem Kopf schlingen sich umeinander. Die erste Vorstellung. Habe ich sie verpasst? Nein, das kann nicht sein; Ora hätte mich geweckt. Sie haben wahrscheinlich noch nicht einmal fertig aufgebaut. Die erste Vorstellung ist erst morgen.

Und tatsächlich, von draußen erklingt Vincents leises Fluchen. »Maku«, ruft er. »Komm hier rüber, halt die Stange hoch ...«

Sie bauen immer noch das Zelt auf; es ist Abend; oder Nacht. Morgen. Die erste Vorstellung ist morgen. Morgen werde ich zu Madame Rosa gehen und mich dafür entschuldigen, dass ich sie angeschrien habe. Wenn ich will, kann ich einfach weiterschlafen. Dieser Gedanke ist seltsam tröstlich.

Ich drücke meine Nase in den Spalt zwischen dem Bett und der hölzernen Wand des Wagens.

Meine Glieder sind noch immer bleischwer, die Müdigkeit sitzt in meinen Knochen. Ich will schlafen, doch der Schlaf will nicht kommen.

Seufzend drehe ich mich auf die andere Seite.

Normalerweise, wenn ich nicht schlafen kann, denke ich an Eli. An unsere erste Begegnung. An sein Lächeln. Oder ich male mir Szenarien aus, die niemals Wirklichkeit werden. All diese Szenarien enden mit nackter Haut und verworrenem Haar. Roter Haut und gehauchten Worten. Küssen zwischen warmem Lächeln. Mit Elis Haarsträhnen, die ich zwischen meinen Fingern drehe, Mustern, die ich auf seine bloße Brust zeichne.

All diese Szenarien finden im Sommer statt.

Manchmal beginnt es mit einem Gewitter, das uns bei einem Spaziergang im Wald überrascht, sodass wir uns unter einer Tanne verkriechen und uns aneinander wärmen. Manchmal beginnt es mit einem Sommerabend, an dem wir beide zu viel Bier getrunken haben und an einem See am Lagerfeuer sitzen.

Ich wische alle Erinnerungen an die letzte Zeit beiseite und denke an Eli, wie er war, früher. Seit es geschehen ist. Dieser Vorfall, über den ich nicht Bescheid weiß. Der Vorfall, seit dem er so anders ist.

So kalt.

Ich schiebe diese Erinnerungen beiseite, denke an Elis Gesicht, an seine Augen im Schein der Laternen, damals in Marbor. An seine Finger, die mir die Kette um den Hals legen.

Meine Augenlider werden schwer. Plötzlich ist es wieder, als würde das Odisskraut durch meine Adern fließen. Ich schwebe, fliege mit den Sternen.

Eli streicht mir sanft über die Wange, wischt mein Haar beiseite. »Louise«, flüstert er.

»Eli«, hauche ich, lehne meinen Kopf gegen seine Schulter und atme seinen Geruch tief ein.

Und dann erwache ich, öffne die Augen. Noch immer halb im Traum gefangen seufze ich auf. »Eli?«

Im nächsten Moment reiße ich die Augen auf. Eiskaltes Prickeln breitet sich in meinen Gliedmaßen aus.

Etwas stimmt hier nicht, das weiß ich plötzlich ganz genau. Die Schatten sind anders als sonst. Tiefer.

Minutenlang geschieht gar nichts. Ich starre in die Schatten, während die Panik durch meinen Körper flutet. Schließlich richte ich mich auf; langsam, Zentimeter für Zentimeter. Noch immer geschieht nichts. Gehetzt sehe ich mich in meinem Wagen um. *Was stimmt nicht?*

Und dann sehe ich sie. Ein kaum wahrnehmbares Glänzen von Silber leuchtet mir im schwachen Mondschein entgegen. Aus einer kleinen, offenen Schmuckschatulle.

Ein Keuchen steigt aus meiner Kehle auf. *Die Ohrringe!*

Eli war hier.

Ich taumele mit weichen Knien zum Tisch und stecke das Kästchen in die Tasche meines Kleides. Schaudernd sehe ich mich um. Mein Wagen fühlt sich falsch an. Als hätte Elis Anwesenheit ihn für immer beschmutzt.

Ich schüttele den Kopf. Früher hätte ich niemals so gedacht. Doch früher wäre Eli auch nicht in meinen Wagen gekommen, während ich schlafe. Niemals hätte er einer Frau Angst eingejagt.

Er hat sich völlig verändert. So viel weiß ich. Und ich bin der Antwort keinen Schritt nähergekommen.

In diesem Moment wird mir klar, dass ich mich nicht mehr sicher fühle. Ich springe auf, greife mit bebenden Händen nach meinem Mantel und wickele mich hinein. Schon an meiner Wagentür angekommen, sehe ich mich um. *Wohin?*

Als mir die Idee kommt, stöhne ich leise auf. Ich bin wirklich zu alt, um bei Dorothea zu schlafen. Doch ich kann nicht hierbleiben. Unmöglich. Also sehe ich mich noch ein letztes Mal um und humpele hinaus, in die Nacht.

Als ich erneut erwache, starren dunkle Augen mich an. Ich schreie leise auf.

Maku zuckt zurück. »Entschuldige«, nuschelt er. »Du hast im Schlaf gemurmelt, ich wollte dich gerade aufwecken.«

Ich ziehe mir stöhnend die Decke über den Kopf. »Wo ist Dorothea?«

»Sie holt Frühstück. Hattest du gestern Nacht einen Albtraum? Hast du deshalb bei uns geschlafen?«

»Ja«, brumme ich. Meine Wangen beginnen unter der Decke zu brennen. Ich bin zu alt, um zu Dorothea ins Bett zu flüchten, wenn ich Angst habe.

Doch Dorothea hat keine Einwände erhoben oder Fragen gestellt, ist nur zur Seite gerückt und hat mich zugedeckt, ein Schlaflied gesummt. Leise, um Maku nicht zu wecken.

»Ich habe auch oft Albträume«, sagt Maku.

»Das tut mir leid«, brumme ich und ziehe mir nun doch die Decke vom Kopf, weil ich keine Luft mehr bekomme.

»Das macht nichts. Man gewöhnt sich daran. Geht es dir gut, Louise?« Er betrachtet mich nachdenklich.

»Ja, natürlich.«

»Du siehst aber nicht so aus.« Maku runzelt die Stirn.

»Vielen Dank auch«, ächze ich und setze mich langsam auf. Sofort wird mir schwarz vor Augen. »Maku, merk dir das für dein restliches Leben: Man sagt niemals einer Frau, dass sie nicht gut aussieht. Auch nicht, wenn es stimmt.«

Maku grinst nur sein spitzzähniges Grinsen und zuckt mit den Schultern. »Also, was ist los mit dir?«

Ich betrachte nachdenklich sein Gesicht, das sofort wieder ernst wird. Eine Idee erwacht in meinem Kopf. Natürlich kann ich Maku nicht erzählen, was mich bedrückt. Aber vielleicht kann er mir trotzdem weiterhelfen. Er liebt Geschichten und saugt sie förmlich auf wie ein Schwamm.

Also räuspere ich mich. »Maku, hast du schon einmal von den Achai gehört?«

Er sieht mich nur verständnislos an. »Achai? Nein, tut mir leid.«

Ich seufze. Das wäre auch zu einfach gewesen.

»Wer sollen diese Achai sein?«, hakt er nach.

Ich schüttele den Kopf. Nun brennt die Enttäuschung wieder in meinem Bauch. Was, wenn alles, was Madame Rosa mir erzählt hat, ein großer Haufen Pferdemist war? Wenn sie sich nur wichtigmachen wollte?

»Also?«, fragt Maku.

»Ach, nichts. Angeblich sind es Wesen, die seit Anbeginn der Menschheit in den Schatten leben. Aber das ist vermutlich ein ...«

Maku reißt die Augen auf. Plötzlich steht auf seiner Miene solches Entsetzen, dass ich mitten im Satz innehalte.

»Maku?«, frage ich erschrocken.

Er zuckt zusammen und sieht sich um, so sichtlich von Panik erfüllt, dass ich ihn bei den Schultern fasse. »Maku!«

»D... Die...«, stammelt er.

»Ja?«

»Ich kann es nicht sagen. Ich ... kann ihren Namen nicht aussprechen, es bringt Unglück, Louise!«

Ich lege ihm beruhigend eine Hand auf die Wange. »Dir kann nichts passieren, hörst du? Ich bin ja bei dir.«

»Aber ... Mein Urgroßvater hat gesagt ...«

»Hat er gesagt, dass etwas in den Schatten lebt?«

Maku nickt zögerlich.

»Aber dann müssen wir uns doch keine Sorgen machen. Oder siehst du hier irgendwo Schatten? Es ist helllichter Tag.«

Maku schluckt hörbar. Doch meine Worte scheinen ihm einzuleuchten. Schließlich nickt er zögerlich. »Also gut«, flüstert er. »Akeii. In meiner Muttersprache heißen sie Akeii.« Wieder sieht er sich gehetzt um.

Ich lehne mich nach vorne, begierig auf das, was er weiß. »Und wer sind sie? Was wollen sie?«

»Sie wollen ihre frühere Macht zurück«, wispert Maku.

»Ihre frühere Macht?«

Maku nickt mit großen Augen. »Früher herrschten sie über die Menschen, doch dann begannen die Menschen, gegen sie zu kämpfen. Sie gewannen und die Akeii wurden in die Schatten verbannt, wo sie fortan lebten. Seit diesem Tag wollen sie Rache an den Menschen üben. Sie bestehen nur aus Dunkelheit und Hass.« Maku schaudert. »Es ist gefährlich, darüber zu sprechen. Wenn man ihren Namen zu laut sagt, dann ... dann kommen sie, um einen zu holen ...«

Ich schlucke. Maku zittert am ganzen Körper. »Tut mir leid«, sage ich leise. »Ich wollte dir keine Angst einjagen.«

Maku zuckt mit den Schultern und scheint sich wieder zu fassen. »Mehr weiß ich ohnehin nicht. Ich war noch sehr klein, als er mir diese Geschichte erzählt hat.«

Nachdenklich sehe ich ihn an. »Du kannst dich nicht an deine Eltern erinnern, aber an deinen Urgroßvater?«

»Mein Urgroßvater hat mich aufgezogen«, sagt Maku leise. »Aber dann ist er gestorben. Ich war noch sehr klein.«

»Und was ist dann passiert?«, frage ich neugierig. Im nächsten Moment hätte ich die Worte am liebsten zurückgenommen. Solche Fragen sind schrecklich unhöflich. Sie können alte und tiefe Wunden aufreißen.

Doch Maku scheint sich nicht daran zu stören. »Ich kam zu meiner Tante«, berichtet er. »Doch eines Tages kamen Männer zu den Zelten und nahmen mich auf einem großen Schiff mit nach Vena. Ich habe mehrere Monate in Tesken gelebt. Dort hat ein Mann mich gekauft. Wir fuhren mit dem Schiff weiter nach Luzerien. In Luzerien hat Ora mich gekauft.«

Nun verdüstert sich seine Stirn. Ich wage es nicht, weiter zu fragen. Auch, wenn ich zu gerne wüsste, wer ihm die Zeichen in die Haut geritzt hat. Wer ihm die Zähne spitz gefeilt hat. Wer tut einem Kind so etwas an? Dieser Jemand muss grausam gewesen sein. Doch ich will Maku nicht vor den Kopf stoßen. Vielleicht ist es in Awhen Brauch, kleinen Jungen die Zähne spitz zu feilen und ihnen Muster ins Gesicht zu ritzen. Bei dem Gedanken wird mir mulmig zumute. Ich nehme mir vor, es im Lexikon nachzuschlagen.

Maku springt auf. »Willst du einen Tee, Louise?«

Ich nicke dankbar. »Das wäre sehr nett.«

Während Maku Wasser kocht, schiebe ich meinen linken Strumpf hinab und betrachte meinen Knöchel. Er sieht schon besser aus, nicht mehr so geschwollen. Die Verfärbung ist auch schon verblasst. Als ich ihn vorsichtig bewege, tut es weh, aber es ist sehr viel besser als gestern. Vielleicht kann ich in einigen Tagen wieder Seiltanzen. Dieser Gedanke lässt plötzliche Euphorie in meinem Bauch aufflammen.

»Wie ist das eigentlich geschehen?«, fragt Maku neugierig und streut Teeblätter in meinen Becher. »Bist du vom Seil gefallen?«

»So ähnlich« murmele ich und schiebe den Strumpf wieder hoch.

»Dorothea kommt sicher bald mit dem Frühstück«, plaudert Maku weiter. »Setzen wir uns mit dem Tee vor den Wagen? Es ist ein schöner Morgen, das sollten wir ausnutzen.«

Ich nicke abwesend und murmele einen Dank, als Maku mir meinen Becher reicht. Als ich mich aufrappele, schießt lediglich ein leiser Schmerz durch meinen Knöchel. Trotzdem humpele ich noch ein wenig, als ich Maku nach draußen folge. Das Licht der Sonne lässt mich vor Schmerz aufstöhnen.

»Brauchst du deine Brille?«, fragt Maku und legt den Kopf schief.

Ich nicke und will mich schon aufrappeln, da hebt er die Hand. »Warte. Ich hole sie. Mach die Augen zu.«

Ich runzele die Stirn. »Die Augen zu machen? Wieso ...«

Maku lächelt nur. »Jetzt mach schon«, raunt er geheimnisvoll.

»Also schön«, murre ich und kneife die Augen zusammen.

Stille.

Nur das leise Rauschen des Windes erklingt.

»Maku?«

Nichts.

Das Licht der Sonne scheint rot durch meine Augenlider. Sogar mit geschlossenen Augen blendet es.

»Maku?«, frage ich erneut. »Falls das wieder einer deiner Zaubertricks wird, ich bin heute wirklich nicht in d-«

Im nächsten Moment drücken flinke Finger mir das kühle Metall meiner Brille auf den Nasenrücken. Ich reiße die Augen auf. Maku steht vor mir und sieht aus, als hätte er sich nicht von Fleck gerührt.

»Wie hast du das ...«, beginne ich, schüttele dann aber verdutzt den Kopf. Er hatte keine Zeit, zu meinem Wagen zu laufen. Oder etwa doch? Aber warum habe ich dann seine

Schritte nicht gehört? Ich habe ein außergewöhnlich feines Gehör.

»Psst«, macht Maku. »Ein Magier verrät niemals seine Tricks.«

Noch einmal sehe ich ihn ratlos an. Dann schüttele ich den Kopf und seufze. Es hat ohnehin keinen Sinn, sich den Kopf darüber zu zerbrechen. Maku verrät niemals ein Sterbenswörtchen darüber, wie seine Tricks funktionieren. Sinnlos, ihn weiter auszufragen.

»Danke«, murmele ich deshalb nur und rücke die Brille zurecht.

Maku setzt sich auf die Stufen von Dorotheas Wagen und sieht sich vergnügt um. Es ist noch früh. Auf den Grashalmen prangt Raureif, doch nach und nach beginnt er zu schmelzen. Wir haben noch einige Stunden, bis die erste Vorstellung beginnt.

Vincent schlurft mit einer Karre voller Pferdemist vorbei und winkt uns zu. Alles ist friedlich. So friedlich, dass sogar die wirren Gedanken in meinem Kopf eine kurze Weile innehalten. Vielleicht wird ja von selbst alles wieder besser werden. Vielleicht wird Eli wieder normal werden, wenn er erst einmal verdaut hat, was ihm geschehen ist. Vielleicht wird er es mir dann erzählen. Alles. Ich lehne mich seufzend gegen die hölzerne Wagenwand und schlürfe meinen Tee.

Ein lauter Schrei zerreißt die Stille.

Ich zucke zusammen und öffne die Augen. Dorothea läuft uns entgegen, schreit aus vollem Hals und schwenkt eine Zeitung. »Louise ... Maku ... Ruft Ora, es ist etwas ...« Keuchend hält sie neben uns inne und stützt sich auf den Treppen ab. »Holt Ora, es ist etwas Schreckliches ...« Ihre Stimme überschlägt sich.

Maku starrt sie aus großen Augen an und springt auf, läuft weg, sicher, um Ora zu holen.

Die Angst überrollt mich wie eine Woge. Als Dorothea sich ächzend auf die Stufen sinken lässt und den Kopf auf die Knie legt, reiße ich ihr die Zeitung aus der Hand.

Es dauert einige Sekunden, bis ich Schlagzeile verarbeitet habe. Als der Sinn der Worte in meinen Kopf vorgedrungen ist, stoße ich einen leisen Schrei aus. Die Zeitung fällt in das spärliche Gras, das immer noch von Raureif behaftet ist. Derweil laufen die Zeilen durch meine Gedanken wie in einer endlosen Schleife.

Sondermeldung.

Kaiser bei Grimfelser Parade von Botschafter aus Ankor-Drak erschossen.

Botschafter festgenommen.

Bruder des Kaisers übernimmt Regierungsgeschäfte.

Steht ein Reichskrieg bevor?

Kapitel 17

»Die heutige Vorstellung ist abgesagt«, brüllt Ora so laut, dass mein Wagen wackelt. »Die heutige Vorstellung ist abgesagt, hört ihr?« Ich beobachte ihn durch das Fenster meines Wagens. Leise fluchend geht er zwischen den Wagen umher und wedelt mit der Zeitung. Vincent, Eduard und Marie stehen vor ihren Wagen und starren ihn betreten an.

»Verdammte Politik«, grollt Ora. »Unser Geschäft ist für Tage versaut. Versaut, hört ihr mich? Und wenn es Krieg gibt ... Beim eiskalten Abgrund! Niemand wird mehr in den Zirkus gehen wollen!« Seine Stimme überschlägt sich. Schnaubend geht er zu seinem eigenen Wagen, stapft die Treppe hinauf und knallt die Tür hinter sich zu.

Leises Murmeln breitet sich aus. Ich höre es nur gedämpft durch die Holzwände.

Mühsam unterdrücke ich das Beben, das meinen gesamten Körper fest im Griff hält.

Ich habe Angst.

Unzusammenhängende Gedanken schießen durch meinen Kopf.

Ich hatte recht. Der Schwarzbart. Der Blonde. Meine Vision hat sich bewahrheitet. Madame Rosa ist keine Betrügerin. Alles scheint mit Elis merkwürdigem Verhalten zusammenzuhängen ... Aber inwiefern?

Ich habe Angst.

Doch diese Angst ist keine Angst, die sich bekämpfen lässt, indem ich mich in Dorotheas Bett verkrieche. Ich muss etwas tun.

Entschlossen stehe ich auf und straffe die Schultern.

Mein Kleid stinkt, nach altem Schweiß. Ich ziehe es mir über den Kopf, werfe es in eine Ecke und krame Elis Hose und sein Hemd hervor. Sein Geruch hüllt mich ein, als ich hineinschlüpfe.

Ich starre an mir hinab. An meinen viel zu langen, viel zu dürren Gliedmaßen, meinen schneeweißen Händen und bloßen Füßen, an denen jede Ader aussieht wie die Narbe einer schrecklichen Verletzung. Kurz berühre ich das sternförmige Feuermal an meinem linken Knöchel; so wie früher, als ich noch ein Kind war. Damals war ich überzeugt davon, dass es Glück bringt.

Nun, davon hatte ich bisher wahrlich nicht viel.

Mit bebenden Händen schlüpfe ich in meine Strümpfe und Stiefel, werfe mir Elis Mantel über, setze die dunkle Brille auf und stecke die Schachtel mit den Ohrringen in die Manteltasche. Mein Haar verberge ich unter Vincents altem Hut aus meiner Truhe. Ich muss weg. Das weiß ich, in diesem Moment. Ich muss weg. Das Kribbeln in meinen Gliedmaßen erwacht und für einen Moment meine ich, Odisskraut zu riechen. Meine Brust zieht sich vor Sehnsucht schmerzhaft zusammen. Ist es bereits soweit? Beginnt so der Wahnsinn?

Ich muss mich für einen Moment an meinem Tisch festhalten, so sehr dröhnt mein Kopf. Doch ich straffe die Schultern und richte mich wieder auf.

Dann öffne ich die Wagentür und gehe. Einfach so.

Meine Gedanken schwirren, als ich durch die nächtlichen Straßen von Grimfels wandere, zwischen den dunkelroten

Häusern umher, die Serpentinen entlang, die sich höher und höher den Berg hinaufschlängeln. Ab und zu kommt mir ein Geschäft bekannt vor. Ich war schon einmal hier, ich war schon oft hier. Als kleines Kind. Dorothea hat mir an diesem Platz Zuckerwatte gekauft, als ich ihr noch kaum bis zur Nasenspitze gereicht habe. An diesem Brunnen, an dem jetzt im Winter kein Wasser fließt, habe ich als Kind gespielt.

Alles fühlt sich an, als wäre ich in einem Traum. Die Menschen beachten mich gar nicht. Sie laufen an mir vorbei, rufen laut durcheinander. Ich kann Angst in ihren Stimmen hören, Panik. Einige schwenken die Sonderausgabe der Zeitung.

Ich schreite über das Kopfsteinpflaster, ziehe das linke Bein nur noch leicht nach. Und dann beginnt der erste Schnee zu fallen. Es ist, als würde ich mich selbst betrachten, ich selbst, wie ich durch die Straßen gehe, über das Kopfsteinpflaster. Die Straßen, in denen der erste Schnee fällt.

Ich gehe; gehe.

Ich weiß, was ich zu tun habe. Plötzlich sind meine Gedanken so klar wie nie zuvor. Bei einer kleinen Pfandleihe halte ich inne und trete durch die Tür. Eine Glocke läutet. Meine dunkle Brille beschlägt sofort.

Ärgerlich drehe ich mich um und wische sie an meinem Kleid ab.

»Lassen Sie mich raten, Sie wollen verkaufen, nicht kaufen?«, fragt eine Frauenstimme.

Ich drehe mich um und erblicke eine alte Frau, fast schon eine Greisin.

»Woher wissen Sie das?«, frage ich.

»Alle verkaufen heute. Kein Wunder«, sagt sie ärgerlich. »Es wird Krieg geben. Alle, die etwas haben, wollen ihr Hab und Gut loswerden. Schnell über die Grenze, bevor es losgeht, in die vereinigten Fürstentümer oder nach Uskar, Esnia.

Was bringen Schmuck und Silberbesteck, wenn die Hungersnot ausbricht, hm? Nichts. Absolut gar nichts. Kann man nicht essen. Glauben Sie mir, ich weiß, wovon ich rede. Habe zwei Reichskriege miterlebt. Den zweiten und den dritten.«

»Kaufen Sie nun oder nicht?«, frage ich unschlüssig.

»Ja, natürlich kaufe ich, aber nur kleine Gegenstände, die sich leicht transportieren lassen. Ich gehe ebenfalls, mit meinem Sohn, wir haben Verwandte in Uskar. Gleich morgen brechen wir auf.«

Ich schiebe ihr mit klammen Fingern die Ohrringe über den Verkaufstisch. »Wie viel kriege ich dafür?«

Sie betrachtet das blitzende Silber prüfend. Ihr Gesicht verzieht sich. »Nicht viel. Da hat Ihr Geliebter Sie aber ordentlich eingewickelt, was? Macht nichts, ist mir auch schon passiert, liebes Kind. Warum denn eigentlich die Brille? Ist doch dunkel draußen. Und blind sind Sie eindeutig nicht.«

»Ist ein Geburtsfehler«, nuschele ich. »Lichtempfindlich.« Ich muss mich davon abhalten, ungeduldig auf den Tisch zu trommeln.

»Ah. Na, macht ja nichts«, sagt sie forsch. »Mein Sohn wurde mit nur einem Bein geboren. Passiert. Na ja, ich kann Ihnen drei Taler anbieten. Der Schmuck ist nur versilbert, die Steine sind wertlos. Aber er ist hübsch gearbeitet.«

Atemlos sehe ich ihr dabei zu, wie sie drei Silbermünzen über den Tisch schiebt. So viel Geld habe ich noch nie besessen.

»Danke«, sage ich leise. »Gute Reise nach Uskar.«

»Vielen Dank. Warten Sie kurz, mein Kind.«

Ich drehe mich an der Tür noch einmal um. »Ja?«

»Passen Sie gut auf sich auf. Die drei Taler werden nicht reichen für die Reise in die vereinigten Fürstentümer, aber wenn Sie noch mehr Schmuck haben, dann verkaufen Sie ihn so schnell wie möglich. Gehen Sie. So weit weg, wie es nur geht. Glauben Sie mir. Ich weiß, wovon ich spreche. Übrigens sehr klug, dass Sie Männerkleidung tragen. Man könnte fast getäuscht werden, wenn man nicht genau hinsieht. Das ist eine sehr gute Idee.« Ihre Stirn verdüstert sich. Ja, ja ... Glauben Sie einer alten Frau wie mir.«

»Danke«, murmele ich und lasse die Tür hinter mir zufallen.

Atemlos drücke ich mich an die Hauswand. Die Schritte der Soldaten bringen das Kopfsteinpflaster zum Beben. Im Marschschritt ziehen sie die Serpentinen von Grimfels hinab, hinunter zur Hauptstraße, Richtung Bahnhof.

Es müssen Tausende sein.

Viele von ihnen sind jung, auf ihren Gesichtern wächst noch nicht einmal Bart.

Mein Blick fällt auf die Kirche gegenüber. Das Gesicht des Blutigen starrt finster auf mich herab. Die Schatten lassen es noch strenger wirken, als es ohnehin ist. Ich schlucke, denke an die Opfer, die ihm gegeben werden.

Geburt. Krieg. Blutopfer.

Wird es wirklich Krieg geben? Werden viele der Soldaten nicht zurückkehren, zu ihren Frauen, Kindern, Müttern? Oder schreiten sie nur zum Stützpunkt, um dort bereitzustehen, bis ein Friedensangebot ausgehandelt ist?

Mühsam reiße ich mich von dem Anblick ab und haste weiter. Ich habe es eilig.

Endlich bin ich in dem Viertel angelangt, in dem die Laternen rot brennen. Rubidiumlampen.

Ich weiß, was ich zu tun habe.

Ein Mädchen der Nacht kommt auf mich zu. Ihr rotes, lockiges Haar fließt über ihren Körper; es reicht ihr bis zur Hüfte.

»Mein Herr«, sagt sie schmeichelnd und fasst mich bei den Handgelenken. »Wie wäre es mit uns beiden?«

Ich zucke ein Stück zurück, entziehe mich ihrem Griff. *Mein Herr?* Nun gut, ich trage Männerkleidung und Vincents alten Hut, unter dem ich mein Haar verborgen habe. Ich bin groß, dürr und es ist dunkel.

Außerdem scheint sie betrunken zu sein. Ich räuspere mich, lasse meine Stimme tiefer klingen. »Weißt du, wo man Odisskraut bekommen kann?«

»Was gibst du mir dafür, mein Schatz?«, fragt sie.

Ich greife in die Manteltasche und ziehe einen Taler hervor. »Wie wäre es damit?«

Ihre Augen beginnen zu funkeln. »Also gut«, sagt sie leise. »Komm.«

Sie führt mich durch die verwinkelten Gassen, weiter und weiter. Bis zu einer Tür, an der die Rubidiumlampen rot glimmen.

»Hier, mein Liebster«, sagt sie. »Was ist jetzt mit dem Geld?«

»Ich muss erst noch das Odisskraut kaufen. Wenn ich es habe, kriegst du dein Geld.«

Ihre Stirn umwölkt sich kurz. Doch dann nickt sie. »In Ordnung«, sagt sie. »Komm.« Sie zieht mich weiter, hinein in die Spelunke, in der der Pfeifenrauch so dicht steht, dass man ihn schneiden könnte.

»Was wollt ihr, meine Süßen?«, fragt der Mann hinter dem Tresen.

»Odisskraut für den Herren; für mich nichts«, sagt das Mädchen der Nacht.

Der schnurrbärtige Mann nickt, verschwindet kurz durch die Tür hinter dem Tresen und schiebt mir diskret einen kleinen Jutesack hinüber.

Ich präsentiere ihm zwei Taler. »Reicht das?«

Er beäugt das Geld kritisch, dann nickt er. »Vielen Dank.«

Ich reiche ihm zwei der Taler, dann drücke ich den anderen dem Mädchen in die Hand. »Danke«, murmele ich. »Kann ich etwas heißes Wasser haben?« Ich ziehe Madame Rosas Feldflasche aus Elis Manteltasche.

Der schnurrbärtige Mann nickt. Er entfernt sich kurz. Als er zurückkehrt, steigt Wasserdampf aus der Flasche auf.

»Warte«, sagt das Mädchen der Nacht langsam. »Du bist ja überhaupt kein Mann.«

Doch ich stehe schon bei der Tür und reiße sie auf, den kleinen Jutesack an meiner Brust verborgen.

Ich laufe; immer weiter, weiter in den Wald hinein. Zweige schlagen in mein Gesicht, mein Knöchel schmerzt wieder, doch es ist mir egal. Ich muss weiter. Es ist dunkel, der Mond wolkenverhangen. Endlich komme ich zu einer Lichtung. Mit bebenden Händen beginne ich Holz zu sammeln; meine Bewegungen sind die eines Automaten. Ich ziehe Madame Rosas Feldflasche aus Elis Manteltasche, dann den Feuerstein.

Nur wenige Sekunden später flammt das Feuer auf. Ich öffne den Beutel mit dem Odisskraut und streue eine großzügige Portion in das heiße Wasser. Dann stelle ich sie ins Feuer.

Als sich der süße, würzige Duft ausbreitet, wird der Sog in meiner Brust so stark, das Kribbeln in meinem Körper so unerträglich, dass ich mein Zittern unterdrücken muss. Fast ist mir, als würde jemand meinen Namen rufen, ganz leise nur, ein unbestimmtes Wispern in der Nacht ...

Zehn Minuten. Nur noch zehn Minuten.

Ich habe Angst. Angst, dass mich das Odisskraut bereits in den Wahnsinn treibt, langsam, aber sicher. Angst vor dem, was ich sehen werden.

Angst, dass ich nie wieder alles so werden wird wie früher.

Doch ich muss es tun. Das Odisskraut hat mir schon einmal die Wahrheit gesagt, auch wenn ich sie nicht hören wollte. Diesmal werde ich sie nicht verleugnen.

Mühsam versuche ich, meinen Geist zu erweitern, wie Madame Rosa es mir geraten hat, doch der würzige Duft aus der Feldflasche lenkt mich zu stark ab.

Endlich ist das letzte Ticken des Sekundenzeigers verstrichen. Mit bebenden Händen greife ich nach der Flasche, achte nicht auf den Schmerz, als sie meine Finger verbrennt, und trinke. Ein Schluck. Zwei, drei, vier. Ein fünfter. Große Schlucke.

Dann ist die Flasche leer.

Ich seufze dem Himmel entgegen. Es klingt erleichtert, wie Eduards Seufzen, wenn er den ersten Schluck von seinem Schnaps nimmt. Eigentlich müsste mir das Sorgen bereiten.

Doch ich merke schon, wie die nun schon vertraute Wärme mich einhüllt, diese Wärme, die jede Sorge unmöglich macht.

Ich hülle mich enger in Elis Mantel und lehne mich an einen Baumstamm, dicht am Feuer.

Mit ganzer Kraft fokussiere ich meine Gedanken auf Eli.

Ich will wissen, was mit ihm passiert ist.

Bitte, zeige es mir.

Mein Verstand löst sich langsam auf, als ich meinem eigenen Atem dabei zusehe, wie er zum Nachthimmel hinaufsteigt.

Diesmal geht es schneller als sonst.

Ich schreite durch eine unendliche Aschewüste. Es gibt nichts um mich herum. Keinen Baum, keinen Grashalm, keinen Strauch. Die Sonne leuchtet merkwürdig blass vom grauen Himmel.

Die Asche weht um mich herum, in meine Nase, meinen Mund, in meine Lungen. Ich huste. Mühsam kneife ich die Augen zusammen und sehe mich um.

Was jetzt?

Auf unsicheren Füßen drehe ich mich um meine eigene Achse. Nur mein eigener Schatten stellt eine Abwechslung in dem absoluten Grau dar, in dem ich stehe.

Mit gerunzelter Stirn betrachte ich meinen Schatten. Ich hebe die Hand. Er hebt ebenfalls die Hand. Irgendetwas daran ist wichtig, das weiß ich. Doch meine Gedanken sind träge, als hätte sich die Asche längst darübergelegt.

Plötzlich beginnt sich etwas zu verändern. Mein Schatten wächst. Er wird dunkler, tiefer. Ich knie mich zu Boden und strecke meinem Schatten eine Hand entgegen.

Etwas *kippt.* Unten wird zu oben, oben zu unten. Ich falle.

Und dann ist es dunkel. Vollkommen dunkel.

Ich rappele mich auf, beginne zu laufen. Mein Herz rast, doch ich spüre keine Angst. Im Gegenteil. Euphorie fließt durch meinen Körper, bis sie mich völlig ausfüllt. Ich bin *zu Hause. Ich bin zu Hause!*

Am Rande meiner Gedanken weiß ich, dass nichts von all dem Sinn ergibt, doch es ist mir egal. Ich laufe weiter. Mit jedem Schritt wird es um mich herum finsterer. Mit jedem Schritt schlägt mein Herz noch wilder.

Ich muss das Herz der Dunkelheit erreichen, das weiß ich. Dort liegt mein Ziel.

Und ich komme ihm näher.

Nach vielen, vielen Schritten beginnt sich etwas aus der Dunkelheit zu schälen, etwas, das noch dunkler ist als die Dunkelheit – auch, wenn dies ebenfalls nicht den geringsten Sinn ergibt.

Ich kneife die Augen zusammen. Es ist eine Festung, wird mir mit einem Schlag klar. Eine Festung aus purem Schatten.

Wie eine Schlafwandlerin gehe ich weiter, durch eine Tür, Gänge entlang. Das Bauwerk ist völlig ausgestorben. Kein lebendiges oder totes Wesen begegnet mir auf meinem Weg.

Mit vollkommener Sicherheit weiß ich, dass ich in den Keller muss. Ich jage Treppen hinunter, weiter und weiter ins Herz der Dunkelheit. Endlich bin ich da.

Die dritte Tür zu meiner Linken muss es sein.

Sie ist mit schweren Riegeln gesichert, mit unzähligen Schlössern. Als ich danach greifen will, gleitet meine Hand einfach hindurch.

Also setze ich einen weiteren Schritt, direkt durch die Tür.

Ich befinde mich in einer Zelle. Auch hier herrscht völlige Finsternis. Alles besteht nur aus Schatten. Dennoch können meine Augen das Schwarz mühelos durchdringen.

In der Ecke sitzt jemand, in sich zusammengesackt. Ohne zu zögern, gehe ich auf die Person zu. Von ihr geht Licht aus, das einzige Licht in dieser alles umfassenden Schwärze, so hell, dass es mir Tränen in die Augen treibt.

Ein leises Wimmern erklingt, als ich die Hand nach ihr ausstrecke.

Und dann wendet die Person den Kopf. Ich stoße einen leisen Schrei aus und falle auf die Knie.

Es ist Eli.

Kapitel 18

»Eli«, keuche ich. »Eli!«

Ich greife nach ihm, will ihn berühren, doch meine Hände gleiten durch ihn hindurch, wie zuvor durch die Tür.

Er scheint mich überhaupt nicht zu bemerken. Seine Augen blicken in meine Richtung, doch sie erkennen mich nicht.

Er sieht schrecklich aus. Die Lippen und die Nase zerschlagen, das Kinn und die Wangen von ungepflegten Bartstoppeln überzogen, vor Dreck starrend sitzt er da und umklammert seine eigenen Knie. Ein gequälter Ausdruck hat sich tief in sein Gesicht gegraben. Auf seinem Hemd, das vor langer Zeit einmal weiß gewesen ist, prangen Blutflecken. Einige sehen alt aus, andere frisch.

Wieder wimmert er leise. »Nicht schon wieder«, flüstert er. »Nein, nein ...«

Ein lautes Krachen lässt mich zusammenfahren. Ich wirbele herum.

Eine Gestalt steht in der Zelle. Sie hat sich die Kapuze ihres Umhangs tief ins Gesicht gezogen. Ich sehe mich angsterfüllt um, suche nach einem Versteck, doch im nächsten Moment wird mir bewusst, dass auch diese Gestalt mich nicht sehen kann. Sie schreitet direkt durch mich hindurch und baut sich schweigend vor Eli auf.

»Was willst du?«, flüstert Eli heiser.

»Du weißt, was ich will«, sagt die Gestalt. Eine Frauenstimme. Es klingt merkwürdig. Nicht so, als würden die Laute unter der Kapuze hervordringen, vielmehr so, als kämen sie von überallher, aus jeder Ecke der Zelle.

»Nein, ich weiß nicht, was du willst«, sagt Eli.

Mir schießen augenblicklich die Tränen in die Augen. Seine Stimme klingt wie die eines gebrochenen Mannes.

»Muss ich nachhelfen?«, fragt die Gestalt völlig emotionslos.

Eli stößt einen klagenden Laut aus und reißt die Arme nach oben, hält sie über seinen Kopf. »Ich weiß nicht, wie oft ich es euch noch sagen soll«, stammelt er. »Ich weiß nichts von einer Prophezeiung der Ersten! Ich weiß nichts darüber, nichts ...«

»Aber natürlich weißt du das«, unterbricht ihn die Gestalt. »Du hast die Achai verraten. *Dreckiger Lügner.*«

Eli lässt die Hände wieder sinken. »Ich weiß nichts«, sagt er leise. »Ihr werdet mich töten müssen.«

Die Gestalt lacht. »Du bist doch schon tot.«

Eli starrt sie an.

»Wusstest du das etwa nicht?«, fragt die Gestalt geschäftig. »Dass du längst tot bist? Nein, es ist nicht dein Tod, den wir wollen. Aber *sie* ... *Sie* werden wir töten, wenn du nicht bald auspackst.«

»Das könnt ihr nicht tun«, keucht Eli. »Das dürft ... Ihr werdet es nicht tun!«

»Werden wir nicht?«, fragt die Stimme. »Bist du sicher?«

»Ihr dürft nicht ... Sie ...«

»Ich habe dir heute ein kleines Geschenk mitgebracht«, sagt die Stimme. Plötzlich klingt sie honigsüß. »Um deiner Erinnerung ein wenig auf die Sprünge zu helfen.«

Starr vor Angst betrachte ich, wie die Gestalt sich bewegt. Sie scheint Eli etwas entgegenzustrecken.

Eli stößt einen leisen, erstickten Schrei aus. »Nein«, flüstert er. »Nein!«

Lachen breitet sich aus und hallt zwischen den Wänden der Zelle hin und her. »Denk noch einmal nach. Lange und gründlich. Ich komme später wieder.«

Im nächsten Moment ist die Gestalt weg, als wäre sie niemals da gewesen.

Eli weint. Mit bebenden Händen hebt er etwas aus den Schatten und presst es an seine Brust.

Etwas, das wie eine weiße Haarsträhne aussieht.

Ich erwache im Wald, mit dröhnendem Kopf und vor Kälte starren Gliedmaßen. Das Feuer ist völlig heruntergebrannt. Nun blitzt der Mond durch die Wolken. Ich schlucke, brauche einen Moment, um mich zu orientieren und die wirren Erinnerungen festzuhalten.

Asche. Der Schatten. Die Festung. Dunkelheit. Eli!

Stöhnend greife ich mir an die Stirn. Eli. Ich habe Eli gesehen. In einer Zelle. Aber das kann nicht sein, Eli ist doch hier, nur wenige hundert, vielleicht tausend Meter entfernt. Er verhält sich merkwürdig, ja. Aber er ist doch hier! Oder etwa nicht?

Du kannst niemals wissen, ob das, was du gesehen hast, real ist, erklingt Madame Rosas Stimme in meinem Kopf. *Und auch wenn es real ist, weißt du nicht, ob du die Zukunft oder die Vergangenheit gesehen hast.*

Doch was habe ich gesehen? Die Zukunft, die Vergangenheit oder ein Trugbild, erschaffen durch meinen eigenen Verstand? Die Worte der Gestalt haben keinen Sinn ergeben. Nicht den geringsten. *Du bist doch schon tot.*

Ich rappele mich auf, ächze erneut und beginne, Arme und Beine zu bewegen. Doch sie bleiben taub. Wenn ich nicht aufpasse, werde ich noch erfrieren, hier im Wald. Es wird ewig dauern, bis man meine Leiche findet.

Das Odisskraut fließt immer noch durch meine Adern, warm und schwer, lähmt meine Gedanken.

Ich muss weg hier. So schnell wie möglich. Zurück in meinen Wagen. Mich aufwärmen. Notieren, was ich gesehen habe, damit ich es nicht am Ende noch vergesse.

Ich taumele durch den nächtlichen Wald, über Wurzeln und rutschige Blätter. Ich fühle gar nichts. Nicht einmal Angst.

In den Wagen brennt kein Licht mehr, als ich am Platz angekommen bin.

So rasch wie möglich humpele ich zu meinem Wagen und flüchte ins Innere, zünde ein Feuer und die Lampe an. Nur langsam kehrt die Wärme in meinen Körper zurück. Meine Finger und Zehen prickeln schmerzhaft. Dennoch krame ich Papier und Grafit aus meiner Truhe und beginne, mir Notizen zu machen. Erst, als ich alles notiert habe, atme ich auf.

Nun kann ich es nicht mehr vergessen.

Irgendwo in meinen Hinterkopf erwacht ein Gedanke. Ich krame mein Lexikon hervor und blättere darin, suche nach »Akeii«. Nichts. Ich hatte es fast erwartet.

Dann suche ich nach »Awhen«.

»Kontinent westlich von Vena. Hauptsächlich weite Steppenlandschaften. Bewohnt von primitiven Nomadenvölkern, die Tiere anbeten und unzählige verschiedene Sprachen sprechen, die bisher nicht erforscht wurden«, steht dort notiert. »Vor vielen Jahrtausenden dürfte Awhen durch Landbrücken mit Vena und Rauris verbunden gewesen sein. Die Fauna und Flora sind ähnlich wie in Vena, es sind kaum eigenständige Arten zu verzeichnen.«

Ich starre auf die kärglichen Zeilen. Da steht nichts Genaueres über den Tierglauben, nichts über die Zeichen, die

Maku auf seiner Haut trägt. Mein Blick bleibt an dem Wort *primitiv* hängen. Fast hätte ich trocken gelacht. Wie viele Sprachen der Verfasser des Lexikons wohl spricht? Vermutlich ist Maku trotz seines jungen Alters schon hundertmal klüger als er.

Ich schüttele den Kopf. In meinem Lexikon werde ich wohl niemals die Antworten finden, die ich mir erhoffe.

Sorgfältig verstecke ich meine Notizen ganz unten in der Truhe und wickele mich schlotternd in meine Decke. Nur die Schuhe ziehe ich aus.

Dann huscht mein Blick zur Tür. Ich habe ein Schloss. Normalerweise verwende ich es nie. Wer sollte schon bei dem Schattenmädchen einbrechen?

Doch an diesem Abend stehe ich noch einmal auf, schleiche zur Tür und verriegele sie. Erst dann lege ich mich wieder ins Bett. Die Kerze, die auf meinem Nachttisch brennt, lasse ich an.

Meine Augen werden schwer. Ich sollte nachdenken, darüber, was all das zu bedeuten hat. Gleichzeitig weiß ich, dass ich heute Nacht nicht mehr werde denken können. Mein Kopf ist zu wirr, das Bett zu weich, Elis Mantel zu warm …

Ich schwebe, fliege mit den Sternen.

Eli haucht mir einen Kuss auf die linke Wange. Der Regen prasselt auf die Blätter des Baumes, unter dem wir uns verkrochen haben. Er richtet sich auf und lächelt mich an. Fragend.

Als ich atemlos zurücklächle und nicke, beugt er sich über mich, bis ich jeden Quadratzentimeter seiner warmen Haut auf meiner spüre. »Louise«, murmelt er, das Gesicht an meinem Hals vergraben.

Ich schließe die Augen, und es gibt nichts mehr, nur mich, ihn und das Prasseln des Regens. »Eli«, flüstere ich. »Ich liebe dich.«

Und dann erwache ich, öffne die Augen, einen Spalt nur. Einen winzigen Spalt.

Eli kniet über mir.

Er hält ein Messer in der Hand. Die Klinge blitzt silbern im Schein der Lampe auf.

Es dauert einen Moment, bis ich merke, dass dies kein Traum mehr ist. Es ist zu real. Ich spüre ihn, seinen kalten Körper auf mir. Alles ist, als wäre ich unter Wasser, meine Bewegungen sind zu träge, um ihn abzuschütteln. Schwach hebe ich die Hand, ein paar Zentimeter nur, doch sie fällt kraftlos zurück auf die Bettdecke. Ich spüre, wie er in mein Haar greift.

Dann ertönt ein ratschendes Geräusch. Etwas in seinen Augen leuchtet auf, triumphierend. Er hält meine abgeschnittene Haarsträhne in den Schein der Kerze und lächelt.

Eiskalt.

In diesem Moment werden mir zwei Dinge klar.

Erstens: Dies hier ist kein Traum. Es geschieht tatsächlich. Es ist real.

Zweitens: Der Mann, der auf mir kniet und meine Haarsträhne in der Hand hält, ist nicht Eli.

Er sieht aus wie Eli, doch es ist nicht er.

Der Mann beugt sich nach vorne. »Süße Träume, Louise«, wispert er in mein Ohr und haucht mir einen Kuss auf die rechte Wange.

Die Kerze auf dem Nachttisch flackert.

Nur einen Moment später ist der Mann, der nicht Eli ist, weg. Einfach so, als wäre er niemals da gewesen.

Verschmolzen mit den Schatten.

Ich weiß nicht, wie viel Zeit vergangen ist, als ich mich aufrappele, völlig taub. In diesem Moment funktioniere ich einfach. Mir ist völlig klar, dass ich wegmuss. Und ich weiß auch schon, wohin. Mit bebenden Händen schlüpfe ich in das Witwenkleid und drücke mir den dazu passenden Hut aufs Haupt. Die Haare verberge ich darunter.

Rasch kritzele ich einige Zeilen an Madame Rosa auf ein Stück Papier. Eine Entschuldigung. Grüße und ebenfalls eine Entschuldigung an Dorothea, Maku, Marie, Eduard und Vincent.

»PS: Ich komme bald zurück«, schreibe ich ganz unten auf die Seite. Dann schlucke ich und starre auf die Worte. Im nächsten Moment streiche ich sie wieder durch. Ich weiß nicht, ob ich wiederkomme. Ich habe keine Ahnung, was passieren wird.

Als ich aus meinem Wagen klettere, schlägt von weit her die Kirchenglocke zum ersten Mal. Mit rasendem Herzen sehe ich mich um, durchdringe die Dunkelheit mit meinen Augen, doch ich kann niemanden erkennen.

Ich schleiche zu Madame Rosas Wagen und schiebe das Stück Papier unter ihrer Tür durch. Dann schlinge ich den Mantel enger um mich und gehe.

Ein leises Klopfen lässt mich innehalten. Ich wirbele herum, starre in die Nacht, doch niemand ist hinter mir.

Endlich sehe ich es. Maku linst durch das Fenster von Dorotheas Wagen und winkt mir zu. Ob er wieder einen Albtraum hatte? Er lächelt.

Ich lächele zurück. Zumindest hoffe ich, dass es wie ein Lächeln aussieht. Mein Herz zieht sich schmerzhaft zusammen. Ich mag ihn nicht zurücklassen, wirklich nicht. Doch mitnehmen kann ich ihn auch nicht. Unmöglich.

Also lächele ich ein zweites Mal und schicke ihm eine Kusshand. Maku erwidert die Geste und schiebt den Vorhang wieder zu.

Ich drehe mich um. Und dann gehe ich wirklich.

Kapitel 19

Mit unsicheren Schritten taumele ich durch die Straßen von Grimfels. Alles liegt im Zwielicht. Hinter den Nebelschwaden, die sich zwischen den roten Häusern spinnen, muss die Sonne bereits aufgehen. Von weit her höre ich das zweite Schlagen der Kirchenglocken.

Ich halte die Kette unter meinem Kleid fest umklammert. Ab und zu greife ich in meinen – nein, Elis – Mantel, um mich zu vergewissern, dass meine Besitztümer noch da sind. Viel habe ich nicht mitgenommen. Das restliche Odisskraut. Madame Rosas Feldflasche, gefüllt mit Dünnbier. Die dunkle Brille. Einige gebratene Kastanien, die ich noch von gestern übrighatte. Meine Notizen. Etwas Grafit. Meinen Feuerstein und ein Taschenmesser.

Es sind kaum Menschen unterwegs. Die wenigen Gestalten, die durch die Gassen huschen, haben ihre Kapuzen tief ins Gesicht gezogen. Jeder scheint es eilig zu haben. Der eine oder andere sieht sich immer wieder unruhig um oder wirft Blicke über die Schulter.

Ich taumele weiter. Der Ruf eines Zeitungsjungen, der an einer Backsteinmauer lehnt, lässt mich innehalten. »Sonderausgabe«, ruft er. »Sonderausgabe!« Seine Stimme ist kratzig. Wahrscheinlich ist er erkältet.

Als ich näherkomme, sehe ich den Rotz über sein rotes Gesicht laufen. Er ist mager und trägt zerfledderte Kleidung.

»Wollen Sie eine Zeitung kaufen, meine Dame?«, fragt er und streckt mir eine entgegen. »Sonderausgabe!«

Ich beiße mir auf die Lippen. Geld habe ich keines, noch nicht. Fieberhaft überfliege ich die Schlagzeile.

Der Junge verbirgt die Zeitung hinter seinem Rücken und zieht eine Schnute. »Wenn Sie sie lesen wollen, müssen Sie sie zuerst kaufen.«

Ich nicke und laufe weiter, ohne es überhaupt zu merken. Der Junge ruft mir etwas hinterher, doch seine Worte dringen nicht bis zu meinem Kopf vor.

Im Takt meiner Schritte höre ich die Schlagzeile. Wieder und wieder.

Masonisches Reich erklärt Ankor-Drak den Krieg. *Masonisches Reich erklärt Ankor-Drak den Krieg.*

Ich schlucke mühsam. Das ist schlimm, richtig schlimm sogar. Die Geschichte der Reichskriege kenne ich nur aus meinem Lexikon, doch ich weiß, dass sie schrecklich waren. Tausende, Abertausende Menschen starben. Beim ersten Mal ging Ankor-Drak als Sieger hervor, bei den anderen beiden Malen das Masonische Reich. Schon damals hatten sie bessere Waffen als Ankor-Drak, genauso wie jetzt; die Waffenbauer und -entwickler in Leburg sind weltweit die besten, das weiß jeder. Es gab Friedensverträge, deren Namen ich vergessen habe. Friedensverträge, aufgrund deren Ankor-Drak weiterhin ein eigenständiges Reich ist, mit einem König, der jedoch dem Masonischen Kaiser unterstellt ist. Dem Masonischen Kaiser, der jetzt tot ist.

Ich habe keine Ahnung von Waffen oder von Kriegsführung. Doch ich lese Zeitung. Deshalb weiß ich, dass es in letzter Zeit einige diplomatische Konflikte zwischen Ankor-Drak und Masonien gab, weil die Chemiker in Leburg an neuen Waffen arbeiten. Chemisches Feuer. Giftgase. Es wird nur gemunkelt, welche Auswirkungen diese Apparate der Zerstörung haben können.

Plötzlich ist meine Kehle ganz trocken. Habe ich die Zukunft gesehen, als ich in das endlose Feuer geblickt habe? Wird die Welt zu einer Aschewüste werden, in der außer Grau und Schatten nichts mehr existiert?

Mit Mühe reiße ich mich aus diesen Gedanken und erhöhe mein Tempo. Ich muss weiter, weiter. Hoffentlich ist die Pfandleiherin noch da.

Endlich bin ich angekommen. Es wird von Minute zu Minute kälter. Mit völlig eingefrorenen Fingern klopfe ich an das Fenster der Pfandleihe. Niemand öffnet.

Ruhig, Louise, beschwöre ich mich selbst. *Es gibt noch andere Pfandleihen, in denen keine unangenehmen Fragen gestellt werden.*

Ich will mich schon entmutigt umwenden, als das Fenster einen Spalt weit geöffnet wird.

»Was beim Dreigesichtigen?«, krächzt die alte Frau. »Wissen Sie, wie spät es ist?«

Ich räuspere mich. »Entschuldigen Sie. Es ist nur so – ich werde Ihren Ratschlag annehmen. Ich werde weggehen, weg aus Masonien. Und da dachte ich mir …«

Die Pfandleiherin seufzt. »Also schön. Also schön, kommen Sie rein ins Warme, Sie sind ja schon halb erfroren, Kind. Rasch, rasch, mein Sohn und ich brechen in einer halben Stunde zum Bahnhof auf.«

Ich ächze vor Erleichterung auf und husche zur Ladentür. Eilig nehme ich die Kette ab und präsentiere sie der Frau. »Wie viel kann ich dafür kriegen?«

Sie reißt die Augen auf. »Das ist doch nicht Ihr Ernst?«

»Mein voller Ernst. Das ist … ein Erbstück«, schwindele ich und sehe sie flehend an.

Sie hebt eine Augenbraue. »Ich kann diese Kette unmöglich ankaufen. So viel Geld habe ich in meinem ganzen Leben noch nicht besessen.«

Ich trete unruhig von einem Bein auf das andere. Und dann fasse ich einen Entschluss. »Es ist mir egal«, flüstere ich. »Geben Sie mir einfach so viel, wie sie entbehren können. Ich brauche einfach nur so viel Geld wie möglich für die Reise.«

»Also hören Sie«, murmelt die Alte entrüstet. »Ich bin eine ehrbare Händlerin, keine Halsabschneiderin. Ich bezahle genau so viel, wie ein Objekt wert ist. Minus zehn Prozent für mich.«

Die Situation ist so seltsam, dass ich unwillkürlich lachen muss. Jeder andere würde sich alle Finger nach so einer Möglichkeit abschlecken.

»Also gut«, sage ich, wobei meine Stimme um einiges verzweifelter ist, als ich es geplant hatte. »Ich mache Ihnen einen Vorschlag. Sie geben mir jetzt eine Anzahlung und verkaufen das verdammte Ding in Uskar. Ich komme dann, um mir den Rest meines Anteils abzuholen.«

Die Alte wiegt unschlüssig den Kopf hin und her und schmatzt mit den Lippen. »Nun ja …«, murmelt sie. »Also, Kindchen, ich weiß ja nicht …«

»Geben Sie mir einfach die Adresse Ihrer Verwandten in Uskar. Ich komme, sobald ich kann«, sage ich rasch.

Das verdammte Geld ist mir völlig egal. Ich brauche nur genug, um nach Marbor zu kommen und dort einige Tage Quartier zu beziehen.

»Also schön«, sagt die Händlerin schließlich und richtet die Hände zum Himmel. »Der Dunkle soll mich holen, aber … Na schön.« Sie beginnt, etwas auf einen Zettel zu kritzeln. Dann schiebt sie ihn mir zu. »Margarethe Eckstein«, steht darauf. »Wohnhaft bei: Kreszentia Zimmer, Vic Broda 43, Antras, Uskar«

»Margarethe, das bin ich«, sagt sie und tippt geschäftig mit dem Finger auf die Zeilen. »Kreszentia, das ist meine Schwester. Die Vic Broda ist schwer zu finden, doch Sie können notfalls einfach nach einer Frau namens Zentia fragen. Die Hebamme. Sie praktiziert nicht mehr, aber jeder in Antras kennt sie. Sie war die Beste. Halb Antras hat sie auf die Welt geholt.«

»Mache ich«, murmele ich und schiebe den Zettel in meine Manteltasche. Ich habe nicht vor, mir meinen Anteil in nächster Zeit abzuholen, doch das muss die alte Frau ja nicht wissen. »Und wie viel können Sie mir als Anzahlung geben?«

»Höchstens zehn Prozent«, sagt Margarethe und schnauft.

Ich unterdrücke ein Stöhnen. *Zehn Prozent?*

Doch als Margarethe beginnt, Münzen auf den Ladentisch zu häufen, werden meine Augen größer und größer. Instinktiv zähle ich mit. »Hundertdreißig Taler«, sagt sie schließlich und schiebt zehn Goldmünzen und dreißig kleinere Silbermünzen zu mir hinüber. »Damit kommen Sie bis nach Esnia und können einige Monate bequem leben.«

Ich starre sie einfach nur an. *Hundertdreißig Taler?* Es könnten genauso gut eine Million Taler sein. So viel Geld hätte ich mir nicht einmal in meinen kühnsten Träumen ausgemalt. Wenn jedes unserer Beutestücke so viel wert ist, muss Ora bald der reichste Mann der Welt sein.

Mit bebenden Händen stecke ich die Münzen in Elis Manteltasche. »Danke«, sage ich und halte mich am Ladentisch fest.

»Sehen Sie zu, dass Sie in Sicherheit fahren«, sagt Margarethe und sieht mich besorgt an. »Wo soll es hingehen?«

»Marbor«, murmele ich, in Gedanken verloren.

»Marbor? Sind Sie verrückt?«, keucht Margarethe. »Die Soldaten marschieren direkt Richtung Dreustein und Marbor! Sie müssen nach Kaltenbach, und von dort hinüber in die vereinigten Fürstentümer! Nur dort ist es sicher!«

»Ich habe Familie in Marbor«, lüge ich rasch. »Ich muss sie holen und reise dann mit ihnen bei Wolfspass über die Grenze.«

Margarethe seufzt nur. »Also schön. Ihr Wort im Ohr des Dreigesichtigen. Wenn Sie in fünf Jahren nicht gekommen sind, um sich Ihren Anteil zu holen, dann spende ich ihn für die Ausbildungsstiftung für Kinder mit Geburtsfehlern. Sehr viel länger als fünf Jahre werde ich nämlich wahrscheinlich nicht mehr leben.«

Meine Kehle wird plötzlich eng. »Ich wünsche Ihnen noch viele, viele glückliche Jahre. Aber den Plan mit der Spende finde ich wunderbar, Margarethe«, sage ich leise. »Ich wünsche Ihnen viel Glück bei der Reise. Und beste Grüße an Ihren Sohn.«

Als ich schon die Tür öffne, ruft Margarethe mich noch einmal zurück. »Warten Sie, Kind. Wie heißen Sie eigentlich?«

»Louise«, sage ich leise. »Mein Name ist Louise.«

»Und Ihr Nachname?«

»Ich habe keinen.«

Margarethe sieht mich fragend an.

»Ich bin ein Findelkind«, setze ich schwach hinzu.

Margarethe räuspert sich. »Oh. Also, Louise – du bist bei mir und meiner Schwester in Uskar immer willkommen. Merk dir das, ja?«

Ich nicke leicht. »Danke, Margarethe. Ich danke dir.«

Als ich gehe, ist mein Herz seltsam schwer. Ich muss Tränen wegblinzeln. Es gibt Momente, in denen man denkt, man wäre völlig allein auf der Welt. Und dann gibt es Momente, in denen man Menschen wie Margarethe trifft.

Ich begebe mich zum Bahnhof. Mittlerweile hat die Sonne sich durch die Nebelschwaden hervorgekämpft und lässt die Häuser von Grimfels rot leuchten.

Mein rotes Haus in Grimfels. Es steht etwas abseits von der Stadt, hat nur einen Stock, zwei Zimmer und eine große Küche. Einen kleinen Garten, in dem ich Gemüse anbaue und meinen Katzen Fleisch und geschlagenes Ei füttere. Die Fassade des Hauses habe ich selbst bemalt, mit weißen und blauen Blumen. In meinem Zimmer stehen viele Kerzen und ein großes Bett, in dem ich morgens neben Eli aufwache. Neben dem echten Eli. Dem warmen Eli.

Im zweiten Zimmer wohnen Kinder, die ebenso wenig Eltern haben wie ich sie hatte. Vielleicht könnten sie mich »Tante Louise« nennen.

Ich würde ihnen beibringen, wie man Kastanien röstet. Wie man Eintopf kocht. Wie man Schlösser knackt und wie man auf dem Seil tanzt.

Schniefend wische ich die Tränen von meinen Wangen. Ich weiß, dass dies niemals Wirklichkeit werden wird. Dass solche Gedanken so dumm sind, wie den Wind zu jagen oder Schatten fangen zu wollen.

Erst nach einigen Minuten merke ich, dass mein Nacken wieder kribbelt. So, als würde mir jemand folgen. Hastig blicke ich mich um, doch da ist niemand hinter mir. Trotzdem erhöhe ich mein Tempo. Was, wenn der falsche Eli mir folgt?

Ich habe noch immer nicht begriffen, was er von mir will. In meiner Vision habe ich Eli gesehen. Er hat eine Haarsträhne hochgehalten, eine Haarsträhne, die wahrscheinlich von mir stammt. Und nur kurze Zeit später hat der falsche Eli mir eine Haarsträhne abgeschnitten.

Ich schüttele den Kopf. Das ergibt keinen Sinn, überhaupt keinen. Ich glaube nicht an das Übernatürliche. Weder an den Seelenblick noch an den Dreigesichtigen noch an Doppelgänger. Und doch war dieser Mann nicht Eli, das weiß ich ganz genau. Ich habe mich nicht getäuscht, als ich die Klinge im Mondlicht aufblitzen sah, damals, im Anwesen des Grafen von und zu Schwarzenstein. Und der falsche Eli hatte keine Wunde oder Narbe. Doch der Eli in meiner Vision trug ein Hemd voll von alten und frischen Blutflecken.

Unwillkürlich schaudere ich und erhöhe mein Tempo erneut. Ich muss nach Marbor, wenn ich all diese Rätsel lösen will, das ist mir klar. Dorthin, wo alles angefangen hat. Zu dem Markt, auf dem die Frau dieses Wort gerufen hat, das mir die Haare zu Berge stehen lässt, auch wenn ich es nur in Gedanken ausspreche.

Achai.

Endlich bin ich am Bahnhof angelangt. Das große Stahlgebäude erstreckt sich vor mir in den Himmel. Ich betrete es. An jedem Bahnsteig stehen Rufer, die den nächsten Zug ankündigen. *Achtung, Achtung, der nächste Zug nach Leburg hat eine halbe Stunde Verspätung ... Gleis Drei, Zug nach Kaltenbach fährt ab ...* Menschen schwirren um mich herum. Sie haben es eilig, das kann ich sehen.

Es wird Krieg geben.

Und tatsächlich, ein Rufer stellt sich auf eine Tribüne. Er hat ein Megafon. »Achtung, Achtung«, ruft er. Seine Stimme klingt blechern. »Der letzte Zug nach Ankor-Drak geht um acht Uhr. Marbor, über Dreustein. Nachher werden alle Zugverbindungen nach Ankor-Drak geschlossen. Reisende nach Ankor-Drak benötigen einen offiziellen Passierschein!«

Ich zucke zusammen und starre auf meine Taschenuhr. Noch eine Stunde. Eilig husche ich zum Schalter. »Ein Zugticket nach Marbor, bitte«, nuschele ich.

Der Beamte mustert mich grimmig. »Passierschein?«, krächzt er.

Ich erstarre. Ich habe keinen Passierschein. Ich weiß nicht einmal genau, was das sein soll.

»Ich ...«, beginne ich.

»Wenn Sie keinen Passierschein haben, kann ich Ihnen kein Ticket verkaufen«, knurrt er. »Alle Reisende nach Ankor-Drak brauchen einen.«

Alles um mich beginn sich zu drehen. Das darf doch nicht wahr sein! In diesem Moment fällt mir ein, dass ich hundertdreißig Taler mit mir trage. »Einen Moment«, murmele ich, sehe mich um und beginne, in meiner Tasche zu kramen. Unauffällig fische ich eine Goldmünze hervor und schiebe sie über den Tresen. »Reicht das, um einen Passierschein zu ...«

Der Mann schnappt sich die Münze. »Das Doppelte«, zischt er.

Ich stöhne innerlich auf. Doch dann reiche ich ihm eine zweite Münze.

Er kritzelt etwas auf ein Blatt Papier, setzt seine Unterschrift darunter, reißt ein Ticket ab und schiebt mir beides mit grimmigem Blick entgegen. »Da haben Sie aber noch mal Glück gehabt, dass ich zu Hause acht Kinder habe, die auch in Kriegszeiten essen wollen«, knurrt er. »Verdammte Ankorer. *Mörder.*«

»Ich bin keine ...«, beginne ich, doch der Beamte winkt mich ungerührt weg. »Der Nächste bitte!«

Ich trete zur Seite, das Ticket und das Stück Papier fest umklammert. Ich bin keine Ankorierin. Doch genauso wenig bin ich Masonierin. Ich bin gar nichts. Ich habe kein Zuhause.

Aber ich habe noch etwa fünfzig Minuten. Eilig gehe ich zu einem Kiosk, der Brot und Wurst ausstellt.

Ich umklammere die Münzen in meiner Tasche. Nur niemanden merken lassen, wie viel Geld ich mit mir herumtrage, trotz der zwei Goldmünzen, die nun der Beamte sein Eigen nennt. Eilig trinke ich das Dünnbier aus meiner Flasche aus und lasse sie mit Minztee auffüllen. Außerdem kaufe ich Brot, Wurst, Äpfel und hart gekochte Eier. Mit meinem braunen Papierbeutel voller Vorräte haste ich zu meinem Bahnsteig. Bahnsteig Fünf.

Gerade, als ich mich auf der Holzbank zurücklehne, fährt der Zug ein. Ich sehe mich um. Noch immer habe ich das Gefühl, beobachtet zu werden. Doch Eli – der falsche Eli – ist nirgends zu sehen.

Mit einem erleichterten Seufzen klimme ich die Stufen des Waggons empor. Ich bleibe an der Tür stehen und mustere mit klopfendem Herzen jeden, der in den Zug steigt. Nichts. Kein falscher Eli.

In dem Moment gellt ein Schrei über das Gedränge der Menschen hinweg. »Louise!«, ruft jemand.

Ich sehe mich hastig um. Doch da ist niemand.

Alle anderen drängen sich vor dem Waggon, klettern in den Zug, bis niemand mehr übrig ist. Noch immer ist da niemand, der gerufen hat.

Die Lokomotive stößt Dampf aus. Der Zugführer pfeift in seine Trillerpfeife, gibt das Signal zur Abfahrt.

»Louise!«

Der Zug setzt sich in Bewegung.

Und dann sehe ich ihn. *Maku.* Er schwingt sich über die Absperrung zwischen Gleis Fünf und Gleis Sechs, läuft auf mich zu, zu der Waggontreppe, auf der ich immer noch stehe. Der Zug fährt schon.

Alles in mir erstarrt. Was sucht er hier?

Er läuft neben dem Zug her. Reicht mir seine Hand. Ohne auch nur eine Sekunde darüber nachzudenken, greife ich nach ihr und ziehe Maku nach oben. Im letzten Moment. Sobald er neben mir steht und mich anlächelt, nimmt der Zug an Fahrt auf.

»Maku«, keuche ich und dränge ihn in ein leeres Abteil. »Was beim Dreigesichtigen suchst du hier?«

Maku sieht mich von unten herauf an und zuckt mit dem Schultern. »Du bist gegangen«, sagt er mit seiner singenden Stimme. »Ich träume schon so lange davon, einfach zu gehen ... Also habe ich meine Sachen gepackt und bin dir gefolgt. Ich hoffe, Dorothea macht sich nicht zu große Sorgen. Ich habe ihr einen Brief hingelegt.«

Ich lache, ohne es zu wollen, und schüttele den Kopf. »Du dummer Junge«, sage ich liebevoll. »An der Grenze wirst du wieder aussteigen. Ich gebe dir Geld, sodass du zurückfahren kannst.«

»Ich bin nicht dumm«, erklärt Maku und sieht mich aus seinen dunklen Augen an. »Warum sagst du so etwas?«

»Stimmt. Du hast recht, entschuldige. Du bist nicht dumm. Im Gegenteil. Aber du kannst trotzdem nicht mit mir kommen.«

»Und warum nicht?«

»Ich ... Weil ...«, beginne ich. Und dann schließe ich die Lippen wieder. Weil ich es selbst nicht weiß. »Was ich vorhabe, könnte gefährlich sein«, rechtfertige ich mich schließlich. »Auch alles andere könnte gefährlich sein. Es wird Krieg geben, hast du es nicht gehört? Deshalb musst du zurück.«

»Aber mir kann nichts passieren«, sagt er und lehnt den Kopf gegen meine Schulter. »Du gibst doch auf mich Acht.«

Etwas in meiner Brust zieht sich schmerzhaft zusammen. »Maku«, sage ich schwach. »Du bist noch ein Kind. Du solltest bei Dorothea sein und dich mit kandierten Kastanien vollstopfen.«

Er hebt den Kopf. »Ich will aber herausfinden, was mit Eli passiert ist«, erklärt er ernst. »Ich wollte mit Dorothea darüber sprechen, viele Male. Doch sie glaubt mir einfach nicht.«

Ich starre ihn an. Seine letzten Worte vernehme ich kaum, mein Herz schlägt bis in meine Kehle. »Was mit Eli passiert ist?«

»Ganz genau. Du weißt doch selbst, dass dieser Mann nicht Eli ist, oder? Deshalb fährst du nach Marbor. Um den richtigen Eli zu suchen.«

Ich schlucke. Dann ziehe ich ihn an mich heran. »Ach, Maku«, sage ich leise. »Ach, Maku. Ich glaube, ich hätte schon viel früher mit dir reden sollen. Warum hast du mir bloß nicht erzählt, dass du es auch weißt?«

Maku lässt den Kopf hängen. »Ich wollte ja«, flüstert er. »Aber Dorothea, sie hat mir einfach nicht glauben wollen. Deshalb dachte ich, dass du mir sicher auch nicht glauben wirst, dass du es nicht wahrhaben willst. Du bist schließlich in Eli verliebt.«

Ich starre ihn nur an. »Woher weißt du das?«, frage ich schwach. Warum weiß nur jeder davon, obwohl ich es mir bis vor Kurzem selbst nicht eingestehen konnte?

»Ach Louise, das sieht doch ein Blinder.«

Ich seufze tief auf. Und dann erzähle ich ihm alles.

Fast alles.

Alles, was mit dem Odisskraut zu tun hat, lasse ich aus.

Wir sitzen in unserem Abteil. Dritte Klasse. Dennoch ist es leer. Wahrscheinlich flüchten nur die Reichen in letzter Sekunde nach Ankor-Drak. Diplomaten. Und diejenigen, die sich einen Passierschein leisten können.

»Du hast kein Ticket«, sage ich leise.

»Macht nichts. Das können wir ja beim Schaffner kaufen.«

»Du hast auch keinen Passierschein.«

»Keinen was?«

Wortlos strecke ich ihm das Stück Papier entgegen, das der Beamte am Bahnhof vorher für mich geschrieben hat.

»Hast du Papier und Grafit?«, fragt Maku.

Ich runzele die Stirn, dennoch ziehe ich beides aus der Manteltasche hervor und reiche es ihm. Was hat er nun wieder vor?

»Kannst du kurz die Augen zu machen?«, fragt er und zieht konzentriert die Brauen zusammen.

Verwirrt starre ich ihn an, doch schließlich nicke ich und schließe die Augen. »Wird das wieder einer deiner Zaubertricks?«, frage ich. Und dann, nach einer Weile, als Maku nicht antwortet, füge ich hinzu: »Ich denke immer noch, dass es das Beste wäre, du fährst einfach zurück ...«

»Fertig«, sagt Maku in diesem Moment.

»Ich ... Was?« Rasch reiße ich die Augen wieder auf. Maku hält mir zwei Blätter Papier entgegen. Zwei Passierscheine.

Ich hebe sie ungläubig näher an meine Augen. Wie zum eiskalten Abgrund ... Prüfend fahre ich mit dem Finger über das Papier und die Grafitschrift. Hat Maku die Schrift einfach nachgemalt? Ich kann sie unmöglich von der Schrift des Beamten unterscheiden.

»Psst«, sagt Maku nur. »Ein Magier ...«

»... verrät niemals seine Tricks?«

»Genau.«

Ich seufze. Er wird mir ja doch nicht erzählen, wie er das geschafft hat. »Und was ist mit unserer Tarnung?«, frage ich.

»Tarnung?«

»Man braucht immer eine Tarnung. Das weiß ich von meinen Zugreisen mit Eli. Wenn man gut genug getarnt ist, stellt niemand Fragen.«

»Also gut«, sagt Maku leichthin. »Du bist eine trauernde Witwe. Kathrin von und zu Sonnfels. Ich bin dein Diener, Kreto.«

»Mein Diener? Ich will nicht, dass du mein Diener bist, Maku.«

»Aber es wäre doch praktisch, oder?«, sagt er. Seine Oberlippe verzieht sich ein wenig. »Ein awhenischer Junge. Der exotische Diener. Eine blasse, trauernde Witwe. Wir reisen dritte Klasse, weil wir unter uns sein wollen, nicht, weil wir nicht genug Geld hätten.«

»Ich will nicht, dass du mein Diener bist«, beharre ich.

»Aber die Leute werden dies ohnehin denken«, sagt er und wendet sich ab. »Also sollten wir es gleich so darstellen.«

Ich schweige. Er hat recht. Es ist schrecklich, und doch hat er recht.

»Willst du etwas essen?«, frage ich, um die Stille zu durchbrechen.

Maku nickt.

Ich reiche ihm ein hart gekochtes Ei und Brot.

Der Schaffner kommt, kontrolliert unsere Passierscheine und verkauft mir ein Ticket für Maku. Er stellt keine Fragen.

Wir schweigen. Lange. So lange, bis es vor unserem Zugfenster bereits dunkel wird.

»Was wirst du tun, Louise?«, durchbricht Maku schließlich die Stille.

Ich schlucke. *Ich weiß es nicht genau,* will ich sagen, doch ich will Maku keine Angst einjagen. »Zuerst werden wir uns eine Herberge suchen«, sage ich. »Zu Abend essen. Und morgen in der Früh fällt uns sicher etwas ein.«

»Du hast also keine Ahnung«, sagt Maku.

Ich schüttele den Kopf. »Nein«, gebe ich leise zu. »Ich habe nicht die geringste Ahnung.«

Kapitel 20

Marbor

Die geschwärzten Häuser der Silberstadt ragen um uns her auf. Ich ziehe Maku am Arm mit mir, weiter, immer weiter durch die Gassen.

Er gähnt. »Sind wir bald da?«, fragt er.

Ich nicke. Ja, wir sind bald da. Ich kenne nur die Adresse einer einzigen Herberge in Marbor: Die, in der Marie damals übernachtet hat. Hoffentlich haben sie noch ein Zimmer frei.

Ich reiche der Frau am Empfang drei Taler. Es scheint ihr zu genügen. Sie führt uns in ein Zimmer unter dem Dach.

»Soll er in der Gesindekammer schlafen?«, fragt sie mit einem Seitenblick auf Maku.

Ich schüttele vehement den Kopf. »Nein, er bleibt bei mir.«

Sie nickt nur. »Mein Beileid«, sagt sie leise, als sie sich schon daran macht, die Stufen wieder hinunterzusteigen.

Ich ziehe verwirrt die Brauen hoch, dann fällt es mir wieder ein. Der Witwenhut. »Vielen Dank«, sage ich würdevoll.

Sie zieht von dannen.

Und dann liegen wir in dem Giebelzimmer. In zwei schmalen Betten, nebeneinander. Es riecht muffig und fremd. Obwohl ich mich nicht rühre und krampfhaft an die rissige Decke starre, schlägt mein Herz bis in die Kehle, als wäre ich lange gelaufen.

»Was machen wir morgen?«, fragt Maku leise.

Ich räuspere mich. Ich weiß es nicht. Ich weiß nur, dass ich nach der Frau suchen muss, die damals dieses Wort gerufen hat.

Achai.

Es ist meine einzige Spur. »Wir gehen auf den Markt«, sage ich. »Dorthin, wo ich diese Händlerin gesehen habe. Wir sollten uns dort umsehen.«

Maku nickt ernsthaft. »Gute Idee.«

Ich räuspere mich. »Vielleicht. Lass uns sehen, was der morgige Tag bringt. Wir sollten schlafen.«

»In Ordnung«, sagt er in die Dunkelheit des Zimmers hinein.

»Gute Nacht, Maku.«

»Gute Nacht, Louise.«

Doch es dauert lange, bis der Schlaf kommt. Die Schwere des Odisskrautes hat nun vollends nachgelassen und eine seltsame Unruhe breitet sich stattdessen in meinen Gliedern aus. Ich kann meine Beine kaum stillhalten.

Als ich endlich einschlafe, erwache ich immer wieder, schweißgebadet und zitternd. Jedes Mal hallt Elis gebrochene Stimme aus meinen Träumen hinüber.

Ihr werdet mich wohl töten müssen.

Und dann die andere Stimme, die, die aus jeder Ecke der Schattenzelle zu dringen scheint.

Du bist doch schon tot.

Die Abendglocken läuten bereits. Schon seit Stunden streifen wir durch die Stadt, schweigend und mit schmerzenden Füßen. Sieben Mal sind wir den Markt bis zur letzten Ecke abgelaufen, auch alle Straßen in der Umgebung. Keine Spur der mysteriösen Händlerin. Die Unruhe in meinem Bauch nimmt immer mehr zu. Dazu hat sich ein unangenehmes Prickeln auf meiner Haut gesellt.

Gerade streifen wir wieder durch das Viertel, das dem Markt angrenzt. Das Viertel, in dem die Rubidiumlampen nun eine nach der anderen angezündet werden und die Dunkelheit mit ihrem roten Schein erhellen. Immer wieder eilen Mädchen der Nacht an uns vorbei.

Ich werfe Maku in regelmäßigen Abständen hastige Seitenblicke zu. Es war eine schreckliche Idee, ihn hierherzubringen. Warum habe ich ihn nicht einfach trotz seiner Proteste in den Zug zurück nach Grimfels gesetzt? Natürlich, die Masonischen Soldaten werden zuerst Richtung Dreustein marschieren. Doch was, wenn sie Dreustein einnehmen? Ist Marbor dann das nächste Angriffsziel oder wird es wie früher einen Friedensvertrag geben?

Abgesehen davon, dass Krieg herrscht, ist diese Gasse wirklich nicht die geeignete Umgebung für ein Kind.

Doch Maku scheint sich immerhin nicht von den Mädchen der Nacht beeindrucken zu lassen. Keiner einzigen wirft er Blicke hinterher. Vielleicht ist er einfach noch zu klein für solche Gedanken. Er folgt mir einfach nur beharrlich und hat noch kein einziges Mal gejammert, obwohl seine Füße schon voller Blasen sein müssen.

Ein vertrauter Geruch reißt mich aus meinen Gedanken. Süß und dunkel, verlockend und zugleich hinterhältig kriecht er in meine Nase. Ich bleibe ruckartig stehen.

Odisskraut.

Jemand in der Nähe bereitet offenbar gerade einen Tee aus Odisskraut zu.

Augenblicklich fährt das Verlangen durch meinen Körper, so intensiv wie noch nie zuvor. Mein Herz beginnt zu rasen, pocht in wildem Schmerz, der nur auf eine Art gestillt werden kann. Meine Kehle wird trocken. *Ein Schluck nur, ein*

Schluck ... Erst jetzt bemerke ich, dass meine Hände beben, so heftig, dass ich leise aufkeuche und instinktiv nach meiner Manteltasche greife. Ja, der Beutel mit dem Odisskraut raschelt dort noch.

»Alles in Ordnung, Louise?«, fragt Maku und fasst mich in einer besorgten Geste am Arm. Das erinnert mich so sehr an Eli, dass mir augenblicklich die Tränen in die Augen schießen.

»Ja«, sage ich rasch und wende den Kopf ab. »Warte ... warte nur eine Sekunde.«

Maku sieht mich aus großen Augen an, schweigt aber.

Ich atme den Duft ein und greife erneut zu meiner Manteltasche. Mein Blick wandert zu einer Frau, die gerade die Rubidiumlampe an einem der Lokale anzündet. Ich könnte sie nach etwas heißem Wasser bitten, damit ich ...

Ja, schlägt mein Herz. *Tue es.*

Nein! Nicht, solange Maku dabei ist. Das kann ich nicht tun. Ich bin für ihn verantwortlich. Mit einem leisen Ächzen atme ich noch einmal den verführerischen Duft ein, der auch noch den letzten Winkel meiner Gedanken erfüllt.

Nur ein Schluck ...

»Nein«, sage ich laut und setze den ersten Schritt, mühsam, aber dennoch. »Wir müssen weg hier, Maku«, presse ich hervor. Und dann gehe ich, immer schneller, beginne schließlich zu laufen. Weg, nur weg von diesem Geruch.

Maku eilt mir nach. »Alles in Ordnung?«, fragt er erneut.

»Ja. Ich ... Es tut mir leid. Ich bin nur ... Wir müssen die Händlerin finden. Es ist der einzige Anhaltspunkt, den wir haben«, flüstere ich.

Der einzige Anhaltspunkt bis auf das Odisskraut, raunt eine leise Stimme in meinem Kopf. *Vielleicht zeigt es dir noch mehr Wahrheiten, wenn du nur ...*

Doch Maku unterbricht die Stimme. »Erzähl mir noch mal, wo du die Händlerin gesehen hast«, sagt er. »Vielleicht fällt mir noch etwas ein.«

»An dem Brunnen abseits des Marktes, an dem wir nun schon sieben Mal waren«, seufze ich. »Also schön, gehen wir noch einmal dorthin. Aber dann werden wir in die Herberge zurückkehren. Du solltest bald schlafen gehen, du bist sicher erschöpft.«

Maku zieht eine Schnute, nickt aber. »Beschreibe sie mir noch einmal«, sagt er.

»Wenn du meinst«, sage ich, während wir weiter die Gassen entlangwandern. »Sie hatte einen Bauchladen, schwarzes Haar, war dürr und eher klein ... Sie war etwa vierzig, vielleicht auch älter. Es tut mir leid, an mehr kann ich mich beim besten Willen nicht erinnern. Doch ich werde sie erkennen, wenn ich sie sehe, ganz sicher.«

Maku nickt ernsthaft und geht unbeirrt weiter. »Ich denke nach«, kündigt er an.

Auch diesmal ist an dem Brunnen keine Spur der Händlerin zu sehen. Ich lasse mich missmutig auf eine Bank sinken, von der aus ich den Brunnen im Blick habe. Maku tut es mir gleich.

Ich schließe die Augen, einen Moment nur. Die Müdigkeit lastet mir wie ein Bleigewicht auf mir. Und noch immer höre ich den Ruf des Odisskrautes, auch wenn ich den Geruch längst nicht mehr in der Nase habe.

Als ich noch einmal in die Manteltasche greife, raschelt der kleine Beutel erneut verlockend.

Es ist für den Notfall, Louise, mahne ich mich selbst. *Für den absoluten Notfall.*

Doch das Zittern hat sich mittlerweile in meinem gesamten Körper ausgebreitet, und ich komme langsam nicht umhin, mich zu fragen, ob das nicht bereits ein Notfall ist. Ich weiß nicht, was mit Menschen passiert, die das Odisskraut brauchen, wenn sie es nicht bekommen. Man sagt, sie werden wahnsinnig, doch ich weiß nicht, wie sich dieser Wahnsinn äußert. Schlagen sie wild um sich? Steht ihnen Schaum vor dem Mund, bekommen sie Krämpfe?

Wie auf ein Stichwort beginnen sich meine Eingeweide schmerzhaft zu winden.

Nur ein Schluck, Louise …, beginnt die Stimme erneut zu raunen. *Dann wird es sicher besser. Das ist doch nicht so schlimm, oder? Die Nerven ein wenig beruhigen?*

Nein, unterbreche ich sie vehement. *Noch bin ich nicht wahnsinnig. Noch nicht. Aber es könnte der nächste Schluck sein, mit dem es zu spät ist.*

»Was ist los?«, fragt Maku, unruhiger als zuvor. »Sag es mir!«

Ich schüttele wirr den Kopf. »Ich brauche nur einen Moment … ich bin erschöpft, nichts weiter. Gib mir ein paar Minuten.«

Maku nickt, sieht mich aber weiterhin besorgt an. »Ich behalte derweil den Brunnen im Auge«, erklärt er.

»Danke« murmele ich und schließe die Augen, atme ein, wieder aus.

Langsam lässt das Zittern nach. Ich höre die Geräusche des Marktes um mich herum anschwellen, immer weiter, wie an diesem einen Abend mit Eli.

Die Erinnerung überfällt mich mit der Kraft einer Flutwelle, so gewaltig, dass Tränen zwischen meinen geschlossenen Augenlidern hervorquellen.

Eli.

Wenn er nur hier wäre. Er wüsste sicher, was zu tun ist. Oder vielleicht auch nicht, doch er würde mich anlächeln, auf diese Art, die auch den größten Sturm in meinem Inneren lindern kann.

»Louise«, sagt Maku in diesem Augenblick.

Ich öffne die Augen. Es fällt mir unendlich schwer, so müde bin ich plötzlich. »Lass uns zur Herberge zurückkehren«, murmele ich. »Es hat keinen Sinn.«

»Nein«, sagt Maku entschlossen. »Ich hatte gerade eine Idee. Was, wenn die Händlerin immer nur abends kommt? So, wie du sie beschrieben hast, mit dem Bauchladen ... Sie hat keinen eigenen Marktstand. Was, wenn sie nur abends ihre Waren verkauft? Um sich einige Taler hinzuzuverdienen? Wir sollten noch eine Weile warten, um sicherzugehen.«

Ich starre ihn an, völlig aus dem Konzept gebracht. »Du könntest recht haben«, flüstere ich, plötzlich aufgeregt. »Das klingt tatsächlich logisch. Also gut, bleiben wir.«

Wir bleiben sitzen und beobachten, wie das Getümmel um uns immer weiter abnimmt. Langsam gesellen sich die ersten betrunkenen Studentengruppen unter die restlichen Marktbesucher.

Doch von der Frau ist weiterhin keine Spur zu sehen.

Als meine Gliedmaßen schon so eingefroren sind, dass ich es keinen Moment länger aushalte, erhebe ich mich. »Komm, Maku«, sage ich düster. »Vielleicht hatten wir heute einfach Pech. Vielleicht kommt sie morgen.«

Oder sie zieht umher und ist längst nicht mehr in der Stadt. Oder sie hat sich zur Ruhe gesetzt. Oder sie ist tot.

Doch diese Gedanken verscheuche ich rasch. Ich darf nicht aufgeben. Das darf ich nicht. Ich bin es Eli schuldig, Antworten zu finden.

»Komm«, sage ich noch einmal und strecke Maku meine Hand entgegen, um ihm aufzuhelfen. Er nickt zögerlich und nimmt sie.

In diesem Moment sehe ich sie.

Direkt hinter Maku biegt sie aus einer Gasse und läutet mit einer Glocke. »Frisches Obst!«, ruft sie.

Maku reißt die Augen auf und will schon aufspringen, als ich ihn zurückhalte und wieder auf die Bank drücke. »Pst«, murmele ich und lege mir einen Finger auf die Lippen. »Nicht umdrehen. Sie ist hier. Wir müssen vorsichtig sein, es könnte gefährlich ...«

Doch in diesem Augenblick sieht sie mich. Und sie erkennt mich. Ich weiß es sofort. Ihre Augen weiten sich. Angst? Entsetzen?

Ich starre sie einfach nur an. *Was jetzt?*

Plötzlich wird mir bewusst, dass ich mir keinerlei Gedanken darüber gemacht habe, was ich tun werde, wenn ich sie finde. Nicht einen einzigen. Was, wenn sie mich erneut angreift? Diesmal wird Eli nicht zur Stelle sein, um mir zu helfen.

Doch in diesem Moment hebt die Frau eine Hand. Sie winkt, geht einen Schritt, sieht sich dann nach uns um und winkt erneut.

Es ist ganz eindeutig: Sie will, dass wir ihr folgen.

Das Herz pocht mir bis zum Hals. Rasch drücke ich Maku zurück auf die Bank. »Du wartest hier«, beschwöre ich ihn. »Warte hier, bis ich zurückkomme.«

Dann haste ich auf die Frau zu. Als ich schon fast bei ihr angelangt bin, mache ich noch einmal kehrt, laufe zurück zu Maku und krame währenddessen in meiner Manteltasche, den Blick fest auf die Frau gerichtet.

Sie steht immer noch da, klappt den Bauchladen zusammen und schnallt ihn sich über den Rücken.

Ich fische mit bebenden Händen die Hälfte des Geldes aus der Tasche und drücke es Maku in die Hand. »Hier«, wispere ich hastig. »Warte hier. Falls ich nicht zurückkehre, geh wieder in die Herberge. Wenn ich morgen nicht dort bin, versuch, zurück zum Zirkus zu gelangen, *hast du mich verstanden?* Wenn es keinen Zug mehr nach Masonien gibt, geh zu Margarethe Eckstein. Sie wohnt bei Kreszentia Zimmer, Vic Broda 43, Antras, Uskar. Hast du das verstanden, Maku?«

Er starrt mich an, sichtlich verwirrt. Doch dann nickt er.

Ich sehe wieder zu der Frau hinüber. Sie steht immer noch am selben Fleck, direkt unter einer Laterne, und mustert mich mit zusammengezogenen Brauen.

»Wiederhole es, Maku.«

»Margarethe Eckstein, Kreszentia Zimmer, Vic Broda 43, Antras, Uskar«, spult Maku herunter.

»Merke es dir. Margarethe ist eine Freundin. Sag ihr, dass du mich kennst und mein Geld holst. Die restlichen neunzig Prozent. Sie wird dir helfen.« Noch ein letztes Mal drücke ich Makus Schulter, dann laufe ich los.

Die Frau steht immer noch unter der Gaslaterne. Als ich mich bis auf einige Schritte genähert habe, setzt sie sich in Bewegung, huscht um die Ecke, plötzlich geschmeidig wie eine Katze.

Ich bewege mich wie ein Automat, folge ihr durch enge Gassen, über Kopfsteinpflaster, immer weiter und weiter.

Irgendwann halte ich inne, nach Luft ringend. Es ist, als würden sich Messerspitzen in meine Seite bohren.

Sie bleibt stehen und wartet.

Sobald ich mich wieder aufrichte, immer noch keuchend, läuft sie weiter. Inzwischen sind keine Menschen mehr um uns herum. Alles ist wie ausgestorben. Nur ab und zu huscht eine Ratte im Rinnstein herum. Die Häuser wirken zunehmend heruntergekommen. Manche sind bereits verfallen. Ich habe nicht die geringste Ahnung, wo wir sind.

»He«, rufe ich. Sie reagiert nicht, sondern läuft immer nur weiter, weiter.

Langsam beginnt die Wut in mir zu schwelen. Was soll das alles?

»He«, rufe ich erneut, diesmal tiefer. »Wohin gehen wir?«

Doch sie beachtet mich auch diesmal nicht.

Ich sammle meine letzte Kraft zusammen und beginne zu sprinten, so schnell ich kann, bis ich sie endlich an der Schulter fassen kann. »Wohin gehen wir?«, keuche ich und wirbele sie herum.

Sie wischt meine Hand einfach beiseite, mit einer Kraft, die ich ihr niemals zugetraut hätte. »Geduld«, knurrt sie. »Wir sind fast da.«

Also folge ich ihr weiter durch die Straßen, langsamer nun, mein Atem so laut, dass er ein Echo durch die engen Gassen wirft.

Sie biegt in eine Gasse ein, in der keine Laternen mehr stehen. Eine Sackgasse. Ich werfe einen raschen Blick über die Schulter. Irgendwo hallen Schritte, doch sie verklingen.

»Kommst du jetzt?«, ruft sie.

Ich schlucke. Plötzlich windet sich Angst in meinem Bauch. Doch ich habe keine andere Wahl. Ich bin es Eli schuldig. Zögerlich setze ich einen Schritt in die dunkle Gasse. Dann noch einen.

»Komm näher«, knurrt die Frau.

Sie steht am Ende der Gasse und wartet.

»Noch näher«, sagt sie, als ich einige Meter vor ihr stehen bleibe. »Neben mich.«

Prüfend mustere ich sie. Ich könnte sie überwältigen, wahrscheinlich. Sie ist einen Kopf kleiner als ich. Also nähere ich mich. Plötzlich spüre ich ihren Griff um meinen Arm, so fest, dass ich vollkommen verdattert den Mund aufreiße. »Was …?«

Im nächsten Moment klopft sie an einer verfallenen Tür, die ich bisher völlig übersehen hatte.

»Was machen wir …«

»Gleich.«

Die Tür öffnet sich, einen winzigen Spalt nur. »Losungswort?«, fragt eine Männerstimme von innen.

»Achai«, zischt die Frau. »*Achai*!«

Im nächsten Moment versinkt die Welt um mich herum in einem Strudel aus Lärm, Schreien und Schmerz. Ein lautes Krachen erklingt. Jemand packt mich um die Mitte. Etwas wird über meinen Kopf gezogen, sodass ich nichts mehr sehen kann. Ich versuche, mich loszureißen, schnappe nach Luft, doch der Griff verstärkt sich nur. Ein Schlag treibt mir die Luft aus den Lungen. Erst, als mein Schrei gurgelnd erstirbt, wird mir klar, dass ich selbst geschrien habe. Wild schlage ich um mich, etwas knackt unter meiner Faust, und ich spüre warme Nässe, höre lautes Fluchen.

Dann mischt sich eine weitere Stimme unter den Lärm. Der Schrei lässt mein Blut in den Adern gefrieren. Ein Wort nur, immer und immer wieder.

»Nein«, brüllt Maku voller Angst. »Nein!« Und dann: »Lasst sie los!«

»Lauf«, würge ich nur. »Maku, lauf weg!«

Ich muss mich losreißen, muss zu ihm, er darf nicht hier sein, nein, nicht er … Niemand darf ihm wehtun! Ich bin für ihn verantwortlich!

Voller Verzweiflung reiße ich mich los und schlage wieder nach dem Ersten, das mir in die Hände kommt, so fest ich kann. Wieder erklingt ein Schrei, der eines Mannes.

Dann spüre ich nur noch einen dumpfen Schmerz an meinem Hinterkopf. Rot explodiert vor meinen Augen.

Und dann nichts mehr.

Kapitel 21

Als ich erwache, ist es dunkel. Vollkommen dunkel. Ich liege auf der Seite. Der Untergrund ist steinhart. Mein Kopf schmerzt, und es ist so kalt, dass meine Beine und Arme ganz taub sind. Meine Gedanken sind seltsam wirr und träge. Warum ist es so dunkel? Habe ich gestern zu viel Odisskraut getrunken?

Mit einem Stöhnen will ich mich aufrichten. Was ist geschehen? Es fällt mir beim besten Willen nicht ein. Im nächsten Moment falle ich wieder nach hinten und pralle mit meinem ohnehin schmerzenden Schädel auf eine harte Oberfläche. Etwas knackt.

Saurer Speichel sammelt sich in meinem Mund. Was ...

In diesem Moment wird mir klar, dass meine Hände hinter meinem Rücken gefesselt sind. Sofort zieht eiskalte Panik meine Brust zusammen und schnürt mir den Atem ab.

Was ist hier los?

Noch immer kann ich nichts erkennen. Ich wimmere leise auf. Luft! Ich brauche Luft.

Doch egal, wie sehr ich nach Luft schnappe, schluchzend und keuchend, meine Lungen ziehen sich nur noch enger zusammen. Ich kann schon sehen, wie rote Flecken in dem allumfassenden Schwarz tanzen.

Sterbe ich?

Als das Rot immer näher kommt und die Ohnmacht wieder ihre klebrigen Finger nach mir ausstreckt, erwacht eine lange vergessene Erinnerung in meinem Kopf, völlig unzusammenhängend.

Ich weine, so bitterlich, dass ich mich krümme. Ora hat mich gescholten. Er hat mir gedroht, mich einfach allein in Wolfspass zurückzulassen, wenn ich nicht wieder in meinen Käfig steige. In den schneebedeckten Bergen. Mutterseelenalleine.

»Langsam atmen, Louise«, sagt Dorothea leise und streicht mir das tränennasse Haar aus der Stirn. »Du musst ganz langsam atmen, Schatz. Nur nicht zu sehr nach Luft schnappen. Langsam. Ja, so ist es gut. Es wird gleich besser. Es wird alles wieder gut, hörst du? Ich bin hier. Ich bin immer hier.«

Langsam atmen. Nur nicht zu sehr nach Luft schnappen. Langsam. Immer ein und aus. An Dorotheas Gesicht denken, an ihre feste, tröstliche Umarmung …

Nach und nach weicht das Rot zurück. Ich kann wieder atmen. Die Luft ist abgestanden und muffig, doch ich werde nicht ersticken. Das weiß ich nun.

Ich rolle mich herum, so vorsichtig wie möglich, und taste mit meinen zusammengebundenen Händen die Umgebung ab. Da, eine Mauer. Es dauert ewig, bis ich mich daran hochgeschoben habe, doch endlich sitze ich.

Was jetzt?

Nachdenken, Louise, beschwöre ich mich selbst. *Nachdenken.* Die einfachsten Fragen zuerst. Warum ist es so dunkel? Bin ich blind? Haben sie etwas mit meinen Augen angestellt?

Doch meine Augen schmerzen nicht. Erst jetzt spüre ich den rauen Stoff an meiner Wange. Und etwas, das um meine Kehle liegt. Jemand muss mir einen Sack oder etwas Ähnliches über den Kopf gestülpt haben.

In dieser Sekunde kehrt die Erinnerung mit einem Schlag zurück.

Die Händlerin. Die Gasse. Die Tür. Maku!

Ich beginne aus voller Kehle zu brüllen. »Maku!«, immer wieder und wieder, doch niemand erwidert meine Rufe. Nur ein leises Echo von weither antwortet.

Atmen. Nachdenken, Louise. Ich schlucke panisch die Galle hinunter, die mir die Kehle hinaufsteigt. Wenn ich mich in den Sack über meinem Kopf übergebe, macht das meine Situation keineswegs besser.

Denk nach!

Von irgendwoher höre ich leises Tropfen. Es riecht modrig. Kein einziger Lichtstrahl dringt durch den Sack auf meinem Kopf. Die Wand hinter meinem Rücken ist aus kaltem, massivem Stein. Ich muss mich in einem Keller befinden, weit unter der Erde. In einer Zelle?

Die Händlerin hat mich hierhergeführt, um mich gefangen nehmen zu lassen, so viel ist klar. Sie wollen mich also nicht töten, oder zumindest nicht sofort töten. Irgendjemand wird kommen. Es ist nur eine Frage der Zeit.

Den Gedanken, dass sie mich vielleicht einfach verrotten lassen wollen, scheuche ich rasch beiseite. *Panik hilft in diesem Augenblick nicht, Louise.*

Zuerst muss ich mir einen Überblick über meine Umgebung verschaffen. Also robbe ich weiter, über den kalten Boden, und taste rücklings mit meinen Händen alles ab. Hier, ein Gitter. Massives Eisen. Ich befinde mich also tatsächlich in einer Zelle.

Es gelingt mir kaum, daran zu rütteln, doch ich versuche es, immer und immer wieder. »Ist da jemand?«, schreie ich in die Dunkelheit. »Was wollt ihr von mir? Antwortet!«

Noch immer, nichts. Mir wird wieder übel. Meine Kehle brennt. Erneut laufen Tränen über meine Wangen. Sie jucken furchtbar. Schniefend lege ich den Kopf gegen die Gitterstäbe. »Hallo?«, rufe ich noch einmal.

Wieder nichts.

Ich robbe erneut in der Zelle umher. Zwei Wände bestehen aus Stein, zwei aus Gitterstäben.

Ich weiß nicht, wie viel Zeit vergangen ist, als plötzlich etwas die allumfassende Dunkelheit durchdringt. Ein winziger Lichtschein?

Ich schlucke. Vielleicht habe ich mich getäuscht. Oder vielleicht werde ich jetzt wahnsinnig. Doch nein, da ist auch etwas anderes. Leise Schritte. Es müssen mehrere Menschen sein. Und sie nähern sich.

»Helft mir«, rufe ich so laut ich kann. »Hilfe! Ich bin hier unten!«

Niemand antwortet. Doch die Schritte kommen näher, immer näher. Der flackernde Lichtschein, nur der Nachhall von Fackeln, dringt durch die Maschen des groben Stoffes, der immer noch um meinen Kopf gewickelt ist.

Dann halten die Schritte inne.

»Wer ist da?«, rufe ich erneut. »So helft mir doch!«

Schweigen.

Doch sie sind hier. Ich kann ihre Anwesenheit in meinem Rücken spüren. Mein Herzschlag droht meine Brust zu zerreißen. Es müssen diejenigen sein, die mich gefangen genommen haben. Deshalb antworten sie nicht. Was ist das? Ein perfides Spiel, um mich zu brechen?

»Was wollt ihr von mir?«, frage ich in die Dunkelheit, plötzlich zu Tode erschöpft. »Sagt es mir doch einfach, dann können wir es hinter uns bringen. Das wird sicherlich auch in eurem Interesse sein, wer auch immer ihr seid?«

Nichts.

Ich beginne wieder zu schreien, brülle gegen den Schmerz in meiner Kehle an. »Wo bin ich hier? Was wollt ihr?«

Nichts.

Sie wollen mich also wirklich einfach hier verrotten lassen.

Neue Tränen fließen über die längst getrockneten Spuren auf meinen Wangen. Bilder steigen vor meinem inneren Auge auf. Eli, der mir die Hand entgegenstreckt. Unsere erste Begegnung. »Hallo«, sagt er mit seinem singenden Akzent, der etwas in meinem Inneren schwingen lässt. »Ich bin Eli.« Dorothea, die mir sanft den Rücken tätschelt. Maku, der vertrauensvoll den Kopf an meine Schulter lehnt.

Maku!

»Was habt ihr mit Maku gemacht?«, frage ich schluchzend. Noch immer flackert das Feuer durch den Stoff. »Wo ist er? Geht es ihm gut?«

Nichts.

»Bitte«, flehe ich. »Er ist noch ein Kind. Maku hat niemandem etwas zuleide getan, keiner Menschenseele. Sagt mir doch wenigstens, ob es ihm gut geht. Dann könnt ihr mich meinetwegen sterben lassen. Aber lasst Maku gehen, bitte!«

Endlich zerreißt etwas die Stille. Ein Räuspern nur, leise. Doch ich wimmere auf vor Erleichterung. »Bitte«, sage ich noch einmal schwach.

»Oberster«, beginnt eine melodische Frauenstimme zögernd zu sprechen. »Gestattet Ihr mir, etwas zu sagen?«

Es kommt keine Antwort, doch wer auch immer der Oberste ist – er hat wohl genickt oder bestätigend die Hand gehoben, denn die Frau spricht weiter. »Dieses Mädchen kann keine echte Achai sein. Sonst würde sie wohl kaum dem Jungen gegenüber Mitgefühl zeigen. Oder?«

Meine Gedanken beginnen zu rasen.

Achai.

Schon wieder dieses Wort. Ich habe immer noch keine Ahnung, was es bedeutet. Doch sie halten mich offensichtlich für eine von ihnen. Warum, das entzieht sich meiner Kenntnis.

»Dieses Wort«, rufe ich, immer noch schluchzend. »Achai. Was hat es zu bedeuten? Sagt es mir, bitte!«

»Was für ein Theater«, donnert eine Männerstimme verächtlich. »Sie spielt Theater. Das muss euch doch klar sein, oder? Es war sicherlich auch gelogen, dass sie sich um den Jungen sorgt. Eine gute Schauspielerin ist sie, das muss man ihr lassen. Fast hätte sie mich überzeugt, aber nun hat sie zu dick aufgetragen.«

Zustimmendes Murmeln breitet sich aus. »Nein«, keuche ich entsetzt. »Ich weiß nicht, was es heißt! Ich weiß es nicht, hört ihr? Deshalb bin ich doch überhaupt erst nach Marbor gekommen! Ich habe die Händlerin gesucht, weil ich dachte ... Ich dachte ...« Plötzlich kann ich nicht mehr weiterreden. Es geht einfach nicht. Kein Wort will mehr aus meiner Kehle dringen.

»Etwas ist merkwürdig, Theodor«, mischt sich nun wieder die Frauenstimme von zuvor ein, die Stimme mit dem singenden Klang. »Das musst selbst du zugeben. Dieses Mädchen ist Frieda gefolgt, fast schon vertrauensselig, wie sie sagte. Würde eine Achai das tun? Nein! Julius sieht das auch so, nicht wahr? Obwohl sie ihm die Nase gebrochen hat.«

Leises Murmeln breitet sich aus. Wieder höre ich einige zustimmende Laute.

»Der Junge fragt immerzu nach ihr«, sagt nun eine andere Stimme, wieder die eines Mannes, doch höher als die erste Stimme. »Er sagt, sie ist seine Freundin.«

»Maku? Er ist hier?«, keuche ich. »Bitte, sagt mir, dass es ihm gut geht!«

»Ich finde, wir sollten den Jungen zu ihr bringen«, sagt die Frauenstimme wieder. »Vielleicht kann er uns erklären, was es mit ihr auf sich hat.«

»Ich sehe das genauso«, sagt die höhere Männerstimme. »Oberster?«

Nun erklingt eine Stimme, die bisher noch nicht gesprochen hat. Sie ist tief und warm, dennoch so voll von Autorität, dass ich den Atem anhalte. »Ich denke, wir sollten abstimmen. Wer ist dagegen, den Jungen zu holen?«

Leises Rascheln erklingt, als wohl Hände gehoben werden. Ich wimmere. Wenn ich doch nur etwas sehen könnte!

»Und wer ist dafür, den Jungen zu holen?«

Wieder leises Rascheln.

»Also gut«, sagt der Mann, den sie den Obersten nennen. »Dann ist es also beschlossen.«

Die Schritte beginnen, sich wieder zu entfernen. Das Licht wird schwächer.

»Nein«, brülle ich ihnen hinterher. »Sagt mir doch wenigstens, ob ihr ihn holt! Bitte!«

Doch es wird wieder still. »Maku«, flüstere ich. »Maku ...«

Als ich mich erneut krümme, von trockenem Schluchzen gebeutelt, raschelt es hinter mir.

»Still, Mädchen«, sagt die leise, melodische Frauenstimme von zuvor. »Sie holen ihn ja. Versuche jetzt, dich zu beruhigen, in Ordnung? Dem Jungen wird nichts passieren. Ich verspreche es. Er ist ein gutes Kind. Niemand tut ihm etwas zuleide. Nicht hier.«

Ich reiße die Augen auf. Die Erleichterung überfällt mich so rasch, dass mir schwindelig wird.

Maku. Es geht ihm gut.

»Danke«, hauche ich. Doch die Schritte der Frau entfernen sich schon, so schnell, dass sie mich wohl längst nicht mehr hören kann.

Wieder weiß ich nicht, wie viel Zeit vergangen ist, doch irgendwann kehrt das flackernde Licht zurück. Niemand spricht. Auch ich nicht. Ich halte den Atem an.

Endlich bricht ein leiser, heiserer Schrei die Stille.

»Maku«, flüstere ich. Und dann, lauter: »Maku! Geht es dir gut? Haben sie dir wehgetan?«

Ich höre, wie Maku beginnt, an dem Gitter zu rütteln. »Warum habt ihr meiner Freundin einen Sack über den Kopf gesteckt?«, fragt er mit rauer Stimme. »Lasst mich zu ihr! Bitte!«

Als niemand antwortet, spricht er rasch weiter. »Emilie? Bitte, könnt ihr mich nicht zu ihr lassen?«

Die melodische Frauenstimme, es muss die von Emilie sein, antwortet ihm. Zögernd. »Ich weiß nicht, ob das eine gute Idee ist, Maku ...«

»Warum nicht?«, fragt Maku. »Bitte!«

»Oberster?«, fragt Emilie leise.

Der Mann mit der tiefen Stimme räuspert sich. »Ich sehe nicht, was dagegenspricht«, sagt er leise, bedächtig. »Wir sind doch alle hier. Falls sie ihm etwas antut, können wir eingreifen.«

Ein Schlüssel klirrt. Und dann geht alles ganz schnell. Der Sack wird von meinem Kopf gerissen. Das plötzliche Licht der vielen Fackeln lässt mich aufschreien.

Doch im nächsten Moment ist schon Maku da. Er stürzt sich auf mich und schlingt seine dürren Arme um meinen Hals. Er weint. »Du lebst«, sagt er immer wieder und wieder. »Ich habe mir solche Sorgen gemacht.«

»Du dummer Junge«, schniefe ich. »Warum bist du mir nachgegangen? Du solltest doch am Markt bleiben!« So gerne würde ich ihn in meine Arme ziehen, doch meine Hände sind immer noch gefesselt.

Als hätte Maku meine Gedanken gelesen, macht er sich an meinen Fesseln zu schaffen. Als Emilie entsetzt »Nein!« ruft, fallen sie bereits zu Boden.

Ich hebe meine völlig tauben Arme und breite sie aus. Maku schmiegt sich hinein, als würde er mich nie wieder loslassen wollen.

»Nicht«, sagt der Oberste, dessen Gesicht ich kaum erkennen kann, da die Fackeln mich immer noch blenden. Er hält einen Mann zurück, der mit den Schlüsseln klirrt. »Nicht. Lass uns abwarten.«

Maku wimmert auf. »Warum habt ihr sie hier eingesperrt?«, fragt er und deutet anklagend mit dem Finger auf die Menschen vor der Zelle. »Wieso?« Er drückt sich noch enger an mich. Ich erwidere seine Umarmung, klopfe ihm auf den Rücken, während das Blut schmerzhaft beginnt, meine Hände wieder zu durchfließen.

Nun, da ich endlich wieder sehen kann, betrachte ich die Menschen vor der Zelle. Sie tragen alle ähnliche Umhänge in derselben grau-blauen Farbe. Der mit dem zerschlagenen Gesicht muss Julius sein. Mein Blick bleibt an dem Mann in ihrer Mitte hängen. Langes, vom Alter weißes Haar fließt über seine Schultern. Sicherlich der Oberste. In diesem Moment räuspert er sich. Langsam hebt er seine Hand und deutet auf Maku.

»Du«, beginnt er. »Junge. Erzähl mir alles, was du über dieses Mädchen weißt. Alles.«

Maku runzelt die Stirn und sieht mich fragend an.

Ich nicke erschöpft. Mir ist zwar nicht klar, warum sie etwas über mich wissen wollen, oder warum sie Maku trauen – doch ich sehe auch nicht, was dagegenspricht, dass Maku ihnen alles über mich erzählt. Schlimmer kann es ja wohl kaum kommen.

Maku wendet den Blick ab. Er räuspert sich. Und dann beginnt er zu erzählen. Von unserer ersten Begegnung, an dem Tag, als er zum Zirkus kam. Von meinem Kartoffeleintopf. Aus kleinen Geschichten, die ich längst vergessen hätte, spinnt er ein Bild von mir. Während die Menschen vor der Zelle an seinen Lippen hängen, wird mir klar, dass Maku absichtlich meinen Namen nicht erwähnt. Auch von Eli erzählt er nichts. Innerlich seufze ich auf.

Kluger Junge. Ohne ihn wäre ich längst verloren, wie es aussieht.

Als Maku geendet hat, nickt der Oberste knapp. »Danke. Das genügt. Wir ziehen uns nun zurück, um uns zu beraten. Komm wieder heraus, Kind.« Er winkt Maku zu.

»Nein«, protestiert Maku sofort. »Ich will bei ihr bleiben. Bitte.«

Die Stirn des Obersten zieht sich in Falten. »Das hier ist kein Ort für ein Kind.«

Emilie, die Frau mit der melodischen Stimme, fasst ihn am Arm. »Ich habe eine Idee. Er kann doch in der anderen Zelle übernachten. Dann ist er sicher.« Sie deutet auf die Zelle neben mir, mit Gitterstäben von meiner getrennt. »Wir könnten ihm eine Decke bringen. Eine Lampe und etwas zu essen. Dann hätte er es etwas angenehmer.«

»Also schön«, sagt der Oberste und seufzt. »Deine Weichherzigkeit wird uns noch eines Tages in den Ruin treiben, Emilie. Bist du sicher, dass du hierbleiben willst, Junge?«

Maku nickt und schiebt trotzig das Kinn nach vorne. »Ich bleibe«, erklärt er fest entschlossen.

»Gut«, beschließt der Oberste und hebt eine Hand. »Dann komm.«

Maku nickt und erhebt sich. Sie verschließen die Tür meiner Zelle wieder hinter ihm.

Seine Zellentür lassen sie offen.

Diesmal lassen sie eine Fackel hier, an einer Halterung an der Wand vor der Zelle. Ihre Schritte verklingen leise.

»Maku«, keuche ich, als sie außer Hörweite sind. »Haben sie dir auch einen Schlag auf den Kopf versetzt?«

»Nein, nein«, sagt er. Er eilt zu dem Gitter, das unsere Zellen trennt und lässt sich davor nieder. »Sie haben mich nur gepackt und hineingebracht. Dann haben sie mich in eine Kutsche verfrachtet. Wir sind nach Westen gefahren, viele Stunden lang, die ganze Nacht hindurch. Ich weiß nicht, wo wir uns hier befinden.«

»Konntest du dich umsehen?«, frage ich rasch.

»Wir sind in einem riesigen Gebäude; so groß habe ich mir immer den Palast des Kaisers vorgestellt. Man findet sich kaum zurecht, es gibt unzählige Gänge, einige leer, manche reich mit Bildern, Statuen und Teppichen ausstaffiert ... Um das Gebäude herum konnte ich Gärten erkennen«, erzählt Maku. »Sie nennen es das Hauptquartier. Ich glaube, sie waren sich nicht ganz sicher, was sie mit mir anstellen sollten. Julius hat ständig nach meinen Eltern gefragt, aber ich habe ja keine mehr. Theodor wollte mich ins nächste Waisenhaus bringen, aber Emilie hat es ihm verboten und gesagt, dass ich fürs Erste hierbleiben soll. Wo auch immer *hier* ist.«

»Wer sind diese Leute? Konntest du sie belauschen?«

Maku zieht die Schultern hoch. »Ein bisschen«, murmelt er. »Sie nennen sich die Wächter. Sehr viel mehr habe ich nicht verstanden. Emilie und Julius sind nett. Ich habe ihnen ein paar Zaubertricks gezeigt. Sie haben mich in die Küche gebracht, ich durfte mir Kuchen nehmen. Die meisten anderen, die ich getroffen habe, sind in Ordnung. Nur Theodor mag ich nicht.«

»Die Wächter?«, frage ich unschlüssig. »Was soll das denn heißen?«

»Keine Ahnung«, sagt Maku und sieht sich in seiner Zelle um. »Ganz schön kalt hier, oder? Und gruselig.« Er schaudert.

»Dir wird nichts passieren«, beschwichtige ich ihn. »Emilie hat es mir versprochen.«

Maku sieht mich ernst an. »Und dir, Louise?«

»Das weiß ich nicht«, flüstere ich. »Aber immerhin habe ich keinen Sack mehr über dem Kopf, das ist vermutlich ein gutes Zeich-«

Als ich leise Schritte höre, halte ich inne.

Emilie huscht zu Makus Zelle und schiebt ein Tablett unter dem Gitter durch, eine brennende Öllampe, dann eine Decke, schließlich einen Nachttopf und eine flache Schüssel mit Wasser. »Hier«, sagt sie leise.

»Danke«, sagt Maku. »Das ist wirklich nett von dir.«

Emilie lächelt, ein Lächeln, das ihre hellen Augen zum Strahlen bringt. Das braune Haar hat sie zu einem Zopf geflochten, der ihr über die Schultern hängt. Sie sieht jung aus, sicher nicht viel älter als ich.

»Bist du sicher, dass du nicht raus willst?«, fragt sie an Maku gewandt und klimpert mit dem Schlüssel. »Ich muss die Kellertür hinter mir abschließen. Wenn ich jetzt gehe, hast du erst morgen die nächste Gelegenheit.«

»Ist schon gut«, erwidert Maku und lächelt sie an. »Jetzt habe ich ja alles, was ich brauche. Danke noch mal.«

»Keine Ursache. Bis morgen dann.« Im nächsten Moment hat sie sich aufgerichtet und ist aus unserem Sichtfeld verschwunden.

Sobald sie weg ist, schiebt Maku das Tablett unter dem Gitter hindurch, das unsere Zellen trennt. »Du musst Hunger haben«, sagt er. »Und Durst.«

Einige mit Käse belegte Brote sind darauf angeordnet, essigsaures Gemüse, ein paar Apfelschnitze und eine warme Feldflasche.

Ich schiebe das Tablett zurück. »Es ist für dich gedacht. Hast du keinen Hunger?«, frage ich.

Er schüttelt den Kopf. »Ich habe mich vorher mit Kuchen vollgegessen«, erklärt er und schiebt das Tablett wieder hinüber. »Nimm nur.«

Also stürze ich mich auf das Essen. Es ist köstlich. Erst, als ich die dick mit Butter bestrichenen und großzügig mit Käse belegten Brote hinunterschlinge, wird mir klar, dass ich gar nicht zu sagen vermag, wann ich zuletzt etwas gegessen habe. Obwohl mein Magen immer noch knurrt, lasse ich etwas für Maku übrig. Vielleicht bekommt er später noch einmal Hunger. Er wächst immerhin noch.

Dann widme ich mich der Feldflasche. Sie enthält kochend heißen Tee. Er schmeckt ebenso köstlich und wärmt meinen Magen. Für eine Sekunde zuckt ein Gedanke durch meinen Kopf. Ich müsste nur einige Blätter Odisskraut hineinstreuen ... *Nur einen Schluck.* Rasch greife ich in die Manteltasche, doch sie ist leer. Das ist vermutlich besser so. Auch die Haarnadeln haben sie aus meiner Frisur gezogen. Das Haar fällt mir weiß glänzend über die Schultern, spiegelt das flackernde Licht der Fackeln und der Öllaterne wider.

In diesem Moment fällt mir etwas ein. Ich springe auf, stürze zur Zellentür und untersuche das Schloss.

Zögernd knabbere ich auf meiner Unterlippe. Ich könnte es aufbrechen, ganz sicher. Ich müsste nur den Bügelverschluss der Feldflasche lösen und ihn ein wenig zurechtbiegen ...

Doch dann schüttele ich entschieden den Kopf. Ich bin hierhergekommen, um Antworten zu finden. Und wo soll ich sie finden, wenn nicht hier?

Also mache ich kehrt und lehne mich wieder an das Zellengitter.

»Nimm du die Decke«, sagt Maku und reicht sie mir zwischen den Gitterstäben hindurch.

Ich wehre ab und zupfe an Elis Mantel. »Ich habe ja den hier. Der ist warm genug.«

»Also gut«, sagt Maku, wickelt sich in die Decke und lächelt mich an. Der flackernde Schein der kleinen Lampe lässt die wulstigen, geschwärzten Narben auf seinem Gesicht tanzen. Es sieht fast so aus, als würden sie sich auf seiner Haut winden.

»Hast du Angst?«, frage ich zögerlich.

Er schüttelt den Kopf. »Nein. Und du?«

»Ein bisschen«, gestehe ich.

»Ich könnte dir eine Geschichte erzählen«, sagt er. »Damit du schlafen kannst.«

»Aber du solltest auch schlafen. Es ist sicher spät. Dorothea hätte dich längst ins Bett geschickt.«

»Vermutlich. Und sie hätte dir eine Geschichte erzählt, wenn du Angst hast.«

Ich beiße mir auf die Unterlippe. Und dann stelle ich sie endlich. Eine der Fragen, die mir auf der Zunge brennen, seit ich ihn kenne. »Haben alle Menschen in Awhen solche Zeichen auf der Haut?«, frage ich und berühre zögerlich durch die Gitterstäbe hindurch eine der Linien auf seiner Wange.

Maku schüttelt den Kopf. »Nein, natürlich nicht«, sagt er, als wäre es eine Selbstverständlichkeit. »Nur ehrenwerte Männer und Frauen. Jäger und Jägerinnen. Krieger, Kriegerinnen. Weise Hexen. Magier.«

Ich schlucke. Meine Vermutung wird langsam zur Gewissheit. »Willst du mir davon erzählen?«, bitte ich ihn leise.

Maku schweigt eine Weile. Fast befürchte ich schon, ihn beleidigt zu haben, da spricht er weiter. »Du weißt, dass wir Awhener nicht an den Dreigesichtigen glauben, nicht wahr?«

Ich nicke atemlos.

»Wir glauben an die Seelen der Tiere. Sie sind es, die uns führen und unser Schicksal bestimmen.«

»Was bedeutet das?«, flüstere ich, als er nicht weiterspricht.

»Nun ... Es ist schwer, das jemandem aus Luzerien oder Vena zu erklären. Doch es ist so – auf der Welt gab es früher keine Menschen. Die Tiere waren schon lange Zeit vor uns da. Deshalb sind sie weiser und mächtiger, als wir es jemals sein könnten. Sie sind mit der Natur verbunden, mehr als die Menschen.«

Plötzlich schlägt mir das Herz bis zum Hals. »Das heißt, die Natur ist euer Gott?«, wispere ich.

Maku schüttelt den Kopf. »Nein, nein, Louise. Die Natur ist etwas völlig anderes. Sie ist da, allwährend, mit allem verbunden, und sie ist unendlich mächtig, doch sie ist kein Gott. Sie ist ...« Er scheint nach Worten zu suchen. »Sie ist das ... Fundament für die Lebendigkeit, kein Gott. Wir haben keinen Gott, nicht so, wie man hier den Dreigesichtigen hat. Doch die Tiere, sie sind weise. Sie denken niemals zu viel. Es ist ein Fluch, zu viel denken zu müssen, so wie wir Menschen es tun. Die Tiere machen sich keine Sorgen. Sie können nicht sprechen, so wie wir. Und doch können sie sich ohne Sprache verständigen.«

Ich hänge an seinen Lippen. »Ohne Sprache?«

»Ja, aber natürlich. Sie verständigen sich durch Rufe, Schreie. Durch die Art, wie sie sich bewegen. Oder durch Zeichen auf ihrer Haut. Muster.«

Plötzlich begreife ich, was es bedeutet. »Die Muster auf der Haut«, keuche ich. »Die spitzen Zähne. Sie sollen den Menschen dem Tier ähnlicher machen.«

Maku nickt. »Genau. Mein Urgroßvater, er war ein mächtiger Krieger, als er jung war. Er trug Zeichen auf seiner Haut, die ihn dem Tiger ähnlich machten. Junge Männer und Frauen beginnen, die Zeichen in ihre Haut zu ritzen, wenn es an der Zeit ist. Am Ende ihres Lebens sind sie völlig damit bedeckt. Wenn sie sterben, werden sie als das Tier ihrer Wahl wiedergeboren.«

Tränen steigen in meine Augen. »Und was haben deine Zeichen zu bedeuten?«, wispere ich.

Sein Blick verdüstert sich. »Nichts«, sagt er leise. »Sie bedeuten gar nichts. Ich habe sie nicht selbst entworfen. Der Mann, der mich nach Luzerien gebracht hat, hat sie mir eingeritzt und meine Zähne spitz gefeilt, weil er gehört hat, dass Ora nach Monstrositäten sucht und einen guten Preis dafür zahlt. Es sind nur Muster, weiter nichts. Und deshalb werde ich niemals als das Tier meiner Wahl wiedergeboren werden.«

»Was ist denn das Tier deiner Wahl?«, frage ich und schelte mich sogleich für meine Neugierde.

Maku zuckt mit den Schultern. »Das hätte ich selbst herausfinden müssen, wenn ich einige Jahre älter bin als jetzt. Doch diese Möglichkeit ist nun für immer verloren.«

Ich schüttele vehement den Kopf. »Das glaube ich nicht, Maku!«, rufe ich. Es hallt zwischen den Wänden der Zelle hin und her. »Wie du es zuvor gesagt hast, Tiere sind anders als wir Menschen. Sie denken nicht so wie wir.«

Makus Augen glänzen im Schein der Lampe. Er schlägt die Lider nieder. »Vielleicht hast du recht, Louise«, sagt er unverwandt. »Mein Urgroßvater würde dir vermutlich zustimmen. Er konnte mit den Tieren sprechen, weißt du?«

Ich nicke. Vergessen sind meine Einwände, dass ich nicht an den Seelenblick und andere Abermärchen glaube. Maku glaubt daran, das kann ich in seinen Augen sehen. Und es ist kein schlechter Glaube, wirklich nicht. Besser als die strengen, strafenden Antlitze des Dreigesichtigen, der Opfer fordert. Blutige Opfer. Krieg. Schlimmere Opfer als Zeichen, die aus freiem Willen in die Haut geritzt werden.

»Wie ist dein wahrer Name, Maku?«, frage ich zögernd.

Er zuckt nur mit den Schultern. »Den wahren Namen muss man sich in Awhen verdienen. Man erhält ihn erst, wenn man zum Mann oder zur Frau wird. Doch *Maku* ist so gut oder so schlecht wie jeder andere Name.«

»Und wie hat dein Urgroßvater dich genannt?«

Maku lächelt wehmütig. »*Lalem.* Das bedeutet ›mein Junge‹.«

Langsam fallen meine Augen zu. Ich spüre die Kälte, die vom kalten Steinboden ausgeht, kaum noch. »Wie ist es in Awhen?«, frage ich.

Und da beginnt Maku, wirklich zu erzählen. Von weiten Steppen. Von dem Wind, der durch das unendliche Gras weht. Von einem kleinen Jungen, dessen erste Erinnerung es ist, dass er auf der Spitze eines Hügels steht und sich vorstellt, er müsste sich nur fallen lassen in dieses ewige, wogende Gras. Von einem großen See, über den Möwen kreisen, ein See, dessen Wellen immerwährend an das Ufer schlagen und von Treibholz, aus dem sein Urgroßvater kleine Tiere schnitzt, mit denen er spielt. Von einem großen Pferd, einem Rappen, der jeden Mann abwirft, der aber den kleinen Jungen vertrauensvoll auf seinem Rücken trägt, wo auch immer er hinwill. Über die weiten Steppen und schließlich zurück in das große Zelt, an dem er abends die Sterne beobachtet.

Als ich am nächsten Tag aufwache, weiß ich nicht mehr, zu welchem Zeitpunkt ich eingeschlafen bin. Ich weiß nur noch, dass Makus Worte mich in meine Träume verfolgen. Dass ich mit Eli unter einem blutroten Mond durch das ewige, wogende Gras streife, ohne Ziel, immer weiter und weiter.

Kapitel 22

Hauptquartier der Wächter

Ich erwache, weil ein Scheppern erklingt. Als ich die Augen aufschlage, sehe ich Maku neben mir; er rüttelt an den Gitterstäben. Verwirrt blinzele ich. Dann fällt mir alles wieder ein.

»Sie kommen«, flüstert Maku.

Ich nicke, als Zeichen, dass ich verstanden habe, und richte mich mühsam auf. Mein Rücken knackt protestierend. All meine Glieder schmerzen.

Maku scheint die Übernachtung auf dem kalten Steinboden nichts ausgemacht zu haben. Er springt auf und steht im nächsten Moment neben der Zellentür. »Emilie, Julius!«, ruft er.

Die hellen Fackeln blenden mich. Ich hebe schützend eine Hand vor mein Gesicht und blinzele die Tränen weg. Als sie nicht mehr tränen, spähe ich vorsichtig zwischen den Fingern hindurch.

Sie sind zu viert. Ich erkenne Emilie und den Obersten. Den hochgewachsenen Mann mit dem kastanienbraunen Haar, der Makus Gruß erwidert, erkenne ich ebenfalls wieder: Julius. Sein Gesicht hat sich mittlerweile grün und gelb verfärbt. Dann ist der kleinere Mann mit den grauen Locken und dem verkniffenen Mund neben ihm sicherlich Theodor.

Theodor zieht gerade ein Seil aus der Tasche seiner Kutte. »Mädchen«, sagt er und deutet auf mich. »Komm her.«

Ich schlucke. Etwas glänzt in seinem Blick, etwas, was mich zur Vorsicht mahnt. Dennoch gehorche ich und nähere mich ihm. »Was jetzt?«, frage ich, als ich vor ihm stehe, und hebe herausfordernd das Kinn.

»Dreh dich um und strecke beide Hände durch eine Lücke zwischen den Gitterstäben«, befiehlt er.

Ich schnaube. »Habe ich nicht schon bewiesen, dass ich nicht gefährlich bin?«

Theodor antwortet nicht. Er starrt mich nur an. »Dreh dich um«, befiehlt er erneut.

Mit einem Seufzen gehorche ich und strecke die Hände zwischen den Gitterstäben hindurch.

Theodor bindet den Knoten so fest, dass ich mir auf die Lippen beißen muss, um einen Schrei zu unterdrücken. Ich werde nicht schreien, diesen Gefallen tue ich ihm nicht.

Theodor rüttelt am Knoten. Er scheint zufrieden. »Sperr auf, Emilie«, sagt er knapp.

Im nächsten Moment klirren Schlüssel. Ich ziehe meine gefesselten Arme wieder zwischen den Gitterstäben hindurch und wende mich um.

Der Oberste tritt neben mich und packt mich am Arm. »Gehen wir«, befiehlt er.

Wir setzen uns in Bewegung. Noch immer protestieren meine schmerzenden Glieder, doch ich setze beharrlich einen Schritt vor den anderen.

»Komm, Maku«, ruft Emilie, die vorangeht.

Doch Maku reagiert nicht und bleibt an meiner Seite. Der Oberste führt mich mit festem Griff und schweigend weiter, durch einen langen Gang, an dem kleine Wasserrinnsale die Steinmauern hinablaufen. Dann eine lange, sehr lange

Treppe hinauf. Ich versuche, die Stufen zu zählen, doch nach der hundertsten gebe ich auf. Meine Gedanken sind zu wirr.

Wo bringen sie uns hin? Was wird mit mir geschehen?

Schließlich gelangen wir an eine schwere Holztüre, die mit vielen Riegeln und Schlössern verschlossen ist. Emilie klappert mit dem Schlüsselbund und schließt sie auf, eines nach dem anderen.

Als sie die Tür schließlich aufstößt, schlägt das Licht mir entgegen wie ein Fausthieb. Ich wimmere und schließe die Augen, doch das Licht dringt unbarmherzig durch meine Lider, sodass ich nur noch Rot sehe.

»Kann ich meine Brille haben? Bitte?«, zische ich schmerzerfüllt. »Sie war in meiner Manteltasche ...«

Theodor lacht abfällig. »Ja, das könnte dir so passen, nicht wahr?«

Ein tadelndes Schnalzen erklingt. »Lass gut sein, Theodor«, sagt Emilie ärgerlich. Ihre raschen Schritte nähern sich und im nächsten Moment drücken kühle Finger mir die Brille auf die Nase.

Mit einem erleichterten Seufzen öffne ich die Augen. »Danke«, murmele ich.

Der Oberste, der meinen Arm immer noch umfasst hält, räuspert sich. »Weiter«, sagt er nur knapp.

Ich setze mich wieder in Bewegung. Jetzt, durch die Brille, kann ich meine Umgebung genauer betrachten. Wir schreiten einen Gang entlang, der sich nicht deutlicher von dem im Keller unterscheiden könnte. Zahlreiche riesengroße Fenster lassen den strahlenden Sonnenschein herein und tauchen alles in das rotgoldene, gleißende Licht des Morgens. Staubkörner flirren durch die Luft. Der Gang ist reich ausstaffiert, mit Wandteppichen, Kronleuchtern, Gemälden. Wir biegen um eine Ecke, in einen nicht weniger prunkvollen Korridor, aus dem links und rechts viele Türen abzweigen. Dann eine weitere Ecke, ein weiterer Gang, ein ausladendes Treppenhaus mit einem geschwungenen Geländer aus Mahagoniholz. Ich sehe mich rasch um, präge mir jedes einzelne Detail ein, obwohl ich längst die Orientierung verloren habe.

Schließlich höre ich ein leises Murmeln, wie aus Tausenden Kehlen, das immer lauter wird, je weiter wir gehen. Wir halten vor einer großen, geschlossenen Flügeltür, die mit Schnitzereien verziert ist. Dahinter erklingt das Murmeln. Ich schlucke. Was nun? Werden sie nun in dieser Versammlung, die zweifellos stattfinden wird, beschließen, ob ich leben oder sterben soll?

Ich habe keine Zeit, mir weitere Gedanken zu machen. Der Oberste stößt die Tür auf und tritt mit wehender Kutte in den Raum. Augenblicklich verstummt das Murmeln.

Obwohl mein Puls rast und ich kaum klar denken kann, reiße ich unwillkürlich den Mund auf.

Die Halle, in die Emilie mich führt, ist riesig. Hohe Fenster führen vom Boden bis an die bemalte Decke. Sechs lange Tische sind im Raum verteilt. Hilflos lasse ich den Blick über all die Menschen gleiten. Es müssen mehrere Hundert sein, wenn nicht sogar Tausend. Alle tragen sie die gleiche blaugraue Kutte. Sie starren mich aus weit aufgerissenen Augen an. Ich meine, die Händlerin vom Markt weit entfernt an einem Tisch links außen zu erkennen. Ein seltsamer Impuls, ihr zuzuwinken, überfallt mich. Im nächsten Moment schnaube ich. Warum sollte ich ihr zuwinken? Ganz abgesehen davon, dass meine Hände immer noch gefesselt sind.

Ein vernehmliches Räuspern reißt mich aus meinen Gedanken. Der Oberste steht vor einem Rednerpult und winkt mich heran.

»Komm, Maku«, sagt Emilie hinter mir leise. »Setzen wir uns.«

»Ich will aber …«, beginnt Maku zu protestieren, doch Emilie schneidet ihm das Wort ab.

»Keine Widerworte. Das hier ist wichtig. Komm.«

Sie gehen an mir vorbei und nähern sich zwei freien Plätzen. Emilie platziert Maku auf einem der Stühle und reicht ihm einen Becher.

Der Oberste hat den Blick nicht von mir gewendet. Erneut hebt er eine Hand und bedeutet mir näherzukommen.

Mit zitternden Knien gehe ich einen Schritt, dann noch einen, bis ich vor dem Pult stehe. Der Oberste blickt auf mich herab. Ich kann seine Miene unmöglich deuten, genauso wenig wie sein Alter. Sein weißes Haar und seine Augen lassen vermuten, dass er sehr alt sein muss, doch er steht aufrecht, und ich kann kaum Falten auf seinem Gesicht erkennen.

Erneut räuspert sich der Oberste. Schließlich beginnt er zu sprechen, mit einer Stimme, die auch noch den letzten Winkel der riesigen Halle erreicht. »Johanna«, sagt er. »Komm zu mir, bitte.«

Eine Frau erhebt sich von ihrem Platz, ganz vorne an einem der mittleren Tische. Sie muss uralt sein. Ihr Rücken ist gebeugt und sie stützt sich mit krummen Fingern auf einen Stock. Schlohweißes, dünnes Haar, zu einem unordentlichen Zopf geflochten, fällt ihr über die Schulter.

Es dauert ewig, bis sie bei uns angelangt ist. Mit jedem dumpfen Pochen ihres Stockes gegen den Steinboden wird meine Kehle enger. *Was nun?*

Endlich steht sie neben mir. Sie umkreist mich, betastet meine Hände, fühlt meinen Puls, schiebt sogar mein Kleid ein Stück hoch und begutachtet meine Beine. Heiße Schamesröte schießt mir in die Wangen.

Schließlich kommt sie wieder vor mir zu stehen. Mit geweiteten Augen beobachte ich, wie sie eine krumme Hand hebt und sie an mein Gesicht führt.

Ich schlucke.

Was ...

Doch schließlich nimmt sie mir nur die Brille ab. Instinktiv schließe ich die Augen.

»Mach die Augen auf«, krächzt die Alte. »Los!«

Zögerlich tue ich, wie mir geheißen. Ich habe wohl kaum eine andere Wahl.

Ein leises, kollektives Keuchen ist zu hören, als alle meine Augen erblicken. Getuschel wird laut. Doch die Alte bleibt stumm. Sie legt nur die Stirn in Falten. Erneut hebt sie die Hand und legt sie auf meine Wange, dann die andere auf meine Stirn. Sie zieht und zerrt an meinem Gesicht, bis ich die Augen so weit aufreißen muss, dass es schmerzt.

»Nach oben blicken«, befiehlt sie knapp.

Ich gehorche.

»Und jetzt nach unten.«

Erneut gehorche ich.

Die Alte – Johanna – schüttelt nur den Kopf. »Das kann doch nicht ... das darf doch nicht ...«

Ich beiße mir auf die Lippen, so fest, dass ich Blut schmecke. *Was?*

Doch sie tut mir nicht den Gefallen, mir ihre Gedanken mitzuteilen. »Licht«, krächzt sie. »Das hellste, das ihr habt.«

Geraschel wird laut. Ich kann mittlerweile kaum noch sehen, so weit reiße ich die Augen auf. Endlich lässt sie mein Gesicht los, um eine gleißend helle Lampe entgegenzunehmen. Sofort erkenne ich den Knoblauchgestank. Eine Karbidlampe.

Ich verkrampfe mich unwillkürlich. Sie will doch nicht ...

Doch genau das tut sie. Sie hebt die Lampe immer näher an meine Augen.

Wimmernd schließe ich sie. Tränen laufen mir über die Wangen.

»Theodor«, knurrt Johanna. »Komm her. Hilf mir, ihre Augen offen zu halten.«

»Nein«, keuche ich. »Bitte nicht ... Es tut weh ...«

Niemand kümmert sich um meine Proteste. Im nächsten Moment ist Theodor neben mir. Ich erkenne seinen Geruch. Rasierwasser, Pfeifenrauch. Unsanft hebt er mein Augenlid.

Nur schemenhaft sehe ich, wie Johanna die Lampe noch näher hebt. »Nein, nein«, murmelt sie. »Das kann nicht ...«

»Aufhören«, flehe ich. »Bitte!«

»Danke, Theodor«, sagt Johanna resolut. »Das reicht.«

Endlich lässt er mich los. Ich presse die Lider so fest zusammen, wie es nur geht. Funken sprühen vor der Dunkelheit auf. Nur langsam lässt der Schmerz nach. Ich atme tief durch, öffne ein Lid einen winzigen Spalt und erblicke Johanna, die immer noch den Kopf schüttelt. »Wie ist das nur möglich?«, murmelt sie. »Wie ...«

»Nun rede schon, Johanna«, spricht der Oberste mit fester Stimme den Satz aus, den ich der alten Hexe am liebsten entgegenschreien würde.

»Nun ... Ja ... Aber es ist ... nicht möglich! Es ist nicht möglich, Oberster!«, stammelt Johanna.

»Was ist nicht möglich?«

»Alle Erzählungen sagen, dass es nicht sein kann ... Nicht sein darf! Es wurde versucht, natürlich ... vor langer Zeit ... Doch es war vergebens. Die meisten Kinder kamen tot zur Welt, tot und missgestaltet. Die wenigen, die überlebten, wurden nur wenige Tage alt. Zu schwer waren die Entstellungen. Es *kann* nicht sein!«

»*Was* kann nicht sein?«, fragt der Oberste erneut. Zum ersten Mal kann ich eine Emotion in seiner Stimme hören. Er ist ungeduldig.

Johanna räuspert sich. Und dann beginnt sie zu sprechen.

»Oberster ...«

Grabesstille herrscht um uns herum. Mein Herz setzt für einen Augenblick aus. *Was?*

Endlich spricht Johanna weiter.

»Oberster ... Das Mädchen ist ein Halbblut.«

Kapitel 23

Die Worte schwirren um mich herum wie giftige Pfeile und bohren sich in meine Gedanken. Nun murmeln die Anwesenden nicht mehr. Einige schreien, gestikulieren. An allen Tischen finden wilde Diskussionen statt.

Mit tauben Gliedmaßen stehe ich da, ein Brennen im Magen. Es ist wie im Zirkus Ora. Die Menschen starren mich an, erschrocken, ihre Blicke von Furcht oder Abscheu erfüllt. Sie schreien durcheinander, ereifern sich. Unwillkürlich ducke ich mich. Ob sie gleich beginnen werden, mit verfaultem Gemüse zu werfen? Rasch verscheuche ich den Anflug von Galgenhumor. Dies hier ist wichtig. Ich muss nachdenken.

Halbblut.

Was hat es zu bedeuten? Immer wieder ruft einer das Wort. Auch andere Worte, Sätze wiederholen sich.

»Die Prophezeiung der Ersten«, brüllt eine Frau mit glühendem Blick und springt auf. Ihr Stuhl fällt zu Boden, doch sie scheint es nicht zu bemerken. »Sie ist das Halbblut, das wir suchen! Nun begreift doch, der Tag ist gekommen!«

»Ruhe!«, ruft der Oberste. Sein Schrei durchbricht den Lärm wie ein Donnerschlag. Augenblicklich wird es still. Alle Blicke richten sich auf ihn. Die Frau, die ihren Stuhl umgeworfen hat, stellt ihn mit roten Wangen wieder auf und setzt sich.

»Ruhe«, wiederholt der Oberste noch einmal, obwohl es so still ist, dass man eine Stecknadel fallen hören könnte.

»Mädchen«, sagt der Oberste und deutet auf mich. »Was hattest du in Marbor zu suchen? Warum bist du Frieda gefolgt? Erzähle es mir.«

Ich schlucke den Knoten in meiner Kehle hinunter. Es ist soweit. Wenn ich Antworten will, muss ich ihnen alles erzählen. Nun ist es zu spät, um zu flüchten. Also atme ich tief durch und beginne zu sprechen.

»Wir sind auf der Suche nach Antworten. Und nach Eli«, sage ich. »Er ...«

Der Oberste unterbricht meine Worte, indem er eine Hand hebt. »Eli?«, fragt er. Seine Stirn zieht sich in Falten.

»Ja. Eli ist ...« Ich zögere. »Er ist mein ... unser Freund. Wir ...«

Erneut hebt der Oberste die Hand. »Hat er ein Mal auf der Handfläche?«

Wortlos starre ich ihn an und nicke stumm.

»Beschreibe es mir!«, verlangt er.

Ich schlucke. »Zwei miteinander verschlungene ´W`...«

Der Oberste reißt die Augen auf. »Und eines davon steht auf dem Kopf?«

In diesem Moment verstehe ich. »W«. »W« wie »*Wächter*«.

Nun gibt es zwei Möglichkeiten. Entweder Eli ist ein Verbündeter der Wächter oder ihr Feind. Vielleicht haben sie ihn gefangen genommen, vor langer Zeit, und ihm das Mal eingebrannt – doch er konnte entkommen. Mit rasenden Gedanken sehe ich mich im Saal um. Mein Blick bleibt an Emilie hängen, die Maku Tee nachschenkt. An der Händlerin. Frieda, so hat Emilie sie genannt. Eli hat ihr das Mal gezeigt. Danach hat sie von mir abgelassen.

Ich bin mir nicht sicher. Alles andere als sicher. Doch plötzlich erscheint es mir wahrscheinlicher, dass Eli ihr Verbündeter ist.

Der Oberste sieht mich immer noch an. Er wartet auf meine Antwort.

Und schließlich nicke ich.

Augenblicklich beginnt das Geschrei um mich herum erneut.

»Ich sagte es euch ja«, kreischt die Händlerin. »Ich habe sie gesehen, ihn und das Mädchen. Und nun wissen wir mit Sicherheit, dass er seinen Teil der Abmachung nicht erfüllt hat! Aber ihr wolltet mir ja nicht glauben, ihr wolltet mir einfach nicht glauben!«

Die Schreie werden empörter. »Verräter«, ruft ein alter Mann laut. »Ich war von Anfang an dagegen, das wollte ich nur gesagt haben!«

Mein Kopf beginnt zu dröhnen. Hilflos sehe ich mich im Saal um. Ich weiß nicht, worum es geht, doch Eli scheint diese Menschen – die Wächter – tatsächlich zu kennen. Eine Abmachung, das hat Frieda gerufen. Er muss also mit ihnen eine Vereinbarung getroffen haben. Ob das Mal auf seiner Handfläche ein Zeichen dafür ist? Worum auch immer es geht, Eli hat nicht getan, was sie von ihnen wollten. *Was* hat er nicht getan?

Mein Blick bleibt an dem Obersten hängen. Er kümmert sich nicht um den Lärm um uns herum. Stattdessen tritt er hinter dem Rednerpult hervor, geht mit schnellen Schritten zu Johanna und nimmt ihr die Brille ab, die sie immer noch in ihren krummen Fingern hält. Dann kehrt er zu mir zurück, setzt mir die Brille auf die Nase und packt mich am Arm.

»Komm mit, Mädchen«, sagt er knapp. »Wir müssen uns dringend miteinander unterhalten. Allein.«

Maku, der mich nicht aus den Augen gelassen hat, springt auf. Der Oberste gebietet ihm mit einer beschwichtigen Geste Einhalt. So viel Autorität liegt in dieser Bewegung, dass

Maku sich tatsächlich mit großen Augen wieder auf seinen Stuhl sinken lässt.

Widerstandslos lasse ich mich durch die Gänge führen. Erneut verliere ich nach wenigen Abbiegungen die Orientierung. Wie groß ist dieses Gebäude nur? Maku hat nicht übertrieben.

An einer kleinen, unauffälligen Holztür hält der Oberste inne. Wortlos stößt er sie auf.

Frische Luft schlägt mir entgegen. Frisch, aber nicht kalt. Eher angenehm kühl. Ich gehe einen Schritt und – erstarre erneut.

Der Park, der vor uns liegt, ist wunderschön. Mit Kieselsteinen ausgestreute Wege durchkreuzen ihn in einem Muster, dessen Gesetzmäßigkeiten mir nicht klar ist. Springbrunnen stehen dazwischen, Vogelbecken, nun im Winter wasserlos. Sorgfältig zurechtgestutzte immergrüne Büsche säumen die Wege. Vertrocknete Weinreben und Girlanden ranken sich über kleine Lauben mit Bänken, die zum Verweilen einladen.

Der Oberste führt mich schweigend durch den Park. Mir hat es die Sprache verschlagen. Überall gibt es hier etwas Neues zu entdecken. Laternen, Skulpturen ...

Ich weiß nicht, wie lange wir gegangen sind, als der Oberste in einer nicht einsehbaren Ecke des Parks innehält. »Setz dich«, sagt er und deutet auf eine zierliche, geschmiedete Metallbank.

Ich nicke stumm und lasse mich darauf sinken. Meine Füße schmerzen. Nein, alles schmerzt. Gerade will ich mich seufzend zurücklehnen, als mir einfällt, dass meine Hände ja immer noch gefesselt sind. So fest, wie Theodor den Knoten gezogen hat, fallen sie wahrscheinlich bald ab.

Der Oberste hat wohl meine Gedanken gelesen. »Oh, stimmt«, sagt er leichthin und zieht ein Messer aus seiner Kuttentasche. Ich zucke zusammen.

»Versprichst du, keine Dummheiten zu machen?«, fragt er betont beiläufig.

Ich räuspere mich. »Ich verspreche es«, sage ich und beiße mir auf die Lippen. Als er nicht reagiert und mich nur interessiert anstarrt, setze ich nach: »Ich bin hierhergekommen, um Antworten zu finden. Und ich gehe nicht, ehe ich sie erhalten habe.«

Das scheint ihm zu genügen. Mit einer raschen Bewegung beugt er sich über mich und durchtrennt das Seil. Dann steckt er das Messer wieder ein.

Ich beginne eilig, meine Hände zu kneten, um den Blutfluss anzuregen. Langsam beginnen sie, vor Schmerz zu pochen. Mühsam unterdrücke ich ein Ächzen. Gut. Schmerz ist gut. Das heißt, dass sie nicht abfallen werden.

Der Oberste wartet geduldig, bis ich fertig bin. Dann setzt er sich neben mich und wendet mir den Kopf zu.

»Wie heißt du?«, fragt er.

Ich erwidere seinen offenen Blick. »Ich dachte, Ihr wolltet Euch mit mir unterhalten«, sage ich zögerlich. Ich bin mir nicht sicher, wie ich ihn ansprechen soll. Doch falls ihn die Anrede stört, lässt er sich nichts anmerken.

»Alles zu seiner Zeit«, sagt er ruhig. »Ich finde, es redet sich viel besser, wenn man sich mit Namen anspricht. Du kannst mich Ernst nennen, wenn du willst.«

Ich muss ein Lachen unterdrücken. Es endet in einem Schnauben.

»Was ist so lustig?«, fragt er ungerührt.

»Nichts … Es ist nur … weil du tatsächlich so, ähm, ernst wirkst.«

»Sehr komisch«, sagt er, verzieht aber keine Miene.

Ich neige den Kopf und mustere ihn verwirrt. Habe ich ihn nun gekränkt? Es wirkt nicht so, allerdings habe ich an diesem merkwürdigen Mann noch keine einzige richtige Emotion wahrgenommen.

»Und dein Name?«, fragt er.

»Louise. Nachnamen habe ich keinen. Ich bin ein Findelkind.«

»Ach«, sagt er. »Ich auch.«

»Tatsächlich? Aber …« Wie wird ein Findelkind zu dem Anführer einer solchen … Mir fällt ein, dass ich nicht einmal weiß, um was für eine Art Organisation es sich bei den Wächtern handelt, deshalb schließe ich den Mund wieder.

Nervös kaue in an meiner Unterlippe. Er macht keine Anstalten weiterzusprechen. Also setze ich erneut an, auch, wenn ich nicht weiß, wohin meine Fragen mich führen werden.

»Was ist nun mit meinen Antworten? Ich habe so viele Fragen. Woher kennst du Eli? Weißt du, was mit ihm geschehen ist? Was …«

Er räuspert sich und unterbricht mich damit. »Gleich. Erzähl mir zuerst, warum ihr nach Eli sucht.«

Ich atme tief durch. Ehe ich noch darüber nachdenken kann, ob es klug ist, einem Wildfremden von all dem zu berichten, sprudeln die Worte im nächsten Moment aus mir heraus. Und ich erzähle. Alles. Von den Einbrüchen. Von dem Angriff in Schwarzenbergs Anwesen. Von der Rückkehr des falschen Eli, von all den merkwürdigen Begebenheiten, die in letzter Zeit passiert sind, von Madame Rosa, ja, sogar von dem Odisskraut und den Visionen.

Als ich geendet habe, schweigt er. Lange.

Nach einer Weile, in der ich weiterhin nervös auf meiner Unterlippe herumgekaut habe, halte ich es nicht mehr aus.

Ich muss meine Frage stellen, auch wenn ich nicht weiß, was dann geschehen wird.

»Was ist nun mit meinen Antworten?«, frage ich und recke das Kinn in die Höhe.

Der Oberste – Ernst – räuspert sich. »Das ist eine lange Geschichte«, sagt er leise. »Und doch muss sie erzählt werden.«

Atemlos starre ich ihn an. »Eine Geschichte? Was für eine Geschichte?«

»Elis Geschichte. Und auch deine, Louise. Deine Vergangenheit.«

»Meine Geschichte?«, keuche ich. »Wie kannst du etwas über meine Vergangenheit wissen, wenn ich selbst nichts darüber weiß? Und woher kennst du Elis Geschichte?«

»Von ihm selbst«, antwortet er schlicht. »Er hat sie mir selbst erzählt, vor einigen Jahren. Und nun ist es wohl an der Zeit ...« Er bricht ab und starrt ins Leere.

Ich halte es nicht mehr aus und springe auf. »Erzähl!«, rufe ich. »Was ist mit Eli geschehen? Wo ist er? Weißt du etwas darüber?«

Der Oberste hebt mahnend die Hand. »Eines nach dem anderen, Louise. Eine Geschichte muss von Anfang bis zum Ende erzählt werden. Wenn man den Beginn nicht kennt, kann man das Ende nicht verstehen.«

»Aber du weißt, was mit ihm geschehen ist?«

Er schüttelt den Kopf. »Nein«, sagt er.

Die Enttäuschung fällt mir wie ein schwerer Stein in den Magen. »Aber dann ...«, beginne ich.

Er unterbricht mich. »Ich weiß es nicht, nein. Ich habe allerdings Vermutungen. Wir werden gemeinsam herausfinden, ob sie zutreffen könnten. Doch zuerst musst du zuhören. Und ich werde dir nur unter einer Bedingung erzählen, was ich weiß.«

»Welche Bedingung?«

»Du musst uns bei etwas helfen.«

»Alles«, sage ich rasch, ohne überhaupt noch einen weiteren Gedanken daran zu verschwenden. »Ich werde alles tun!«

»Gut. Ich nehme dich beim Wort. Jetzt setz dich.«

Sein Tonfall macht mir bewusst, dass Widerworte zwecklos sind. Mit einem tiefen Seufzen setze ich mich. »Also gut«, sage ich. »Dann erzähl mir die Geschichte.«

Er nickt würdevoll. Und dann beginnt er.

Teil Zwei
Wächter

Kapitel 1

Hauptquartier der Wächter

Alle langen und schwierigen Geschichten haben eine Gemeinsamkeit: Es ist nicht einfach, die richtigen Worte für den Beginn zu wählen. Und so verhält es sich auch in diesem Fall.

Wie könnte man auch eine Geschichte beginnen, die alles infrage stellt, was man zu wissen glaubte?

Man könnte mit dem Hauptcharakter beginnen. Man könnte sagen, dass lange und schwierige Geschichten noch eine weitere Gemeinsamkeit haben: Ihre Protagonisten sind niemals gewöhnlich. Sie sind anders als die anderen ihrer Art.

Man könnte mit Worten beginnen, mit denen auch ein Märchen seinen Anfang nimmt. »Es war einmal ...«

Doch vielleicht ist es das Beste, sich nicht zu viele Gedanken über solche Dinge zu machen, sondern die Geschichte einfach so zu erzählen, wie sie erzählt werden will, wie sie sich entspinnt, ganz von selbst.

Vor vielen Jahren lebte in den Schatten ein junger Achai. Neun Jahre war er alt, auch wenn Jahre in den Schatten natürlich keine Rolle spielen. Und, wie könnte es auch anders sein – dieser Achai war anders als seine Altersgenossen. Zum einen zeichnete er sich durch einen besonders großen Wissensdurst aus. Alles wollte er wissen. Und er wusste viel. Jede alte Geschichte saugte er in sich auf wie ein Schwamm.

Erzählungen über die Vergangenheit. Über jene goldenen Zeiten, in denen die Achai nicht in den Schatten lebten, wie Ratten, die sich verstecken, so hatte sein Vater es formuliert, mit Hass und Verachtung in der Stimme.

Damals, in den alten Zeiten, gab es keine Notwendigkeit, sich zu verstecken. Es war für die Achai ein Leichtes, über die Menschheit zu herrschen, mit eiserner Faust und der Kraft der elf Elemente: Schatten, Blitz, Wald, Blut, Wasser, Frost, Erde, Feuer, Stein, Nebel und Wind. Die Menschen dienten ihnen. Es blieb ihnen kaum etwas anderes übrig, in jenen alten Zeiten.

»Vergiss niemals, dass wir die höchste Art sind, die jemals gelebt hat.« Auch das war etwas, das sein Vater zu ihm sagte. Und der Junge glaubte ihm. Wie hätte er ihm auch nicht glauben können? Er streifte doch immerzu durch die Schatten, mit wachen, tiefschwarzen Augen, und beobachtete die Menschen aus dem Verborgenen. Sie hatten nicht die Gaben der Achai, das war nicht zu leugnen. Ja, sie waren völlig unbegabt darin, über die Elemente zu herrschen. Der Zutritt zu den Schatten blieb ihnen verwehrt. Auch ihre Gestalt konnten sie nicht wechseln. Im Gegenteil: Zeit ihres Lebens blieben sie in ihrem Körper gefangen, wie in einem Gefängnis, aus dem es kein Entrinnen gab.

Außerdem starben die Menschen. Sie fristeten nur wenige Jahre ihr Dasein in ihrem Gefängnis und verloren dann ihr Leben.

Wie hätte der Junge seinem Vater also nicht glauben sollen?

Auch die anderen Erzählungen kannte der Junge. Düstere Geschichten über schlimme, längst vergangene Zeiten, in denen die Menschen immer zahlreicher wurden. Zeiten, in denen sie sich zusammenschlossen, zu immer größeren Gruppen. Und die wichtigste und düsterste Erzählung von allen, die man sich nur im Geheimen erzählte: diejenige von den Wächtern.

Denn natürlich gab es auch unter den Menschen solche, die anders waren als der Rest ihrer Art. Sie hatten alle möglichen Fähigkeiten, die denen der Achai zwar nicht glichen, ihnen aber auch nicht unterlegen waren. Eine davon war besonders gefährlich: Die Wächter hatten die Fähigkeit, jeden Achai zu erkennen, egal, welche Gestalt er auch annahm. Wo gewöhnliche Menschen ein Augenpaar sahen, das durch und durch menschlich wirkte, konnten die Wächter den Schatten in ihrem Blick erkennen.

Auf diese Weise – mit den Wächtern, die die Menschen anführten – begann der Krieg.

Viele Achai starben. Die Menschen waren ihnen zahlenmäßig längst überlegen. Und so zogen die Achai sich in die Schatten zurück, dorthin, wo es für sie keinen Tod gibt. Bis sie für die Menschen zu einer längst vergessenen Legende wurden. Nur die Wächter bewahrten das Wissen weiter, über Generationen hinweg. Jahrhunderte lang.

Der junge Achai kannte nicht nur Erzählungen über die Vergangenheit, sondern auch solche über die Zukunft. Über das große Feuer, das die Menschen über die Welt bringen würden, bis selbst die Schatten verbrannten und alles zu existieren aufhörte.

Ja, er wusste viel. Und dennoch war es ihm nicht genug. Die Übungen, die ihn lehren sollten, die elf Elemente zu beherrschen, vernachlässigte er. Stattdessen war er wild entschlossen, mehr über die Welt außerhalb der Schatten zu erfahren. Seine Fragen über die Menschen stießen nicht auf Gegenliebe. Im Gegenteil. Man verbot ihm unter Androhung von Strafe, weiter zu fragen. Schnell wurde er unter seinesgleichen zu einem Außenseiter.

Vielleicht war das der Grund dafür, dass er eines Tages die Schatten verließ.

Bis jetzt habe ich der Geschichte des Obersten verständnislos gelauscht. Doch nun, in diesem Moment, verstehe ich.

»Eli«, will ich sagen, doch aus meiner Kehle dringt nur ein Keuchen.

Der Oberste sieht mich an, mit einem Blick, als hätte ich ihn aus einem langen Schlaf wachgerüttelt. Falls er wütend darüber ist, dass ich ihn unterbrochen habe, lässt er sich nichts anmerken. Er nickt bloß.

»Ja«, sagt er leise. »Ich sagte doch, dass dies Elis Geschichte ist.«

Es fühlt sich an, als hätte mir jemand ein glühend heißes Messer in die Magengrube gerammt. »Eli ist …«

»Ein Achai. Ganz genau.«

Ich klappe den Mund auf, schließe ihn dann jedoch wieder. Plötzlich muss ich lachen. »Du lügst«, sage ich unverwandt. »Was für ein riesengroßer Haufen Pferdemist.«

Der Oberste schüttelt den Kopf. »Ich dachte, du bist hierhergekommen, um Antworten zu finden«, sagt er. »Ich habe niemals versprochen, dass dir diese Antworten gefallen werden.«

»Ich weiß nicht einmal, wer die Achai sind!«

»Hast du nicht zugehört?«, fragt er, nun zum ersten Mal milde verärgert.

»Ich … doch, natürlich. Aber es kann nicht sein. Eli ist … Er ist ein Mensch, ein ganz normaler Mensch, wie du und ich!«

»Falsch«, sagt der Oberste und hebt einen Zeigefinger. »Er hat die *Gestalt* eines ganz normalen Menschen.«

Erst als ich innehalte, wird mir bewusst, dass ich den Kopf wild geschüttelt habe. »Nein«, sage ich fest. »Ich hätte es gemerkt. Du sagtest doch ... Du sagtest doch, dass die Achai in ihren Augen die Schatten tragen, egal, welche Gestalt sie annehmen?«

»Du musst besser zuhören, Louise«, tadelt er. »Ich sagte, wir Wächter können diese Schatten in ihrem Blick erkennen. Du hast diese Gabe wohl nicht. Merkwürdig, da du da ja selbst das Blut der Achai in dir trägst. Aber dennoch muss es so sein. Wenn du die Gabe hättest, hättest du in Elis Blick genau das gesehen, was ich sehe, wenn ich in deine Augen blicke. Endlose Schwärze.«

»Ich ... Nein!«, sage ich erneut. Es klingt hohl. Meine Kehle brennt, als hätte ich stundenlang geschrien. Eine schreckliche, furchtbare Ahnung erwacht in mir. Plötzlich weiß ich, wohin diese Geschichte führt.

Der Oberste sieht mich besorgt an. »Du musst sie trotzdem hören«, meint er.

Er kann also wirklich meine Gedanken lesen.

»Nur manchmal«, sagt er und lächelt.

»Wenn sie so wirr sind, dass sie mir fast zu den Ohren herausquellen?«

»Ganz genau.« Seine Miene bleibt völlig ungerührt. »Kann ich nun weitersprechen?«

Ich atme tief durch. Und dann nicke ich. Wenn diese Geschichte erzählt werden muss, obwohl ich die nächsten Worte mit Schrecken erwarte, dann muss es eben so sein.

Der Oberste nickt und fährt fort.

Es war natürlich das erste und oberste Gesetz der Achai, dass die Schatten niemals verlassen werden durften. Zu groß war die Gefahr, von den Wächtern entdeckt und getötet zu werden.

Doch der Wissensdurst des Jungen war stärker. Alles wollte er wissen, alles erfahren über die Menschen, diese merkwürdigen, fremden Feinde.

Die anfängliche Angst vergaß er schnell, als er zum ersten Mal das Licht der Sonne auf seiner Haut spürte. Oder, besser gesagt, auf der Haut, die er für seinen Ausflug ausgewählt hatte.

Nur ein Wächter hätte ihn von einem normalen Bauernjungen unterscheiden können. Er sah ganz und gar wie ein gewöhnlicher Mensch aus, etwa neun Sommer alt, mit seinen dunklen, wilden Locken und der verschlissenen Kleidung. Nur die Art der Menschen, zu sprechen, mit Lippen und Zunge, statt seine Worte direkt aus seinen Gedanken in die Luft zu weben, war noch fremd für ihn. Dies sollte sich jedoch bald ändern.

Mit Übermut und glühender Freude in seinen Adern streifte er durch den Wald, trank das kühle Wasser aus dem Fluss, kletterte auf einen Baum und ließ sein Haar vom Wind durchzausen.

Es kam, wie es kommen musste: Er traf auf Menschen. Sie waren nur Jungen, die gemeinsam im Wald Pilze suchten. Bauernjungen, wie er einer war – oder wie er ihnen einer zu sein *schien.*

Voller Furcht erstarrte er. Die Menschen waren gefährlich, das hatte sein Vater ihm wieder und wieder eingebläut. Doch diese Jungen sahen nicht gefährlich aus. Im Gegenteil, sie riefen zu ihm hinauf, wie er da in der Baumkrone saß, und luden ihn ein, mit ihnen zu spielen.

Außerdem hatte er sich doch vorgenommen, alles über die Menschen zu erfahren. Und so schob er seine Angst beiseite und kletterte von seinem Baum.

An diesem Nachmittag, den sie miteinander im Wald verbrachten, wurden sie Freunde. Georg, Philipp, Adam, David – so hießen sie – und Eli.

Als die Nacht über den Wald hereinbrach, liefen die Jungen nach Hause, zu ihren Familien. Doch zuvor nahmen sie Eli das Versprechen ab, bald wiederzukehren.

Und obwohl Eli wusste, dass es strengstens untersagt war, kehrte er zurück.

Immer öfter stahl Eli sich aus den Schatten, um seine Menschenfreunde zu besuchen. Sie wurden schier unzertrennlich. Es dauerte nicht lange, bis die Jungen von Elis Kräften erfuhren. Den wildesten Fluss konnte er bändigen, um eine Brücke aus umgefallenen Baumstämmen darüber zu bauen. Der Wind gehorchte ihm, wenn sie gemeinsam Drachen steigen ließen. Beim Versteckspiel konnte er mit den Schatten verschmelzen, als wäre er unsichtbar.

Eines Tages, als sie besonders viele Pilze gefunden hatten, verkauften sie sie auf dem Markt. Ein Zirkus war in der Stadt und sie hatten genug Geld, um sich Plätze in den hintersten Reihen leisten zu können. Völlig mühelos ahmte Eli nach dem Zirkusbesuch die Kunststücke des Artisten nach; er tanzte in den Baumkronen und erntete tosenden Applaus von seinen Gefährten.

Die Bauernkinder waren gute Jungen. Mutig und schlau. Sie verrieten ihn weder, weil er anders war, noch fürchteten sie ihn. Die Neugierde und der Sinn für Fantasie waren ihnen angeboren. So baten sie ihn immer öfter, ihnen seine Kräfte zu zeigen.

Eli tat es nur zu gerne. Zum ersten Mal in seinem Leben hatte er Freunde, die ihn für etwas bewunderten. Er begann, sich nun doch für die Beherrschung der elf Elemente zu interessieren, auch wenn es nur zu dem Zweck war, seine Spielgefährten zu unterhalten.

Schöne Zeiten verbrachten sie gemeinsam, in diesen Sommermonaten, gemeinsam im Wald. Einer der Jungen – David – konnte ein wenig schreiben und lesen und brachte es Eli bei.

Eli war glücklich, zum ersten Mal in seinem Leben. Der Umgang der Menschenkinder miteinander war so anders als derjenige der Achai. In den Schatten musste man sich nach strengen, unbarmherzigen Regeln richten. Nicht der kleinste Fehltritt blieb ohne Strafe.

Doch wie es so oft in dieser Art von Geschichte der Fall ist, währte auch Elis Glück nicht lange.

Als er eines Tages von einem seiner Ausflüge zurückkehrte, wurde er von seinen Eltern entdeckt.

Sie verrieten ihn.

Manche Geschichten sind zu furchtbar, als dass man sie wirklich erzählen könnte. Egal, wie viele Worte man verwendet, der Schrecken kann nicht beschrieben werden. Wie soll man auch mit Worten die Ungerechtigkeit dessen ausdrücken, was danach passierte?

Die Strafe war grausam. Aus den Schatten heraus musste Eli dabei zusehen, wie die Achai seine Freunde töteten, blutig dahinmetzelten; alle vier Jungen, einen nach dem anderen.

Es sollte ihm eine Lehre sein, so sagten sie. Doch natürlich war es nicht nur das. Es war auch ein Exempel für alle anderen Achai, eine Drohung: *Lasst euch niemals mit Menschen ein.* Wenn Eli älter gewesen wäre, hätten sie ihn zur Strafe auch getötet. Doch er war noch jung, deshalb ließ man ihm zumindest das Leben.

An diesem Tag begann er, seinesgleichen zu hassen.

Heiße Tränen fließen über meine Wangen. »Nein«, flüstere ich.

In diesem Moment überrollt mich die Sehnsucht nach Eli so stark wie nie zuvor. Wenn er nur hier wäre. Ich wünsche mir nichts mehr, als ihn in die Arme zu nehmen.

Der Oberste lässt mir Zeit. Nachdenklich blickt er in den Himmel. Die Sonne hat ihren Zenit längst überschritten. Langsam senken sich die nachmittäglichen, langen Schatten über den weitläufigen Garten.

»Er muss sich so allein gefühlt haben«, flüstere ich und umklammere meine Knie. »Ich habe ihm unrecht getan, schreckliches Unrecht.«

»Unrecht?«, fragt der Oberste.

»Ja, Unrecht. Ich dachte, er wüsste nicht, wie es ist.«

»Wie was ist?«, fragt er und legt die Finger unter seinem Kinn zusammen.

»Schmerz«, wispere ich. »Das Gefühl, völlig allein auf der Welt zu sein.«

»Schmerz verbirgt sich in vielen Seelen«, sagt der Oberste nachdenklich. »Oft ist er auf den ersten Blick erkennbar. Doch manchmal wird er weggeschlossen. In einen Käfig, mit unzähligen Schlössern, sodass er nicht daraus ausbrechen kann.«

»Er war ganz allein ...«

»Nun ... Er war nicht ganz allein.«

Aus verquollenen Augen sehe ich ihn an. Stumm.

»Soll ich weitersprechen?«, fragt er.

Ich hole tief Luft und nicke.

Diejenigen, die anders denken, diejenigen, die sich gegen Regeln auflehnen, fristen eine einzigartige Form eines einsamen Lebens. Oft sind sie in ihrem Denken nämlich gar nicht so einsam, wie es auf den ersten Blick erscheint. Es gibt immer den einen oder anderen, der ihnen insgeheim zustimmt.

Die Frage ist immer, ob jemand den Mut findet, dazu zu stehen.

Eli fand so jemanden; durch reinen Zufall: Albin. Der ältere Achai galt in den Schatten als Sonderling, als Einzelgänger. Eines Tages beobachtete Eli ihn dabei, wie er Worte niederschrieb, auf ein Stück Papier, das er in der Tasche mit sich trug. Ihm wurde klar, dass Albin sich ebenfalls für die Menschen interessierte.

Er begann, ihn heimlich zu beobachten. In regelmäßigen Abständen schlich Albin sich aus den Schatten, hinüber in die Menschenwelt – immer in dasselbe Dorf.

Eli verriet ihn nicht. Er behielt das Geheimnis eisern für sich. Doch er fragte Albin danach. Albin verriet zwar nicht, was er in der Menschenwelt zu suchen hatte, doch die beiden wurden Freunde.

Es war eine seltsame Freundschaft: Der Junge und der Sonderling. Dennoch waren die beiden einander durch innigen Respekt und Wertschätzung verbunden.

Auch diese Freundschaft endete traurig.

Als Albin von einem seiner Ausflüge zurückkehrte, wurde er entdeckt, von Merina, der Höchsten der Achai. Für Albin galt die Entschuldigung jugendlichen Leichtsinns nicht. Er wurde zum Tode verurteilt.

Mit den Achai verhält es sich so, dass sie nicht sterblich sind. Zumindest, solange sie in den Schatten bleiben. Wenn sie sich von ihnen lösen, können sie auch ewig leben – es sei denn, das Leben wird ihnen gewaltsam genommen.

Und genauso sollte es Albin ergehen. Eine Delegation wurde bereitgestellt, die ihn beim Morgengrauen des nächsten Tages aus den Schatten bringen und ihn hinrichten sollte. Eli konnte nicht mehr klar denken vor Entsetzen. Zu frisch war die Wunde, die der Tod seiner Freunde geschlagen hatte. Und nun sollte er seinen letzten verbleibenden Freund auch noch verlieren.

Er wollte zu Albin, ihn ein letztes Mal sehen, doch sie ließen ihn nicht, egal, wie sehr er bat und bettelte.

Also flüchtete Eli in Albins Quartiere. Dort fand er etwas überaus Interessantes: einen Brief. Für jeden anderen Achai wäre der Brief wertlos gewesen. Lesen und Schreiben war ihnen fremd. Doch Eli konnte die Zeichen entziffern.

Der Brief war an eine Frau namens Martha gerichtet. Und so erfuhr Eli von Albins jahrelang gehütetem Geheimnis.

Albin hatte in der Menschenwelt eine Frau – Martha – und eine kleine Tochter, nicht einmal vier Jahre alt.

Eli zögerte nicht lange. Er wusste, dass Martha und ihrer Tochter Schlimmes drohte, genauso wie den Bauernjungen.

Auch den Namen seiner Tochter schrieb Albin nieder. Er lautete …

»Louise«, hauche ich.

»Louise«, bestätigt der Oberste.

Mit brennenden Augen und unendlicher Leere im Herzen starre ich in die Nacht, die nun über uns hereinbricht.

Kapitel 2

Ich erinnere mich nur schemenhaft daran, wie ich in das Gästezimmer gelangt bin. Der Oberste hat mich dorthin geführt, durch unzählige Gänge, so viel weiß ich noch. Doch ich kann beim besten Willen nicht mehr sagen, ob er noch mehr gesagt hat und wie lange unser Weg gedauert hat. Oder wie lange ich dort in diesem Garten gesessen habe, in der kühlen Dämmerung, und in die Leere gestarrt habe.

»Ich erzähle morgen weiter«, hallt die ruhige Stimme des Obersten in meinem Kopf nach. Immer wieder und wieder sage ich den Satz in Gedanken, als wäre mein Gehirn eine Maschine, die von Zahnrädern angetrieben wird.

Ich erzähle morgen weiter.

Das Bett ist bequem. Ich liege auf der weichen Matratze und starre an die Decke. Auf dem Nachttisch neben mir liegen all meine Habseligkeiten; ja, sogar das Odisskraut ist da.

Mit einem Ruck richte ich mich auf und öffne das kleine Jutesäckchen. Mit rasendem Herzen betrachte ich die unschuldig wirkenden braunen Blätter. Dann wandert mein Blick zu der dampfenden Tasse. Tee. Ich schnuppere. Pfefferminze.

Jemand muss mir Tee gebracht haben, doch ich erinnere mich nicht.

Nur ein Schluck. Um die Nerven zu beruhigen.

Aber nein. Ich muss morgen bei klarem Verstand sein. Mit wirren Gedanken stehe ich auf, beginne, im Zimmer herumzulaufen, ruhelos wie ein aufgescheuchtes Tier.

Albin. Martha.

Meine Eltern.

Plötzlich muss ich lachen, beinahe hysterisch. Ich lache, bis mir Tränen in die Augen steigen und Rotz über mein Gesicht läuft. Meine Eltern!

Noch vor wenigen Tagen hätte ich alles dafür gegeben, herauszufinden, wer meine Eltern waren. Doch nun? Noch immer erklingen die Stimmen der Wächter in meiner Erinnerung. Wie sie geflüstert haben. Ihre Gesichter, die sich verzogen haben, in Angst, Ekel.

Halbblut.

Zu schwer waren die Entstellungen hat Johanna gesagt. Ist das die Erklärung für meine Haut? Mein Haar? Meine Unfruchtbarkeit?

Maultiere sind unfruchtbar. Und Maulesel ebenfalls. Weil sie von zu unterschiedlichen Tieren abstammen. Das weiß ich. Ich habe es in meinem Lexikon gelesen.

Doch warum habe ich überlebt? Johanna hat gesagt, dass alle anderen Kinder gestorben sind. War es einfach nur Glück? Hatte ich Glück?

»Glück«, sage ich verächtlich. Das Wort sperrt sich in meiner Kehle. Wenn es Glück sein soll, dass ich geboren wurde, hätte ich lieber kein Glück gehabt.

Wie eine Schlafwandlerin gehe ich zum Nachttisch zurück und betrachte erneut den Inhalt meines Jutesäckchens. Viel ist nicht mehr da. Für zwei Tränke wird es noch reichen; nicht mehr.

Genug, um sich vollends in den Wahnsinn treiben zu lassen?

Die Stimme der Vernunft in meinem Hinterkopf wird immer schwächer. Mit einer entschlossenen Handbewegung greife ich in das Säckchen und streue die Hälfte des Krautes in die Tasse mit dem dampfenden Tee.

Es ist ja nur ein wenig, lockt die dampfende Tasse mich. Schmeichelnd. *Nur, damit du schlafen kannst, Louise.*

Ich zähle die Sekunden an der Taschenuhr ab und denke an gar nichts. Dann trinke ich rasch hintereinander drei brennend heiße Schlucke.

Es ist ja nur ein wenig, Louise. Nur ein winziges bisschen. Es wird dich schon nicht in den Wahnsinn treiben.

Mit einem Schrei nehme ich die Tasse und werfe sie gegen die nächste Wand.

Ich liege auf dem Bett, immer noch vollständig bekleidet. Der Schlaf will einfach nicht kommen, obwohl Mitternacht schon lange vorüber sein muss.

Doch es ist mir egal. Das Odisskraut hat sich wie ein weicher Mantel um den Schmerz in meiner Brust gelegt. Mein eigener Atem klingt laut in meinen Ohren. Ein, aus.

Ich lasse meine Gedanken einfach treiben. Immer wieder kreisen sie und kommen schließlich doch zu ihrem Ausgangspunkt zurück.

Zu einer Frage.

Was, wenn ich ebenfalls die Kräfte der Achai besitze?

So vieles ergibt plötzlich Sinn. Etwa Elis Windtanz. Er muss mit seinen Kräften zu tun haben, die Elemente zu beherrschen.

Doch was, wenn ich dergleichen ebenfalls kann?

Bisher habe ich nichts davon bemerkt. Doch nein, das stimmt nicht. Ich kann im Dunklen sehen wie tagsüber. Farben in der Nacht erkennen. Eli muss es wohl auch können.

Ich hatte also von Anfang an recht mit meiner Vermutung, dass er genauso gut wie ich im Dunklen sehen kann.

Ich erhebe mich. Wie eine Schlafwandlerin gehe ich zum Fenster und öffne es. Wind weht mir entgegen und zerzaust mein Haar. Der Boden ist weit entfernt, zu weit, um zu springen und den Fall zu überleben.

Doch was, wenn die Luft mich tragen würde? Wenn ich ohne Seil tanzen könnte, wie in meinen Träumen, hinauf bis zum wolkenverhangenen Mond?

Nein, Louise. Das ist verrückt. Siehst du, der Wahnsinn hat sich längst deiner bemächtigt.

Mit einem tiefen Seufzen schließe ich das Fenster wieder und gehe zurück zum Bett.

Schließlich, endlich, beginnen meine Gedanken verworrener und verworrener zu werden, wie immer, wenn der Schlaf seine Arme nach mir ausstreckt. Noch einige Male schrecke ich hoch, mit einem Gefühl in der Magengrube, als würde ich fallen.

Ich träume, wie ich ohne Seil durch die Luft tanze, den Wind in meinem Haar.

Ich erwache, weil der Boden knarrt. Stöhnend setze ich mich auf, blinzele in das helle Sonnenlicht und kneife sofort mit einem Stöhnen die Lider wieder zu. Mein Kopf dröhnt. Eine Dampflokomotive scheint darin herumzufahren.

Das erste Gefühl, das mich überfällt, ist Scham.

Wie konntest du nur, Louise?

Sei still, antworte ich der tadelnden Stimme in meinem Hinterkopf. *Es ist völlig verständlich, nach solch einer Nachricht etwas zu brauchen, um das aufgewühlte Gemüt zu beruhigen.*

Die Stimme schweigt. Das ist noch schlimmer. Zögerlich öffne ich die Augen erneut.

Emilie ist gerade dabei, sich aus meinem Zimmer zu schleichen. Eine frische Tasse Tee steht auf dem Nachttisch und dampft vor sich hin. Ich räuspere mich vernehmlich.

Emilie zuckt zusammen. Etwas klirrt. Die Scherben der Tasse, die ich gestern zertrümmert habe. Emilie muss sie aufgesammelt haben.

Unverwandt steigt Wut in mir auf. »Was machst du hier?«, knurre ich.

Emilie dreht sich um und blinzelt mich an. »Guten Morgen, Louise!«

»Was machst du hier?«, wiederhole ich.

»Ich habe dir frischen Tee gebracht«, meint sie und deutet auf den Nachttisch.

»Ja, das sehe ich.«

»Entschuldige, dass ich einfach hereingekommen bin. Der Oberste meinte, ich solle nachsehen, ob du noch schläfst. Es gibt Frühstück; im großen Saal.«

»Nun, jetzt bin ich wach«, fauche ich und reibe mir die Schläfen.

Emilie zuckt nur mit den Schultern. »Bist wohl kein Morgenmensch, oder?« Im nächsten Moment zuckt sie zusammen. Ich kann ihre Gedanken förmlich auf ihrem Gesicht lesen.

Halbblut.

»Ähm, ich meinte, magst du den Morgen nicht?«

Ich mache eine undeutliche Geste und schnuppere an dem Dampf, der aus der Tasse aufsteigt. Keine Pfefferminze, Kamille diesmal. Ich starre Emilie an und warte, dass sie verschwindet.

Doch sie macht keine Anstalten, im Gegenteil; sie tritt zögerlich von einem Bein auf das andere.

»Nun sag schon«, murmele ich resigniert.

»Hör mal, es geht mich ja nichts an, aber ... Du solltest dieses Kraut nicht nehmen.«

Ich schlucke. »Woher wusstest du ...«

»Ich kenne den Geruch, Louise. Meinen Vater hat es in den Wahnsinn getrieben. Meine Familie hat alles verloren. Er hat zuerst unser Vieh verkauft, dann unser Haus ... Und dann, als es nichts mehr zu verkaufen gab, und er kein Geld für neues Odisskraut mehr hatte, ist er gestorben. Langsam und qualvoll. Lass lieber die Finger davon. Außerdem ist es verboten, das weißt du doch, oder?«

Ich richte mich auf ignoriere das Pochen in meinem Kopf und klettere aus dem Bett. »Du hast recht«, sage ich.

Emilies Gesicht erhellt sich. »Also wirst du ...?«

»Nein«, gebe ich zurück. »Du hattest recht, als du sagtest, dass es dich nichts angeht. Das tut es nämlich nicht.«

Emilie zieht die Augenbrauen zusammen. »Dann entschuldige bitte vielmals, dass ich dich gestört habe«, sagt sie steif. Im nächsten Moment fällt die Tür lautstark zu, und ich höre, wie sich Emilies Schritte rasch entfernen.

Mit einem Seufzen lasse ich mich wieder auf das Bett fallen, sacke zusammen und verberge den Kopf in den Händen. Ich wollte nicht schroff zu Emilie sein. Sie war nett zu mir, als ich noch ihre Gefangene war. Ich muss mich entschuldigen. Später, wenn mein Kopf nicht mehr so dröhnt.

Hastig stürze ich den Kamillentee hinunter und setze mir dann die Brille auf die Nase. Mein Magen knurrt inzwischen wie ein ausgehungertes Tier. Kein Wunder, ich habe gestern keinen einzigen Bissen zu mir genommen.

Also mache ich mich auf den Weg. Es kann wohl nicht so schwer sein, den großen Saal allein zu finden.

Nur wenige Minuten später schelte ich mich für meine Gedanken. Ich habe mich hoffnungslos verlaufen. Zu allem Überfluss bin ich keiner Menschenseele begegnet. Da war niemand, den ich nach dem Weg fragen hätte können. Voller Ärger knalle ich die Tür der Besenkammer, die ich gerade geöffnet habe, wieder zu. Der Gang, in dem ich mich befinde, ist mir völlig unbekannt. Obwohl es schwer zu sagen ist, ob ich schon einmal hier war. Irgendwie sieht in diesem Gebäude alles gleich aus.

Da, Schritte!

Ich haste los, auf die Schritte zu. Im nächsten Moment erklingt ein leises Summen. Es kommt mir bekannt vor. Während ich noch überlege, wo ich es schon einmal gehört habe, biegt Maku um die Ecke.

»Louise«, sagt er; hörbar erfreut. »Guten Morgen. Ich wollte dich gerade zum Frühstück holen.«

»Du findest dich hier zurecht?«, frage ich verwirrt.

»Ja. Es ist gar nicht so schwer. Ich bin gestern mit Frieda alles abgelaufen«, erzählt er und hakt sich bei mir ein. »Komm, gehen wir frühstücken.«

Ich stolpere neben ihm her. »Frieda? Du meinst doch nicht etwa die Händlerin?«

»Doch, ganz genau. Sie ist eigentlich ganz nett, wenn man sie besser kennenlernt. Und sie hat mir etwas erzählt – ach, Louise, das wirst du mir niemals glauben«, sagt er und strahlt mich an.

Haben sie ihm etwa auch alles erzählt? Über Eli, die Achai, die Schatten?

»Louise?«

»Ich ... was?«, frage ich, in Gedanken versunken.

»Willst du es denn etwa nicht wissen?«

»Doch, sicher«, beeile ich mich zu sagen. »Erzähl nur.«

»Also, ich habe ihr einen Zaubertrick gezeigt.«

Unwillkürlich muss ich lächeln. Natürlich hat er das.

»Du wirst es nicht glauben. Frieda ist ebenfalls Magierin. Aber ihre Magie ist … anders.«

»Inwiefern anders?«, frage ich, nun doch neugierig.

»Es sind keine Tricks«, flüstert Maku. Er ist plötzlich stehengeblieben und sieht mich von unten herauf an. »Es ist Magie. Echte, wahre Magie. Und sie sagte, dass ich ebenfalls begabt bin. Ich war so begeistert! Oft wusste ich ja selbst nicht, wie meine Tricks funktionieren; sie funktionierten eben einfach. Sie will mich unterrichten. Also, wenn ich das will. Doch ich muss natürlich zuerst Dorothea um Erlaubnis fragen. Ach, sie wird es mir niemals erlauben. Sie ist sicher wütend, dass ich weggelaufen bin.« Plötzlich lässt Maku den Kopf hängen.

Ein Schauder rieselt mir über den Rücken. Echte, wahre Magie? Ich glaube nicht an solche Dinge! Das habe ich noch niemals getan. Doch andererseits habe ich auch nicht an Doppelgänger geglaubt. An Visionen. An die Achai.

Plötzlich erklingen die Worte des Obersten wieder in meinen Gedanken.

Denn natürlich gab es auch unter den Menschen solche, die anders waren als der Rest ihrer Art. Sie hatten alle möglichen Fähigkeiten, die denen der Achai zwar nicht glichen, ihnen aber auch nicht unterlegen waren.

Und noch etwas fällt mir ein. Manche von Makus Zaubertricks haben für mich niemals Sinn ergeben. Besonders nicht derjenige mit dem zusammengeklebten Paar.

Nachdenklich sehe ich Maku an, der immer noch bedrückt den Kopf gesenkt hält.

Glaube ich jetzt an all diese Dinge? Ich kann es beim besten Willen nicht sagen. Doch ich habe immer daran geglaubt, dass die naheliegendste Erklärung auch die logische sein muss.

Und hier, jetzt, in diesem Moment, wird mir klar, dass wahre Magie die naheliegendste Lösung *ist.*

Kapitel 3

Maku läuft immer noch neben mir her. »Ich weiß nicht, was ich tun soll«, sagt er leise.

»In Hinblick auf was?«, frage ich und bleibe stehen. Endlich weiß ich wieder, wo wir uns befinden. Gleich nach der Ecke sollte die Tür in den großen Saal zu finden sein.

»Frieda und Emilie haben mir angeboten, hier zu bleiben«, antwortet Maku und presst die Lippen zusammen. »Ich mag es hier. Und ich mag Frieda, Emilie und Julius. Ich würde gerne bleiben. Aber ich vermisse Dorothea. Es war ein Fehler, einfach so zu gehen, ohne mich zu verabschieden. Doch ich war so wütend auf sie, weil sie mir einfach nicht geglaubt hat ... Oh, Louise, denkst du, wir könnten ihr schreiben und sie fragen, ob sie hierherkommen will? Ihr würde es hier auch gefallen, da bin ich sicher!«

Nun scheint Maku schlagartig wieder guter Dinge zu sein. Aufgeregt packt er mich am Arm.

Ich unterdrücke ein Kopfschütteln. Wenn ich eines über Dorothea weiß, dann dass es ihr hier ganz sicher nicht gefallen würde. Sie würde all die Wächter als Verrückte bezeichnen und sie zum eiskalten Abgrund jagen, keifend und die Hände in die Hüften gestützt.

Doch Maku hat recht. Wir müssen unbedingt eine Möglichkeit finden, Dorothea zu kontaktieren. Plötzlich überfällt mich das schlechte Gewissen, das ich die ganze Zeit weggeschoben habe, mit einem Schlag. Sie muss außer sich sein vor Sorge.

»Ich überlege mir etwas wegen Dorothea«, sage ich »Mach dir keine Sorgen.«

Als ich mich schon wieder in Bewegung setzen will, fällt mir plötzlich etwas ein. »Maku ... Du hast doch nicht etwa auch die Gabe der Wächter?«, frage ich.

»Welche Gabe?«

Oh. Sie haben ihm also noch nichts darüber erzählt.

»Elis Augen«, versuche ich es anders. »Ist dir jemals etwas Merkwürdiges an Elis Augen aufgefallen?«

Maku schüttelt den Kopf. »Nein. Was hätte mir denn an denen auffallen sollen?«

»Nichts«, sage ich rasch, atme aber innerlich auf. Also können sie ihn immerhin nicht als Nachwuchswächter rekrutieren. Ich weiß zwar immer noch nicht genau, was die Tätigkeit eines Wächters beinhaltet, doch ungefährlich ist es sicherlich nicht.

»Komm, lass uns frühstücken gehen«, sagt Maku eifrig. »Ich sterbe gleich vor Hunger.«

»Gut«, sage ich und gehe los. Das Gemurmel, das bisher nur unterschwellig zu hören war, wird immer lauter. Tatsächlich, ich lag richtig, hier ist die Tür, die in den großen Saal führt. Ich atme tief durch, dann stoße ich sie auf.

Dutzende Köpfe rucken in unsere Richtung. Tiefes Schweigen breitet sich aus; der eine oder andere hält mitten im Bissen inne.

Unschlüssig sehe ich mich um. Was nun? Soll ich mich einfach an einen der Tische setzen?

»Jetzt komm schon«, sagt Maku, zieht mich an der Hand mit sich zu einem freien Platz und nimmt mir so die Entscheidung ab. Nach kurzem Zögern setze ich mich. Niemand erhebt Einwände.

Im Gegenteil, die anderen senken nach und nach wieder ihre Blicke; das Gemurmel setzt wieder ein. Zum Glück sind nicht viele Menschen hier. Wir sind wohl spät dran.

Ich fasse mir ein Herz, greife nach einem belegten Brot auf einer Platte vor mir und schenke mir Tee aus einer Kanne ein. Nachdem ich das Brot eilig hinuntergeschlungen habe, nehme ich mir ein zweites.

Nun, da der erste Hunger gestillt ist, fällt mir etwas auf: Alle halten Zeitungen in den Händen, tuscheln mit ihren Nebenmännern oder Nebenfrauen und deuten ab und zu auf die Zeilen. Die Stimmung im Saal wirkt seltsam angespannt.

»Ist etwas passiert?«, flüstere ich Maku leise zu.

Er hält inne, seinen Haferbrei zu essen, und zuckt mit den Schultern. »Keine Ahnung.«

Ich erhebe mich langsam und blicke mich hilflos um. Emilie, Frieda, Julius oder gar der Oberste sind nirgends zu sehen. Also entscheide ich mich für eine junge Frau, fast noch ein Mädchen, die gegenüber am anderen Tisch sitzt.

Ich setze ein strahlendes Lächeln auf und gehe auf sie zu. Sie lässt die Zeitung sinken und starrt mich an, als wäre ich direkt aus den kühlen Fluten des Echos gestiegen, um sie mit mir in die Tiefe zu ziehen.

Also gut. Dann eben kein Lächeln.

»Entschuldigung«, sage ich. »Darf ich mir diese Zeitung für einen Moment ausleihen?«

Sie wirft sie mir praktisch entgegen, springt so hastig auf, dass sie ihren Stuhl umwirft, und flüchtet.

»Vielen Dank auch«, rufe ich ihr leicht säuerlich hinterher, hebe die Zeitung auf und kehre zu Maku zurück.

Als ich die Zeitung entblättere, gefriert mir das Herz in der Brust.

»Maku«, sage ich tonlos.

»Was ... Oh.« Seine Augen weiten sich, als er auf die Schlagzeile starrt.

Angriff der Masonischen Armee bei Dreustein zurückgeschlagen.
Grenze weiterhin hart umkämpft.
Tesken sichert Ankor-Drak militärische Unterstützung zu.

Fieberhaft überfliege ich den Artikel. Vergessen ist mein dröhnender Kopf. Man geht auf beiden Seiten von etwa fünfhundert gefallenen Soldaten aus, etwa fünfzig tote Zivilisten. Wieder und wieder lese ich die Worte. Ich sollte es fürchterlich finden, dass schon jetzt so viele Menschen gestorben sind, das weiß ich. Doch es scheint so seltsam weit weg zu sein.

»Denkst du, die Armee von Ankor-Drak wird Grimfels erreichen?«, fragt Maku. Tiefe Sorgenfalten haben sich in sein Gesicht gegraben.

Mein Mund wird schlagartig trocken. Schnell überschlage ich im Kopf die Entfernung. Um die vierzig Wegstunden. Das ist viel. Etwa drei Tage, vielleicht vier, für die berittenen Soldaten, mehr für diejenigen, die marschieren.

»Nein«, sage ich. Obwohl ich beruhigend klingen wollte, zittert meine Stimme. »Die Masonier haben bessere Waffen. Ankor-Drak kann sie nicht schlagen, wenn sie auf Masonischen Boden gelangen. Unmöglich. Außerdem ist der Zirkus sicherlich schon wie geplant auf dem Weg nach Leburg, also wären sie weit von der Grenze entfernt, wenn die Armee von Ankor-Drak im Masonischen Reich einmarschiert. Mach dir keine Sorgen, Maku.«

Noch einmal lese ich den Artikel. Darunter wird auf weitere Artikel verwiesen.

Die Erklärung der Teskischen Königin: »Natürlich werde ich meinem Neffen militärisch beistehen«, steht da. Das interessiert mich wenig. Es ist nur logisch, dass sie dem König von Ankor-Drak beisteht, er ist immerhin ein Verwandter, wie die Überschrift sehr richtig sagt. Doch die Teskische Armee ist klein; in Vena gab es seit Jahrhunderten keinen Krieg mehr.

Berater des Königs äußert seine Vermutung: Anschlag auf Masonischen Kaiser war inszeniert.

Dies allerdings interessiert mich sehr. Eilig blättere ich weiter, bis zu dem dazugehörigen Artikel.

Nach dem Lesen bin ich um keinen Deut weiser. Der Berater vermutet, was ich bereits weiß: Eine Verschwörung steckt dahinter, eine Verschwörung zwischen dem Reichskriegsminister von Ankor-Drak und dem Bruder des Masonischen Kaisers. Doch warum? Der Masonische Kaiser war alt und hatte keine Erben. Sicher wäre die Kaiserkrone ohnehin in wenigen Jahren dem Bruder des Kaisers übertragen worden. Wieso also ein Attentat inszenieren, um seinen eigenen Bruder töten zu lassen? Früher habe ich manchmal Dorotheas Klatschblätter überflogen. Angeblich hatten der Kaiser und sein Bruder eine gute Beziehung zueinander. Aber ich habe ihn gesehen, in meiner Vision. Er hat mit dem Reichkriegsminister von Ankor-Drak das Attentat geplant! Doch warum?

Auch der Berater hat seine Erklärung mit einem schlichten, dick gedruckten »Warum?«, beendet.

Verwirrt falte ich die Zeitung wieder zusammen. Gestern habe ich endlich einige Antworten erhalten, doch es wirkt, als würden gleich unzählige andere Fragen über mich hereinbrechen. Mit langsam, trägen Gedanken, so sirupartig wie der Honig, den Maku vorher in seinen Brei gerührt hat, starre ich auf das Titelblatt.

»*Durmauer Tagesblatt*« steht darauf gedruckt. Maku hatte also recht, wir sind nach Westen gefahren und befinden uns in West-Ankor. Durmau. Das ist beunruhigend nah an der Grenze.

Zum wiederholten Mal an diesem Morgen überschlage ich die Entfernung. Die Kutsche, die uns hierhergebracht hat, muss mit schier unglaublichem Tempo unterwegs gewesen sein. Von Marbor bis Durmau sind es sicher über zwanzig Wegstunden.

Ich räuspere mich. »Maku, könntest du mir zeigen, wie ich zurück in mein Zimmer komme? Ich muss ...«

Eigentlich wollte ich sagen, dass ich mir Notizen machen muss, doch eine bekannte Stimme unterbricht mich.

»Ich hoffe, das Frühstück war wohlschmeckend?«

Vor Schreck zucke ich zusammen. Als ich den Kopf hebe, sehe ich in die Augen des Obersten. Entweder seine Schritte sind unglaublich leise, oder er hat sich angeschlichen.

»Entschuldigt«, setzt er nach. »Ich wollte euch nicht erschrecken.«

»Das Frühstück war gut, danke«, murmele ich.

»Gehen wir eine Runde?«, fragt er an mich gewandt. »Wir haben noch viel zu besprechen.«

Unwillkürlich wandert mein Blick zu Maku.

»Oh, Maku«, sagt der Oberste leichthin. »Frieda hat nach dir gefragt. Sie hat sich freundlicherweise dazu bereit erklärt, dir alles über das Leben hier zu erklären; alles darüber, was wir hier tun.«

Maku nickt. »Vielen Dank«, sagt er ein wenig steif und erhebt sich.

»Ach, übrigens ...«

»Ja?«

»Du solltest Dorothea schreiben«, sagt der Oberste leise. »Sie macht sich sicher große Sorgen. Ich würde dir ja anbieten, dich zurück nach Masonien eskortieren zu lassen, aber der Weg ist mittlerweile bereits viel zu gefährlich. Das kann ich nicht verantworten. Also ist ein Brief der einzige Weg, ihr Bescheid zu geben, dass es dir gut geht«

»Die Post wird noch nach Masonien geliefert?«, fragt Maku verwundert.

»Nein, natürlich nicht. Aber wir Wächter haben andere Wege. Und jetzt lauf«, sagt der Oberste und zwinkert Maku zu.

Maku wirft mir einen unsicheren Blick zu. Ich nicke und lächele ihn an. Nun, da ich weiß, dass wir Dorothea einen Brief schreiben können, ist mir zumindest ein wenig leichter ums Herz. Maku erwidert mein Lächeln, wendet sich um und läuft davon.

»Woher weißt du von Dorothea?«, frage ich an den Obersten gewandt, sobald Maku außer Hörweite ist. »Hat Maku dir von ihr erzählt?«

»Nein«, sagt der Oberste. »Aber auch Makus Gedanken quellen ihm manchmal zu den Ohren heraus. Seltsam, dass ihm gar nicht aufgefallen ist, dass ich eigentlich nichts über Dorothea wissen dürfte. Kommst du?«

Ich bin so sprachlos, dass ich vergesse zu protestieren, als er meinen Arm mit festem Griff packt und mich fortführt.

Wir gehen wieder in den Garten. Heute ist es kühler als gestern, dennoch ist das Wasser der unzähligen Brunnen nicht gefroren. Der Oberste führt mich zu der Bank, auf der wir auch gestern gesessen haben, und lässt sich darauf nieder.

»Setz dich«, sagt er und klopft einladend auf das verwitterte Holz neben sich.

Mindestens tausend Fragen drängen aus mir hervor, doch ich schweige. Ich weiß unmöglich, welche davon ich zuerst stellen soll. Außerdem, wie hat der Oberste gesagt?

Eine Geschichte muss von Anfang bis zum Ende erzählt werden.

Also schweige ich weiter, bis er zu sprechen beginnt.

Nichts hielt Eli mehr in den Schatten. Er war neun Jahre alt und hatte nichts und niemanden mehr in dieser Welt.

Also ging er. Er wollte Martha und die kleine Louise suchen, um sie zu warnen. Er nahm wieder die Gestalt des Bauernjungen an und verschwand aus den Schatten, ohne sich ein einziges Mal umzuwenden.

Es mutet merkwürdig an, dass er wieder die Gestalt des Bauernjungen wählte. Eli war begabt genug, um jede beliebige Gestalt anzunehmen. Mit der eines erwachsenen Mannes wäre es sicher einfacher für ihn gewesen; ein Erwachsener hat es in der Welt leichter als ein Kind.

Und doch blieb er der Bauernjunge. Vielleicht hing sein Herz schlicht und einfach an dieser Gestalt. Vielleicht erinnerte sie ihn an seine Freunde. Oder vielleicht wollte er sich von allem lösen, was mit den Achai zu tun hatte, indem er ganz in dieser Menschengestalt aufging.

Er nahm nichts mit, nur Albins Brief an Martha. Fest hielt er ihn in der Tasche umschlossen und wanderte über Landstraßen, viele Stunden lang. Endlich gelangte er in das Dorf, in das sich Albin immer geschlichen hatte. Ihm war ja mittlerweile klar, dass Martha und Louise hier wohnen mussten.

Doch etwas war merkwürdig. Als Eli nach ihnen fragte, erntete er nur beharrliches Schweigen. Die Menschen wandten ihre Blicke ab, fast so, als hätten sie Angst vor seinen Fragen.

Endlich bekam er aus einer alten Frau, deren Geist schon wirr war, einige Worte heraus: Martha wohnte am Rande der Siedlung im Wald und war bitterarm. Man munkelte, ein

Fluch sei über sie gekommen, weil sie unverheiratet ein Kind geboren hatte. Als Strafe, so sagte man, hatte der Dreigesichtige ihre Tochter entstellt zur Welt kommen lassen. Ihre Augen waren durch und durch schwarz, schwarz wie die Nacht oder der tiefste Schatten.

Also machte Eli sich auf den Weg dorthin. Er war fest entschlossen, wenigstens Albins Geliebte und seine Tochter zu retten. Mit jedem Schritt, den er tat, wurde seine Furcht größer. Er wusste schließlich nur zu gut, was mit Menschen passierte, die sich mit Achai einließen.

Und schließlich erreichte er das Haus.

In diesem Moment halte ich es nicht mehr aus. Eine wilde Hoffnung ist in mir erwacht, eine Hoffnung, die mir bisher noch gar nicht in den Sinn gekommen ist. Was, wenn meine Mutter noch lebt?

»Was passierte dann?«, frage ich. Meine Stimme überschlägt sich, so eng ist meine Kehle plötzlich.

Der Oberste wendet sich um, wieder mit diesem seltsamen Blick, als hätte ich ihn von einem Ort weggerissen, der sehr weit entfernt ist. Langsam und traurig schüttelt er den Kopf.

Die Flamme der Hoffnung verlöscht so schnell, wie sie entbrannt ist. Am liebsten würde ich meine Frage zurücknehmen. Plötzlich bin ich mir nicht sicher, ob ich wirklich wissen will, was als Nächstes passierte.

»Eli kam zu spät«, flüstert der Oberste da. »Er kam zu spät.«

Kapitel 4

Mit einem Schlag brechen all die Nachwirkungen des Odisskrautes über mich herein. Obwohl es nicht besonders kalt ist, schlagen meine Zähne aufeinander.

In mir herrscht nichts als Taubheit. Wie konnte ich mir auch nur einen Moment Hoffnungen machen, meine Mutter wäre am Leben?

»Es tut mir leid, Louise«, sagt der Oberste. Er hebt die Hand, als würde er sie mir um die Schultern legen wollen, doch im letzten Moment lässt er sie wieder sinken, räuspert sich und zieht schließlich seinen Umhang aus, um ihn mir zu reichen.

»Danke«, murmele ich und wickele mich darin ein. Mit leerem Blick starre ich in den Himmel.

Der Oberste schweigt.

»Wo bin ich geboren?«, frage ich schließlich. »Ich kann mich an nichts davon erinnern. Weder an meine Mutter noch an das Waisenhaus, von dem Ora mir erzählt hat. Es ist, als wäre da immer nur der Zirkus gewesen.«

»Nur Wenige erinnern sich an die Zeit vor ihrem vierten Lebensjahr«, sagt der Oberste. »Ein Halbblut wie du stellt da sicherlich keine Ausnahme dar. Du hast mit deiner Mutter ganz in der Nähe von hier gewohnt, in West-Ankor. In einem kleinen Dorf nahe Durmau. Es liegt westlich von hier. Mit dem Pferd ist man in etwa einer halben Stunde dort.«

»Und warum bin ich nicht tot?«, frage ich tonlos. »Liegt es daran, dass ich ein Halbblut bin?«

Der Oberste zuckt mit den Schultern. »Ich weiß es nicht«, sagt er. »Du warst spurlos verschwunden, als Eli zu Marthas Haus kam. Vielleicht hat deine Mutter etwas geahnt. Vielleicht hat sie dich in Pflege gegeben, zu Verwandten oder ins Kloster.«

Ich nicke ruckartig. Ob ich noch Verwandte habe, irgendwo auf der Welt?

»Es tut mir leid«, wiederholt der Oberste. »Die Antworten auf diese Fragen werden wohl immer im Dunklen bleiben.«

»So, wie sie es immer waren«, flüstere ich.

»Soll ich weitererzählen?«

Mit einem tiefen Seufzer lasse ich die Schultern nach unten sacken. Ich bin so müde. Am liebsten würde ich zurück in mein Zimmer gehen, mich ins Bett legen und schlafen. Flüchten vor diesen Wahrheiten, die ich kaum ertragen kann.

»Ja«, antworte ich schließlich dennoch. »Sprich weiter.«

Die Wunden, die der Tod von Elis Freunden hinterlassen hatte, waren noch lange nicht verheilt. Und an diesem Tag, in Marthas Hütte, brachen sie auf. Der Schmerz erfasste ihn wie ein Strudel, der ihn in die tiefsten Tiefen der Finsternis zog. Lange kniete er vor der toten Frau und weinte bittere Tränen. Erneut hatte er es nicht geschafft, den Tod Unschuldiger zu verhindern.

Er war doch nur ein Kind, könnte man dem entgegensetzen. *Wie hätte er es denn verhindern sollen?*

Nun, das ist wahr. Als Erwachsener ist einem wohl klar, dass ein Kind kaum in der Lage ist, solche unbeschreiblichen Dinge zu verhindern, sei es nun ein menschliches Kind oder ein Achai. Doch das ist Erwachsenen nur klar, weil sie eben erwachsen sind. Eli hingegen war noch ein Kind und suchte die Schuld bei sich selbst.

Nicht einmal die kleine Louise hatte er retten können. Sie war und blieb spurlos verschwunden.

Eli beschloss, Martha zu begraben. Er wusste, dass dies bei den Menschen Brauch ist. Gerade in dem Moment, als er sich erhob und sich auf die Suche nach einer Schaufel machen wollte, geschah etwas.

Die Tür der Hütte wurde eingetreten. Eine Gruppe an Menschen stürmte hinein und Chaos brach los.

Später konnte Eli nicht mehr beschreiben, was geschehen war. Er wusste nur noch, dass er sich nicht wehrte, als die Menschen ihn gefangen nahmen und fortbrachten.

Die nächsten Tage verschwammen in seinem Gedächtnis zu einem einzigen Strudel aus Angst und Schmerz. Er hatte zu viel durchmachen müssen. Es geschieht in solchen Situationen oft, dass die Erinnerung brüchig wird.

Wenn dies eine erfundene Geschichte wäre, dann wäre es schwierig, sich an der Handlung festzuhalten und zu beschreiben, was als Nächstes geschah.

Doch es ist keine erfundene Geschichte und so gibt es eine Person, die genau weiß, was als Nächstes passierte.

Mit weit aufgerissenen Augen sehe ich den Obersten an. »Wen meinst du?«, frage ich. Es ist merkwürdig, immer mehr vergesse ich, dass nicht Eli zu mir spricht, sondern dass der Oberste mir berichtet, was Eli ihm einst berichtet hat.

Er zieht eine Augenbraue hoch und deutet auf sich selbst.

»Du warst dabei?« Mein Atem stockt.

»Ja, allerdings, ich war dabei. Und ich war derjenige, der den Befehl gab, Eli nicht zu töten, sondern gefangen zu nehmen. Die anderen hielten mich für verrückt. Doch schließlich gehorchten sie.«

Ich schlinge den Umhang enger um mich. Plötzlich ist mir eiskalt, noch kälter als zuvor. »Warum wollten die anderen ihn töten?«, flüstere ich. »Er war doch ein Kind.«

Der Oberste senkt den Kopf, die Lippen zu einem schmalen Strich zusammengepresst. »Wir wussten nicht, dass er ein Kind war. Ja, er hatte die *Gestalt* eines Kindes, aber er war in erster Linie ein Achai«, sagt er. »Wir Wächter töten Achai, die sich aus den Schatten wagen. Das ist unsere Bestimmung. Unsere Aufgabe. Wir beschützen die Menschenwelt.«

Verwirrt schüttele ich den Kopf. Die Geschichte ist bereits so verworren, dass ich keine Ahnung mehr habe, auf wessen Seite ich eigentlich stehe. In Büchern fiebere ich immer mit denjenigen mit, die unterdrückt werden, weil ich kein Unrecht ertragen kann. Doch wer ist es in diesem Fall, der unterdrückt wird? Nun, ich stehe jedenfalls nicht auf der Seite der Achai, die unschuldige Kinder töten. Bedeutet das, dass ich auf der Seite der Wächter stehe? Obwohl sie Eli ohne Zögern umgebracht hätten, wenn der Oberste nicht eingeschritten wäre?

»Wieso warst du dagegen, ihn zu töten?«, frage ich, weil ich keine Antwort darauf finde.

»Er weinte«, lässt mich der Oberste schlicht wissen.

Erneut schüttele ich den Kopf, meine Gedanken noch wirrer als zuvor. »Nur deshalb?«

»Noch nie zuvor hatte ich einen Achai weinen sehen. Ich wusste nicht, dass sie dazu überhaupt in der Lage sind. Also wollte ich wissen, warum er weinte. Später erzählte er mir natürlich, was geschehen war. Sonst könnte ich dir diese Geschichte nicht erzählen.«

Ich ringe mir ein schwaches Nicken ab. »Wieso wart ihr eigentlich bei Martha?«, frage ich.

»Eine unserer Späherinnen lebte im Dorf. Eine Späherin, wie Frieda eine ist. Unser Geflecht umspannt die ganze Welt, wir haben überall Exposituren, so wie auch in Marbor. Frieda gehört zur Expositur in Marbor. Wann immer es Hinweise darauf gibt, dass Achai ihr Unwesen treiben, werden wir informiert und gehen der Sache nach.«

Ich sehe ihn fragend an.

»Unsere Späherin belauschte zufällig das Gespräch zwischen Eli und der alten Frau, die ihm den Weg zu Marthas Hütte wies. Sofort sah sie, dass der Junge ein Achai war. Sie ritt zum Hauptquartier, das wie erwähnt nicht weit weg war, und erzählte uns davon. Wir brachen unverzüglich auf.«

Erneut nicke ich. Dann fällt mir etwas ein. »Und was ist mit mir?«, frage ich. »Hat die Späherin auch berichtet, dass Martha ein schwarzäugiges Kind hat?«

Der Oberste zögert. »Ja«, sagt er schließlich. »Doch wie ich bereits erzählt habe, war von dem Kind keine Spur zu finden. Die ganze Sache stellte uns vor ein Rätsel.«

»Bis Eli euch erzählte, dass dieses Kind tatsächlich existierte? Die Tochter des Achai Albin und der Menschenfrau Martha?« Es fühlt sich seltsam an, diese Namen auszusprechen. Albin und Martha.

Meine Eltern.

»Nicht exakt. Es gab weiterhin Diskussionen. Nicht alle glaubten an Elis Geschichte mit dem Halbblut, um ehrlich zu sein. Es gab Zweifler. Albins Brief hielten sie für eine Fälschung; oder für die Zeilen eines Verrückten. Manche der Wächter haben wohl bis gestern nicht daran geglaubt, dass ein Halbblut tatsächlich existieren kann.«

»Wieso ist es so wichtig, dass ich ein Halbblut bin?«, frage ich.

Sie ist das Halbblut, das wir suchen!, hat die Frau bei der Versammlung gerufen. *Nun begreift doch, der Tag ist gekommen!*

»Dies ist eine völlig andere Geschichte. Eine, die ich dir später erzählen werde«, erklärt der Oberste.

Ein Anflug von Ärger steigt in mir auf, doch ich schlucke ihn hinunter. Ich will nach Emilie nicht auch noch den Obersten verärgern. Eine leise Stimme in meinem Hinterkopf sagt mir, dass das keine gute Idee wäre. Noch immer bin ich mir nicht sicher, ob ich nun ihre Gefangene bin oder nicht. Würden sie mich gehen lassen, wenn ich das wollte?

Eigentlich will ich nicht gehen. Ich muss alles wissen, alles, egal, ob ich es hören will oder nicht.

Also lehne ich mich auf der Bank zurück. »Entschuldige, dass ich dich mit der Geschichte unterbrochen habe«, sage ich. »Erzähl weiter.«

Eli verbrachte viele Tage in einer Zelle in den Kellern – so lange, bis die Wächter davon überzeugt waren, dass er tatsächlich keine Gefahr darstellte.

Er wurde vor den Rat der Wächter geführt, um seine Geschichte zu erzählen. Alles erzählte er, von Anfang bis zum Ende. Auch Albins Brief legte er dem Rat vor.

Als er geendet hatte, unterbreitete er den Wächtern einen Handel. Er hatte den Plan gefasst, einen Zirkus zu finden, dem er sich anschließen konnte. Wenn sie es ihm ermöglichten, unbehelligt unter den Menschen zu leben, würde er ihnen jeden Wunsch erfüllen.

Zu seiner Überraschung willigten die Wächter ein. Sie forderten jedoch etwas im Gegenzug. Eli wurde damit beauftragt, nach dem mysteriösen Kind zu suchen, nach diesem Mädchen, das angeblich ein Halbblut war – wohin er auch ging. Wenn er sie gefunden hatte, sollte er sie umgehend zu den Wächtern bringen.

Eli fragte nach dem Grund.

Den nannten sie ihm nicht. Sie teilten ihm nur mit, dass es ungemein wichtig war.

Nach langem Zögern willigte Eli ein. Und so kam es, dass die Wächter ihm ein magisches Zeichen in die Handfläche brannten, das er fortan mit sich tragen würde. Ein Zeichen, das allen anderen Wächtern mitteilte, ihn zu verschonen. Die Wächter ließen ihn gehen, schärften ihm jedoch erneut ein, mit vollen Kräften nach dem Mädchen zu suchen.

Eli zog in die Welt hinaus.

Hier endet die Geschichte, denn ich weiß nicht, was als Nächstes geschah. Ich weiß nur, dass Eli tatsächlich zum Zirkus ging. Und dass er das Mädchen zwar fand, seinen Teil der Abmachung jedoch nicht erfüllte.

Das Schweigen zwischen uns wiegt schwer. Ich starre den Obersten an, doch kein Wort verlässt meine Lippen.

»Wieso?«, bringe ich schließlich krächzend hervor. »Wieso erfüllte Eli seinen Teil der Abmachung nicht?«

Der Oberste zuckt mit den Schultern. »Das weiß ich nicht, Louise. Du wirst es ihn selbst fragen müssen.«

»Das ist ja das Problem«, sage ich und presse die Lippen aufeinander. »Ich kann Eli gar nichts fragen, weil ich nicht die geringste Ahnung habe, wo er ist.«

»Aber ich vielleicht«, meint der Oberste geheimnisvoll.

Am liebsten würde ich ihn packen und die Antwort aus ihm herausschütteln. Macht es ihm Spaß, mich zu quälen? Schwer atmend erwidere ich seinen Blick.

»Eines nach dem anderen, Louise«, sagt der Oberste und wackelt mit dem Zeigefinger. »Du kannst nichts von all dem verstehen, wenn du nur wenige Teile der Wahrheit kennst. Erinnere dich nur weiterhin an das Versprechen, das du mir gestern gegeben hast. Es gibt etwas, bei dem du uns helfen musst. Wenn du es versprichst, werde ich dir sagen, wo Eli ist.«

»Also schön«, knurre ich. »Und ich sagte ja schon gestern, dass ich alles tun werde. Du musst mich nicht erneut fragen.« Ich weiß, ich werde kein Wort aus ihm herauszwingen können, das er nicht freiwillig ausspricht. »Erzähl mir doch jetzt bitte, warum es so wichtig ist, dass ich ein Halbblut bin. Wenn du so freundlich wärst?«

»Aber gerne doch«, antwortet der Oberste zuckersüß. »Ich halte meine Versprechen. Immer.«

Und nach dieser Äußerung, für die ich ihm am liebsten den Hals umdrehen würde, fährt er fort.

Prophezeiungen sind etwas Merkwürdiges. In vielen Geschichten spielen sie eine ganz entscheidende Rolle, doch fast jede dieser Geschichten hat dieselbe Moral: Man darf Prophezeiungen nicht trauen. Sie bewahrheiten sich zwar in diesen Geschichten; allerdings nie auf die Art, wie man anfangs dachte.

In dieser Geschichte geht es ebenfalls um eine Prophezeiung. Nein, nicht um eine Prophezeiung. Um *die* Prophezeiung. Die wichtigste von allen.

Vor vielen Jahrhunderten lebte eine Frau. Ihr Name ist längst in Vergessenheit geraten; doch er ist nicht wichtig. Sie braucht keinen Namen. Heute nennt man sie die Erste.

Sie war eine Wächterin; damals, in diesen Zeiten, als es nur wenige Wächter gab. Und sie war der erste Mensch, der die Gabe des Weissagens besaß.

Jede ihrer Prophezeiungen erfüllte sich. Jede einzelne. Und am Ende ihres Lebens, als sie schon eine sehr alte Frau war, machte sie ihre letzte Prophezeiung, eine Prophezeiung über eine Zeit, die damals sehr weit in der Zukunft lag. Über das Ende der Welt.

Die Prophezeiung der Ersten besagt, dass die Achai das große Feuer entfachen werden, das das Ende aller Zeiten einläutet. Ein Feuer, das alles frisst, bis kein Leben mehr möglich ist.

Doch die Prophezeiung ging noch weiter. Sie besagt, dass eine Rettung nur möglich ist, wenn das Tor zwischen den Schatten und der Menschenwelt für immer geschlossen wird.

Die Prophezeiung besagt, dass eines Tages jemand geboren wird, in dem die Seelen beider Welten schlafen: die Seele der Schatten und die Seele der Menschenwelt.

Die Tochter eines Achai und einer Menschenfrau.

Jemand, der das Tor für immer schließen kann.

Ein Halbblut.

Kapitel 5

»Nein!«, rufe ich laut.

Der Oberste blinzelt mich an. »Wie, nein?«

Ich springe auf und stemme die Hände in die Seiten. »Nein«, rufe ich erneut, diesmal noch lauter. »Bei allem Respekt, Ernst, aber das ist der größte Haufen Pferdemist, den ich jemals gehört habe!«

Es ist verrückt, aber für einen Moment hätte ich schwören können, dass der Oberste ein Lachen unterdrückt. Doch schließlich hebt er nur die Augenbrauen und sagt: »Und würdest du mir freundlicherweise erklären, warum?«

Hilflos gestikuliere ich und beginne, vor ihm auf- und abzuschreiten. »Das ergibt doch alles keinen Sinn! Gestern erzähltest du, die Legenden der Achai besagen, dass die Menschen das Feuer über die Welt bringen werden.«

»Das ist richtig.« Er faltet die Hände unter dem Kinn und sieht mich abwartend an.

»Und jetzt berichtest du mir von einer Prophezeiung, die besagt, dass die Achai das Feuer über die Welt bringen werden?« Ich schnaube. »Das ergibt nicht den geringsten Sinn. Was soll das überhaupt sein, ein Tor zwischen den Schatten und der Menschenwelt? Und warum sollte es geschlossen werden? Die Achai haben sich doch in die Schatten zurückgezogen und hindern sich gegenseitig daran, die Menschenwelt zu betreten. Von ihnen droht keine Gefahr. Ich mache mir mehr Sorgen über den Krieg zwischen dem Masonischen Reich und Ankor-Drak.«

»Ahh, Louise«, sagt der Oberste. »Und genau das ist der Punkt, in dem du unrecht hast.«

Kopfschüttelnd bleibe ich stehen. »Ach, habe ich das?«

»Ja, das hast du. Setz dich wieder, bitte. Es macht mich wirr im Kopf, wenn du so vor mir herumläufst.«

Ich schnaube erneut, lauter diesmal. Doch schließlich lasse ich mich wieder auf die Bank sinken und funkele ihn wütend an. »Erzähl«, verlange ich und deute mit dem Finger auf ihn. »Keine geheimnisvollen Geschichten diesmal. Erzähl mir alles, kurz und bündig.«

»Das hatte ich ohnehin vor«, sagt er. »Die nächste Geschichte ist in wenigen Worten erzählt.«

Ich nicke und deute ihm mit einer Handbewegung, fortzufahren.

»Die Achai streben wieder nach Macht.«

Ich reiße die Augen auf. Ein eiskaltes Prickeln breitet sich auf meinem Rücken aus. »Das hat Madame Rosa auch gesagt«, murmele ich.

»Und damit hat sie völlig recht«, knurrt er. »Ich kann dir allerdings ganz genau sagen, was ihr Plan ist. Er ist wundervoll erdacht; genial, könnte man sagen. Absolut genial. Und grauenhaft.«

Ein zweiter, kalter Schwall aus Angst läuft mein Rückgrat hinab. Ich will nachfragen, bringe aber keinen Laut heraus. Doch der Oberste spricht ohnehin von selbst weiter.

»Man könnte meinen, sie haben sich den neuen Zeiten angepasst. Anders als im ersten Krieg wollen sie die Menschheit keineswegs mit offener Gewalt bekämpfen. O nein. Sie scheinen nun verstanden zu haben, dass man ein System am besten bekämpft, indem man an sein Herz gelangt, sich seiner von innen bemächtigt. Nein, das ist nur ein Teil des

Plans. Der zweite Teil des Planes ist, dass niemand mehr an sie glaubt, niemand außer uns Wächtern und einigen Abergläubischen. Nur noch Bruchstücke des Wissens sind erhalten geblieben. Längst sind die Legenden verwaschen und verblichen, in Teile zerfallen und neu zusammengesetzt worden. Und so ...«

»Doppelgänger«, flüstere ich. Vor Schreck erstarre ich. Plötzlich ergibt alles Sinn. Wie ein riesiges Puzzle hat sich alles vor meinem inneren Auge aufgebaut. Und nun habe ich auch das letzte Stück an seinen Platz gelegt.

»Ganz genau«, sagt der Oberste grimmig.

»Wie schlimm ist es?«, hauche ich.

»Sehr schlimm. Wir können nicht sagen, wie schlimm. Die Reichen und Mächtigen bekommt man nur selten persönlich zu Gesicht, also haben wir keine Ahnung, wie viele von ihnen bereits durch Doppelgänger ersetzt wurden. Von einigen wissen wir natürlich. Der Reichskriegsminister von Ankor-Drak. Der Kaiserbruder. Der König von Isgrad. Der Großfürst der vereinigten Fürstentümer. Doch was nützt es uns?« Der Oberste lacht bitter. »Sie sind ununterbrochen von Leibwächtern umgeben.«

»Aber wenn ihr ...«, beginne ich, doch im nächsten Moment schüttele ich den Kopf. »Nein, das ist sinnlos. Wer würde euch glauben?«

»Exakt. Ich sagte, der Plan ist so genial, wie er schrecklich ist. Sie müssen nicht einmal alle Mächtigen ersetzen. Es reicht, Attentate zu planen und Kriege anzuzetteln, wie man sieht.«

»Und die Fähigkeiten der Wächter?«, frage ich rasch. »Es wird doch sicher etwas dabei sein, das ...«

»Nun, natürlich könnte Emilie einen Trank mischen, der sie innerhalb von Sekunden ihres Lebens beraubt. Frieda könnte einen Fluch sprechen, der sie bei lebendigem Leibe verbrennen lässt. Julius könnte ihnen ihre Lebensenergie entziehen und sie in kleine Fläschchen sperren. Doch was nützt uns das, wenn wir nicht an sie herankommen?«

Stöhnend lege ich mir die Hände vor die Augen. »Hat nicht jemand von euch die Fähigkeit dazu, sich unsichtbar zu machen oder seinen Körper an jeden beliebigen Ort zu transportieren?«

Der Oberste seufzt nur. »Du musst noch viel lernen, Louise. Es gibt Dinge, die der menschliche Körper nicht überlebt. Unsichtbarkeit und Ortswechsel gehören dazu.«

»Das heißt, es *gab* Menschen, die diese Fähigkeiten hatten?«, frage ich und schaudere.

»Ja, in der Tat. Sie haben allerdings ihren ersten Versuch nie überlebt. Sie tauchten durchaus an anderen Orten wieder auf, nur waren sie dabei mausetot. «

Ein lang anhaltendes Schweigen breitet sich zwischen uns aus. »Der falsche Eli ist also auch ein Doppelgänger?«, vergewissere ich mich schließlich.

»Ja, davon gehe ich aus.«

»Und Graf von Schwarzenberg?«

Der Oberste richtet sich alarmiert auf. »Graf von Schwarzenberg?«

»Ja. Nein. Ich ... Es ist nur eine Vermutung. Jemand erzählte mir, dass er sich seit einigen Monaten merkwürdig verhält.«

»Dann könnte es sein«, sinniert er. »Das ist tatsächlich ein alarmierendes Zeichen. Er ist verschwunden, nicht wahr?«

»Ja; genau. An dem Tag, als das mit Eli geschah.«

»Nun, dann ist mir alles sonnenklar. Der Achai, der sich Schwarzenbergs Körper bemächtigt hatte, hat wohl eine neue Hülle gefunden.«

»Der falsche Eli«, hauche ich. »Er hat Elis Gestalt angenommen.«

»Du begreifst schnell.«

Meine Gedanken schwirren. Ja, das letzte Puzzleteil liegt an seinem Platz, doch im Endeffekt ist mir nach wie vor absolut nichts klar. Was nun?

»Das Tor muss also geschlossen werden?«, vergewissere ich mich.

»Ja. Sie haben gerade erst begonnen. Noch können wir es eindämmen, vielleicht. Es wird lange dauern, und wir werden unsere gesamte Kraft benötigen. Vielleicht ist es möglich, noch alles zum Guten zu wenden. Aber wenn weiterhin neue Achai aus den Schatten kommen und hier ihr Unheil stiften? Nein, dann ist alles verloren.«

»Und ich soll dieses Tor schließen«, murmele ich.

»Das musst du. Du hast bereits versprochen, dass du es tun wirst. Dass du alles tun wirst, wenn ich dir sage, wo Eli ist.«

Stöhnend greife ich mir an die Schläfen. »Ich weiß aber nicht wie. Ich weiß doch nicht einmal, wo sich dieses Tor befindet.«

Der Oberste seufzt. »Du musst deine Kräfte finden. Du musst es versuchen, Louise. Bitte.«

Ruckartig beuge ich mich nach vorne und fasse ihn am Arm. »Ich werde es tun«, sage ich. »Und du sagst mir nun endlich, wo Eli ist.«

»In den Schatten, Louise«, sagt er leise und sieht sich um, als würden wir belauscht werden. »Er wird in den Schatten gefangen gehalten. Da bin ich mir sicher.«

»Ganz sicher?«

»Ganz sicher.«

Verwirrt nicke ich. Nun, wo er es sagt, klingt das tatsächlich logisch. Natürlich. Meine Vision. Ich war in den Schatten. Warum hatte ich diesen Gedanken noch nicht selbst? Vielleicht liegt es daran, dass ich kaum noch klar denken kann. Ich weiß kaum noch, wo ich all die neuen Informationen einsortieren soll. Mit brennenden Augen starre ich ihn an. Er lächelt; merkwürdig selbstzufrieden.

In diesem Moment fällt es mir wie Schuppen von den Augen.

Das war die ganze Zeit sein Plan.

All die Geschichten, die kleinen Puzzleteile, die er mir langsam vor die Nase gelegt hat. Alles nur, damit ich ihm mein Versprechen gebe. Das Versprechen, ein Tor zu schließen, von dem ich bisher nicht einmal wusste, dass es existiert.

»Und wie sollen wir Eli in den Schatten finden?«, frage ich schließlich mit zusammengebissenen Zähnen.

»*Wir* werden gar nichts tun, Louise. Alle der Wächter sind Menschen; Menschen überleben in den Schatten keine drei Minuten. Glaube mir, das weiß ich nur zu genau. Wenn, dann musst du ihn finden. Aber erinnere dich daran, dass du mir dein Wort gegeben hast.«

Die Wut schwelt inzwischen so heiß in mir, dass ich mit der linken Hand die Rechte umklammere, um dem Obersten nicht höchstpersönlich das selbstzufriedene Lächeln vom Gesicht zu reißen.

All das war sein Plan. Nun muss ich ihm helfen, bin aber keinen Schritt näher daran, Eli zu retten.

Ich stoße lautstark die Luft aus und massiere meine Schläfen. »Ich muss nachdenken«, murmele ich und erhebe mich. »Wenn du mich für eine Weile ...« Augenblicklich wird mir schwindelig. Im letzten Moment greife ich nach der Rückenlehne der Bank und klammere mich fest. Erst jetzt kommt die Wahrheit wirklich in meinem Kopf an.

Eli wird in den Schatten gefangen gehalten!

Ich muss ihn retten; ihn zurückholen, um jeden Preis. Doch wie? Wie soll ich das Tor zu einer Welt finden, an die ich vor einigen Tagen noch nicht geglaubt habe – nein, von der ich nicht einmal wusste, dass sie existiert?

»Du solltest dich etwas ausruhen«, sagt der Oberste. »Später bringe ich dich zu Johanna. Sie weiß am meisten über die alten Legenden, vielleicht hat sie einen Einfall, wo du beginnen kannst.«

»Gut«, murmele ich. »Ich werde mich jetzt etwas hinlegen, um ...« Schon setze ich mich schwankend in Bewegung, da ruft der Oberste mich zurück. »Louise?«

»Ja?«

»Also ist es abgemacht?«, fragt er und starrt mich aus seinen seltsamen Augen an. »Du wirst uns helfen?«

»Du meinst, obwohl ihr mich bewusstlos geschlagen habt und mich in die Kerker gesperrt habt, mit einem Sack über dem Kopf?«, frage ich. »Und obwohl es die ganze Zeit dein Ziel war, mir dieses Versprechen abzunehmen, im Tausch gegen eine Erkenntnis, zu der ich mit ein wenig Zeit zum Nachdenken auch selbst gelangt wäre?«

Es hätte bissig klingen sollen, doch ich bin so erschöpft, dass meine Stimme kaum Kraft hat.

Er antwortet nicht.

»Ja, ich werde euch helfen«, sage ich schließlich. »Ich halte meine Versprechen.«

»Gut. Dann ist es also beschlossen.«

»Dann ist es also beschlossen.«

Wieder will ich davongehen, auf unsicheren Füßen, doch dann bin es diesmal ich, die sich noch einmal umdreht. »Woher weißt du, dass Menschen in den Schatten nicht lange überleben können?«, frage ich.

Der Oberste neigt den Kopf zur Seite und sieht mich lange an. »Weil Eli einige von uns in die Schatten brachte«, sagt er dann. »Wir wollten sie sehen; die Achai nach draußen locken, damit wir sie töten können. Doch dieser Plan schlug fehl. Ich war der Einzige, der lebend zurückkam.«

Kapitel 6

»Komm herein, Mädchen«, sagt Johanna mit ihrer ruppigen Stimme.

Mit unsicheren Schritten betrete ich ihre Kammer und sehe mich um. Noch immer schwirrt mein Kopf; ich kann die neuen Sinneseindrücke kaum einsortieren. Johanna erhebt sich soeben. Vor ihr steht ein knorriger Holztisch. Es riecht nach Kräutern, Büschel davon hängen zum Trocknen an der Wand. Aus einem Kessel dampft es.

»Komm nur, setz dich«, sagt sie und winkt mit einem krummen Finger.

Erst, als ich mich auf den Sessel vor ihrem Tisch fallen lasse, fällt mir auf, wie sehr alles schmerzt. Zischend ziehe ich die Luft ein.

»Geht es dir gut?«

Mit brennenden Augen betrachte ich sie. Warum ist sie plötzlich geradezu freundlich?

Sie reagiert nicht auf mein Starren. »Der Oberste sagt, ich soll dir alles über die Schatten erzählen, was ich weiß«, erklärt sie und rührt einmal in ihrem dampfenden Kessel. »Viel ist es nicht, doch die alten Legenden kenne ich alle auswendig. Vielleicht ist ja etwas dabei, das ...«

Ich höre sie kaum. Mein Blick hängt an dem Dampf, der aus dem Kessel steigt, der Holzdecke entgegen. Er zieht Schwaden in die Luft, die sich langsam auflösen, sich verändern ...

Plötzlich meine ich, Odisskraut zu riechen, obwohl der Dampf aus dem Kessel eher herb duftet. Trotzdem stellen sich sofort alle Härchen in meinem Nacken auf. Die Sehnsucht reißt mir förmlich das Herz aus der Brust. Im nächsten Moment schlottere ich bereits am ganzen Körper.

»Mädchen?«, fragt Johanna mit gerunzelter Stirn. »Mädchen, was ist …«

Als ich vom Sessel rutsche und mit einem dumpfen Schlag auf den Boden pralle, keucht sie entsetzt auf. Im nächsten Moment sehe ich ihr Gesicht über mir. Zuerst fällt es mir schwer, mich zu orientieren. Warum ist unten plötzlich oben? Ach ja, ich bin vom Sessel gefallen. Mühsam kneife ich die Augen zusammen und öffne sie wieder. Noch immer schwebt Johannas besorgtes Gesicht über mir. Sie hat ihre Finger um mein Handgelenk gelegt und fühlt meinen Puls.

Dann ist sie weg. Im nächsten Moment fühle ich Arme in meinem Nacken, jemand hebt meinen Kopf an und legt mir einen Becher an die Lippen.

Odisskraut?

Gierig nehme ich einen Schluck und verziehe das Gesicht. Nein, es ist nur Wasser.

»Aufsetzen«, befiehlt Johanna. »Ganz langsam. So ist es gut.« Etwas Eiskaltes an meinem Nacken lässt mich aufjaulen.

»Gut. Und jetzt leg dich hierhin.«

Johanna führt mich zu einem Bett, das ich bisher noch gar nicht bemerkt habe. Sie nimmt den eiskalten Lappen aus meinem Nacken und legt ihn mir stattdessen auf die Stirn.

»Wann hast du zuletzt gegessen?«, fragt sie streng. »Du bist viel zu dürr. Ich habe zwar wenig Ahnung von der Anatomie eines Halbblutes, das hat wohl niemand, aber gesund kann das dennoch nicht sein.«

Unwillig richte ich mich auf und presse mir den Lappen auf die Stirn. Die Kälte hilft; ich fühle mich schon etwas besser. »Ich habe heute ausgiebig gefrühstückt«, knurre ich.

»Ach was. Und warum ist dein Puls dann so schwach, dass du in Ohnmacht fällst? Zieh dein Kleid hoch.«

Ich starre sie an. »Ganz sicher ni-«

Im nächsten Moment schiebt sie mir schon selbst das Kleid hoch. Ich will ihre Hände wegschlagen, doch sie ist viel zu schnell. Warum bloß fühlt es sich so an, als wären meine Bewegungen viel langsamer als die Welt um mich herum?

»Ahh, ach ja«, murmelt sie, während sie meinen rechten Oberbauch abtastet, so fest, dass ich vor Schmerz aufjaule. »Gut, wieder runter damit.«

Bevor ich reagieren kann, ist das Kleid wieder da, wo es hingehört. »Und jetzt hauch mich an.«

Ich schenke ihr einen wütenden Blick, doch dann gehorche ich trotzig. Warum veranstaltet sie ein solches Theater? Mir ist doch bloß kurz schwindelig geworden. Das kann passieren. Vor allem, wenn man in den letzten Tagen all die Dinge erfahren hat, die ich erfahren habe.

Johanna seufzt nur, nachdem ich ihr ausgiebig ins Gesicht gehaucht habe. »Also, raus mit der Sprache. Wie viel trinkst du?«, fragt sie mürrisch.

»Wie viel ich trinke? Was …?«, frage ich und runzele die Stirn.

»Bier, Wein. Schnaps. Wie viel trinkst du?«

»Gar nichts«, verteidige ich mich. »Es bekommt mir nicht. Ich weiß nicht einmal, wann ich das letzte Mal …«

Oh, zum eiskalten Abgrund. Das Odisskraut.

Johanna streckt mir anklagend einen Zeigefinger entgegen. »Was ist es dann?«

»Ich habe keine Ahnung, was du meinst«, lüge ich rasch.

Johanna lacht nur auf. »Erzähl mir keinen Pferdemist. Wenn deine Augen nicht schwarz wie die Nacht wären, wären sie gelb. Deine Leber fühlt sich an wie die einer Schnapsleiche, die man aus dem Wasser gefischt hat. Was ist es? Und wage es bloß nicht, mich anzulügen.«

Ich schlucke. Ist es wirklich schon so schlimm? Ich habe doch nur ...

Siehst du, das hast du jetzt davon, lässt sich die kleine Stimme in meinem Hinterkopf höhnisch vernehmen.

»Also?«, fragt Johanna. Als ich nicht antworte, bohrt sie ihren Zeigefinger wieder in meinen rechten Oberbauch. Es tut so weh, dass ich mich krümme. Doch sie bohrt weiter.

Also schön. »Odisskraut«, keuche ich. »Also gut, hör schon auf! Es ist Odisskraut.«

Johanna schlägt die Hände zusammen. »Mädchen«, stöhnt sie. »Bist du denn nicht bei Sinnen?«

»Ich wollte doch nur ...«, verteidige ich mich, halte dann aber inne.

Siehst du?, fragt die höhnische Stimme. *Deine einzige Angst ist, dass sie dir dein Odisskraut wegnehmen lässt.*

Aber was, wenn ich es brauchen werde? Was, wenn ich den Weg in die Schatten nicht finde? Wenn ich es nicht schaffe, Eli zu retten? Mit dem Odisskraut werde ich es schaffen, das weiß ich. Und ich werde Eli retten. Auch wenn es mich das Leben kostet.

Ich muss also lügen. Rasch lasse ich den Kopf hängen. »Madame Rosa hat es mir gegeben«, murmele ich. »Die Wahrsagerin. Sie sagte ... ich dachte, es wäre nur, um Visionen hervorzurufen ...«

»Du darfst es jedenfalls nicht wieder nehmen.« Johanna wackelt mit dem Zeigefinger vor meinem Gesicht herum. »Nie mehr, hörst du? Es ist gefährlich, ganz abgesehen davon, dass es verboten ist. Wärst du eine Wächterin, würden wir dich jetzt aus der Organisation verbannen. Hast du noch etwas davon?«

»Ich … nein, ich wollte heute in die Stadt, um … Wie geht es nach Durmau? Es ist nur, damit ich besser schlafen kann, ich …«, lüge ich weiter. Sie darf bloß nicht erfahren, dass das kleine Jutesäckchen noch immer in meinem Zimmer liegt.

»Das wirst du schön bleiben lassen. Ich gebe dir etwas, was deiner Leber hilft, sich selbst zu heilen. Und die nächsten Tage musst du im Bett bleiben. Ich rede mit dem Obersten. Was auch immer er von dir will, es kann warten.«

»Nein«, sage ich rasch und setze mich auf. Der Lappen fällt zu Boden. »Es kann nicht warten! Ich muss einen Weg in die Schatten finden, so schnell wie möglich!«

»Ahh, darum geht es also«, sagt Johanna. »Er will also tatsächlich, dass du das Tor schließt. Mir sagt ja hier niemand etwas.« Sie steht auf, geht grummelnd zu ihrem Tisch und gießt etwas in den leeren Wasserbecher. Erneut hält sie ihn mir an die Lippen, als sie zurückkehrt. »Hier, trink das. Das wird dir helfen. Also, einen Weg in die Schatten, hm?«

»Genau. Weißt du, wie es geht?« Ich nehme ihr den Becher ab und kippe das widerliche Gebräu herunter.

Johanna zuckt mit den Schultern. »Die Legenden besagen, dass man den Geist erweitern muss. Den Schatten in seinen Kopf lassen. Wie genau das geht, kann ich dir nicht sagen. Vielleicht ist es das Beste, du versuchst es einfach, sobald es dir besser geht, hm? Dir wird schon etwas einfallen. Immerhin bist du hier das Halbblut. Es wird sicher funktionieren, wenn du es nur …«

»Ich glaube, ich war schon einmal dort«, sage ich langsam. »In einer Vision. Das Odisskraut …«

Johanna stößt einen Zischlaut aus. »Ich sagte doch, du darfst es nie wieder nehmen. Denke gar nicht erst daran.«

»Ich ... Nein«, murmele ich. »Ich sagte ja, ich habe gar nichts mehr davon.«

Sobald ich zurück in meiner Kammer bin, muss ich den Beutel verstecken, so viel ist sicher.

Johanna betrachtet mich dennoch besorgt. Ihr Gesicht verschwimmt leicht vor meinen Augen.

»Warum bist du auf einmal so nett zu mir?«, frage ich. »Es ist doch sicher auch in deinem Interesse, wenn das Tor geschlossen wird. Wen kümmert es da schon, ob ich lebe oder sterbe? Ich bin mir sicher, dem Obersten ist es gleichgültig.«

Johanna knurrt. »Mag sein. Aber es kommt ohnehin alles so, wie es kommen muss. Und ich bin in erster Linie Heilerin, erst in zweiter Linie Wächterin. Du, Mädchen ...«, erneut deutet sie auf mich, »... Du gehst jetzt in deine Kammer und ruhst dich aus. Das ist mein letztes Wort.«

»Also schön«, murmele ich und rappele mich auf. »Nein, nein, es geht schon«, füge ich eilig hinzu, als Johanna mich stützen will.

»Ich rede mit dem Obersten, keine Sorge«, sagt sie und tätschelt meine Schulter. »Und ich lasse dir dreimal täglich deinen Tee in deine Kammer bringen. Sieh zu, dass du genug isst, hast du verstanden?«

»Zu Befehl«, sage ich und blinzele sie treuherzig an. Als ich mich umwende, wird mir wieder schwindelig. Hoffentlich hat sie mir geglaubt. Hoffentlich. Ich muss so schnell wie möglich in meine Kammer, um ...

»Und keine Ausflüge nach Durmau, hast du das verstanden?«

»Keine Ausflüge nach Durmau«, wiederhole ich, in so folgsamen Tonfall wie möglich. »Versprochen.«

Als ich die Tür der Kammer hinter mir schließe, fällt mir ein Stein vom Herzen. Ich schließe die Augen und lehne mich gegen die kühle, glatte Steinwand.

Ahh, siehst du?, raunt die Stimme. *Wie erleichtert du bist, dass sie dir geglaubt hat. Wie erleichtert du bist, dass dein Odisskraut in Sicherheit bleibt.*

Ich ignoriere es, löse mich von der Mauer und mache mich auf den Weg zu meiner Kammer.

Ich kann nicht schlafen. Jedes Ticken meiner Taschenuhr dröhnt wie ein Paukenhieb in meinen Ohren. Mit jeder Sekunde werden die Krämpfe schlimmer, das Bedürfnis, meine Haut vom Körper zu schälen, größer. Längst ist das Laken schweißnass. Wahrscheinlich habe ich Fieber. Da ist dieser seltsame Schmerz hinter meinen Augen, den ich auch als Kind immer hatte, wenn ich krank war.

Irgendwann halte ich es nicht mehr aus. Mit einem Ruck richte ich mich auf. Mein Blick wandert zu der kleinen Lampe am Nachttisch, doch nein, ich brauche sie nicht.

Ich ziehe mir das Kleid über den Kopf, werfe mir Elis Mantel über, taumele zum Fenster und reiße es auf. Die eiskalte Luft, die mir entgegenschlägt, kühlt meine erhitzten Wangen. Doch es reicht nicht, noch lange nicht. Ich muss nach draußen. Spazieren gehen. Bis meine Gedanken endlich klar werden, bis die Hitze nicht mehr in meinen Adern brennt.

Unsicher betrachte ich den Boden unter mir. Es sind viele Stockwerke. Vier; wie ich feststelle, nachdem ich die Fenster abgezählt habe. Nein, ich kann unmöglich springen, das würde ich nicht überleben. Ob mich jemand überwacht? Würden sie mich einfach nach draußen lassen?

Ich beschließe, es zu wagen. Wenn mich jemand entdeckt, kann ich ja immer noch behaupten, dass ich Johanna suchen wollte und mich dabei verlaufen habe.

Also schlüpfe ich in meine Stiefel, packe einen großzügigen Vorrat an Haarnadeln in Elis Manteltaschen und mache mich auf den Weg.

Bereits nach mehreren Abzweigungen habe ich mich wieder hoffnungslos verlaufen. Doch dies ist im Moment nicht wichtig. Hauptsache, ich finde einen Weg nach draußen.

So leise wie möglich schleiche ich durch die Gänge.

In der Dunkelheit wirkt das Hauptquartier ganz anders. Bei Tag erscheint es warm, fast gemütlich, mit all den Staubkörnern, die in ihrem endlosen Tanz durch die Luft schweben. Nun, in der Stille der Nacht, lassen die Statuen und die Bilder an den Wänden mich schaudern. Es ist, als würden die starren Skulpturen sich bewegen, wenn ich nur einen Moment nicht hinsehe, als würden die Augen der Gemälde mir folgen.

Irgendwo habe ich einmal gelesen, dass das nur eine Illusion ist. Dennoch beschleunige ich mein Tempo und sehe ab und zu über meine Schulter.

Mach dich nicht lächerlich, Louise. Die Kunstwerke sind nicht das, wovor du Angst haben solltest.

Trotzdem atme ich erleichtert auf, als ich endlich eine Tür finde, die in das große Treppenhaus führt. Jetzt kann ich mich einigermaßen orientieren. Ich muss nur drei Stockwerke nach unten und dann durch die kleine, unscheinbare Tür in den Garten.

Tatsächlich führt mein Weg mich zu der Tür, die ich nach den Spaziergängen mit dem Obersten schon kenne. Natürlich ist sie verschlossen.

Doch das hält mich nicht auf. Es dauert nur einige Sekunden, bis ich das Schloss geknackt habe.

Als ich den Garten betrete, ist es, als würde eine schwere Last von meinem Rücken fallen. Erleichtert atme ich die frische, kalte Nachtluft ein.

Meine Augen brennen zwar immer noch vor Müdigkeit, doch plötzlich erfüllt mich Grauen, wenn ich nur daran denke, in meine Kammer zurückzukehren.

Ich habe es schon immer gehasst, nicht einschlafen zu können. Dieses Gefühl, den Sekundenzeiger vorwärtsticken zu hören, während alle anderen längst in den erlösenden Schlaf versunken sind, ist schrecklich. Dieses Gefühl, der einsamste Mensch der Welt zu sein.

Im nächsten Moment korrigiere ich mich. Ich bin kein Mensch. Zumindest nicht ganz. Genau dies ist ja hier das Problem.

Früher wäre ich in einer solchen Nacht in Dorotheas Wagen geschlichen, um mich von ihr trösten zu lassen. Doch nun ...

In Gedanken verloren gehe ich einfach los, ohne meine Schritte zu lenken. Ja, ich schließe sogar ab und zu probehalber die Augen. Genau wie damals mit Eli. An seinem Arm. Wie jedes Mal, wenn ich an Eli denke, zieht mein Herz sich zusammen, dass es sich anfühlt, als wäre es nur noch ein Bleiklumpen. Plötzlich kommen mir die Worte der Barfrau in den Sinn. Ein Echo aus einem Leben, das weit zurückliegt.

Der Schmerz lässt nach.

Doch der Schmerz lässt nicht nach. Im Gegenteil. Er frisst sich immer tiefer und tiefer in meine Brust. Jeder Gedanke an Eli ist schlimmer als der zuvor. Doch wie soll es auch besser werden, wenn ich weiß, dass Eli nicht tot ist, sondern leidet?

Ich muss ihn finden. Ich muss ihn retten. Um jeden Preis. Doch wie?

Du musst die Schatten in deinen Kopf lassen.

Ich bin so in Gedanken versunken, dass ich vor Schreck zusammenzucke, als ein schmiedeeiserner Zaun meinem Weg ein Ende setzt. Ich habe das Ende des Gartens erreicht.

Dahinter ist nichts, nur Wald.

Ich sehe mich rasch um. Doch nein; niemand ist mir gefolgt. Das hätte ich bemerkt.

Ehe ich Angst vor meinem eigenen Mut bekommen kann, klettere ich schon den Zaun empor und schwinge mich über die scharfen Spitzen, eine Warnung an jeden, bloß nicht einzubrechen. Doch ich breche ja nicht ein, ich breche aus.

Schweratmend wende ich mich um und versuche, den dichten Wald mit meinen Blicken zu durchdringen. Es ist totenstill. Kein Rascheln im Unterlaub, kein Schrei einer Eule.

Du musst die Schatten in deinen Kopf lassen.

Also gut. Ich habe zwar keine Ahnung, wie ich die Schatten in meinen Kopf lassen soll; doch irgendetwas sagt mir, dass der nächtliche Wald ein geeigneter Ort für dieses Unterfangen ist.

Also setze ich den ersten Schritt zwischen die Bäume, dann den zweiten. Immer schneller werde ich, bis ich laufe.

Plötzlich fühle ich mich wie im Rausch gefangen. Nicht im Rausch des Odisskrautes, nein. In einer anderen Art von Rausch, einem seltsamen Taumel der nackten Verzweiflung, der jeden Gedanken hinwegwischt.

»He«, brülle ich mit meinem besten Dämonengrollen in den Wald hinein. Es kommt nur abgehackt über meine Lippen, zu schwer geht mein Atem. »He, ihr Schatten! Verschlingt mich; los; kommt schon! Ihr könnt mich haben, hört ihr? Aber gebt mir Eli zurück!«

Nichts passiert. Natürlich nicht.

Als meine Kehle so eng ist, mein Herz so schnell pocht, dass ich keine Luft mehr bekomme, bleibe ich stehen. »Los doch«, brülle ich erneut, völlig außer Atem. »Kommt mich holen!«

Nichts antwortet mir. Nur ein leises, gedämpftes Gluckern ist zu hören. Hier muss irgendwo ein Bach sein. Wahrscheinlich ist seine Oberfläche gefroren, es ist kalt genug dafür.

Zitternd und mit brennenden Tränen hinter den Augen drehe ich mich taumelnd um mich selbst, die Arme ausgebreitet. Und ich schreie. Keine Worte, sinnlose, gutturale Laute. Schreie den Schatten alles entgegen, was meine gequälte Kehle noch geben kann.

Irgendwann kann ich nicht mehr. Ich brauche Wasser, dringend. Und ich muss mir das Gesicht waschen. Schweiß und Tränen kleben an meinen Wangen.

Mit unsicheren Schritten bahne ich mir den Weg zwischen den Bäumen hindurch, stolpere über Wurzeln und Büsche. Endlich glitzert der kleine Bach vor mir. Das spärliche Mondlicht lässt das dünne Eis leuchten, mit dem er überzogen ist. Wenn es eine andere Nacht wäre, wenn alles anders wäre, würde ich die Szenerie vor mir bewundern. Der nächtliche, frostige Wald, der kleine Bach, in dem die Fische unter dem Eis schlafen und auf den Frühling warten.

Doch es ist diese Nacht, keine andere.

Mit einem Stein breche ich das Eis, trinke einen Schluck von dem Wasser, das so kalt ist, dass es meine Kehle förmlich zu verätzen scheint.

Dann falle ich am Bachufer auf die Knie.

»Los doch, ihr Schatten«, flüstere ich ein letztes Mal in die Nacht. »Kommt schon und holt mich.«

Nur das leise Gurgeln des Baches antwortet mir. Fast ist mir, als würde er mich verhöhnen. *Louise*, gluckert er sanft. *Louise …*

Ich nehme den Stein und schleudere ihn von mir, auf das Eis. Er durchschlägt es nicht, sondern bleibt darauf liegen.

Louise, murmelt der Bach weiter. *Kannst du mich hören?*

Ich ziehe die Stirn in Falten. *Was …*

Louise, kannst du mich hören?

Ich erstarre. »Wer ist da?«, flüstere ich.

Niemand antwortet. Verächtlich schüttele ich den Kopf. Reine Einbildung. Kein Wunder; ich werde verrückt. Nun ist es wirklich soweit.

Doch da, erneut. Lauter diesmal.

Louise, du kannst mich hören?

»Wer ist da?«, flüstere ich wieder, sehe mich um, doch da ist niemand. Niemand, der zu mir gesprochen hat.

Du kannst mich hören, du kannst mich wirklich hören?

»Wer ist da?«, frage ich erneut, lauter diesmal, kratziger. Meine Stimme bebt. Und dann, noch einmal. »Wer ist da?«

Mein Name ist Albin.

Ich schnappe rasselnd nach Luft. Der Wald beginnt sich vor meinen Augen zu drehen, immer schneller, immer schneller, bis alles in Schwärze versinkt und ich kaum noch Schemen erkennen kann.

Das kann nicht sein. Es ist nicht möglich.

Und dennoch wispere ich eine Antwort in die Nacht. Ein Wort nur, ein leiser Hauch.

»Vater?«

Kapitel 7

»Louise«, wispert die Stimme wieder, kaum hörbar unter dem Gluckern des Baches. *»Du kannst mich wirklich hören. Mein Kind …«*

Noch immer dreht sich alles um mich. Noch immer brennt die Hitze des Fiebers in meinen Adern, dennoch schlottere ich am ganzen Körper.

Das kann nicht sein. Es darf nicht sein. Albin ist tot!

Es muss ein Trick sein, fällt mir siedend heiß ein. Ein Trick der Achai. Sie haben mich gefunden. Sie spielen mit mir. Diese Erklärung ist die naheliegendste, also muss sie stimmen.

»Ich hatte schon jede Hoffnung aufgegeben«, flüstert die Stimme. Voller Schmerz.

»Nein.« Es kommt tonlos über meine Lippen. »Nein!«

Ich gehe einen Schritt zurück, dann noch einen. Weg hier, weg. Sie dürfen mich nicht fangen. Ich muss Eli retten, das Tor schließen … Doch dann halte ich inne, plötzlich unschlüssig.

Und was, wenn es kein Trick ist?

»Sag mir etwas, was nur du wissen kannst«, zische ich. »Etwas, was die anderen Achai nicht wissen.«

Schweigen.

Das Schlagen meines eigenen Herzens klingt mir laut in den Ohren. Als ich soeben einen weiteren Schritt setze, nur weg hier, weg, höre ich die Stimme erneut.

»Du hast ein kleines Feuermal auf deinem linken Knöchel«, erklingt die Stimme, lauter diesmal. »Es sieht ein wenig aus wie ein Stern. Deine Mutter sagte immer, es ist ein Andenken an die Zeit, in der du noch mit den Sternen geflogen bist. Ein Zeichen dafür, dass du ein Wunder bist.«

Mir wird wieder schwindelig. Langsam und keuchend atme ich aus. Es stimmt. Das kleine Feuermal, das ich als Kind immer berührt habe, weil ich davon überzeugt war, dass es Glück bringt.

Ein Wunsch, der bisher nicht in Erfüllung gegangen ist. Also habe ich eines Tages damit aufgehört.

Meine Gedanken rasen. Ist dies etwas, das die Achai wissen können? Nein, unmöglich. Auch der falsche Eli hat mich niemals mit bloßen Füßen gesehen. Also kann es nur eine Erklärung geben …

Tränen schießen mir in die Augen. »*Vater*«, flüstere ich.

Ein Windhauch fährt über mein Gesicht. Seltsam warm, wie ein Sommerwind in der kalten Winternacht. »Louise«, wispert Albin. »Oh, Louise. Wie gerne ich dich in die Arme schließen würde. Doch das ist leider nicht möglich. So lange habe ich auf diese Nacht gewartet …«

Ist das ein Traum? Es muss ein Traum sein. Ein schöner Traum. Ich lehne mich dem Wind entgegen, lasse mich darin sinken, wie in eine Umarmung.

Der warme Wind trocknet meine Tränen. Doch sie fließen unbeirrt weiter. Immer weiter. »Wie ist das möglich?«, schluchze ich. »Ich dachte, du wärst tot … Der Oberste sagte, sie haben dich hingerichtet … Ich …«

Ich weiß nicht, ob eine körperlose Stimme weinen kann. Doch es klingt, als würde Albin weinen.

Schließlich scheint er seine Fassung wiedergewonnen zu haben. »Nun, es ist schwer zu erklären, was ich bin. Ich bin nicht tot, nein. Doch lebendig bin ich auch nicht. Gehen wir ein Stück? Das wird eine lange Geschichte.«

Es ist seltsam, neben einer körperlosen Stimme durch den Wald zu schreiten. Besonders, wenn diese körperlose Stimme mein Vater ist, von dessen Existenz ich erst einen Tag zuvor erfahren habe.

Und doch fühlt es sich merkwürdig richtig an.

»Wo gehen wir hin?«, frage ich, als meine Tränen endlich getrocknet sind.

Albin – mein Vater! – lacht leise und wehmütig. »Oh, es wird dir gefallen, mein Kind. Ich wollte früher immer mit dir dorthin, wenn du erst älter bist. Aber dann ... Nun ja.« Er seufzt.

»Was ist geschehen?«, frage ich. »Ich dachte, du ...«

Vater scheint zu zögern. »Nun, was der Oberste dir gesagt hat, stimmt. Sie wollten mich hinrichten, ja. Doch dann ... geschah etwas.«

»Was geschah?«, frage ich.

»Ich kann es dir nicht genau erklären. Nicht vollständig. Doch ich verließ meinen Körper, dort, in meiner Zelle in den Schatten. Ich musste es einfach versuchen. Schließlich wusste ich, dass ihr in Gefahr seid, du und Martha«

»Du hast *deinen Körper verlassen*?«, frage ich mit bebender Stimme.

»Ja, genau. Es ist seltsam. Es existieren zwar alte Legenden darüber, doch ich hielt es für einen Mythos. Nun ja, bis ich es selbst tat.«

»Deinen Körper verlassen?«, frage ich noch einmal. »Und was ist jetzt mit deinem Körper?«

»Ich weiß es nicht«, antwortet Albin leise. »Ich weiß nur, dass ich es nicht geschafft habe, zurückzukehren. Er verfällt wohl, irgendwo da unten in den Schatten. So wie jeder seelenlose Körper verfällt. Nein; für eine Rückkehr ist es zu spät. Auch einen anderen Körper kann ich nicht mehr annehmen.«

Ich schlucke. Weil ich nicht weiß, was ich darauf erwidern soll, sage ich gar nichts.

Schweigend gehen wir weiter durch den nächtlichen Wald, ich und die körperlose Stimme meines Vaters.

»Wir sind da«, erklingt Albins Stimme schließlich ein Stück vor mir. »Es ist so schön wie eh und je ...«

Mit klopfendem Herzen gehe ich weiter, werde schneller, und ...

»Vorsicht«, unterbricht Albins Stimme. Plötzlich weht mir ein Luftstoß entgegen und reißt mich fast von den Füßen.

Im nächsten Moment sehe ich es. Ein Abgrund hat sich vor mir aufgetan, direkt vor mir, ohne jegliche Vorwarnung. Ohne Albin wäre ich sicher hinuntergestürzt. Scharf ziehe ich die Luft ein.

Im ersten Moment ist mir nicht klar, welchen Sinn die steilen, kreisrund behauenen Felswände ergeben, die sich trichterförmig in den Boden winden. Die Felsblöcke sind mit wilden Ranken überwachen, ihr ursprünglicher Zweck kaum erkennbar.

Dann wird es mir klar.

Ein Amphitheater.

»Was sagst du?«, fragt Albin.

Ich reiße den Mund auf, gebe einen schwachen Laut von mir und schließe ihn wieder. Das Theater wirkt, als wäre es einem meiner Bücher entsprungen. Zwischen den Seiten eines Buches wäre dies ein verwunschener Ort, an dem der Nachhall alter Tage erklingt. Ein Ort, an dem wichtige Dinge geschehen. Das Licht der funkelnden Sterne taucht alles in unstete Dämmerung.

Etwas regt sich in meiner Brust, etwas, was ich lange nicht gespürt habe. Erst, als sich Wärme in mir ausbreitet, wird es mir klar: eine Emotion, die weder Verzweiflung noch Angst ist. Glück ist es nicht, nicht ganz, nicht wirklich. Doch etwas, was dem sehr nahekommt.

»Es ist wunderschön«, hauche ich. »Einfach wunderschön.«

»Das finde ich auch«, sagt Albin leise. »Komm, setz dich.« Einige Ranken flattern im Wind.

Ich gehe darauf zu, schiebe sie beiseite und setze mich. Ist das wirklich kein Traum? Es fühlt sich noch immer wie ein Traum an. Doch irgendwann in den letzten Wochen habe ich es wohl aufgegeben, Dinge zu sehr zu hinterfragen.

Wir schweigen wieder, lange.

»An diesem Ort bin ich deiner Mutter begegnet«, erzählt Albin schließlich. »Immer, wenn ich mich aus den Schatten schlich, kam ich hierher. Und eines Nachts war sie plötzlich da. Saß genau da, wo du jetzt sitzt. Sie kam immer zum Nachdenken hierher. Nachts. Martha hatte niemals Angst, vor nichts und niemandem. Nicht vor der Dunkelheit. Auch vor mir nicht.«

Ehrfürchtig streiche ich über den Stein, auf dem ich sitze. Fast ist es, als würde er mir etwas zuflüstern, mir uralte, längst vergessene Geschichten erzählen.

»Was passierte, nachdem du deinen Körper verlassen hast?«, frage ich schließlich.

»Ich – meine Seele, wenn du so willst – verließ die Schatten. Nur ein Ziel hatte ich: Ich musste euch warnen. Und tatsächlich, deine Mutter hörte meine flüsternde Stimme. Sie brachte dich ins Nachbardorf, zu der alten Hebamme, die dich auf die Welt geholt hat. Sie war die Einzige, die den Kopf nicht abwandte, wenn sie deiner Mutter begegnete. Die einzige Vertraute, die sie noch hatte. Bei ihr warst du in Sicherheit, zumindest vorerst. Martha ... Ich habe ihr gesagt, dass sie ebenfalls dort bleiben soll, am nächsten Morgen mit dir weggehen soll, weit weg, doch ...« Albins Stimme verklingt.

»Was dann?«, frage ich. Im nächsten Moment würde ich mir am liebsten auf die Lippen beißen. Ich weiß, was danach geschah.

Albin seufzt. »Ich habe sie gewarnt. Ich habe ihr gesagt, dass sie nicht nach Hause zurückkehren darf, niemals. Dass sie weit weggehen soll. Doch sie wollte nur noch einmal zurück, ihre spärlichen Besitztümer holen ...«

»Warum?«, flüstere ich.

»Ich weiß es nicht. Deine Mutter konnte schrecklich stur sein. Und wie ich sagte, sie hatte niemals Angst. In diesem Fall wäre es besser gewesen, sie hätte Angst gehabt.«

Ich schweige. Wenn Albin einen Körper besäße, ein Gesicht, dann würde er traurig lächeln, da bin ich mir sicher.

Auch er sagt nichts mehr.

Meine Gedanken beginnen sich in meinem Kopf zu drehen, immer schneller, wie auf einem der kleinen Aufziehkarussells, von denen Ora immer schwärmt. Auf einmal überfällt mich die Müdigkeit doch. Warum kommt sie immer im völlig falschen Moment? Ärgerlich schüttele ich den Kopf. Ich muss wach bleiben. Was, wenn das doch alles nur ein Traum ist? Was, wenn ich daraus erwache, sobald ich einschlafe?

»Wieso hast du zuvor nie mit mir gesprochen?«, frage ich. Meine Stimme klingt leise, verängstigt, wie die eines kleinen Mädchens. »Ich war die ganze Zeit allein, ich ...«

Albin lacht leise auf. »Du denkst wirklich, ich hätte es nie versucht? Ich habe es versucht. Jede Nacht. Jede Sekunde. Habe dich gerufen, immerzu. Manchmal, vor allem in den Herbstnächten, war mir fast so, als würdest du mich hören ... Manchmal, wenn dein Blick so merkwürdig leer wurde ...

Doch dann hast du jedes Mal den Kopf geschüttelt. Und ich blieb zurück, nur ein leises Flüstern im Wind. Vielleicht kannst du mich nun hören, weil du begonnen hast, die Schatten in deinen Kopf zu lassen.«

Obwohl meine Augen brennen, kommen keine Tränen mehr. Vielleicht habe ich sie alle vergossen.

»Warst du bei mir?«, frage ich mit zitternder Stimme. »Hast du gesehen, was passiert ist?«

»Das habe ich. Das habe ich ...« Wieder streicht der warme Lufthauch über mein Gesicht.

»Was soll ich nur tun, Vater?«, flüstere ich voller Verzweiflung. »Was soll ich nur tun?«

Albin schweigt. »Du bist inzwischen erwachsen, mein Kind. Du musst selbst entscheiden, was das Richtige ist.«

»Aber was denkst du? Ich weiß längst nicht mehr, was richtig und was falsch ist ...«

Wieder schweigen wir.

»Ich denke, dass du das Tor schließen musst«, sagt Albin schließlich. »Nur so ist garantiert, dass nie wieder einem unschuldigen Menschen solche Dinge widerfahren, wie sie deiner Mutter widerfahren sind. Oder Elis Freunden. Es ist eine schwere Aufgabe, ja. Eine undankbare Aufgabe. Aber ich bin mir sicher, dass du es schaffen wirst. Du bist stark. Wie deine Mutter es war.«

»Aber die Menschen ... Sie bringen sich doch sowieso gegenseitig um. Egal, ob mit den Achai oder ohne.« In seltsamer Bitterkeit kommen diese Worte über meine Lippen.

»Ich weiß, Louise. Ich weiß das. Aber viel mehr als Hoffnung auf die Zukunft bleibt einem doch nicht mehr in dieser Welt, nicht wahr?«

»Vielleicht hast du recht«, murmele ich. »Doch das Tor ... ich habe keine Ahnung, wie ich es schließen soll. Ich weiß ja nicht einmal, wie ich es finden kann.«

»Ich werde dir helfen, es zu finden«, erklingt Albins körperlose Stimme direkt neben meinem Ohr. »Sei morgen Nacht wieder hier. Dann beginnen wir.«

»Morgen Nacht? Aber …« Rasch sehe ich zum Himmel. Erst da bemerke ich, dass schon ein leichter Schimmer von Morgenröte den Horizont überzieht.

»Ich muss bald gehen. Sobald der erste Sonnenstrahl den Horizont erreicht. Du solltest versuchen, noch ein wenig zu schlafen.«

»Schlafen? Aber …« Plötzlich fällt mir auf, wie kalt es ist. Schlotternd wickele ich mich enger in Elis Mantel. Die Müdigkeit sitzt mir bleischwer in den Knochen. Niemals werde ich in diesem Zustand zum Hauptquartier zurückfinden.

Albin lacht leise. »Keine Sorge. Siehst du die kleine Steinhütte? Direkt da vorne, neben dem umgestürzten Baum?«

Mein Blick irrt herum, bis er tatsächlich an einer halb verfallenen Steinhütte hängen bleibt.

»Dort kannst du schlafen. Es ist windgeschützt, wenn du ein Feuer anzündest, hast du es warm. Geh nur schlafen. Ich bleibe, so lange ich kann, und wache über dich.«

Halb kletternd, halb stolpernd bahne ich mir meinen Weg über die von Ranken umwachsenen Blöcke. Vor langer, langer Zeit müssen sie vielen Menschen Platz geboten haben. Menschen, die mit der Darbietung in ihrer Mitte mitgefiebert haben, den Schauspielern zugejubelt haben. Endlich habe ich die Hütte erreicht und spähe vorsichtig ins Innere. Sie ist in erstaunlich gutem Zustand und das Dach intakt. Ein Stapel Feuerholz liegt in der Ecke.

»Den müssen wir hiergelassen haben, Martha und ich«, sagt Albin wehmütig. »Dies war unser Versteck, unser kleines Reich. Ich denke nicht, dass seitdem jemand hier war. Die Menschen haben wohl längst vergessen, dass dieser Ort existiert. Niemand wagt sich so tief in den Wald.«

Meine Hände sind schon so eingefroren, dass ich es kaum schaffe, die Scheite aufzutürmen und sie mit meinem Feuerstein zu entzünden. Doch schließlich, endlich, brennen sie.

Als das Feuer emporzüngelt, rolle ich mich in einer Ecke zusammen und breite Elis Mantel über mir aus. Es ist immer noch kalt, eiskalt sogar, doch erfrieren werde ich wohl nicht.

»Bist du noch hier?«, frage ich in die Nacht hinein.

»Ja. Noch.«

»Und das ist kein Traum?«, vergewissere ich mich.

Albin lacht leise und liebevoll. »Nein. Kein Traum. Obwohl es mir ebenfalls wie ein Traum vorkommt. Doch ich träume nicht mehr, seit ich ... Nun ja.«

Die Müdigkeit überrollt mich wie eine Woge. Als mir schon die Augen zufallen, reiße ich sie noch einmal auf. Plötzlich fällt mir auf, dass ich nicht an Eli gedacht habe, kein einziges Mal, seit ...

»Eli«, sage ich rasch. »Kannst du ihm eine Nachricht zukommen lassen, Vater?«

Albin zögert. »Eine Nachricht? Nun ... Ich kann es versuchen ... Wenn er mich hören kann ...«

»Bitte.«

»Ja, natürlich. Ich werde ...«

In dem Moment, als der erste Sonnenstrahl in die verfallene Steinhütte dringt, verklingt seine Stimme.

»Vater?«, frage ich. Das Wort fühlt sich merkwürdig an, fremd, doch ich bin zu müde, um mich darüber zu wundern. Oder mich zu fragen, ob dies nicht doch nur ein Traum ist.

Es kommt keine Antwort mehr. Nur das leise Knistern der Flammen ist da, lässt meine Gedanken schwer werden.

Ich vergrabe meine Nase tiefer in Elis Mantel. Inzwischen riecht er nicht mehr nach ihm; nur nach mir selbst.

In diesem Moment ist der Schmerz in meiner Brust wieder da, als wäre er niemals weggewesen. Wie ein Echo des Feuers flammt er auf.

Doch im nächsten Moment bin ich schon eingeschlafen.

Kapitel 8

Es ist schon nach Mittag, als ich mich wieder über den Zaun schwinge und auf das Hauptquartier zueile. Ob jemand bemerkt hat, dass ich weg war? Wahrscheinlich.

Doch eigentlich ist es mir gleichgültig. Seit ich in der kleinen Steinhütte erwacht bin, den Geruch des Feuers noch in meinem Haar und meiner Kleidung, hat sich eine seltsame Taubheit über meine Gedanken gebreitet. Habe ich geträumt? Ist es der Wahnsinn, der mich verschlingt? Liegt es an den Schatten, die ich in meinen Kopf gelassen habe? Vielleicht flüstern sie mir all diese Dinge ein, um mich nach und nach zu zerfressen.

Vor gar nicht allzu langer Zeit habe ich an logische Erklärungen geglaubt. Und nun? Für das, was gestern geschehen ist, gibt es keine logische Erklärung. Ich mache mir inzwischen gar nicht mehr die Mühe, eine zu finden.

Endlich habe ich die bereits altbekannte kleine Tür erreicht. Mit einem tiefen Seufzen lege ich meine Stirn an die kühle Backsteinmauer und wappne mich für das, was kommen wird. Ich weiß zwar nicht, was kommen wird, doch etwas Gutes kann es kaum sein.

Ein leises Räuspern reißt mich aus meinen Gedanken.

Ich wirbele herum und blicke direkt in die Augen des Obersten.

Seine Stirn ist umwölkt. Mit auf dem Rücken verschränkten Armen steht er da und starrt mich finster an.

»Wo warst du?«, fragt er mit seiner üblichen emotionslosen Stimme.

Mein Herz macht einen kleinen Satz. Automatisch schlinge ich die Arme um meinen Oberkörper. Ich weiß, dass er mir nichts anhaben kann. Er braucht mich noch. Dennoch flößt er mir in diesem Moment Furcht ein. Hier, jetzt, ist mir zum ersten Mal klar, warum er der Oberste der Wächter ist. Es ist, als würde die Luft um seine hochgewachsene Gestalt knistern. Er sprüht eindeutig vor Zorn.

»Ich konnte nicht schlafen«, sage ich schwach. »Also habe ich einen Spaziergang gemacht. Johanna sagte, dass ich die Schatten in meinen Kopf lassen muss, und genau das ...«

»Ich kann nicht zulassen, dass du einfach fortgehst«, unterbricht der Oberste mich unwirsch.

Ich recke ihm das Kinn entgegen. »Bin ich etwa eure Gefangene?«

»Natürlich nicht«, entgegnet er würdevoll. »Doch wenn du einfach gehst, ohne jemandem Bescheid zu sagen, müssen wir annehmen, dass ...«

»Was?«, falle ich ihm ins Wort. »Dann müsst ihr annehmen, dass ich euch hintergangen habe? Dass ich mein Wort breche?«

Er hebt abwehrend die Hände. »Du musst verstehen, dass ...«

Ich höre gar nicht mehr, was er noch sagt, so laut pocht mein Pulsschlag plötzlich in meinen Ohren. Kalter Zorn schnürt mir die Kehle zu.

»Ich muss verstehen?«, zische ich. »Was verstehen? Oh, ich habe verstanden. Ich habe sogar sehr klar und deutlich verstanden. Es war von Anfang an dein Plan, mir dieses Versprechen abzunehmen. Ist dir nur einmal, für eine Sekunde, in den Sinn gekommen, dass du mich auch einfach wie ein normaler Mensch um Hilfe bitten könntest?«

Er antwortet nicht. Stattdessen runzelt er nur die Stirn.

»Ich hätte euch geholfen, weißt du? Einfach so. Das hättest du einem Halbblut wohl nicht zugetraut, nicht wahr?«

»Louise«, sagt er beschwichtigend und tritt einen Schritt auf mich zu. »Es tut mir leid, falls …«

»Ich will nichts mehr davon hören«, falle ich ihm erneut ins Wort. Jeglicher Respekt für diesen Mann ist mir vergangen. Nun verstehe ich nicht mehr, wie ich so dumm sein konnte, mich von seinen Geschichten einwickeln zu lassen.

Er neigt nur den Kopf und sieht mich unverwandt an. Abwartend.

Das bringt mich nur noch mehr zur Weißglut.

»Sieh mich nicht so an«, fauche ich. »Ich halte meine Versprechen. Im Gegensatz zu dir besitze ich nämlich Ehrgefühl.«

Damit drehe ich mich auf dem Absatz um, reiße die Tür auf, schreite hindurch und knalle sie wieder zu.

Er folgt mir nicht.

»Louise«, ruft Maku, als ich meine Kammer betrete. Er springt von meinem Bett und eilt mir entgegen. Ehe ich reagieren kann, hat er die Arme um mich geschlungen und blinzelt mich an.

»Du riechst nach Feuer«, stellt er eifrig fest. »Warst du draußen?«

Ich nicke abwesend, löse mich aus seiner Umarmung und gehe schweren Schrittes zu meinem Bett. Mit einem lauten Ächzen lasse ich mich darauf fallen und schließe die Augen.

»Ich habe auf dich gewartet«, fährt Maku unbeirrt fort.

»Ach was«, murmele ich. »Das hätte ich mir niemals gedacht.«

Im nächsten Moment richte ich mich auf und öffne die Augen wieder. Nein, ich darf meinen Zorn nicht an Maku auslassen. Wie es aussieht, ist er der einzige Freund, den ich im Moment habe.

»Entschuldige. Es ist nur …«

Maku scheint mir meinen Tonfall nicht übel zu nehmen. Er klettert wieder auf das Bett und setzt sich neben mich. »Macht nichts. Es sieht so aus, als hättest du eine lange Nacht gehabt.«

»So kann man es auch nennen. Ist etwas geschehen, während ich weg war?«

Maku zuckt mit den Schultern. »Alle haben nach dir gesucht. Es gab Streit. Einige dachten, du hättest dich aus dem Staub gemacht.«

»Das habe ich schon bemerkt«, murmele ich. Noch immer hängt die lähmende Müdigkeit in meinen Gliedmaßen. Das Zittern und die Bauchkrämpfe sind ebenfalls wieder da. Wie gerne ich einfach schlafen würde. Die Augen schließen und allem entfliehen, was mir bevorsteht.

Doch das geht nicht. Maku hat es verdient, die Wahrheit zu erfahren. Also richte ich mich noch einmal auf und atme tief durch. »Maku«, beginne ich. »Du kannst doch ein Geheimnis für dich behalten, nicht wahr?«

Er hebt eine Augenbraue.

»Entschuldige«, seufze ich zum wiederholten Mal. »Natürlich kannst du ein Geheimnis für dich bewahren. Nun … ich halte es für besser, wenn niemand erfährt, wo ich letzte Nacht war.«

»Ich verstehe«, sagt er schlicht.

Also atme ich tief durch. Und dann beginne ich zu sprechen.

Ich erzähle ihm alles; nein, fast alles. Alles über meinen Vater; ja.

Die Geschichte mit dem Tor lasse ich aus.

Nur das Licht des Mondes begleitet mich, als ich erneut durch den nächtlichen Wald streife, Richtung Amphitheater. Immer wieder muss ich innehalten, mich an einen Baum lehnen und tief durchatmen. Das Zittern ist mittlerweile so schlimm, dass ich mich kaum noch auf den Beinen halten kann.

Und doch muss ich weiter, unbedingt weiter.

Es ist seltsam – im Licht des Tages bin ich schon fast zu dem Schluss gekommen, dass meine Erlebnisse von gestern Nacht Einbildung gewesen sein müssen. Maku hat mir geglaubt; natürlich. Egal, wie lächerlich ich mich gefühlt habe, als ich es ausgesprochen habe.

Ich habe meinen Vater getroffen. Nein, er ist nicht tot. Lebendig ist er allerdings auch nicht.

Eigentlich ist es nebensächlich: Nun, da sich erneut die Dunkelheit um mich gelegt hat wie ein schützender Mantel, weiß ich, dass es wahr war.

Er erwartet mich schon. Ich kann ihn nicht sehen; doch ich kann seine Anwesenheit spüren; bereits als ich die Ranken beiseiteschiebe und über die Stufen hinab in die Manege klettere.

»Louise«, sagt seine leise Stimme, als ich mich schwer atmend in der ersten Reihe auf die behauenen Steinblöcke sinken lasse.

»Vater«, murmele ich.

»Du siehst nicht gut aus. Liegt es an dem Odisskraut?«

Mein tiefes Seufzen zerreißt die Nacht. »Ich denke schon«, murmele ich. Es hat keinen Sinn, es zu leugnen. Er hat es doch ohnehin gesehen.

»Du darfst es nicht mehr nehmen«, erklingt seine Stimme erneut, diesmal näher an meinem Ohr. »Du wirst deine Kraft brauchen für das, was kommen wird.«

»Was wird denn kommen?«

»Das kann ich dir nicht sagen. Nur die Zukunft kann das.«

Langes Schweigen breitet sich aus. Währenddessen versuche ich, das unkontrollierte Zittern in den Griff zu bekommen. Endlich scheint es ein wenig nachzulassen.

»Hast du Eli die Nachricht zukommen lassen?«, frage ich leise.

Nichts. Keine Antwort.

»Sag es mir«, dränge ich.

»Er kann mich nicht hören. Es tut mir leid.«

Obwohl ich diese Antwort erwartet, befürchtet habe, fährt scharfer Schmerz in meine Magengrube. Und obwohl ich mir auf die Lippen beiße, verlässt ein leises Wimmern meine Kehle.

Tröstend hebt der leichte, warme Wind mein Haar hoch, liebkost meine Wange.

»Was nun?«, frage ich erstickt.

»Wir haben nicht mehr viel Zeit. Es ist ungemein wichtig, dass du den Zugang in die Schatten findest. So schnell wie möglich.«

»Nicht mehr viel Zeit? Wie meinst du das?«

Albin bleibt stumm.

»Sag es mir«, knurre ich. »Ich muss die Wahrheit erfahren.«

»Es ist nur ein Gefühl. Weiter nichts. Ich weiß nicht, was geschehen wird ... Ich weiß nur, dass es etwas Schlimmes ist.«

»Also schön«, seufze ich und richte mich mühsam auf. »Was muss ich tun?«

»Du musst deinen Kopf von Gedanken befreien«, sagt Albin. »Die Elemente rufen.«

Ich warte, auf eine nähere Erklärung, doch mehr kommt nicht.

»Vielen Dank«, zische ich. »Wenn ich mysteriöses Geschwafel hören will, kann ich auch zum Obersten gehen.« Im nächsten Moment hätte ich die Worte am liebsten zurückgenommen. Mein Leben lang habe ich mir gewünscht zu wissen, wer meine Eltern sind. Und nun, da ich meinen Vater kenne – etwas, das ich nie zu hoffen gewagt habe – lasse ich meinen Zorn an ihm aus.

Als mir auffällt, dass mir das in letzter Zeit öfter passiert, senke ich schuldbewusst den Kopf. Manchmal scheint es mir, als wäre ich nicht mehr ich selbst. Als würde meine Persönlichkeit langsam zerfallen, in kleine Teile, die niemand jemals wieder zusammensetzen kann.

Auch das liegt am Odisskraut. In diesem Punkt besteht kein Zweifel.

»Entschuldige«, flüstere ich.

»Es ist gut«, sagt er nur. »Sag mir, Louise ... in welchen Momenten denkst du an nichts? In welchen Momenten existierst nur du; wann verschwimmt die Realität um dich herum?«

»Ich weiß nicht« flüstere ich entmutigt. »Kann man überhaupt an nichts denken?«

Albins körperlose Stimme gibt ein leises Geräusch von sich, das wie ein Lachen anmutet. »Natürlich kann man an nichts denken. Gut; versuchen wir es anders. Wovon träumst du?«

Sofort erscheint Eli vor meinem inneren Auge. Sein Lächeln, als ich die Hand hebe und sie über seine warme, weiche Haut gleiten lasse.

Ich räuspere mich. Nein; davon kann ich meinem Vater nichts erzählen. Unmöglich.

Doch dann steigt ein weiteres Bild vor mir auf. Ich tanze, durch die Luft, nur der Wind um mich herum.

»Wenn ich auf dem Seil tanze«, sage ich langsam. »Dann denke ich an gar nichts. Da ist nur der Wind um mich herum und ...«

»Hmm«, macht Albin. »Interessant.«

»Was ist interessant?«

»Die elf Elemente ...«, flüstert er. »Schatten. Blitz, Wald, Blut, Wasser, Frost, Erde, Feuer, Stein, Nebel, Wind ... Jeder Achai hat ein Element, dem er sich besonders verbunden fühlt. Bei dir ist es wohl der Wind.«

»Das kann sein«, flüstere ich. Meine Wangen beginnen trotz der beißenden Kälte zu brennen. »Welches ist dein Element?«

»Rate«, gluckst Albin, seine Stimme wie der gefrorene Bach, dessen eisige Oberfläche im Mondlicht glänzt.

Unwillkürlich muss ich lächeln. »Natürlich«, hauche ich. »Das Wasser.«

»Du begreifst schnell.«

Ich nicke nur. »Was nun?«, frage ich hastig. »Soll ich zum Hauptquartier zurücklaufen, ein Seil ...«

»Nein«, unterbricht Albin mich. »Du brauchst kein Seil.«

Wieder steigen Bilder in mir auf, so flackernd und unzusammenhängend wie in einem wirren Fiebertraum. Und erneut ist da die Stimme, in meinem Hinterkopf nur.

Hier kommt Louise. Sie tanzt ohne Seil durch die Luft.

»Du meinst ...«, flüstere ich, doch meine Stimme verklingt. Was, wenn ich falle? Was, wenn ich scheitere? »Nein«, murmele ich. »Das ist nicht möglich.«

»Hast du es denn jemals probiert?«, fragt Albin unbeeindruckt.

»Natürlich nicht! Welche Wahnsinnige versucht, ohne Seil durch die Luft zu tanzen?«

Wieder erklingt Albins glucksendes Lachen. »Eine Achai. Versuch es, Louise. Dir kann nichts passieren, ich fange dich auf, wenn du fällst. Das habe ich immer getan; als du noch ein kleines Kind warst ...«

Ich atme tief durch. Also schön. Also gut. Wenn es tatsächlich der Wahnsinn ist, der meine Gedanken frisst – wenn ich mir all dies nur einbilde ... Nun, dann werde ich eben fallen. Dann werde ich sterben. Und dies ist vermutlich besser so, wenn ich mir tatsächlich bloß einbilde, dass mein körperloser Vater zu mir spricht, mein Vater, der weder tot noch lebendig ist.

Mit weichen Knien steige ich die Stufen empor, bis ich ganz oben angekommen bin. Als ich nach unten in die Manege blicke, wird mir schwindelig. Wenn ich tatsächlich einfach springe, mitten in die Luft hinein, dann werde ich mir mit Sicherheit den Hals brechen.

»Versuch es«, ermutigt Albin mich. »Dir kann nichts geschehen. Ich verspreche es.«

Noch einmal fülle ich meine Lungen mit der kalten Winterluft, atme zittrig aus und gehe einige Schritte. Ich werde Anlauf brauchen.

Mein Herz hämmert gegen meine Rippen, als würde es gleich meinen Brustkorb sprengen.

»An nichts denken«, raunt Albin neben mir. »An gar nichts. Du brauchst nichts, kein Seil. Nur du und der Wind, mehr existiert in diesem Moment nicht.«

Verzweifelt versuche ich, die Gedanken wegzuschieben, die an die Oberfläche drängen wollen.

Eli, der in einer Zelle aus Schatten sitzt und weint, eine weiße Haarsträhne in der Hand. Madame Rosas Stimme. »*Oh Louise, mein Kind ...*«

Der dampfende Becher mit Odisskraut, der seinen verlockenden Duft verbreitet, der Duft, der mich vor Sehnsucht wimmern lässt.

Ein letztes Mal atme ich durch. Dann drehe ich mich um und beginne zu laufen. Immer schneller und schneller, dem Abgrund entgegen. Angst pocht durch jede meiner Adern, füllt mich aus, ganz und gar. Und in dem Moment, als ich stehenbleiben will, in dem ich der Angst nachgebe, ist es bereits zu spät. Ich springe, dem Wind entgegen. Und ich falle.

Rasend schnell kommt der Boden der Manege näher.

Ich werde sterben, das weiß ich plötzlich. Ich werde sterben, mein Vorhaben ist gescheitert. Eli wird für alle Zeiten in der Schattenzelle verrotten.

Als der Aufprall schon unmittelbar bevorsteht, ist es plötzlich vorbei. Ich falle nicht mehr. Stattdessen hänge ich in der Luft, meine Nase kaum einen halben Meter vom Boden entfernt.

Sanft umfängt der Wind mich und setzt mich vorsichtig mitten in der Manege ab.

Ich brauche einen Moment, um mich zu sammeln. Die Panik lähmt noch immer jeden Gedanken.

Verwirrt sehe ich mich um. »Habe ich es geschafft?«, wispere ich.

»Nein«, sagt Albin neben mir. »Tut mir leid, Kind. Das war ich. Aber das war sehr mutig von dir. Überaus mutig. Und der Anfang ist geschafft. Es wird funktionieren, wenn du es nur wieder und wieder versuchst. Ich verspreche es.«

Stunden später schmerzt mein gesamter Körper. Ich schleppe mich gerade wieder die Stufen empor, stolpere, schlage mir das Knie auf. Mit einem tiefen Seufzen setze ich mich einfach auf den eiskalten Stein und umklammere meine Beine.

»Ich denke, es reicht für heute Nacht«, erklingt Albins Stimme neben mir. Ein Regentropfen fällt auf meine Wange, warm und weich. Ein einzelner nur. Auch das muss Albin gewesen sein. »Der Morgen wird ohnehin bald anbrechen«, sagt er. »Hab nur Mut. Es wird alles gut.«

»Aber wir haben keine Zeit«, flüstere ich. »Du hast es selbst gesagt.«

Albin schweigt. Schließlich sagt er: »Es ist dennoch niemandem geholfen, wenn du dich verausgabst. Du musst dich zuerst erholen. Das Odisskraut lähmt dich wohl immer noch. Du musst es aus deinem Kreislauf bekommen, unbedingt.«

Wie auf ein Stichwort kehrt in diesem Moment das Zittern zurück, so stark, dass meine Zähne aufeinanderschlagen. Auch die Müdigkeit ist wieder da, so bleischwer, dass sie meine Augenlider zudrücken will. Am liebsten würde ich einfach einschlafen, hier, jetzt, auf dem eiskalten Stein.

»Noch nicht schlafen«, haucht Albin. »Komm, du musst zurück zum Hauptquartier. Ich helfe dir.«

Leichter Wind kommt auf, stupst mich an. Ich rappele mich auf, nicke und setze einen Fuß vor den anderen, wie eine willenlose Marionette.

Später weiß ich nicht mehr, wie lange wir gegangen sind. Doch als ich wieder zu mir komme, vor der unauffälligen Tür, die ins Gebäude führt, ist Albin weg und der erste Silberstreif des Morgens überzieht den Horizont.

Als die Sonne schon hell und gleißend durch die Fenster strahlt, liege ich voll bekleidet auf dem Bett in meiner Kammer und starre an die Risse in der Decke über mir. Nun, da ich schlafen könnte, bin ich hellwach. Albins Stimme hallt immerzu in meinem Kopf wider, in einem ewigen Kreislauf aus Worten.

Wir haben nicht mehr viel Zeit. Es ist ungemein wichtig, dass du den Zugang in die Schatten findest. So schnell wie möglich.

Ruckartig richte ich mich auf. Ein Gedanke treibt an die Oberfläche meines Bewusstseins, so unerbittlich und schrecklich, dass ich leise aufkeuche. Was, wenn Albin gelogen hat, um mich zu schützen? Was, wenn Eli ihn deshalb nicht hören konnte, weil er bereits tot ist?

In den Schatten gibt es keinen Tod für die Achai, das hat zumindest der Oberste berichtet, doch was, wenn sie ihn zurückgebracht haben, um ihn zu töten, und …

Ich muss es wissen. Jetzt sofort; um jeden Preis. Also springe ich auf, hebe mit letzter Kraft die Matratze an und fische den kleinen Jutebeutel hervor.

Heißes Wasser. Ich brauche heißes Wasser. Jetzt sofort. Die Küche, ich muss sie finden. Abrupt drehe ich mich auf dem Absatz, eile schon zur Tür, als ein leises Klopfen erklingt.

Rasch werfe ich die Decke über den Jutebeutel. Dann räuspere ich mich und rufe »Herein?«

Es ist Emilie. Ich unterdrücke einen Jubelschrei, als ich sehe, was sie in den Händen hält: Eine dampfende Tasse.

»Johanna hat mich gebeten, dir das hier zu bringen«, sagt sie. Den Kopf hält sie gesenkt.

»Vielen Dank«, flöte ich so freundlich ich kann. »Das wird mir guttun. Ich fühle mich heute nicht wohl.«

»Das tut mir leid zu hören, Louise.« Emilie sieht mich nun doch an. »Du siehst tatsächlich nicht gut aus. Was hast du denn?«

»Ich, ähm …«, stammele ich. Was soll ich ihr bloß sagen? »Bauchschmerzen«, bringe ich schließlich hervor. Bauchschmerzen sind unverdächtig, oder etwa nicht? Und es stimmt sogar. Jedes einzelne Körperteil schmerzt, auch mein Bauch.

»Oh«, sagt Emilie, kommt näher und stellt den Tee auf meinem Nachttisch ab. »Plagt dich etwa dein monatliches Leiden?«

Ich will schon zu einer Erklärung ansetzen, doch im letzten Moment unterbreche ich mich. Bisher habe ich noch niemandem hier erzählt, dass ich davon nicht betroffen bin. Dass ich keine Kinder bekommen kann. Wozu auch? Es geht schließlich niemanden etwas an.

Aber das ist tatsächlich die perfekte Ausrede.

»Ja, genau«, bestätige ich also rasch. »Und ... Emilie, es tut mir leid, dass ich letztens so schroff zu dir war. Ich werde immer ... Ein paar Tage zuvor ... Also, nun ja ...« Fieberhaft krame ich in meinem Kopf nach allem, was ich von Marie aufgeschnappt habe. Eine Frau ist gereizt, so hat sie es mir erzählt. Wütend. Stets den Tränen nahe. Und hat Schmerzen.

Alles, was das Odisskraut mit dir macht, sagt die giftige Stimme in meinem Hinterkopf.

Emilie lacht. »Kein Problem«, sagt sie. »Das kenne ich gut. Ich werde einige Tage zuvor auch immer zum Monstrum.« Sie legt mir sanft die Hand auf die Schulter. »Kann ich etwas für dich tun? Ich könnte in der Küche etwas Kuchen für dich besorgen, oder ...«

Ihre Hilfsbereitschaft ist derart rührend, dass mein schlechtes Gewissen nur umso stärker an mir nagt. »Nein danke«, sage ich rasch. »Allerdings könntest du mir tatsächlich einen Gefallen tun.«

»Und zwar?«

»Ich habe vor Schmerzen kaum geschlafen und sehne mich einfach nur nach Ruhe. Könntest du allen sagen, dass ich unpässlich bin und allein gelassen werden will?«

»Mache ich gerne«, antwortet Emilie eifrig. »Na dann, schlaf dich gut aus. Und hol mich, wenn du etwas essen willst. Meine Kammer ist nur zwei Türen weiter.« Sie deutet mit dem Daumen nach rechts.

Ich schiele zu der Tasse hinüber. Das Dampfen hat schon ein wenig nachgelassen; und das Wasser muss doch so heiß wie möglich sein. Was kann ich nur sagen, um Emilie loszuwerden?

Doch in diesem Moment wünscht sie mir schon: »Gute Erholung, Louise!«, schlüpft durch die Tür und schließt sie leise hinter sich.

Mit einem Stöhnen greife ich mir an die Stirn. Zum Glück. Wider besseres Wissen öffne ich den Beutel mit dem Odisskraut und streue es bis zum letzten Krümel in die Tasse. Das schlechte Gewissen verbanne ich in die hinterste Ecke meines Bewusstseins. Es muss sein. Ich muss Eli sehen, mich vergewissern, ob er lebt.

Die Sekunden vergehen quälend langsam. Ich starre auf die Dampfschwaden, die aus der Tasse aufsteigen, und versuche verzweifelt, nicht an den Wahnsinn zu denken. Es hilft ein wenig, sich Elis Bild vor Augen zu rufen.

Unsere erste Begegnung. Das Flattern in meinem Bauch, das mir damals noch völlig unbekannt war. Die Hand, die er mir entgegenstreckt, das Lächeln, das er mir schenkt.

Ich werde dich finden, denke ich. *Ich werde dich zurückbringen. Dann kann ich das Tor schließen. Den Rest überlassen wir den Wächtern. Der Krieg wird vorbei sein; eines Tages. Wir gehen einfach. Vielleicht nach Vena, vielleicht sogar nach Awhen. Es ist mir egal, solange du da bist.*

Und sobald du zurück bist, werde ich nie wieder Odisskraut nehmen.

Ich verspreche es dir, bei allem, was mir heilig ist.

Endlich sind die zehn Minuten um. Ohne noch eine weitere Sekunde zu verschwenden, leere ich die Tasse bis zum letzten Tropfen.

Eli weint. Mit bebenden Händen hebt er etwas aus den allgegenwärtigen Schatten und presst es an seine Brust.

Etwas, das wie eine weiße Haarsträhne aussieht.

»Nein«, flüstert er, wieder und wieder. Entsetzen und Verzweiflung haben sich tief in sein Gesicht gegraben.

Wie gebannt gehe ich näher. Es ist, als würde ich durch einen Traum schweben.

»Eli«, hauche ich, will eine Hand auf seine Schulter legen, doch sie gleitet durch seinen Körper hindurch wie durch Nebel.

Irgendwo, tief in mir vergraben, ist ein Gedanke, der mir sagt, dass all dies falsch ist. Es ist nicht das, was ich sehen wollte. Ich wollte etwas anderes sehen; etwas erfahren, eine Wahrheit, doch mir fällt beim besten Willen nicht ein, was. Ich will einfach nur, dass Eli mich sieht, dass er weiß, dass ich da bin. Dass ich ihn retten werde.

»Eli?«, frage ich erneut. Mit jeder Faser meines Körpers versuche ich, es ihn hören zu lassen, es ihn *fühlen* zu lassen. Er muss wissen, dass ich da bin. Das muss er einfach.

Doch Eli reagiert nicht. Er dreht nur immer und immer wieder meine Haarsträhne in den Fingern. »Oh, Louise«, wimmert er. »Oh, Louise … Bitte verzeih mir …«

»*Was soll ich dir verzeihen, Eli?*«

Er hebt den Kopf und mein Herz macht einen Satz, *er hat mich gesehen*, schießt es durch meine Gedanken, doch seine Augen starren lediglich ins Nichts.

Ein leises Lachen erklingt, hinter uns. Eine Frauenstimme. Eine Frauenstimme, die von überallher und nirgendwo zu dringen scheint. Instinktiv wirbele ich herum.

Die Gestalt in der Kutte ist wieder da. Sie steht direkt vor mir, und doch sieht sie mich nicht.

»Hast du nachgedacht, Eli?«, fragt sie spöttisch. »Es ist deine Entscheidung, allein deine. Sag mir, was du weißt, und das Mädchen wird leben. Überlege es dir gut.«

Eli keucht auf. »Ihr dürft ihr nichts tun«, fleht er. »Ihr *dürft* nicht!«

»Oder was?«, lässt sich die Stimme vernehmen. »Mein Lieber, vielleicht ist es dir noch nicht aufgefallen, aber du bist nicht in der Position, Forderungen zu stellen.«

Eli gibt nur ein leises, gequältes Geräusch von sich. Ich drehe mich wieder um, falle auf die Knie und hebe erneut die Hand, um Eli zu berühren.

Vergebens.

Wieder gleiten meine Finger durch seinen Körper hindurch.

Ein Sturm der Emotionen tobt auf Elis Gesicht. »Wenn ich dir alles sage, was ich weiß ...«, beginnt er, »... werdet ihr sie am Leben lassen? Du musst es mir versprechen, Merina.«

»Ich verspreche es«, sagt Merina. Ihre Gestalt, ein Schemen nur, gleitet an mir vorbei. Sie baut sich vor Eli auf. »Und nun sprich.«

»Ich weiß nicht viel«, murmelt Eli. Seine Stimme bricht. »Nicht viel mehr, als ich dir bereits gesagt habe.«

»Erzähl es mir!«, befiehlt Merina.

»Die Wächter haben nach ihr gesucht. Nach Louise. Sie haben mir den Auftrag gegeben, nach ihr zu suchen. Und das habe ich getan. Jahrelang, unermüdlich. Bis ich sie gefunden habe. Doch dann ... Ihr dürft sie nicht töten, hörst du? Sie ist wichtig. Auf irgendeine Art und Weise ist sie wichtig.«

»Warum wollten die Wächter Louise finden, Eli?«

»Ich weiß es nicht«, wispert Eli. »Dies ist die Wahrheit, ich schwöre es!« Er sackt in sich zusammen. Sein Haar fällt über sein Gesicht und verdeckt seine Augen. Dann setzt er etwas hinzu. »Du musst mir glauben, Merina, bitte. Ich wusste es nicht. Deshalb habe ich Louise nicht zu den Wächtern gebracht, wie sie es befohlen haben. Ich hatte Angst, dass sie sie töten werden.« Er wimmert auf.

»Hmm«, macht Merina. »*Interessant.*«

Eli richtet sich auf und starrt Merina entgegen. Sein Blick ist plötzlich wild, seine Augen blutunterlaufen. »Ihr dürft sie nicht töten«, zischt er. »Du hast mir dein Wort gegeben.«

»Nein, nein. Das werden wir nicht. Keine Sorge. Wir haben uns schon gefragt, was es mit dem seltsamen, schwarzäugigen Mädchen auf sich hat; ein Mensch, und doch schlafen die Schatten in ihren Augen ... Sie ist also eine unbekannte Spielfigur in diesem Spiel. Überaus interessant. Was kannst du mir über sie erzählen?«

Ich schüttele wild den Kopf. »Nein«, hauche ich.

Eli darf nicht weitersprechen, nichts über mich preisgeben. Die Verzweiflung überrollt mich wie eine Woge.

»Nein, Eli«, schreie ich ihm entgegen. »Sprich nicht weiter, sprich bloß nicht weiter!«

In diesem Moment *sieht* er mich. Ich weiß nicht warum, ich weiß nicht wie, doch ich weiß es.

»Louise«, flüstert er. »Louise!«

»Eli«, rufe ich erneut, greife wieder nach ihm und diesmal erhasche ich ihn. »Halte durch, ich werde dich retten, ich ...«

»Nein«, sagen seine Lippen ohne Ton. Pures, nacktes Entsetzen verzieht seine Gesichtszüge. »Nein, Louise, das darfst du auf keinen Fall ... Du musst wissen, dass ...«

Doch in diesem Moment verschwimmt seine Gestalt wieder, löst sich unter meinen Fingern in Nebel auf. Seine Stimme verklingt.

Und ich erwache.

Kapitel 9

Die Sinneseindrücke brechen über mich herein, alle gleichzeitig. Da ist das Fenster, durch das erneut der Mond scheint. Ich muss lange geschlafen haben.

Da ist das durchgeschwitzte, klamme Laken unter mir, die Bettdecke, die sich um meine Beine gewickelt hat.

Da ist Maku, der mich an der Schulter rüttelt. »Louise«, ruft er mir direkt ins Ohr. »Nun wach doch auf! Was ist mit dir los?«

Ich reiße die Augen auf und kneife sie dann verzweifelt wieder zusammen. *Nein!* Das kann, *darf* nicht sein. Eli wollte mir etwas sagen, etwas ungemein Wichtiges. Ich weiß, dass es ungemein wichtig war. Ich weiß es einfach. Doch dann ...

Als ich die Lider wieder öffne, bin ich noch immer wach. Noch immer ist da Maku, der mich mit ängstlich anstarrt. »Geht es dir nicht gut? Soll ich Johanna holen?«, fragt er.

Nein!

Ich setze mich auf und balle die Hände zu Fäusten. »Maku«, zische ich. »Ich wollte in Ruhe gelassen werden. Das hier war *wichtig*!«

»Ja, aber ...«, stammelt Maku. »Ich ...«

Irgendwo höre ich Papier rascheln, doch es ist mir gleichgültig, die Wut hat sich längst über meine Gedanken gelegt wie ein roter Schleier.

»Nein«, brülle ich ihm entgegen. »Du musst endlich damit aufhören, du dummer Junge!«

Makus Augen werden noch größer. »Womit aufhören?«, flüstert er.

»Du musst damit aufhören, mir immerzu nachzulaufen wie ein kleines Hündchen«, spucke ich förmlich aus.

Schon im nächsten Moment tut es mir leid. Doch es ist zu spät; ich kann meine Worte nicht zurücknehmen. In Makus Augen sammeln sich bereits Tränen.

Er wendet sich ab. »Ich wollte dir nur etwas Wichtiges zeigen«, murmelt er und springt von meinem Bett, wirft eine Zeitung auf das Laken. »Ich gehe schon.«

Nun erwacht Scham statt Wut in meiner Brust. Ich hebe die Hand, schaffe es aber kaum, nach der Zeitung zu greifen, so sehr zittern meine Finger.

Es ist ohnehin nicht nötig, sie aufzuheben. Die Schlagzeilen füllen die gesamte erste Seite und springen mir förmlich entgegen.

Isgrad unterstützt das Masonische Reich.
Ankor-Drak geht von über fünftausend gefallenen Soldaten aus.
Angriff mit chemischem Feuer in Dreustein.
Masonische Armee marschiert Richtung Durmau.

Ich starre die Worte einfach nur an. Flüche sammeln sich in meinem Kopf, Worte, die selbst Ora erröten ließen, doch nichts will aus meinem Mund dringen.

»Maku«, krächze ich schließlich.

Maku, der gerade die Tür öffnet, hält inne, den Rücken mir zugewandt. Seine mageren Schultern zucken.

Am liebsten hätte ich mir die Zunge herausgerissen, die die Beleidigung ausgesprochen hat. Maku ist der einzige Mensch, der zu mir gehalten hat, die ganze Zeit über.

Wie konnte ich nur?

Siehst du?, raunt die Stimme. *Es frisst alles an dir. Dein ganzes Selbst. Bis nichts mehr übrig ist.*

Mit einer Handbewegung wische ich die Stimme beiseite wie eine lästige Fliege.

Ich muss Maku die Wahrheit sagen, die ganze Wahrheit, auch wenn er nicht alt genug für solche Wahrheiten ist, das ist mir klar.

»Maku«, krächze ich erneut. »Komm her, bitte. Es tut mir leid.«

Er wendet sich um, doch sein Blick bleibt leer, seine Lippen sind fest zusammengepresst.

»Bitte komm her. Setz dich zu mir. Ich muss dir etwas erzählen. Es ist sehr wichtig.«

Maku trottet näher, immer noch mit gesenkten Schultern, aber er kommt näher. Zögerlich setzt er sich auf die Bettkante, den Rücken mir zugewandt.

»Maku«, setze ich an und seufze tief. Wie soll ich es ihm bloß sagen?

Schließlich entscheide ich mich für die Wahrheit. »Es tut mir leid. Ich bin krank«, sage ich vorsichtig.

Maku schnellt herum. »Krank?«, fragt er.

Die Besorgnis in seinem Blick zerreißt mir fast das Herz. Wie konnte ich nur so schroff zu ihm sein?

»Ja, krank«, bestätige ich und hebe den Arm. »Siehst du?« Längst kann ich das Zittern meiner Hände nicht mehr unterdrücken. Sie beben so sehr, dass das ganze Bett wackelt.

»Was hast du? Soll ich sicher nicht Johanna holen?«

»Nein«, sage ich eilig. »Nicht Johanna holen. Bitte nicht. Sie darf es nicht erfahren.«

Unverständnis spiegelt sich in Makus Miene.

Erneut hole ich Luft. »Also, Maku ... Hm ... Du weißt, dass Vincent trinkt, nicht wahr?«

Maku legt den Kopf schief. »Seinen Schnaps.«

»Ja. Genau. Seinen Schnaps. Und weißt du auch, was passiert, wenn Vincent seinen Schnaps nicht bekommt?«

Maku zuckt mit den Schultern. »Er wird gereizt. Wütend. Und er beginnt zu zittern.«

»Ganz genau. Und ich …«

»Du trinkst auch Schnaps?«, fragt Maku und runzelt die Stirn. »Ich dachte, er schmeckt dir nicht.«

»Nein. Nein, keinen Schnaps«, murmele ich und lege mir die Hände an die Schläfen. »Aber etwas anderes.«

Und diesmal erzähle ich ihm alles.

Auch von dem Odisskraut.

Auch von dem Tor.

»Und du bist sicher, dass das eine gute Idee ist?«, fragt Maku unruhig.

»Nein, es ist keine gute Idee«, gebe ich angespannt zurück, während ich in meine Stiefel schlüpfe und es mir kaum gelingt, die Schnürsenkel mit meinen bebenden Händen zu erhaschen. »Es ist sogar eine äußerst schlechte Idee. Doch ich muss unbedingt nach Durmau. Wenn ich das Odisskraut noch einmal nehme, finde ich hoffentlich heraus, was Eli mir sagen wollte … Es muss sein.«

»Muss es das?« Maku sitzt immer noch auf meinem Bett, die Arme verschränkt. »Denkst du nicht, dass du auch ohne Odisskraut herausfinden könntest, was …«

Ich schüttele stumm den Kopf. Noch nie hatte ich ohne das Odisskraut eine Vision.

Maku sieht mich ängstlich an. »Aber was, wenn die Masonische Armee schon in Durmau angekommen ist? Könntest du nicht hier im Hauptquartier nach Odisskraut suchen, wenn du schon unbedingt welches finden musst?«

Erneut schüttele ich den Kopf. Der Gedanke ist mir natürlich selbst schon gekommen. Aber Johanna hat es ja gesagt: Wächter, die mit Odisskraut erwischt werden, werden aus der Organisation verbannt. Möglich, dass es trotzdem Wächter gibt, die Odisskraut nehmen, doch ich kann schließlich kaum wahllos die Zimmer Hunderter Wächter durchwühlen. Nein, es gibt nur eine Möglichkeit: Durmau.

Koste es, was es wolle.

»Aber was, wenn dir etwas geschieht, Louise? Warte, ich helfe dir.« Kurz entschlossen kniet er vor mir nieder und verknotet meine Schuhbänder.

»Danke. Das Risiko, dass mir etwas geschieht, ist nicht zu vermeiden. Doch ich bin ohnehin in Gefahr, oder etwa nicht?« Ich lache freudlos auf. »Immerhin muss ich das Tor zu den Schatten finden, Eli den Klauen der Achai entreißen und schließlich das Tor wieder hinter uns schließen. Wenn ich den Ausflug nach Durmau nicht überlebe, werde ich den Rest wahrscheinlich auch nicht schaffen.«

»Das meinte ich nicht«, flüstert Maku. »Ich meinte, wenn du noch einmal dieses Odisskraut nimmst ... Du könntest sterben, nicht wahr?« Er sieht zu mir auf, immer noch vor mir kniend.

Ich wende den Blick ab. »Nein«, murmele ich. »Ich bin stark. Stärker, als ich aussehe. Das war ich schon immer, Maku. Mach dir keine Sorgen.«

Maku kaut auf seiner Unterlippe herum. Schließlich nickt er und erhebt sich. »Also gut, Louise«, murmelt er. »Aber nimm das hier mit, in Ordnung?«

Ich runzele schon die Stirn, da zieht Maku mit einer fließenden Bewegung etwas aus seinem Stiefel und streckt es mir entgegen. Ein Klappmesser. Unschlüssig greife ich danach und wiege es in meiner Hand. Es ist schwer. Die Klinge blitzt im Schein der Lampe, als ich es aufschnappen lasse.

»Ich wusste nicht, dass du ein Messer dabeihast.«

»Ich habe *immer* ein Messer dabei«, sagt Maku und grinst sein spitzzähniges Grinsen. »Die Wächter haben es nicht gefunden, als sie mich durchsucht haben. Alter Zaubertrick. Ganz ohne wahre Magie, nur ein Ablenkungsmanöver.«

Ich seufze auf, klappe das Messer wieder zu und stecke es in Elis Manteltasche.

»Danke, Maku. Ich hoffe, ich werde es nicht brauchen.«

Ich schleiche durch die dunklen Gänge, mit den Schatten verschmolzen. Bisher hat noch niemand meinen Weg gekreuzt. Vielleicht hat der Oberste beschlossen, mich nicht beobachten zu lassen. Obwohl es mich wundert, kommt es mir gelegen.

Ich husche weiter, um Ecken herum, Treppen hinunter. Makus Wegbeschreibung zu den Stallungen war äußerst dürftig, ganz davon abgesehen, dass ich mich hier immer noch nicht zurechtfinde.

Nach etwa zwanzig Minuten laufe ich zum zweiten Mal an der altbekannten Tür vorbei, die in den Garten führt. Entnervt lasse ich mich gegen die Mauer sinken und schnaube. Wie soll ich in diesem Labyrinth bloß die Stallungen finden?

Schließlich fasse ich mir ein Herz und stoße die Tür auf, die ihr vertrautes Knarren erklingen lässt. Die Stallungen müssen draußen sein. Vielleicht ist es das Beste, einfach einmal um das Gebäude zu gehen. Irgendwo muss ich sie doch entdecken.

Ich schlage den Weg zu meiner Rechten ein und marschiere einfach drauflos. Das Zittern, das meinen ganzen Körper schüttelt, wird von Schritt zu Schritt schlimmer, doch darauf darf ich nicht achten. Also beiße ich die Zähne zusammen und gehe weiter, immer weiter, an der schier endlos scheinenden Mauer entlang. Wie groß ist dieses verdammte Gebäude bloß?

Endlich höre ich es. Leises Schnauben, das Scharren von Hufen. Und ich rieche den vertrauten Geruch von Pferden. Gedämpftes Licht erhellt die Dunkelheit, direkt vor mir, und beleuchtet einen weitläufigen Trakt, der an das Gebäude angebaut ist. Einige Kutschen stehen davor.

Mein Herz setzt für einen Schlag aus, als ich Stimmen höre. *Natürlich.* Stallburschen. Wie habe ich nur annehmen können, dass nichts und niemand meinen Weg kreuzen wird?

Ich lehne mich gegen die Mauer, verschmelze erneut mit dem Schatten.

Nun gut. Es ist wohl an der Zeit für einen alten Trick. Früher, bei Beutezügen, haben wir ihn manchmal angewandt. Vincent, Eduard und ich. Damals, als Eli noch nicht dabei war.

Ich habe diesen Trick immer gehasst. Er ist äußerst unehrenhaft. Und ich verabscheue es, die Jungfrau in Nöten zu spielen. Doch nun muss es wohl sein.

Ich husche weiter, in großem Bogen um die Stallungen herum, bis zu einem kleinen Waldstück.

Perfekt.

Gekonnt lege ich die Hände zu einem Trichter zusammen. »Hilfe!«, rufe ich, so verzweifelt ich kann, mit hoher Stimme. »Hilfe! So helft mir doch! Ich – o nein, weg von mir, du Unhold! Nimm deine dreckigen Finger weg!« Zum krönenden Abschluss stoße ich ein Gurgeln aus, als würde jemand seine Hände um meine Kehle legen.

Es dauert nur wenige Sekunden, bis drei junge Männer aus den Stallungen eilen. Einer hält eine Mistgabel in den Händen, offensichtlich wild entschlossen, die unbekannte Dame in Nöten damit zu verteidigen.

Doch ich laufe schon weiter, in einem großen Bogen zurück zu den Stallungen.

Mit fliegendem Atem stoße ich das Holztor auf und sehe mich um. Mindestens fünfzig Pferde stehen brav in ihren Boxen und blinzeln mich verschlafen an.

Ich entscheide mich für das zweite Pferd zu meiner Rechten, eine schwarze Stute. Sie sieht sanftmütig aus. Das wird mir gelegen kommen. Ich kann nicht besonders gut reiten.

Endlich schaffe ich es, trotz meiner zitternden Finger den Riegel beiseite zu schieben. Von draußen erklingen die Rufe der Stallburschen. Es wird keine Zeit bleiben, das Pferd zu satteln.

Ich reiße rasch Zaumzeug von einem Haken an der Wand, schiebe die Trense in das Maul der Stute und schließe die Schnallen, so gut es mit meinen bebenden Händen geht.

»Wir machen einen Ausflug, wir beide«, wispere ich dem Pferd ins Ohr. »Nach Durmau. Bitte, sei brav. Es ist sehr wichtig.«

Die Stute schnaubt nur. Als ich sie an den Zügeln nach draußen ziehe, folgt sie mir bereitwillig.

Zum Glück.

Schon bevor wir das Holztor passiert haben, schwinge ich mich auf ihren Rücken. Ich glaube nicht an den Dreigesichtigen, wirklich nicht. Doch in diesem Moment bete ich. Vielleicht bete ich gar nicht zum Dreigesichtigen, sondern zu den Tieren, die klüger sind als die Menschen, wie Maku es gesagt hat. Denn nun, in diesem Moment, hängt tatsächlich alles von einem Tier ab. In diesem Moment gibt es nur mich und den warmen Rücken der Stute unter mir, ein Zucken aus Muskeln und Fleisch.

Ich hoffe, dass dieses Tier wirklich klüger ist als die Menschen.

»Los«, hauche ich, drücke ihr die Fersen in die Flanken und tatsächlich, sie galoppiert los, hinein in die Nacht, Richtung Westen. Das gedämpfte Licht verschwindet hinter uns in der Dunkelheit. Nur wenige Momente später sind wir mitten im Wald.

Um uns herum sind nur hohe Bäume und Dunkelheit, vor uns ein Weg, der diese Bezeichnung kaum verdient hat. Er ist schmal, steinig. Doch die Stute galoppiert unbeirrt weiter Richtung Westen, als wäre diese Situation für sie etwas völlig Normales. Wahrscheinlich ist sie das auch. Ich habe keine Ahnung von den Aufgaben eines Wächters, doch nächtliche Ausritte zählen sicherlich dazu.

Ich kann mich kaum auf ihrem Rücken halten, so schwach fühle ich mich. Also klammere ich mich an ihrer Mähne fest und lasse mich hineinsinken in die schnellen Bewegungen des Pferdekörpers. In diesem Moment vermisse ich schmerzlich Vincents Reiterhosen. Kleider sind fürs Reiten einfach nicht geeignet. Meine Beine sind durch das schweißdurchtränkte, raue Pferdefell längst wundgerieben.

Worte, Gedanken schwirren durch meinen Kopf, doch ich kann keinen einzigen davon fassen. Das Dorf, in dem ich geboren wurde, liegt westlich vom Hauptquartier der Wächter, nahe Durmau. Das hat der Oberste gesagt. Also muss Durmau auch westlich vom Hauptquartier liegen. Oder etwa nicht? Ich habe noch keinen einzigen Wegweiser gesehen. Hier sind nur Bäume. Hochgewachsen und finster blicken sie auf mich und das Pferd hinab, auf den schmalen Weg inmitten des Waldes.

Endlich durchbricht ein schwacher Lichtschimmer die Dunkelheit. Ich ziehe an den Zügeln.

Die Stute reagiert sofort und verfällt in langsamen, gemächlichen Trab.

»Danke, Martha«, flüstere ich. »Ich weiß nicht, wie du heißt, doch es macht dir sicherlich nichts aus, wenn ich dich Martha nenne, oder? Meine Mutter hieß auch Martha. Es erscheint mir irgendwie passend, dich so zu nennen. Meine Mutter hat mich gerettet, weißt du? Deshalb passt der Name so gut zu dir. Du hast mich auch gerettet.« Plötzlich fallen mir Makus Worte wieder ein, seine Worte darüber, dass man als Tier wiedergeboren werden kann.

Im nächsten Moment hätte ich meine Gedanken am liebsten wieder zurückgenommen. Ich glaube nicht an solche Dinge, egal, wie tröstlich es wäre zu wissen, dass meine Mutter in dieser Nacht bei mir ist. Und der Wahnsinn scheint stetig schlimmer zu werden. Nun rede ich schon mit einem Pferd, das ich nach meiner toten Mutter benannt habe.

Der schwache Lichtschein wird stärker. Eine einzelne Laterne erleuchtet den nächtlichen Wald. Darunter steht ein Wegweiser. Knorrig und windschief.

»Durmau«, steht darauf. Der Pfeil zeigt zu unserer Linken.

»Danke, Martha«, murmele ich und schnalze mit den Zügeln. »Du bist die Beste.«

Sie setzt sich folgsam wieder in Bewegung – nach links, Richtung Durmau.

Kalter Wind kommt auf und weht mir direkt ins Gesicht. Ich blinzele ärgerlich Tränen weg.

Und dann beginnen die ersten Regentropfen zu fallen. Eiskalt prasseln sie auf mich herab. Ich sehe ungläubig in den Nachthimmel. Regen? Im Winter? Im nächsten Moment schüttele ich den Kopf. Es ist nebensächlich. »Schneller, Martha«, befehle ich.

Martha reagiert nicht. Stattdessen schnaubt sie nervös, tänzelt unruhig von einem Bein auf das andere.

»Martha«, zische ich und bohre erneut meine Fersen in ihre Flanken. »Lass mich jetzt nicht im Stich, bitte.«

»Wieso hast du das Pferd ausgerechnet *Martha* genannt?«, wispert Albins Stimme inmitten des prasselnden Regens.

Ich zucke zusammen. Martha scheut erneut, wiehert und wirft unruhig den Kopf auf und ab.

»*Martha* passt überhaupt nicht zu ihr. Deine Mutter war kein folgsames Pferd. Wenn ich sie mit einem Tier vergleichen müsste, würde ich sagen, dass sie ein Luchs war. Oder vielleicht eine Wölfin. Jedenfalls ein Raubtier.«

»Vater«, flüstere ich. »Was machst du hier?«

Der Regen wird stärker. »Nein, Louise«, dringt Albins Stimme durch das Prasseln. »Die Frage ist, was *du* hier machst. Warum reitest du Richtung Durmau? Es ist gefährlich!«

»Ich …«, beginne ich, doch dann schüttele ich den Kopf. »Nein, Vater. Lass mich allein, bitte. Dies hier muss ich selbst erledigen.«

»Das Odisskraut ruft dich.«

Es ist keine Frage, eher eine Feststellung.

»Ja. Nein«, murmele ich und lehne mich auf dem Pferderücken nach vorne. »Darum geht es jetzt nicht. Es geht um mich. Um mich und Eli. Er wollte mir etwas sagen, ich weiß es ganz genau, etwas Wichtiges … Ich muss unbedingt noch einmal mit ihm sprechen … Deshalb brauche ich das Odisskraut. Deshalb muss ich nach Durmau.«

»Louise«, sagt Albin leise, schmerzerfüllt. »Bitte geh nicht.«

»Ich muss«, entgegne ich. »Ich muss es tun. *Es geht um Eli.*«

»Liebst du ihn? Eli?«

Der Regen wird schwächer. Wärmer. Wie ein warmer Schleier umhüllt mich das Wasser, fällt mir ins Gesicht, durchnässt Elis Mantel, der nicht mehr nach ihm riecht. Längst kleben meine Haare strähnig an dem Stoff, der so viele Erinnerungen birgt.

Eli, der sich mit roten Wangen abwendet. Eli, der mir die Kette um den Hals legt, seine Locken, die ihm über die Augen fallen. Elis Lippen, die ein tonloses Nein *hauchen.*

»Ja«, sage ich leise. »Ich liebe Eli. Genauso, wie du meine Mutter geliebt hast.«

Der Regen hört auf, von einer Sekunde auf die andere. Nun ist da nur noch Wasserdampf, der von den Wurzeln der Bäume nach oben steigt, hinein in die Nacht.

»Ach, Kind ...« Albin seufzt, ein Seufzen, das zwischen den Bäumen widerhallt. »Manchmal frage ich mich, ob ich anders gehandelt hätte, wenn ich von Anfang an gewusst hätte ... Wenn ich von Anfang an gewusst hätte, dass diese Liebe nur Tod und Verderben bringt.«

»Und? Hättest du?« Wieder benetzen Tropfen meine Wangen, doch diesmal sind es heiße Tränen.

»Niemals«, antwortet Albin mit schwerer Stimme. »Ich hätte niemals anders handeln können.«

»Eben«, sage ich mit tränenerstickter Stimme. »Und genauso wenig kann ich anders handeln.«

Nur Schweigen schlägt mir entgegen. Schweigen und warmer Regendampf, Milliarden kleiner Wassertröpfchen, die im Schein der einzelnen Laterne glitzern wie winzige Diamanten.

»Also lass mich gehen, bitte. Ich muss meine eigenen todbringenden Entscheidungen treffen, Vater.«

Damit treibe ich Martha erneut an. Sie galoppiert los, weiter durch den nächtlichen Wald, in dem Dampf zwischen den Wurzeln aufsteigt.

Kapitel 10

Durmau

Noch reiten wir über Feldwege, hindurch zwischen Windschutzgürteln, doch vor mir sind bereits die ersten Häuser zu erkennen, die sich vom rötlichen Himmel abheben.

Ich betrachte stirnrunzelnd den Horizont, meine Gedanken so langsam, als bahnten sie sich ihren Weg durch Watte. Naht die Morgendämmerung schon? Sind wir wirklich so lange geritten? Kurzerhand ziehe die Taschenuhr hervor und starre sie an. Es ist mitten in der Nacht.

Was ...

Ich schüttele sie verständnislos. Ist sie stehengeblieben? Doch nein, sie tickt unbeirrt weiter.

In diesem Moment rieche ich es, den unverkennbaren, beißenden Gestank. Und ich verstehe. Es ist nicht das Licht der Sonne, das den Horizont färbt.

Feuer.

Die Stadt brennt.

Instinktiv ziehe ich an den Zügeln. Martha reagiert sofort und bleibt mitten auf dem ausgetretenen Pfad stehen. Schweratmend hänge ich auf ihrem Rücken und beiße mir auf die Lippen, überlege fieberhaft.

Was jetzt?

Im nächsten Moment schüttele ich den Kopf. Nein; es hilft alles nichts. Ich muss es versuchen. Ich muss weiter. Das muss ich einfach.

Also richte ich mich auf, so gut es geht, und treibe Martha voran.

Ich huste. Asche weht mir entgegen, in meine Augen, in meine Nase. Die ersten Häuser, die wir passieren, sind kaum mehr als Ruinen. Einige schwelen immer noch, ausgebrannte, geborstene Dachbalken recken sich dem blutroten Horizont entgegen, und der Feuergestank wird immer schlimmer. Es ist still; zu still. Kein Wind. Kein Vogelschrei. Nur das leise Knacken der letzten Glutnester ist zu hören.

Eilig sehe ich mich um, doch außer mir und Martha ist niemand hier. Ob die Menschen rechtzeitig flüchten konnten?

Hoffentlich.

Ich wage es nicht, zu rufen, nach jemandem, irgendjemandem.

Angst verknotet meinen Magen und längst weiß ich nicht mehr, ob meine Hände vor Angst zittern oder weil mein Körper sich nach dem Odisskraut sehnt. Doch ich muss weiter, weiter.

Wir jagen durch die blutrote Nacht, immer schneller. Die Häuser um uns rücken enger zusammen. Immer mehr Trümmer säumen unseren Weg.

Und dann höre ich es.

Die ersten Schreie.

»So steh doch auf, wir müssen weg hier ... Bitte, steh auf ... Komm schon...«

Eine Frauenstimme.

Ich treibe Martha zur Eile an, bahne mir meinen Weg zwischen den Trümmern Durmaus hindurch, blicke mich mit rasendem Herzen um. Wo ist die Frau?

Endlich sehe ich sie. Sie kauert in einem halb eingestürzten Hauseingang, inmitten von Trümmern.

Als sie mich erblickt, verklingen ihre Schreie auf einen Schlag. »Hilf mir«, keucht sie. »Du hast ein Pferd ... Wir müssen sie zu einem Arzt bringen ... Meine Tochter ... Bitte, ich bitte dich ...« Sie richtet sich halb auf und sie zieht an einem Arm, der zwischen den Trümmern herausragt. Der Arm bewegt sich ein Stück und fällt dann schlaff hinunter. Augenblicklich wird mir übel.

Der Arm eines Kindes. Eines kleinen Kindes. Ein winziger, silberner Reif um das Handgelenk.

Es geht nicht anders. Obwohl ich weiß, dass es eine schlechte Idee ist, eine furchtbare Idee, zügele ich Martha und schwinge mich von ihrem Rücken.

Ich fühle nichts, als ich auf die Frau zulaufe, absolut nichts. Da ist nur Leere und Taubheit. Alles verschwimmt ineinander, jede einzelne Bewegung. Lediglich der Gesichtsausdruck der Frau, als sie den Kopf hebt und mich anstarrt, mit von Asche verschmierten Wangen, gehetzten Augen, brennt sich in mir fest.

Ich sehe nur ihr Gesicht vor mir, als ich Trümmer beiseiteschiebe, dann reißt das Bild, ich zerre ebenfalls an dem Kinderarm. Die Schreie beginnen erneut.

Wieder schiebe ich Trümmer beiseite, Staub und Asche wehen mir in die Augen, und dann ist da der Kopf des Mädchens, der kein Kopf mehr ist, ihre Augen, die keine Augen mehr sind, und das Bild reißt erneut.

Als ich wieder zu mir komme, starre ich auf mein eigenes Erbrochenes, schüttele den Kopf, keuche.

Die Schreie fressen sich in mein Innerstes.

»Es tut mir leid«, stammele ich, als ich auf die Frau zu taumele und ihr eine Hand auf den Arm lege. »Es tut mir leid, nimm mein Pferd, reite weg, weit weg, so weit wie möglich ... Wenn ich reite, falle ich in der Stadt ohnehin zu sehr auf, zu Fuß ist es besser, ich finde schon ein neues Pferd, ich ...« Ich höre mein eigenes Gestammel kaum.

Die Frau starrt mich nur aus leeren Augen an.

»Bitte«, sage ich schwach. »Nimm mein Pferd. Es ist das Mindeste, was ich tun kann.«

Keine Reaktion.

Ich stolpere zu Martha, führe sie an den Zügeln zu der Frau und drücke ihr die Lederriemen in die Hand. »Bitte«, sage ich ein letztes Mal, dann laufe ich los.

Direkt hinein in das Chaos.

Ich höre das Marschieren der Soldaten, die Schreie, die in unregelmäßigen Abständen erklingen und wieder schwächer werden. Wimmern, Brüllen, Jaulen. Schmerzensschreie, Todesschreie. Leises Zischen. Chemisches Feuer. Ich weiß nicht, wie sich chemisches Feuer anhört, doch ich bin sicher, dass es sich um ebendieses handelt. Jedes Mal, wenn es zischt, erleuchten neue Feuersäulen die Nacht. Dann wieder Schüsse, das Marschieren der Soldaten.

Doch ich sehe sie nicht. Ich höre nur ihre Stiefel, die in diesem schrecklichen, monotonen Rhythmus gegen den Boden hämmern, immer und immer wieder.

Eng drücke ich mich an die rußgeschwärzte Mauer, mein Blick irrt umher.

Ich muss mich westlich halten, zumindest glaube ich das. Es ist lange her, seit ich das letzte Mal in Durmau war. Damals war ich noch ein Kind. Etwa so alt wie das Mädchen, dessen Kopf kein Kopf mehr ist und deren Augen ... Ich würge wieder, doch nur Galle ergießt sich über die Asche am Boden.

Eilig presse ich die Hände vor den Mund. Ich muss leise sein, so leise wie möglich. Wenn die Soldaten mich finden... Wieder wird mir übel.

Nach oben. Ich muss nach oben, irgendwohin, von wo aus ich einen besseren Überblick habe. Doch ich kann kein hohes Gebäude entdecken, überall sind Aschewolken, Rauch. Auch in dieser Gasse schneiden mir auf halbem Weg Trümmer den Weg ab.

Ich irre durch die Gassen, stolpere zweimal über verkohlte Leichen, wende mich ab und mache kehrt.

Nicht einmal Grauen kann ich noch empfinden. Da ist einfach nichts in mir; gar nichts.

Endlich sehe ich die erste zerschlagene Rubidiumlampe. Sie liegt genau vor meinen Füßen, einfach so. Ich stolpere weiter, schiebe die Reste einer Tür beiseite, doch erneut versperren mir Trümmer den Weg.

Weiter, immer weiter.

Ich laufe um Ecken, die kaum noch Ecken sind, falle über das Rad einer Kutsche, rappele mich auf und laufe weiter.

Dann sehe ich sie.

Ein Mädchen der Nacht, ganz eindeutig. Sie trägt ein rotes Korsett, ein mit Rüschen verziertes Kleid. Ihr Körper ist fast unversehrt. Wie eine schlafende Prinzessin aus einem meiner Bücher liegt sie da, inmitten von Ruß und Asche, die leeren, gebrochenen Augen gen Himmel gerichtet. Ihr Rüschenkleid ist nach oben geschoben worden. Ihr linker Strumpf fehlt, da ist auch keine Unterwäsche mehr. Blut klebt an ihren Schenkeln.

Ich stürze erneut über irgendetwas; doch es ist nebensächlich, ich stürze auf sie zu, greife nach ihrem Handgelenk.

Nichts.

In diesem Moment sehe ich den fehlenden Strumpf. Er ist um ihren Hals festgezurrt worden.

Seltsamerweise sind meine Finger völlig ruhig, als ich ihre Augen schließe, den Strumpf von ihrer Kehle wickele und ihn ihr anziehe, das Kleid wieder nach unten schiebe. Schon schlüpfe ich aus Elis Mantel, um sie damit zuzudecken, doch nein, egal wie gerne ich es tun würde – wenn ich erfriere, nützt das niemandem etwas.

Wenn ich erfriere, kann ich das Tor nicht schließen. Wenn ich erfriere, wird all dies niemals zu Ende sein.

Ich bringe es nicht über mich, ihre Taschen nach Odisskraut zu durchsuchen.

Also wende ich mich ab, gehe weiter, nichts als Taubheit in meiner Brust.

Erst, als ich über etwas stolpere, komme ich wieder zu mir. Wieder ein lebloser Körper. Ein junger Soldat ... Mit starrem Blick mustere ich ihn, weiß, dass ich eigentlich weglaufen sollte, doch ich kann nicht. Vorsichtig gehe ich in die Knie und taste nach seinem Handgelenk. Nichts. Seine Haut ist eiskalt.

Ein Wimmern steigt aus meiner Kehle auf, als ich in sein Gesicht blicke. Seine Augen stehen weit offen, blicken in den blutroten Himmel und sehen ihn doch nicht. Er kann kaum älter sein als ich. Irgendetwas in seinen toten Augen erinnert mich so sehr an Maku, dass sich ein eiserner Ring um meine Brust legt.

Mit bebenden Händen öffne ich den Mantel seiner Uniform. Jetzt sehe ich auch das Blut, das sein Hemd durchtränkt, die zerfetzten Stoffränder. Es sieht so aus, als hätte der Schuss ihn direkt ins Herz getroffen. Er muss sofort tot gewesen sein.

Ich ertaste etwas in seiner Manteltasche, und ziehe es hervor. Ein unauffälliges Jutesäckchen, das unzweifelhaft Odisskraut enthält. Der Geruch, der in meine Nase steigt, ist unverkennbar. Mit zitternden Händen öffne ich es. Tatsächlich, Odisskraut.

Zum ersten Mal, seit ich von Marthas Rücken gestiegen bin, spüre ich wieder etwas. Warme Erleichterung breitet sich in mir aus. Ich stopfe das Säckchen in Elis Manteltasche. Nun kann ich endlich gehen.

Doch das Marschieren der Soldaten hallt wieder durch die Gassen, immer näher und näher. Mit angehaltenem Atem sehe ich mich um und blicke an dem Gebäude zu meiner Linken empor. Es ist nicht eingestürzt, eine unversehrte Rubidiumlampe hängt an der Hauswand. Rasch husche ich in das Gebäude, will die Tür hinter mir schließen, doch nein, es ist unauffälliger, wenn sie offen ist, also lasse ich sie offen. Ich eile Treppen hinunter, falle über ein zerbrochenes Bett und kauere mich schließlich hinter die Reste eines Schanktisches.

Haben sie mich gehört?

Ich presse mir die Hand vor den Mund. Es ist, als würde das Vibrieren, das Trommeln der Schritte den Boden zum Beben bringen. Schließlich, endlich, wird es schwächer und verklingt ganz.

Nun kann ich flüchten, endlich. Vielleicht ist die Frau noch da, vielleicht können wir gemeinsam auf Marthas Rücken zum Hauptquartier reiten. Johanna könnte sich um sie kümmern. Ansonsten muss ich zu Fuß gehen. Auch das werde ich schaffen, irgendwie. Es ist so, wie ich es Maku gesagt habe. Ich bin stärker, als ich aussehe. Irgendwie werde ich es schaffen.

Angespannt lausche ich. Kein Marschieren, das den Boden zum Beben bringt. Ich muss es nur zurück zum Hauptquartier schaffen. Und ich werde es schaffen, das weiß ich.

Ich werde zurück zum Hauptquartier gehen, das Odisskraut nehmen, eine Vision haben und herausfinden, was Eli mir sagen wollte. Sicher ist es etwas Wichtiges. Etwas, das uns hilft, diese Geschichte zu einem guten Ende zu bringen. Ich werde ihn befreien, und dann werden wir gehen, weit weg, nach Awhen vielleicht. Womöglich gemeinsam mit Maku. Es könnte so sein, als wären wir eine Familie.

Und irgendwann, eines Tages, wenn viele Jahre vergangen sind, werde ich nicht mehr immerzu an das Mädchen denken, dessen Augen keine Augen mehr sind. Oder an den jungen Soldaten, der kaum älter gewesen sein kann als ich. Der junge Soldat, der niemals zu seiner Familie zurückkehren wird. Und wenn ich schreiend erwache, weil ich von dem Mädchen der Nacht geträumt habe, mit dem Strumpf um ihren Hals, wird Eli da sein und mich schweigend in seine Arme ziehen.

Ich huste, spucke Asche und Ruß aus. Noch immer keine Schritte. Also knöpfe ich Elis Mantel zu, atme tief durch und wende mich zum Gehen.

In diesem Moment geschieht es.

Ich höre leises, amüsiertes Lachen hinter mir. Ein Lachen, das ich überall erkennen würde. Und doch klingt es falsch, so furchtbar und schrecklich falsch.

Schon, als ich mich umwende, voller Grauen, weiß ich es. Im ersten Moment, als ich ihn erblicke, fährt wilde, trügerische Hoffnung durch meine Adern,

Hoffnung, dass er entkommen ist.

Hoffnung, dass er mich gefunden hat.

Doch er ist es nicht, es ist nicht wirklich Eli, das weiß ich in dem Moment, als ich seine Augen sehe. Kalt. Eiskalt; wie der Schatten in Rauris.

»Hallo, Louise.« Er lächelt mich an mit Elis breitem Lächeln, das er ihm gestohlen hat.

Kapitel 11

Im ersten Moment kann ich weder sprechen noch schreien. Nur ein leises Röcheln dringt aus meiner Kehle. Ich starre ihn an, will einen Schritt machen, nach hinten, weg hier, doch es ist, als wäre ich am Boden festgefroren. Festgefroren für alle Zeiten, wie die Eisstatuen in Rauris.

»Lass dir Zeit«, sagt der falsche Eli. Geschmeidig wie ein Schatten tritt er einige Schritte näher. »Es gibt keine Eile. Wir haben alle Zeit der Welt.«

Endlich fällt die Starre wieder von mir ab. Ich setze einen Schritt nach hinten, in Richtung Tür. Zeit gewinnen, ich muss Zeit gewinnen. Bis mir einfällt, was zum eiskalten Abgrund ich nun tun soll.

»Was willst du hier?«, frage ich, versuche, meine Stimme so fest wie möglich klingen zu lassen. Es gelingt mir nicht. Sie zittert, als hätte ich tatsächlich in den Schatten von Rauris geblickt.

Der falsche Eli tritt einen weiteren Schritt auf mich zu und hebt die Hand. Ein lautes Krachen erklingt hinter mir. Die Dunkelheit um mich herum wird noch ein wenig dunkler, die Schatten tiefer. *Die Tür*, fällt mir fieberhaft ein. Er hat die Tür ins Schloss fallen lassen. Nun bin ich hier eingeschlossen, gemeinsam mit ihm.

»Keine Sorge«, sagt er, Spott in der Stimme. »Ich will dir nichts tun, Louise. Ich will nur mit dir sprechen.«

»Mit mir sprechen«, wiederhole ich seine Worte, ohne sie wirklich zu verstehen.

Weg hier, ich muss weg. So weit weg wie möglich. Doch wie?

»Warum willst du mit mir sprechen?«, frage ich, ohne Ton.

Er beginnt, vor mir auf- und abzugehen, genauso, wie Eli es immer getan hat, mit langen Schritten und erhobenem Kopf, die Arme auf dem Rücken verschränkt.

»Nun, Louise«, setzt er geschäftig an. »Es sieht so aus, als wärst du eine wichtige Spielfigur in diesem Spiel. Ich will wissen, welche Rolle du innehast.«

Gedankenfetzen, Erinnerungen rasen durch meinen Kopf, so schnell, dass der zerstörte Schankraum beginnt, sich um mich zu drehen.

Spielfigur. Spiel. Diese Worte sind wichtig, das weiß ich.

Dann erhasche ich sie, die Erinnerung, nach der ich suche.

»Wir haben uns schon gefragt, was es mit dem seltsamen, schwarzäugigen Mädchen auf sich hat ... Sie ist also eine unbekannte Spielfigur in diesem Spiel. Überaus interessant.« Die Worte der Frau in Elis Schattenzelle. Die Höchste der Achai. *Merina,* so heißt sie. Eli hat sie so genannt. Sie muss ihn geschickt haben, ihn, den falschen Eli.

Ich räuspere. Mein Mund schmeckt nach Asche und Ruß. »Merina hat dich geschickt«, stelle ich fest.

»In der Tat«, sagt er leise. »Warum weißt du von Merina? Ach, es spielt eigentlich keine Rolle. Du bist ein kluges Mädchen, du hast sicherlich Nachforschungen angestellt.«

Ich lasse die Bemerkung unkommentiert. »Wieso kommt Merina nicht selbst, um mit mir zu sprechen?«

Der falsche Eli hält inne, sieht mir direkt in die Augen und hebt dann die Hand, um milde gelangweilt seine Fingernägel zu betrachten. »Oh, das braucht dich nicht zu kümmern, meine Liebe. Obwohl – vielleicht ist es so sogar einfacher für dich? Immerhin kennen wir uns schon.« Er kichert. »Wie auch immer. Viel wichtiger ist, dass ich dir ein Angebot zu machen habe.«

»Ein Angebot«, wiederhole ich erneut seine Worte, ohne dass deren Sinn meinen Kopf erreicht. »Was für ein Angebot denn?«

»Ganz einfach.« Er bewegt sich so schnell, dass ich keine Zeit habe zu reagieren. Im nächsten Moment steht er direkt vor mir und beugt sich zu mir herunter. Aus Elis Augen sieht er mich an, mit diesem seltsamen Ausdruck, fast freundlich und doch unstet. So, wie Eli mich immer angesehen hat, bevor er einen Kuss auf meine linke Wange gehaucht hat.

Jedes einzelne Härchen in meinem Nacken stellt sich auf. »Sprich«, flüstere ich. Zeit gewinnen. Nur Zeit gewinnen. Das ist die Hauptsache.

Sein Gesicht kommt immer näher. Kurz schießt mir ein wirrer Gedanke durch den Kopf; *will er mich küssen*?

Doch er legt nur seine Lippen an mein Ohr. »Schließ dich uns an«, raunt er. »Erzähl uns, was die Wächter planen. Und hilf uns, es zu verhindern. In deinen Adern fließt das Blut der Achai. Du bist eine von uns.«

Ich schlucke. »Ich …«, stammele ich.

»Überleg in Ruhe«, flüstert er. »Ich warte.« Er hebt die Hand und streicht mein Haar beiseite, mit Fingern, die kalt wie Eis sind.

Instinktiv reiße ich mich los und taumele einen Schritt nach hinten, schnappe nach Luft.

Mich ihnen anschließen?

»Lass mich raten«, sagt der falsche Eli mit seidenweicher Stimme; mit Elis seidenweicher Stimme, die der richtige Eli nur für liebevolle, aufmunternde Worte gebraucht hat. »Der Oberste der Wächter hat dich eingewickelt. Hat dir Lügen erzählt; über uns Achai. Glaub ihm kein Wort; Louise. Er lügt jedes einzelne Mal, wenn er nur den Mund aufmacht.«

Wortfetzen hallen durch meinen Kopf, unzusammenhängende Bruchstücke der Geschichte, die der Oberste erzählt hat. Er hat mich manipuliert, ja. Das stimmt. Aber mich ihnen anschließen? Den Achai? Denjenigen, die diesen Krieg begonnen haben? Denjenigen, die Eli in einer Zelle aus Schatten gefangen halten?

Doch ich kann die Frage nicht mehr zurückhalten. Wie von selbst bricht sie aus mir heraus. »Was hätte ich davon, mich euch anzuschließen?«

Wenn sie nur Eli freilassen ... Wenn sie diesem Krieg ein Ende setzen ... Wenn es nie wieder einen Kinderarm in den Trümmern gibt, nie wieder einen Strumpf, der von namenlosen Soldaten um den Hals eines Mädchens der Nacht festgezurrt wird ...

Der falsche Eli lacht. »Du kannst alles haben, was du willst. Macht. Ewiges Leben. Kräfte, von denen du bisher nicht einmal zu träumen gewagt hast. Alles.«

»Wie wäre es mit Eli?«, wispere ich.

Der falsche Eli stutzt. »Ihn? Was? Nein, nein, ich kann dir etwas viel Besseres bieten.«

»Nämlich?«

Er grinst, macht eine ausschweifende Geste und deutet schließlich auf seine eigene Brust. »Wie wäre es damit?«

»Dich?«, forme ich mit den Lippen, ohne Ton, aber voller Entsetzen.

»Aber natürlich. Elis Körper. Das ist es doch, was du willst, nicht wahr? Du begehrst ihn. Schon lange Zeit, das stimmt doch? Nun, ich bin besser als Eli. Ich kann deine wildesten Träume wahr werden lassen. Du wirst schon sehen. Wenn du willst, kannst du mich sogar ›Eli‹ nennen, obwohl das natürlich nicht mein Name ist.«

Abscheu verschließt meine Kehle. Wie konnte ich nur zögern, auch nur eine Sekunde lang? Wie konnte ich nur ernsthaft erwägen ...

»Nein«, sage ich, mit vollkommen fester Stimme. »Ich werde mich euch niemals anschließen. *Niemals.* Du hast keine Ahnung ... Du verstehst nicht ...«

»Was verstehe ich nicht?«

Ich schüttele nur stumm den Kopf.

Alles. Nichts.

Er tritt einen Schritt zurück, starrt mich an. »Nun«, sagt er dann, mit schwerer Stimme. »Das ist schade, Louise. Wirklich; sehr schade. Wir hätten viel Spaß miteinander haben können. Nun werde ich die Antworten wohl aus dir herauszwingen müssen.«

Im nächsten Moment stürzt er sich auf mich. Es geht zu schnell, ich hebe noch die Arme, doch es ist vergebens.

Die Bilder verschwimmen ineinander. Plötzlich scheint die Zeit sich in die Länge zu ziehen. Etwas kracht. Scharfer Schmerz explodiert in meinem Hinterkopf, ich sehe die Decke über mir, ganz deutlich und klar, jeden Fleck auf den Ziegelsteinen des Kellergewölbes. Im nächsten Moment kniet er über mir, mit verzerrtem Gesicht.

Ich reiße den Mund auf, will schreien, doch kein Laut erklingt. Er hebt die Hände, Elis Hände. So oft habe ich mir gewünscht, er würde mich berühren, mit seinen schlanken, langen Fingern über meine Haut wandern. Nun legt er Elis gestohlene Hände um meine Kehle. Fester und fester zieht sich sein Griff. Ich schnappe nach Luft, vergebens. Schon beginnen die Schatten vor meinen Augen zu tanzen, schon verschwimmt das Bild vor meinen Augen.

Ich wehre mich nicht einmal. *Nun*, denke ich, die Stimme in meinem Kopf langsam und träge, *wenigstens ist das Letzte, was ich sehe, Elis Gesicht.*

Auch, wenn es nicht wirklich Eli ist.

In diesem Moment lässt er los. Ich schnappe nach Luft, huste, keuche. Tränen rinnen über meine Wangen.

»Sprich«, knurrt er. »Sprich. Dies war nur ein Vorgeschmack. Erzähl mir alles, was du weißt.«

»Oder was?«, keuche ich. »Was, wenn ich es nicht tue?«

Er lacht nur. »Denkst du, du wüsstest bereits jetzt, was Schmerzen sind, Louise? Wie rührend.«

Mühsam schlucke ich Galle hinunter, winde mich unter seinem Griff. Doch er hält mich nur fester, kichert mir leise ins Ohr.

Ich darf nicht sterben. Ich darf nicht. Das Tor. Die Schatten. Eli. Ich muss ihn retten. Ich muss es einfach tun.

»Also gut«, keuche ich. »Ich rede. Du hast gewonnen. Lass mich nur …«

»… los? Nein. Sicher nicht. Was du mir sagen willst, kannst du mir auch so sagen.«

Er lächelt auf mich herab und drückt seinen Körper noch enger an meinen.

Alles in mir ist von Abscheu erfüllt. Am liebsten würde ich ihm ins Gesicht spucken. Doch nein, noch nicht.

»Also los, sprich«, sagt er, wieder mit dieser weichen Stimme, mit der Eli nette Worte raunt.

Ich hole tief Luft.

Und dann brülle ich. Ich schreie, wie ich nie zuvor geschrien habe. Das Grollen steigt aus meinem Innersten empor. Der *Hass.* Die Verzweiflung. Jegliche Dunkelheit, die ich in mir habe.

Plötzlich lastet kein Gewicht mehr auf mir. Ein lautes Krachen erklingt. Ich springe auf. Sofort beginnt sich alles um mich zu drehen.

Und doch sehe ich es; ich sehe ihn; den falschen Eli, der sich aufrichtet, taumelnd auf die Füße kommt, inmitten all der Trümmer, die Wut, die sein Gesicht verzerrt. »Denkst du, du kannst mich besiegen? Im Ernst, Louise?«, höhnt er.

Wieder stürzt er sich auf mich, wie ein Schemen.

Und dann geht alles ganz schnell. Wieder verzerrt sich die Zeit, doch dieses Mal nicht in die Länge. Alles passiert in einem Moment, der nur so kurz ist wie ein einziges Ticken des Sekundenzeigers.

Ich spüre den Griff des Messers in meinen Fingern. Ich höre das leise, metallische Schnappen, als es aufspringt. Ich fühle, wie es zwischen seine Rippen gleitet, wie warmes Blut über meine Finger fließt. *Merkwürdig*, denke ich noch. *Es ist merkwürdig, dass sein Blut warm ist, obwohl er so kalt ist.*

Er hustet. Kleine Blutbläschen zerplatzen auf seinen Lippen. Aus Elis Augen starrt er mich an, voller Entsetzen.

Dann fällt er. Eine Staubwolke steigt um ihn her auf, als er auf den Boden aufprallt. Ein letztes Keuchen hallt zwischen den Wänden des zerstörten Schankraumes wider.

Dann ist es vorbei, einfach so.

Ich gehe auf ihn zu, ziehe das Messer aus seinem Brustkorb, wische es an meinem Kleid ab und stecke es wieder in Elis Manteltasche. Für einen Moment zögere ich, *soll ich auf seine Leiche spucken*, doch nein, ich lasse es sein. Es kommt mir nicht richtig vor. Dies hier ist immer noch Elis Körper. Ich weiß nicht einmal, wie der Achai heißt, der Elis Körper gestohlen hat. Ich weiß nur mit plötzlicher Gewissheit, dass Frost sein Element war. Eigentlich ist es nebensächlich. Er ist nun tot.

Dann gehe ich, ohne mich auch nur ein einziges Mal umzuwenden. Als ich durch die Straßen des zerstören Durmaus husche, mitten durch die Asche, den Ruß und die Trümmer, geht die Sonne auf. Sie überzieht das Chaos mit ihrem warmen Licht.

Ich fühle gar nichts. Stur setze ich einen Schritt vor den anderen, immer weiter.

Martha ist noch genau da, wo ich sie zurückgelassen habe. Schnaubend steht sie da und erwartet mich, direkt vor dem zerstörten Haus. Die Frau und die Leiche ihrer Tochter sind verschwunden.

Mit letzter Kraft klettere ich auf Marthas Rücken und schnalze mit der Zunge. Sie setzt sich in Bewegung. Wir reiten Richtung Osten, durch den dichten Wald, in dem die Strahlen der Morgensonne zwischen den Bäumen emporkriechen.

Kapitel 12

Als ich an dem schmiedeeisernen Zaun angekommen bin, in sicherem Abstand von den Stallungen, steht die Sonne schon hoch am Himmel. Ich kann von hier aus den Garten sehen, sogar die Springbrunnen, die während des Winters kein Wasser enthalten.

Inzwischen bin ich derart müde, dass es sich fast so anfühlt, als könnte ich gar keine Müdigkeit mehr empfinden. Wie gerne ich einfach in meine Kammer huschen würde, mich für einige Stunden ins Bett legen, Maku von allem erzählen ... Doch ich darf keine Zeit verlieren, das ist mir klar. Ich kann es spüren, mit jeder Faser meines Körpers, mit jedem Herzschlag. Also klettere ich von Marthas Rücken. Als ich auf dem Boden aufkomme, gehe ich fast in die Knie. Martha sieht mich aus ihren großen Pferdeaugen ungläubig an, als ich ihr einen Klaps auf den Hals versetze.

»Los«, murmele ich. »Jetzt lauf schon nach Hause in deinen Stall. Ruh dich aus.«

Martha reagiert nicht, blinzelt mich nur weiterhin an und schnaubt treuherzig.

Ich verdrehe die Augen. Also gut. Wenn sie Hunger bekommt, wird sie sicherlich nach Hause laufen. Den Weg wird sie schon allein finden. Sie ist ein kluges Pferd. Also tätschele ich noch ein letztes Mal ihren Hals und will schon loslaufen, in den Wald hinein, Richtung Amphitheater.

Ein leiser Ruf lässt mich innehalten. »Louise!«

Makus Stimme.

Mein Nacken beginnt zu kribbeln. Wie hat er mich nun schon wieder gefunden? Ich drehe mich auf dem Absatz um und gerate prompt ins Taumeln. Maku starrt mich durch die Stäbe des Zaunes an. Ehe ich es mich versehe, klettert er flink und behände daran hoch, schwingt sich über die Spitzen und eilt zu mir herüber.

»Ist alles gut gegangen?«, fragt er mit bebender Stimme.

Ich nicke; kurz und abgehackt. »Ich habe alles, was ich brauche. Danke für das Messer übrigens.« Als ich bemerke, wie rau meine Stimme klingt, zucke ich zusammen. Ich höre mich an wie eine uralte Frau.

»Und dir geht es gut?«, fragt Maku besorgt.

Ich verkneife mir ein bissiges *»Sehe ich so aus?«* und verziehe den Mund zu etwas, was hoffentlich wie ein Lächeln aussieht. »Ja. Keine Sorge. Ich muss weiter, Maku. In einigen Stunden weiß ich hoffentlich mehr.«

»Wo gehst du hin?«, fragt er.

»Zu dem verfallenen Amphitheater, von dem ich dir erzählt habe«, sage ich und deute vage in die ungefähre Richtung. »Es ist nicht weit. Ich bin bald zurück, in Ordnung? Vielleicht noch vor Einbruch der Dunkelheit.« Mit einem seltsamen Gefühl in der Magengrube sehe ich ihn an, seine blitzenden Augen, sein unordentliches Haar. In einigen Monaten wird er mir über den Kopf wachsen.

Wenn ich in einigen Monaten noch lebe.

Maku nickt. »In Ordnung«, sagt er beflissen. »Viel Glück, Louise.« Und dann tut er etwas, was er noch nie getan hat. Er tritt rasch einen Schritt auf mich zu, schlingt die Arme um meine Taille und drückt mich fest. »Ich hab dich lieb, Louise«, murmelt er. »Und mach dir keine Sorgen, ich bin nicht böse auf dich. Du meinst es nicht so, das weiß ich.«

Das seltsame Gefühl in meiner Magengrube wird stärker. »Ich hab dich auch lieb, Kleiner«, sage ich und wuschele ihm unbeholfen durchs Haar. »Und es tut mir leid.«

»Ich sagte doch eben, ich bin dir nicht böse. Was tut dir leid?«

»Alles. Nichts«, murmele ich, in Gedanken schon weit fort.

Er lächelt mich noch ein letztes Mal an; dann löst er sich von mir, schwingt sich wieder über den Zaun und läuft davon.

Meine Augen beginnen zu brennen, als ich mich abwende und gehe, direkt in den Wald hinein.

Was, wenn dies das letzte Mal war, dass ich ihn gesehen habe?

Als das Odisskraut in Madame Rosas Feldflasche kocht, der verführerische Dampf sich mit dem Geruch des Feuers mischt, werden die Schatten des Nachmittags bereits länger. Ich starre in die Flammen. Noch immer hat sich diese merkwürdige Leere über mein Innerstes gelegt, diese Leere, die die Frage mit sich bringt, ob ich jemals wieder etwas fühlen werde. Mit jeder Faser meines Körpers sehne ich mich nach der warmen, schweren Ruhe des Odisskrautes.

Endlich sind die zehn Minuten um. Ich greife nach der Flasche und stürze den brennend heißen Trank hinunter. Als ich den letzten Tropfen gierig von meinen Lippen lecke, seufze ich erleichtert auf. Schon kann ich es spüren, die Umarmung des Rausches, der endlosen Frieden verheißt.

Die Dunkelheit legt sich über meine Seele wie ein Tuch. Die Schatten des Waldes verschwimmen vor meinen Augen.

Ich gehe barfuß durch den Wald. Es ist Sommer; ich kann das Zirpen von Grillen hören. Schritt für Schritt setze ich auf das taufeuchte Moos, den Geruch von Wasser und Erde in der Nase. Der warme Nachtwind umfließt meinen Körper wie eine Liebkosung.

In mir herrscht tiefste, endgültige Ruhe. Kein störender Gedanke dringt an die Oberfläche. Wie am Rande bemerke ich, dass ich lächele. Ich atme ein, so tief, wie es nur irgendwie geht.

»Louise«, sagt jemand hinter mir.

Eli.

Endlich.

Ohne Eile drehe ich mich um. Es gibt keine Eile; nicht hier an diesem Ort.

Eli steht vor mir und sieht mich einfach nur an.

Er ist es wirklich. Einfach nur Eli, der richtige Eli, mit seinen wilden Locken, die ihm in die Augen fallen, dem abgetragenen Hemd, das ihm ein wenig zu groß ist. Er hat es locker in die Hose gesteckt und die Ärmel aufgekrempelt.

Und er lächelt; sein wärmstes Lächeln. Mein Puls beginnt zu rasen, als ich verstehe, vielleicht besser als je zuvor. Dieses Lächeln ist für mich bestimmt, nur für mich.

»Komm zu mir, Louise«, sagt er, bittend.

Ohne zu zögern lasse ich mich in seine ausgebreiteten Arme sinken, verliere mich in seiner warmen Umarmung. Ich lege meine Wange gegen seine Brust, atme seinen Geruch ein und lausche dem Schlag seines Herzens.

Ich weiß nicht, wie lange wir so dastehen, gedankenverloren, als gäbe es keine Zeit. Vielleicht gibt es hier tatsächlich keine Zeit; wo auch immer wir sind.

Ein Gedanke zupft an meinem Bewusstsein. Ich bin gekommen, um etwas in Erfahrung zu bringen. Nur was? Vorsichtig schiebe ich Eli auf Armlänge von mir. Er lächelt noch immer, mit funkelnden Augen.

»Ist das ein Traum?«, frage ich; vorsichtig, ängstlich, als würde alles zerplatzen wie eine Seifenblase, sobald ich zu intensiv darüber nachdenke.

»Ich weiß nicht«, murmelt er. »Vielleicht. Ist es wichtig?«

»Nein«, hauche ich. »Aber, Eli ...«

Ich wollte etwas fragen. Etwas Wichtiges.

In diesem Moment geschieht es. Mit einem Schlag brechen die Erinnerungen über mich herein. Es ist, als würde meine Taschenuhr zu ticken beginnen, an diesem Ort, in diesem Moment. Die Zeit ist zurückgekehrt und sie zerrinnt mir zwischen den Fingern wie kostbarer Sand.

»Eli«, sage ich atemlos. »Du wolltest mir etwas sagen. In der Schattenzelle, erinnerst du dich? Etwas Wichtiges; es war etwas Wichtiges!« Ich will wieder nach ihm greifen, ihn an mich ziehen, doch in diesem Moment beginnt seine Gestalt sich aufzulösen, in dem Nebel, der plötzlich um uns ist, überall.

»*Nein!*«, keuche ich, meine Stimme verzerrt vor Entsetzen. »Nein! Eli; sag es mir, sag mir, was du mir sagen wolltest! Rasch!«

Elis Lächeln wird traurig. »Du darfst nicht nach mir suchen, Louise«, wispert er, seine Stimme so verwaschen wie das Weiß des Nebels, der ihn mir entreißt, Stück für Stück. »Du darfst nicht. Du musst mich gehen lassen, hörst du?«

»Niemals«, rufe ich und strecke die Arme aus, um nach ihm zu haschen.

Ganz zum Schluss verblassen seine Augen.

»Louise«, hallt seine Stimme durch den Nebel, kaum noch hörbar. »Wenn du mich liebst, dann lass mich gehen. Lass mich los ...«

Ich schlage die Augen auf, meinen Schrei noch auf den Lippen. Voller Verzweiflung hallt er schrill durch den Wald, über den sich nun die Nacht gelegt hat.

Nein! Nein, das darf nicht sein!

Ich springe auf. Jeder Schlag meines Herzens scheint kochend heißes Blut durch meine Adern zu pumpen. »Nein«, murmele ich. »Nein, nein, nein!«

Mit erhobenen Armen, den Schatten entgegengereckt, beginne ich erneut zu schreien. »Niemals!«, brülle ich. »Niemals, hörst du?« Mein Schrei zieht sich in die Länge, immer länger und länger.

Und in diesem Moment verstehe ich.

Es ist so weit.

Noch nie zuvor war mein Kopf so voll von Schatten wie jetzt, in diesem Moment, in dem ich im Wald stehe und schreie.

Fast ist es, als würde ich mich von oben selbst beobachten, wie ein Vogel oder ein Insekt.

Ich sehe mich selbst, das weiße Haar über meinem Gesicht, meinen dürren, zusammengekrümmten Körper, die Arme ausgestreckt, als würde ich fliegen wollen. Ich sehe mich selbst im nächtlichen Wald stehen, zwischen den Ruinen des Amphitheaters, den Kopf voller Schatten.

Endlich verklingt mein Schrei. Wind kommt auf, immer stärker und stärker zerrt er an mir. Die Äste der kahlen Bäume winken mir zu wie knochige Skelettfinger. Leises Murmeln wird laut.

Albin.

»Es ist so weit«, flüstert er. »Die Zeit ist gekommen. Gib auf dich acht, Louise ... Ich werde versuchen, dich zu beschützen, so gut es mir möglich ist ...«

Ich höre ihn kaum. Der Wind wird immer stärker, braust um mich herum und sammelt sich dort, wo ich stehe, in der Mitte des verfallenen Amphitheaters.

Fast hätte ich gelacht, doch nur ein wildes, grimmiges Lächeln verzerrt mein Gesicht. Ich bin dort, wo ich immer war, seit ich zurückdenken kann: in der Manege. Doch diesmal gibt es keine Gitterstäbe, keine Hohnschreie. Kein Publikum. Nur mich und den Wind.

Ich bin frei.

»Hier kommt Louise«, brülle ich und mein Blut siedet noch heftiger, heiß und schwer wie Odisskraut. *»Sie tanzt ohne Seil durch die Luft!«*

Ich setze den ersten Schritt, einfach so, ohne darüber nachzudenken. Dann den zweiten.

Der Wind umfasst mich wie in einer Umarmung und trägt mich höher, immer höher. Ich steige dem Nachthimmel entgegen, so hoch, dass ich meine, den Vollmond gleich mit den Fingern erhaschen zu können.

Diesmal schläft keine Verzweiflung in dem Schrei, der aus meiner Kehle steigt. Er ist wild, ungezügelt, voller Kraft. *Ich habe es geschafft*, will ich denken, doch ich schiebe den Gedanken weg, weit weg, hinter eine Mauer. Hier darf es keine Gedanken geben, das weiß ich ganz genau. Nichts. Nur mich und den Wind.

Für einen Moment verliere ich mich, tanze höher und höher dem Himmel entgegen. Ich schlage einen Salto; der Wind fängt mich auf und trägt mich weiter, immer weiter.

Atemlos blicke ich nach unten. Viele, viele Meter unter mir liegt das Amphitheater; ich kann noch mein Lagerfeuer unter mir erkennen. Ich sehe sogar die Lichter des Hauptquartiers, die immer noch glimmenden Ruinen Durmaus am Horizont.

Und dann beginnt es.

Die flackernden Schatten des Feuers werden tiefer, länger. Immer weiter wachsen sie, erstrecken sich über das ganze Amphitheater, bis sie es förmlich überziehen.

Ich spüre keinerlei Angst, als ich den tiefen Schatten unter mir betrachte. Im Gegenteil. Voller Faszination beobachte ich, wie er sich wabernd und tiefschwarz und dennoch substanzlos unter mir ausbreitet.

Es ist so weit.

Der Wind zerrt immer noch an mir und weht mir mein wirres, weißes Haar in die Dämonenaugen. Es kümmert mich nicht. Mein Blick ist fest auf das gerichtet, was unter mir liegt.

Mein Ziel.

Noch ein letztes Mal atme ich tief durch, fülle meine Lungen mit der Nachtluft.

Dann springe ich.

Ich falle, dem schier endlosen Schatten entgegen, bis er mich verschluckt.

Kapitel 13

Schatten

Als ich die Augen öffne, setzt mein Herz einen Schlag aus. Dann schlägt es weiter und die Eindrücke strömen alle zugleich auf mich herein.

Es ist dunkel; vollkommen dunkel. Ein Schatten dunkler als der andere. Und dennoch sehe ich so klar wie nie zuvor. Ich sehe das Amphitheater um mich herum, verfallene Ruinen aus purer, schwelender Finsternis. Selbst die Luft, die ich atme, schmeckt nach Nacht, nach glimmender Schwärze. Selbst das Blut, das durch meine Adern fließt, fühlt sich an wie die Essenz der reinen Dunkelheit, die um mich herum herrscht.

Ich bin zu Hause.

Erst als meine Mundwinkel zu schmerzen beginnen, bemerke ich, dass ich lächele. Es ist eine wilde Art von Euphorie, die in meiner Brust brennt, mich von innen wärmt.

Ich bin zu Hause.

Die Schatten sind mein Zuhause, schon immer. Ich wusste es nur bisher noch nicht.

Wie eine Schlafwandlerin drehe ich mich um und setze den ersten Schritt, beginne, die Stufen hinaufzusteigen. Mir ist klar, wohin ich gehen muss. Plötzlich weiß ich es einfach, mit völliger Gewissheit.

Ohne zu zögern, schlage ich denselben Weg ein, den ich gehen würde, wenn ich in der Oberwelt zum Hauptquartier der Wächter zurückkehren würde.

Langsam und gemächlich schreite ich dem Herz der Finsternis entgegen. Nichts begleitet meinen Weg durch den allgegenwärtigen Schatten, durch die samtige Dunkelheit. Es gibt kein Leben hier; oder zumindest kein Leben, wie ich es kenne. Keine Tiere. Keine Pflanzen. Keinen Mond am Himmel. Ja; es gibt nicht einmal einen Himmel. Unten ist hier genauso oben, wie es unten ist.

Nach und nach schält sich vor mir etwas aus der Finsternis, das noch finsterer ist als selbige.

Ihr Zentrum. *Die Schattenfestung.*

Es ist keine Angst, die ich verspüre. Nicht wirklich. Vielmehr zupft etwas an meinen Gedanken; etwas, was mich zur Vorsicht ruft.

Albin?, frage ich in Gedanken. *Vater?*

»Ich bin hier. Geh nur weiter. Es ist niemand in der Nähe. Und du kennst den Weg.«

Den kenne ich tatsächlich. Ich weiß nicht woher, ich weiß nicht warum, und dennoch gehe ich weiter, mit völliger Sicherheit, als hätte ich nie etwas anderes getan, als durch die Schatten zu streifen.

Das Tor der Festung öffnet sich von selbst. Ich schreite hindurch, ohne innezuhalten, und gehe weiter. Durch Gänge, die diesen Namen eigentlich nicht verdient haben, doch meine Sprache hat kein besseres Wort für die Pfade, die ich entlangwandele. Ich biege um Ecken, die allem widersprechen, was Dorothea und mein Lexikon mir über die Gesetze der Natur beigebracht haben. Es ist wie in einem seltsamen Traum. Wenn ich nur kurz nicht hinsehe, scheinen die Winkel ihre Form zu verändern, sich zu verschieben und zu verdrehen.

Es geht zu einfach, sagt die Stimme in meinem Hinterkopf. *Viel zu einfach.*

Doch ich schiebe sie beiseite und gehe weiter, ohne Hast und Eile. Ich weiß, wohin ich muss: in den Keller.

In das Herz der Finsternis.

Und dann bin ich da; einfach so. Die dritte Tür zu meiner Linken. Ich weiß, dass ich am richtigen Ort bin, immerhin habe ich es in meiner Vision gesehen. Die Tür ist direkt vor mir; genauso wie beim letzten Mal. Gesichert durch unzählige Riegel und Schlösser.

Schon will ich einen Schritt setzen, einfach hindurchschreiten, wie in meiner Vision, als mich ein warnendes Prickeln in meinem Nacken zur Vorsicht ruft.

Nicht.

Abrupt bleibe ich stehen. Dann sehe ich es, die Schemen, die Schlieren, die um die Tür herumwabern. Ich kann unmöglich sagen, woraus sie bestehen, doch nun spüre ich es – das unbestimmte Gefühl der Gefahr, das von der Tür ausgeht.

Natürlich. Sie muss gesichert sein, auf eine Art, die mit Schlössern oder Riegeln nichts zu tun hat.

Ich räuspere mich. »Eli?«, flüstere ich, ein Hauch nur, so leise, wie ich kann.

Niemand antwortet. Natürlich nicht.

Also versuche ich es erneut, lauter diesmal. »Eli?«

Keine Antwort.

Beim nächsten Mal konzentriere ich mich mit ganzer Kraft. Ich lasse Elis Bild vor meinem inneren Auge aufsteigen, genauso, wie ich ihn im Wald gesehen habe. Sein Lächeln. Seine Stimme. Sein Geruch.

»Eli?«

Dann höre ich es. Leise nur, aber dennoch.

»Louise?«

Mein Herz beginnt zu rasen, bis ich meine, es wird mir im nächsten Moment aus der Brust springen. Ich sinke in die Knie. Erneut will ich seinen Namen rufen, doch kein Ton verlässt meine Lippen.

Dafür höre ich seine Stimme erneut, lauter diesmal. »Louise? Bist du … bist das wirklich du?«

Ja, will ich rufen, *ja, ich bin es*, doch ich kann die Mischung aus Lachen und Schluchzen, die aus meiner Kehle dringt, nicht zurückhalten.

Ich weiß nicht, wie viel Zeit vergangen ist, als ich meine Stimme wiedergefunden habe. Ich weiß nicht, ob Zeit in den Schatten so vergeht, wie ich es gewohnt bin. Das vertraute Ticken meiner Taschenuhr in der Manteltasche ist verstummt, fällt mir in dieser Sekunde auf. Sie muss stehengeblieben sein.

»Eli«, rufe ich, als ich wieder sprechen kann, trunken vor Glück. *Ich habe es geschafft!* »Weißt du, wie ich diese Tür öffnen kann?«

Keine Antwort. Und dann ein leises »Nein.« Darauf folgt … nichts. Schließlich beginnt er wieder zu sprechen. »Ich sagte doch, du sollst nicht kommen, Louise …«

Doch ich kann die Tränen in seiner Stimme hören, seine Verzweiflung spüren. Ich beiße mir auf die Lippen, bis ich Blut schmecke. »Ich schaffe es«, knurre ich. »Ich werde es schaffen …« Schon will ich die Haarnadeln aus meiner Tasche ziehen, als ich wieder das warnende Kribbeln in meinem Nacken spüre.

Nicht.

»Vater?«, wispere ich.

»Diese Tür kannst du nicht mit herkömmlichen Methoden aufbrechen, Louise. Sie ist durch einen Blutfluch geschützt«, flüstert Albin. Seine Stimme scheint von überallher zu drin-

gen, aus jeder Ecke. Unzählige Echos lagern sich übereinander, bis das Zischen endlich verklingt.

Kurz entschlossen ziehe ich Makus Messer aus der Manteltasche und lasse es aufschnappen. Voller Faszination betrachte ich die Klinge. Während sie in der Oberwelt geglänzt hat, spiegelt sie nun nicht Licht, sondern Schatten wider. Matt und dunkel liegt sie in meiner Hand. Das getrocknete Blut von Elis Doppelgänger klebt noch daran.

»Reicht das?«, frage ich tonlos.

»Nein. Es muss frisches Blut sein.«

Ich knurre. »Wie viel davon?«

»Nicht viel. Es reicht, wenn du …«

Ich höre ihn kaum. Schon ziehe ich das Messer über meinen Unterarm. Warm und schwer fließt das Blut über meine Haut. Mit angehaltenem Atem lege ich meinen Arm gegen die Tür. Die Oberfläche der Tür fühlt sich kühl an.

Sofort kann ich spüren, dass etwas passiert. Die Schlieren, diese kaum sichtbaren Unregelmäßigkeiten, die sich um die Tür ziehen, verblassen.

Ich atme zittrig aus. Mit einem Mal sieht sie einfach aus wie eine normale Tür. Nun, nicht normal; sie ist aus puren Schatten gemacht, wie alles hier. Seltsam, dass ich schon beginne, diese Tatsache als Normalität zu akzeptieren.

»Jetzt«, wispert Albin. *»Es ist Zeit für deine Haarnadeln. Beeil dich. Sie wissen nun, dass du hier bist. Der erste ist schon auf dem Weg … Es werden noch mehr werden …«*

Ich ziehe gleich eine Handvoll davon aus Elis Manteltasche.

Zum ersten Mal, seit ich in den Schatten bin, zittern meine Finger. Es sind elf Schlösser, zähle ich rasch. Ohne zu zögern, mache ich mich ans Werk.

»Louise«, sagt Eli von drinnen. Es klingt beschwörend. »Bitte, verschwinde. Ich bitte dich. Verschwinde aus den Schatten, bitte …«

Ich ignoriere es.

»Bitte« setzt er nach. »Verschwinde und gehe, so weit weg wie möglich. Nach Awhen, nach Rauris … Bitte …«

»Ich werde *nicht* gehen! Ich lasse dich nicht im Stich!«

Er schweigt.

»Beeil dich«, erklingt Albins Stimme. *»Du hast nicht mehr viel Zeit …«*

Ich arbeite weiter, hoch konzentriert, mit bebenden Händen. Endlich; das letzte, das elfte Schloss.

Nun höre ich es auch. Leise Schritte erklingen. Sie hallen hin und her, breiten sich aus. In der Oberwelt würden Schweißperlen auf meiner Stirn stehen, doch hier merke ich nichts davon. Nicht einmal Angst spüre ich; nur taube Verzweiflung pocht in meiner Brust.

Ich muss es schaffen. Ich muss es einfach schaffen.

Das letzte, das elfte Schloss fällt zu Boden. Es klirrt nicht, stattdessen wird es einfach vom Schatten verschluckt, wie zuvor meine Haarnadel.

Ich reiße die Tür auf, nichts als brennende Sehnsucht in jeder einzelnen Ader meines Körpers. Eli!

Er steht in der Ecke, den Rücken mir zugewandt. Zusammengesackt.

»Louise«, flüstert er. »Ach, Louise. Was tust du nur hier?«

In diesem Moment spielt es keine Rolle, dass die Schritte hinter uns lauter werden. Nichts spielt eine Rolle. Nur er. Warum dreht er sich nicht um? Warum …

Ich stürze auf ihn zu und strecke schon die Hände aus. Ist das ein Traum? Wird er wieder unter meinen Fingern zu Nebel werden, sich auflösen?

Doch nein; ich spüre ihn. Warm, echt, lebendig. Ich schließe meine Arme um ihn, reiße ihn herum, schüttele ihn. »Eli«, rufe ich. Die Schritte sind schon so nahe; es spielt keine Rolle mehr. Wir werden sowieso entdeckt werden. Der Blutfluch muss eine Art Alarmanlage gewesen sein. Ich weiß nicht, wie es funktioniert, doch das spielt keine Rolle.

Eli starrt zu Boden, hinein in die allgegenwärtigen Schatten, mit leerem Blick. Er sieht schrecklich aus. Gebrochen. Noch immer trägt er das blutbefleckte Hemd. Ich sehe eine Träne auf seiner Wange glitzern.

Unzählige Gedanken schwirren durch meinen Kopf. *Was ist los mit ihm? Warum steht er einfach nur da, stocksteif, ohne meine Umarmung zu erwidern?* Doch ich schiebe sie weg, weg. Nun ist keine Zeit dafür.

»Los«, sage ich so vehement wie möglich. »Wir müssen weg hier, schnell ... Komm schon ...«

Ich fasse ihn am Arm. Widerstandslos lässt er sich von mir mitziehen; hinaus aus der grässlichen Schattenzelle.

Schon sind wir im Gang angelangt, als ein Schrei hinter uns ertönt, guttural, fast animalisch. Wie der eines wütenden Tieres.

Es ist so weit.

Mein Blick schnellt herum, instinktiv stelle ich mich schützend vor Eli. Eine Gestalt löst sich gegenüber aus dem Schatten, viel zu nahe, die Kapuze tief ins Gesicht gezogen. Sie kommt näher. Lautlos; schnell. Viel zu schnell.

»Los«, wispert Albin. »Ich halte ihn auf, so gut ich kann. *Schnell!*«

Die Zeit scheint an mir vorbeizurasen, als ich Eli am Arm packe und laufe, laufe, immer schneller, Stufen hinauf, Gänge entlang. Um Ecken herum, die gar keine sind. Der Boden, der keiner ist, beginnt zu beben.

Albin, schießt es durch meine Gedanken, *das ist Albins Werk,* dann laufe ich weiter durch die Schatten, zerre Eli mit mir.

Wir müssen zum Amphitheater, das weiß ich ganz genau. Es entzieht sich meiner Kenntnis, warum und wieso, oder woher ich es weiß – ich weiß es einfach. Im Amphitheater befindet sich der Rückweg in die Oberwelt.

Vielleicht ist das Amphitheater tatsächlich ein magischer Ort. Ein Ort, an dem die Grenze zwischen den Schatten und der Menschenwelt durchlässiger ist als an anderen Orten.

Endlich laufen wir durch das Tor, das aus der Schattenfestung führt. Niemand kreuzt unseren Weg; doch ich habe keine Zeit, mich darüber zu wundern. Wir müssen weiter, nur weiter.

Rasch.

Eli hat inzwischen einen Arm um meine Schulter gelegt und stützt sich mit seinem ganzen Gewicht auf mich. Ich trage ihn fast. Sein Körper scheint immer schwerer zu werden. Ich höre nur meinen eigenen, abgehackten Atem, der mir förmlich in den Ohren dröhnt. Wir stolpern durch die Schattenwüste, in Richtung Amphitheater.

Endlich erkenne ich die Umrisse; direkt vor mir. Abrupt bleibe ich stehen, um nicht die Stufen hinunterzufallen. Eli tut es mir gleich. Keuchend stehen wir am Abgrund, nebeneinander, Hand in Hand.

Ich drehe mich zu ihm um, suche seinen Blick. Endlich hebt er den Kopf und sieht mich an, aus Augen, die sehr viel schwärzer sind, als ich sie in Erinnerung habe. Sie wirken fast so schwarz wie meine Augen.

Ich bemerke, dass es vollkommen still ist. Kein Geräusch ist zu hören. Sie haben uns noch nicht gefunden; zum Glück.

»Eli«, murmele ich und drücke seine Finger. »Komm. Wir müssen uns beeilen …« Schon kann ich die Präsenz des Tores hinter mir spüren. Das Tor, das ich hinter mir schließen muss, sobald wir nur hindurchgegangen sind. Nun überrollt mich die Hoffnung mit der Kraft des gesamten Ozeans. Ich habe es geschafft. Eli und ich können weggehen, wohin auch immer wir wollen.

Doch warum ist sein Blick so traurig?

»Komm schon«, sage ich noch einmal; verwirrt diesmal. Was ist nur los mit ihm?

Er öffnet die Lippen. Und schließt sie wieder. Dann tut er etwas, das mich stutzen lässt.

Er schüttelt den Kopf, quälend langsam und auf eine Art, die mir bewusst macht, dass etwas furchtbar falsch ist.

»Nein, Louise«, wispert er. »Du musst allein gehen.«

Ich drücke seine Finger wieder. »Was redest du da?«, stammele ich. »Natürlich gehen wir gemeinsam ... Ich bin gekommen, um dich zu retten ... Nun sind wir doch den ganzen Weg hierhergelaufen, uns ist die Flucht gelungen ...«

»Ich bin nur mitgekommen, um mich von dir zu verabschieden«, sagt er, unendlich leise, doch ich höre ihn trotzdem. Er hebt eine Hand, seine rechte, und legt sie an meine Wange. Mit seinen langen, warmen Fingern zeichnet er kleine Kreise auf meine Haut und streicht mein Haar beiseite. »Ich wollte dich noch ein letztes Mal sehen, so, wie du jetzt aussiehst ... Ich wollte dich küssen, zum Abschied. Nur einmal, nur ein einziges Mal ... Wenn du es erlaubst. Verzeih mir meine Selbstsucht; ich bitte dich ...«

Die Schatten um mich herum scheinen in sich selbst zusammenzustürzen. Verständnislos starre ich ihn an.

Sich verabschieden?

»Was ... Eli ... was meinst du?«, stottere ich.

Er senkt wieder den Kopf. »Ich kann nicht mit dir kommen, Louise.«

»Ich ... Was redest du da? Du kannst nicht mit mir kommen? Warum?«

Es ist, als hätte der Schatten sich in meine Brust geschlichen und würde dort nun anstelle meines Herzens pochen.

»Ich kann nicht mit dir kommen. Es würde mich umbringen.«

»Ich verstehe nicht ...«

»Sie haben mich erstochen. Mich ermordet. An diesem Abend in Schwarzenbergs Villa. Im allerletzten Moment haben sie mich hierhergebracht, in die Schatten. Nur deshalb lebe ich noch. Weil wir Achai in den Schatten nicht sterben können.«

»Ich ...«, beginne ich, doch dann schüttele ich den Kopf. *Nein. Nein!*

Es darf nicht wahr sein. Das darf es nicht.

Und doch hebt er den Kopf. »Es tut mir leid, Louise«, flüstert er. »Es tut mir so leid.«

»Was tut dir leid?«

»Dass ich in Wirklichkeit längst tot bin.«

Kapitel 14

»Nein«, wispere ich. »Nein! Du kannst einen neuen Körper annehmen, das kümmert mich nicht ... Wir gehen zurück in die Menschenwelt und du nimmst einen neuen Körper an, es ist ...«

»Es tut mir leid, Louise«, sagt Eli, fester diesmal, und legt erneut die Hand auf meine Wange. »So funktioniert das nicht. Meine Seele kann nur noch hier lebendig sein, hier, in den Schatten. Ich kann nicht zurück. Nie wieder. Aber du ... *Du* kannst zurück.«

»Nein«, stammele ich. »Nein!«

»Es muss sein. Du musst zurückkehren. Ich weiß, dass du wichtig bist ... Eine wichtige Spielfigur in diesem Spiel, wie Merina es genannt hat ... Du musst irgendeine Aufgabe erfüllen ...«

Das verächtliche Lachen beginnt in meiner Brust und steigt nach oben, bis es schließlich über meine Lippen fließt, vor Hohn triefend. »Eine wichtige Figur? Ja; das könnte man so nennen. Ich soll das Tor schließen, Eli. Ich bin die Einzige, die es kann. Weil ich ein Halbblut bin.«

Er reißt die Augen auf, die nun noch schwärzer erscheinen als zuvor. »Ahh«, sagt er und legt den Kopf in den Nacken. »Das ergibt Sinn ... Nun verstehe ich ...«

»Ach ja?«, frage ich mit zitternder Stimme und wische seine Hand beiseite. »Verstehst du? Ich nämlich verstehe nicht. Gar nichts. Und ich weigere mich; Eli! Wenn du nicht in die Oberwelt zurückkehren kannst, werde ich das auch nicht tun!«

Er sieht mich an. Er sieht mich einfach nur an und senkt dann den Kopf. »Aber du musst es tun«, flüstert er. »Wenn du es nicht tust, wird all das hier niemals ein Ende haben …«

»Vielleicht interessiert mich das ja gar nicht«, zische ich. »Vielleicht ist mir die ganze verdammte Welt egal!«

Eli mustert mich weiterhin mit diesem hoffnungslosen Blick. Und dann verzieht er den Mund zu einem Lächeln. »Denk an Maku …«, flüstert er. »Denk an Dorothea. An Eduard und Marie …«

Weiße, eiskalte Wut steigt in mir auf, bis sie mich fast zerreißt. Am allerschlimmsten ist es, dass er recht hat. Es ist genauso, wie er es mit seinem Lächeln sagt.

So bist du nicht, Louise.

Und es stimmt. So bin ich nicht.

Ich werde tun, was nötig ist, um die Menschen zu beschützen, die ich liebe. Natürlich werde ich das. Ich werde es tun, auch wenn es mir das Herz zerreißt. Immerhin bin ich die Einzige, die es kann.

Das weiß ich genauso gut wie er.

Die schreckliche Taubheit ist zurück; und nun verschlingt sie alles. Jeden Gedanken. Vielleicht sogar mich selbst. Ich umfasse seinen Arm mit bebenden Fingern und ziehe ihn mit mir fort; bis zu der Steinhütte, und dann weiter, ins Innere.

Es ist seltsam, wirklich. Fast erscheint es mir wie Schicksal. Ausgerechnet diese Steinhütte, in deren Gegenstück meine Eltern so viel gestohlene Zeit miteinander verbracht haben. Und nun verbringen wir beide dort den letzten Rest der Zeit, die uns noch bleibt.

Ich werde nicht gehen, ohne Antworten auf meine Fragen zu bekommen. Ich werde nicht gehen, ohne ihn ein letztes Mal in die Arme zu schließen, und wenn die ganze Welt daran zugrunde geht. Ich werde nicht gehen, ohne ihn zu küssen. Zum ersten und letzten Mal.

Wir stehen uns gegenüber und starren uns an. Die allgegenwärtige Dämmerung zeichnet Schatten auf seine Wangen. Er atmet schwer und weicht meinem Blick aus.

»Warum; Eli?«, frage ich, meine Stimme so schrecklich rau. »Warum hast du mir niemals die Wahrheit gesagt?«

Er schüttelt nur den Kopf, eine kurze, abgehackte Bewegung.

»Warum?«, frage ich erneut. Am liebsten hätte ich geschrien, doch ich weiß, es wird mir nicht gelingen. Nicht jetzt. Nicht hier.

Noch immer antwortet er nicht. »Eli«, flüstere ich. »Ich dachte die ganze Zeit, ich wäre ein Monster ... Ich dachte ...«

In diesem Moment richtet er sich auf. Seine fast schwarzen Augen haben wieder denselben Ausdruck wie an diesem lange vergangenen Abend in Marbor. So lange vergangen, dass es genauso gut in einem anderen Leben gewesen sein könnte. Dieses seltsame Funkeln. *Abscheu*, erkenne ich wieder. Und nun verstehe ich. Diese Abscheu gilt nicht mir; nein, sie gilt einzig und allein ihm selbst.

»Weil ich ein Monster bin«, entgegnet er heftig. »Natürlich habe ich dir nichts erzählt!« Er lacht bitter auf.

»Warum nicht?«, wispere ich.

»Weil ich dachte ...«

Ich sehe ihn einfach nur an, so lange, bis er endlich weiterspricht.

»Ich dachte; du könntest mich niemals lieben, wenn du die Wahrheit kennst«, sagt er schließlich. »Ich dachte, du könntest meine Liebe niemals erwidern.«

»Du liebst mich?«, frage ich und starre ihn einfach nur an.

»Aber natürlich liebe ich dich«, flüstert er. »Ich liebe dich schon, seit ich dich das erste Mal gesehen habe. An diesem einen, dem ersten Tag, im Zirkus Ora ... erinnerst du dich?«

Fast hätte ich aufgelacht. Stattdessen entringt sich eine Art Wimmern meiner Kehle. Natürlich erinnere ich mich. Einerseits ist es so, als wäre es erst gestern gewesen, dass Ora ihn in seinen Wagen geführt hat, ihn vorgestellt hat. Ich weiß noch, wie sein Blick an mir hängengeblieben ist. Wie ich die Lider niedergeschlagen habe, damit er meine Augen nicht sehen kann. Wie die Hitze in meine Wangen gestiegen ist.

Ja; einerseits ist es, als wäre es erst gestern gewesen – andererseits ist es so, als wäre seither eine Ewigkeit vergangen.

So viel verlorene Zeit, denke ich. So viel verlorene Zeit. Wir hätten glücklich sein können, miteinander. Zumindest für eine Weile.

Und nun ist es zu spät.

»Siehst du?«, fragt er. Leise, so unendlich leise. »Die ganze Zeit hast du dich als Monster angesehen, obwohl du nicht den geringsten Grund dazu hattest. Und nun, am Ende, stellt sich heraus, dass ich das wahre Monster bin. Doch ich konnte nicht ... Jeder, den ich je geliebt habe, ist tot ...«

Ich schüttele heftig den Kopf. Im nächsten Moment bin ich bei ihm, mit einem einzigen schnellen Schritt, und schließe ihn die Arme. Zuerst erstarrt er. Steif wie eine Eisstatue in Rauris steht er da. Und dann, endlich, erwidert er die Umarmung und zieht mich an sich.

»Du bist kein Monster«, sage ich. »Das musst du mir glauben, Eli. Bitte.« Ich bette meinen Kopf an seine Schulter und atme tief ein. So oft habe ich mir diese Situation ausgemalt, in meinen geheimsten Träumen. Nun ist sie einfach da; und doch ist nichts, wie ich es mir erhofft habe.

»Und ich liebe dich auch. Das habe ich schon immer getan. Seit ich dich zum ersten Mal gesehen habe.«

»Ich würde dir so gerne glauben …«

»Dann tu es.«

Ich weiß nicht, wie viele kostbare Sekunden wir so dastehen, eng umschlungen. Vielleicht vergeht die Zeit hier unten wirklich anders. Und dennoch weiß ich, dass sie uns durch die Finger rinnt.

Schließlich löse ich mich von ihm. »Zeig mir deine wahre Gestalt, Eli«, sage ich. »Bitte. Nur einmal.«

Er starrt mich an, aus Augen, die nun tatsächlich so schwarz sind wie meine. »Das kann ich nicht«, haucht er und krümmt sich zusammen.

»Warum nicht?«

»Du darfst mich nicht so sehen …«, stammelt er. »Du weißt nicht, wie …«

»Ich bin selbst eine halbe Achai«, sage ich. »Und doch habe ich keine Ahnung, wie ein Achai aussieht. Ich will dich sehen. Keine Geheimnisse mehr. Kein einziges. Jetzt nicht mehr. Bitte.«

Er nickt. Zittrig zwar, aber er nickt. Dann atmet er tief durch, tritt einen Schritt zurück und wendet sich um.

Es beginnt. Voller Faszination beobachte ich, wie seine Gliedmaßen sich in die Länge ziehen, bis sie fast skelettartig erscheinen, wie der Schatten um ihn herumwabert, wie seine Schultern beben.

Ob es schmerzt? Die Verwandlung?

Ich will fragen, aber ich bringe kein Wort heraus.

Dann ist es vorbei. Und er wendet sich um.

»Siehst du?«, fragt er; mit einer Stimme, die von überallher zu dringen scheint, als würde er seine Worte direkt in die Luft weben. Seine Lippen bewegen sich nicht. Nein; er hat nicht einmal Lippen. Auch keinen Mund.

Nichts.

Ich räuspere mich und blinzele. Dann schließe ich die Augen. Als ich sie wieder öffne, steht er immer noch vor mir, viel größer als ein Mensch. Er ist über mich gebeugt, seine Gliedmaßen lang wie die einer Spinne.

Seine Augen bestehen aus purem Schatten; seine Haut ist bleicher, als meine es jemals sein könnte. Tiefschwarze Adern ziehen sich darunter hindurch, zeichnen Muster um seine Augen.

Er gleicht nichts und niemandem, den ich jemals zuvor gesehen habe.

»Hast du Angst?«, fragt seine Stimme, die aus jeder Ecke der Steinhütte widerhallt. »Ich kann mich wieder zurückverwandeln, wenn …«

Rasch schüttele ich den Kopf und trete einen Schritt näher, strecke meine Finger aus und lege sie auf seine Haut. Sie fühlt sich kühl an, kühl und glatt, und doch nicht wie menschliche Haut. Anders. Nicht merkwürdig, nicht ekelerregend, einfach nur anders.

»Die Menschen würden mich schrecklich nennen. Furchterregend.«

Fast hätte ich aufgelacht. Ich habe keine Angst. Wie könnte ich auch? Es ist immer noch Eli, der vor mir steht.

»Die Menschen mögen es nicht, wenn jemand nicht so ist wie alle anderen«, sage ich. »Sie haben Angst vor dem Unbekannten.«

»Das stimmt«, hallt seine Stimme. »Doch du …«

»Ich bin kein Mensch, Eli. Das weißt du doch.« Fasziniert erkunde ich seine Haut, so bleich, dass meine Finger auf ihr fast normal erscheinen. Endlich bin ich an der Stelle angekommen, an der Menschen einen Mund hätten.

»Kannst du dich zurückverwandeln?«, frage ich mit belegter Stimme. »Ich würde dich gerne …«

Ich würde dich gerne küssen, wollte ich sagen. *Das geht schlecht, wenn man keinen Mund hat. Und keine Lippen.*

Doch diese Worte erklingen nicht mehr.

Alles geht so schnell, dass die Schatten um mich herum verschwimmen. Im nächsten Moment ist Eli wieder in seiner menschlichen Gestalt. Er schnellt herum, in Richtung Tür.

Und dann höre ich auch schon die Stimme. Honigsüß, in einem schrecklichen Singsang durchwebt sie die Luft. Ich erkenne sie sofort.

Merina.

»Kommt heraus, kommt heraus, ihr zwei Liebchen«, gurrt sie. »Habt wohl die Zeit vergessen, nicht wahr? Nun, es gibt hier etwas, was ich euch gerne zeigen würde.«

Als Eli den Blick wieder mir zuwendet, seine Augen nun wieder fast menschlich, verzerrt Grauen seine Züge. In diesem Moment verstehen wir uns blind. Wie früher. Wie auf unseren Beutezügen, die so lange zurückzuliegen scheinen.

Ich nicke, greife nach seiner Hand und umschließe sie fest. Hand in Hand treten wir aus der verfallenen Steinhütte.

Mindestens zwei Dutzend hochgewachsene Gestalten haben sich um das Gebäude geschart, die Kapuzen über das Gesicht gezogen. Merina steht in der Mitte; ihre Kapuze ist hinuntergerutscht. Aus den tiefen Schatten ihrer Augen starrt sie mich an, die schwarzen Adern darum treten hervor und malen Muster auf ihre glatte, bleiche Haut.

Doch es ist etwas anderes, das mir das Blut in den Adern gefrieren lässt.

In ihren Armen, lang und spinnengleich, hält sie eine kleine, zusammengekrümmte Gestalt.

Eine kleine, regungslose Menschengestalt.

Einen kleinen, regungslosen Menschen, den ich sehr gut kenne.

Maku.

Kapitel 15

»Lass ihn los«, befehle ich. Ich wollte selbstsicher klingen, doch meine Stimme zittert. »*Lass ihn los!*«

Merina lacht nur. Glockenhell und durchdringend vermischt es sich mit der Luft. »Nein«, kichert sie. »Das werde ich ganz sicherlich nicht tun. Dann hätte ich ja kein Druckmittel mehr, nicht wahr?«

Mir ist, als hätte mir jemand eine Klinge in den Magen gerammt.

»Lass ihn gehen«, stammele ich. »Er ist ein Mensch. Menschen können in den Schatten nicht überleben, nicht lange, der Oberste hat es mir gesagt ... Lass ihn los, lass ihn ...«

»Ach, keine Sorge. Er lebt noch. Gerade noch«, sagt Merina seelenruhig, legt Makus schlaffen Körper vor sich hin und streckt die Spinnenfinger aus, um ihn in die Wange zu kneifen. »Na los, Kleiner. Aufwachen. Du wirst noch gebraucht. Erkläre Louise doch mal, warum du hier bist.«

Makus Augenlider zucken. Ich stehe da, erstarrt. Endlich öffnet er die Augen. Sein Blick zuckt nach oben, zu Merina, dann zu mir und Eli. Mühsam rappelt er sich auf. Er kommt auf die Beine, will einen Schritt in unsere Richtung machen und geht dann doch sogleich wieder in die Knie.

»Louise«, krächzt er. »Es tut mir so leid ... Verzeih mir ...«

»Was soll ich dir verzeihen?«, frage ich. Schon will ich losstürzen, ihn Merinas Klauen entreißen, doch sie hebt einen langen, dürren Zeigefinger und schüttelt tadelnd den Kopf.

Ich verstehe. Wenn ich auch nur eine falsche Bewegung mache, wird sie Maku töten.

»Es tut mir leid, dass ich dich gesucht habe«, fährt Maku fort, immer noch mit dieser schrecklich krächzenden Stimme. »Du hast gesagt, ich soll dir nicht wieder nachlaufen ... Doch es musste sein, es gibt wichtige Neuigkeiten ...«

Er greift in seine Manteltasche und holt ein Stück zerknittertes Papier hervor.

Ich schüttele den Kopf, verständnislos.

»Dorothea«, fährt er fort. Tränen laufen nun über seine schmutzigen Wangen, ziehen schwarze Schlieren. »Ein Brief von ihr. Ich wollte ihn dir zeigen. Es geht ihr gut. Sie ist uns nicht böse, nicht mehr ... Sie macht sich nur Sorgen ...«

Ich merke kaum, wie ich auf die Knie falle, hinein in die Schatten. »Nein«, flüstere ich. Und dann, lauter und an Merina gewandt: »Bitte. Bitte, lass ihn frei, ich tue alles ...«

»Alles?«, fragt sie, immer noch so schrecklich gemächlich und freundlich.

»Ja«, keuche ich. »Alles. Alles, was du willst. Aber lass ihn gehen. Schnell; es ist nicht mehr viel Zeit ...«

Jetzt, in diesem Moment, in dem ich es ausspreche, weiß ich, dass ich recht habe. Die Schatten ballen sich schon um Makus Gestalt, wabern um ihn her, bereit, ihn zu verschlingen.

»Nun gut«, sagt Merina, immer noch in diesem schrecklichen Plauderton. »Ich will von dir nichts weiter als eine Wahrheit, Louise. Sag mir doch: Was wollen die Wächter von dir? Was sollst du für sie tun? Ich bin mir sicher, es ist etwas, das unseren Plan verhindern soll, doch ...«

Ich zögere nicht eine Sekunde. Die Zeit tickt weiter, auch wenn ich meine Taschenuhr nicht hören kann. Und mit jeder Sekunde schwindet Makus Leben weiter.

»Ich soll das Tor schließen«, schreie ich ihr entgegen. »Ich soll das Tor schließen, als Halbblut bin ich die Einzige, die das kann, ich ...«

Merina unterbricht mich, indem sie einen Finger hebt. »Ahh«, sagt sie leise. »Ahh. Nun verstehe ich. Nun verstehe ich endlich! In dir, dem Halbblut, schlafen die Seelen beider Welten. Deshalb bist du die Einzige, die das Tor schließen kann. Sie hoffen, es noch aufhalten zu können, weil wir gerade erst begonnen haben. Sehr schlau, wirklich sehr schlau von ihnen.«

»Mag sein«, brülle ich ihr entgegen. »Ich habe dir gesagt, was du wissen wolltest. Nun lass ihn gehen!«

Merina lacht. Das Geräusch lässt mir die Haare zu Berge stehen. Augenblicklich wird mir übel. Es ist nicht vorbei, noch nicht.

Und tatsächlich. »Das werde ich nicht tun«, sagt sie langsam. »Nur unter einer Bedingung.«

»Ich tue alles, hast du nicht gehört?« Entsetzt beobachte ich, wie die Schatten in Makus Augen dringen, in seine Ohren, in seine Nase. Er liegt auf der Seite, zusammengekrümmt, und schnappt tonlos nach Luft.

»Nun gut. Du wirst das Tor nicht schließen.«

»Meinetwegen«, zische ich. »Lass ihn nur gehen!«

»Du wirst dich uns anschließen. Die Wächter verraten und fortan an unserer Seite kämpfen. Sonst werden wir all deine Menschenfreunde töten, Louise, verstehst du? *Alle.* Du musst dich endlich für die richtige Seite entscheiden.«

Ich kann spüren, wie Eli sich neben mir aufbaut. »Die richtige Seite, Merina?«, brüllt er. Wind kommt auf, sammelt sich um ihn herum und umwebt uns wie ein Kokon. »Die richtige Seite? Die richtige Seite ist niemals die, die mit dem Leben unschuldiger Wesen spielt!«

»Ahh, Eli«, zischt Merina. »Immer noch so naiv wie damals. Wie kannst du dich nur auf die Seite der Menschen stellen, dummer Junge? Hast du vergessen, dass sie diejenigen sind, die die Welt zerstören werden, die das riesige Feuer hervorrufen, das selbst die Schatten verbrennt?«

»Es ist nur eine Prophezeiung«, schreit Eli zurück. »Nichts weiter! Du kannst doch nicht aufgrund einer Prophezeiung die gesamte Menschheit auslöschen!«

»Kann ich nicht?«, fragt Merina. Ein düsterer Funke glimmt in ihren schwarzen Augen auf. »Bist du sicher? Ich werde alles tun, um unsereins vor dem Untergang zu beschützen. Alles! Und Menschen sind Bestien, Eli. Louise – du hast es gesehen, nicht wahr? Was sie ihresgleichen antun, tagtäglich, ganz ohne unser Eingreifen? Sie schlitzen sich gegenseitig die Kehle auf; für Geld. Sie schlachten sich ab oder plündern und vergewaltigen. Sie ...«

Ich könnte einwenden, dass die Achai diesen Krieg hinaufbeschworen haben, doch ich bleibe stumm. In Merinas Worten steckt ein Kern Wahrheit. Auch ohne die Achai führen Menschen Krieg gegeneinander. Doch das ist im Moment nicht wichtig. Mein Blick ist fest auf Maku gerichtet, der von Sekunde zu Sekunde bleicher wird. »Eli«, zische ich. »Eli!«

Wir müssen uns beeilen.

Doch Eli hört mich nicht. »Ich glaube an die Menschen«, speit er Merina entgegen. Der Wind tanzt um ihn herum, weht ihm sein Haar ins Gesicht. »Die Menschen mögen ihre Fehler haben, doch die meisten von ihnen sind nicht von Natur aus grausam ...«

Merina bricht wieder in Lachen aus. Diesmal klingt es höhnisch. »Auch die meisten Achai sind nicht von Natur aus grausam«, zischt sie.

»Ach nein? Sag das David. Sag das Philipp, Georg, Adam ... Sag es Albin! Oh, das kannst du ja nicht. Sie sind nämlich alle tot!« Ich kann spüren, wie Elis Wut zunimmt. »Ich bin der Einzige, der übrig ist, Merina. Und ich? Ich glaube dir kein Wort. Kein einziges!«

»Verräter«, faucht Merina. »Die Menschen bringen nur Schlechtes. Hast du vergessen, dass sie uns in die Schatten vertrieben haben? Hast du vergessen, wie sie mit der Welt umgehen? Wie sie sich vermehren, Tag für Tag, bis die Erde ihnen nicht mehr genug geben kann? Wir müssen zusammenhalten, wir alle, die das Blut der Achai in sich tragen!« Sie richtet den Blick in meine Richtung, streckt die langen, spinnengleichen Finger aus und deutet auf mich. »Louise«, sagt sie, beschwörend. »Schließ dich uns an. Kämpfe auf der richtigen Seite.«

Ich schlucke. Mein Blick zuckt wieder zu Maku. In diesem Moment richtet er sich auf. Schweißperlen glänzen auf seiner Stirn, tiefe Schatten liegen unter seinen Augen. »Nein, Louise«, stammelt er. »Hör nicht auf sie. Hör auf keinen Fall auf sie! Sie ist bösartig ... Ich war im Wald, habe dich gesucht, und sie hat mich gelockt, in die Schatten ... Mich hierhergebracht, obwohl ... Es ist egal, wenn ich sterbe ... Ich bin nur ein Mensch von vielen, und ich weiß, dass ich wiedergeboren wer-«

Nein!

Mein Schrei lässt den Wind peitschen; bis er mich umfließt.

Niemals! Niemals werde ich Maku opfern.

Und noch etwas wird mir klar, mit endgültiger Intensität. Eine Wahrheit, so schrecklich, dass ich sie nicht in Gedanken oder Worte fassen kann. Nicht jetzt, in diesem Moment. Doch auf einmal weiß ich, was ich tun muss.

Prophezeiungen sind etwas Merkwürdiges. In vielen Geschichten spielen sie eine ganz entscheidende Rolle, hallen die Worte des Obersten durch meinen Kopf. *Doch fast jede dieser*

Geschichten hat dieselbe Moral: Man darf Prophezeiungen nicht trauen. Sie bewahrheiten sich zwar in diesen Geschichten; allerdings nie auf die Art, wie man anfangs dachte.

Fast hätte ich gelacht. Es sieht so aus, als würde auch meine Prophezeiung sich bewahrheiten. Allerdings nicht auf die Art, wie ich dachte.

Wie könnte es denn auch anders sein?

Ich greife zum wiederholten Mal nach Elis Hand. Wir sehen uns an; und auch in diesem Moment verstehen wir uns ohne Worte. Er nickt leicht. Ich nicke zurück.

Und dann greifen wir an, mit vereinten Kräften.

Der Wind um uns herum gewinnt noch einmal an Intensität, sammelt sich um uns herum, bis wir schreien, beide gemeinsam diesmal. Wie eine unsichtbare Kanonenkugel schießt er Merina und den anderen Achai entgegen und reißt sie von den Füßen. Merina lässt Maku los.

»Jetzt«, zischt Eli.

Ich hebe die Hände und schicke ein Stoßgebet in den Himmel, der keiner ist. Vielleicht auch in den Boden, gemacht aus Schatten. Es ist nebensächlich. *Bitte, öffne dich*, denke ich. *Öffne dich!*

Und tatsächlich. Direkt neben Maku beginnt die Dunkelheit zu flimmern. Sie bekommt Risse, erst haarfeine, dann größere. Was mir entgegenstrahlt, ist kein Licht – doch Dunkelheit ist es auch nicht. Es ist eine ganze normale Winternacht, sternenklar, in der der Mond zwischen Wolken vom Himmel leuchtet.

Das Tor.

»Maku«, keuche ich. »Maku, lauf!«

Doch er reagiert nicht. In Embryonalhaltung liegt er inmitten in den Schatten, die Beine eng an den Körper gezogen.

Nein!

Instinktiv lasse ich Elis Hand los. Er keucht auf, doch der Wind peitscht weiter. Weniger kraftvoll zwar, aber dennoch. Ich taumele los, direkt auf Maku zu. Die anderen Achai beginnen nach und nach, sich aufzurichten, stürzen sich auf mich, doch ich schlage um mich, mit Klauen und Zähnen. Ich weiß nicht warum, ich weiß nicht wie, doch jeder Einzelne, der sich mir in den Weg stellt, fällt zu Boden. Vielleicht ist es mein Vater Albin, der mich auf diesem Weg begleitet. Vielleicht sind es meine eigenen Kräfte, die erwacht sind, aus einem Schlaf, der mein ganzes bisheriges Leben lange gewährt hat.

Endlich habe ich Maku erreicht. Ich sinke vor ihm in die Knie, rüttele ihn an der Schulter. Das Tor flimmert noch immer neben uns, der Mond taucht die Schatten in dämmeriges Zwielicht.

Bitte, lass es nicht zu spät sein. Bitte …

Er atmet. Kaum noch. Ich rüttele fester.

Endlich öffnet er die Augen. Er hustet. »Louise …«, flüstert er. »Bitte, verzeih mir …«

Ich schüttele nur den Kopf, wische mir Tränen von den Wangen. »Ich bin dir nicht böse«, hauche ich und ziehe ihn in eine Umarmung. Die letzte, das weiß ich nun. »Wie könnte ich auch? Niemals könnte ich dir böse sein, Maku …«

Rasch sehe ich mich um. Der Kampf um uns tobt erbittert weiter. Eli hält Merina und die anderen Achai unter Kontrolle, doch wir haben nicht viel Zeit. Keine Zeit für lange Abschiedsreden.

Es gibt so vieles, was ich Maku gerne noch sagen würde.

Du bist für mich ein Grund, an die Menschheit zu glauben, würde ich ihm etwa gerne sagen. *So viele Menschen haben mich grausam behandelt, doch du warst immer an meiner Seite, selbst in der schwersten Zeit. Man könnte zu dem Schluss kommen, es liegt daran, dass du selbst grausam behandelt wur-*

dest – doch nein, es liegt einzig und allein an dir, Maku. Du hast ein gutes Herz.

Oder ich würde ihm gerne sagen: *So gerne würde ich sehen, wie du älter wirst, wie du aussehen wirst, wenn du erwachsen bist.*

Oder: *Sag Dorothea, dass ich sie liebe wie eine Mutter. Sie ist für mich ebenso ein Grund, an die Menschheit zu glauben. Sag Eduard, Marie, Vincent und Madame Rosa, dass sie auf sich Acht geben sollen. Geh zu Margarethe, sage ihr liebe Grüße und hol dir das Geld.*

Ich sage nichts davon. Ich ziehe ihn noch einmal fest an mich. »Geh, Maku«, flüstere ich in sein Ohr. »Geh. Werde ein berühmter Magier. Wirst du das für mich tun?«

Maku nickt. Schwach, aber er nickt.

Ich ziehe ihn auf die Beine. Halb schubse ich ihn durch das Tor, halb taumelt er selbst hindurch. Einen letzten Blick schenkt er mir noch, einen Blick aus Kinderaugen, die viel zu viel gesehen haben.

Dann ist er weg.

Mein Blick fällt auf den zerknitterten Brief, der immer noch da liegt, inmitten der Schatten. Er ist kaum noch lesbar. Nur die Unterschrift kann ich noch erkennen.

In Liebe, steht da, *eure Mutter Dorothea.*

»Lasst sie nicht entkommen«, brüllt Merina. »Sie darf die Schatten nicht verlassen!«

Sie hebt die Hand. Flammen, schrecklich grell in der allgegenwärtigen Dunkelheit, züngeln an ihren Fingern empor. Ihre Stimme erklingt, ein hoher, ohrenzerfetzender Schrei, der von überallher dringt.

Dann ballt sie die Hand zur Faust.

Die Flammen, die aus ihren Fingern dringen, verbinden sich mit den Schatten, züngeln um uns her auf.

Sie sind überall.

Ich wende den Blick und sehe Eli, der auf mich zueilt. Innerhalb von Sekundenbruchteilen sind wir von einem hoch auflodernden Flammenkreis umgeben. Immer enger zieht er sich zusammen, immer weiter taumeln wir in seine Mitte, bis wir wieder so dastehen wie zuvor: Seite an Seite, Hand in Hand. Zusammen.

Diesmal stehen wir inmitten der Flammen, die die Schatten mit ihrem Licht zerreißen. Doch ich habe keine Angst. Ich spüre nur Elis warme Finger, die sich um meine legen. Ich fühle seine Präsenz an meiner Seite. Er ist da. Wir sind vereint. Ein seltsames Gefühl breitet sich in meiner Brust aus. Es dauert einige Sekunden, bis ich es erkenne.

Entschlossenheit.

Mir ist völlig klar, was ich nun zu tun habe.

Ich sehe Merina direkt in ihre Schattenaugen. Ein grimmiges Lächeln breitet sich auf meinen Lippen aus.

Kapitel 16

Prophezeiungen sind etwas Merkwürdiges. In vielen Geschichten spielen sie eine ganz entscheidende Rolle; doch fast jede dieser Geschichten hat dieselbe Moral: Man darf Prophezeiungen nicht trauen. Sie bewahrheiten sich zwar in diesen Geschichten; allerdings nie auf die Art, wie man anfangs dachte.

Es ist wirklich merkwürdig, denke ich seltsam gelassen, während um uns herum die von Merina heraufbeschworenen Flammen tosen. Die ganze Zeit dachte ich, dass ich mit Eli in die Oberwelt zurückkehren werde. Das Tor schließen werde. Mit ihm weit weggehen werde; irgendwohin.

Doch es sieht so aus, als hätte diese Geschichte eine andere Moral. Vielleicht ist es gar nicht meine Geschichte; nicht wirklich.

Vielleicht gehört diese Geschichte jemand anderem.

Die Flammen um uns herum lodern höher und höher. Kaum erkenne ich noch die Gestalten der Achai hinter dem Flammenkreis. Ich sehe nur, dass sie näherkommen, immer näher.

Ich wende mich Eli zu und sehe ihn einfach nur an. Die Flammen lassen seinen Blick unstet flackern, zeichnen Schatten auf seinen Wangen.

Es ist soweit; das weiß ich ebenso gut wie er. Nur einmal. Ein einziges Mal, das erste und das letzte Mal. Mehr Zeit können wir uns nicht stehlen.

Das Flackern in seinem Blick wird stärker; doch diesmal ist es keine Abscheu, das weiß ich.

Ich weiß, dass meine Augen denselben Ausdruck in sich tragen. Und ich weiß, dass ich diesen Moment für alle Zeit in mir bewahren werde.

Wenn meine Stimme sich in den Grashalmen verfängt, die im Abendlicht wispern. Wenn mein Flüstern die Äste des nächtlichen Waldes zum Rauschen bringt.

Eli kommt näher. Wie zwei Ertrinkende, Ertrinkende in den Flammen, klammern wir uns aneinander.

Unsere Lippen treffen sich.

Wieder hebt der Wind an, umschmiegt uns enger. Ich schließe die Augen, und in diesem Moment spüre ich nur Elis Kuss. Selbst das Feuer verblasst.

Da ist nichts mehr, nur dieser Moment, der erste, letzte und einzige. Ich spüre, wie sich unsere Tränen vermischen.

Schließlich lösen wir uns voneinander.

»Ich wollte nie sterben«, haucht Eli. »Und ich will nicht, dass du stirbst. Ich wollte dich immer nur beschützen, Louise ...«

»Wir werden nicht sterben«, wispere ich. »Ich verspreche es dir.«

»Wie kannst du mir das versprechen?«, fragt er, seine Wangen nass vor Tränen. Er zieht mich noch einmal an sich, hält mich fest gefangen in seiner Umarmung. Ich spüre sein Haar, das mich an der Wange kitzelt. Seine Wärme. Seinen Körper.

»In den Schatten gibt es keinen Tod für die Achai«, sage ich an seinem Ohr. »Ist es nicht so?«

»Doch ... Aber ...«

Ich krümme mich. Und dann sage ich es ihm. Die große, schreckliche letzte Wahrheit. »Es ist merkwürdig, nicht wahr?«, flüstere ich. »Die ganze Zeit dachte ich, es wäre meine Aufgabe, das Tor von außen zu schließen ... Doch es sieht wohl so aus, dass ich es von innen schließen muss ...«

Seine Augen weiten sich vor Entsetzen. Noch immer tanzen die Flammen um uns herum.

»Nein«, sagt er, tonlos. »Nein, Louise! Das ... Du musst zurück, zurück in die Oberwelt ... Die Schatten sind kein Ort für dich ... Sie werden uns gefangen nehmen, wir werden für alle Ewigkeiten in Schattenzellen verrotten, getrennt voneinander ...«

Ich schüttele den Kopf. Und lächele. »Nein, Eli«, sage ich. »Es gibt eine andere Möglichkeit.«

Er sieht mich einfach nur an, aus Augen, die nun wieder so schwarz sind wie meine eigenen. Eine große, eine einzige Frage steht darin.

Ich weiß, dass es zu lange dauern wird, ihm alles zu erklären. Also bohre ich meinen Blick in seinen und hoffe, dass er versteht; auch ohne Worte. So wie früher. In einem Leben, das so lange zurückliegt.

»Du hast zuvor gesagt, dass Albin tot ist, doch das ist er nicht«, sage ich leise. »Siehst du ihn nicht? Spürst du ihn nicht?«

In diesem Moment fühle ich einen Regentropfen auf der Wange, einen einzelnen nur. Ich wende meinen Blick nach oben; in das endlose Schwarz. »Hörst du ihn nicht?«

Eli schließt die Augen. Die Flammen zeichnen tiefe Schatten auf seine Züge. Ein Regentropfen fällt auch auf sein Gesicht. Und schließlich verziehen sich seine Züge. Ein Lächeln.

»Wie?«, wispert er.

»Er hat seinen Körper verlassen«, erkläre ich schlicht. Ich weiß, dass Eli verstehen wird. Und das tut er. Ich kann sehen, wie sich die Erkenntnis in ihm ausbreitet.

»Er hat seinen Körper verlassen ...«, murmelt er. »Ah ... Nun verstehe ich ...«

»Was ist dein Element?«, frage ich; in diesem Moment. »Der Wind?«

Zu meiner Überraschung breitet sich ein wildes Lächeln auf Elis Zügen aus. Und dann beginnt er zu lachen; tatsächlich zu lachen, aus tiefster Kehle. »Der Wind?«, fragt er sanft und legt mir eine Hand auf die Wange.

Ich kann sehen, wie sich der Kreis der Achai enger zieht. Sie werden immer mehr.

Wir haben nicht mehr viel Zeit. Doch manche Worte müssen noch gesagt werden. Nur manche.

»Nein, Louise«, beginnt er und schüttelt den Kopf. »Es war der Wind. Früher, vor langer Zeit. Doch nun ... Nun ist es anders.«

Ich warte, einige wenige kostbare Sekunden lang.

»Es ist der Schatten«, sagt er und legt seine Stirn gegen meine. »Ich habe die Schatten Zeit meines Lebens gehasst. Doch seit ich zum ersten Mal dich, Louise, das Schattenmädchen, erblickte, sind es die Schatten. Mein Element.«

Nach kurzem Zögern fügt er hinzu: »Und deines?«

Ich lächele. Mein letztes Lächeln, das ich mit meinen eigenen Lippen lächele; wahrscheinlich. »Es ist der Wind«, sage ich sanft. »Seit ich zum ersten Mal deinen Windtanz gesehen habe. Seit ich zum ersten Mal Eli, den Windtänzer, gesehen habe.«

In diesem Moment verstehe ich, dass es nicht das letzte Mal war. Noch einmal treffen sich unsere Lippen, hastig diesmal. Verzweifelt und hungrig. Ein letztes Festhalten an unseren Körpern, die wir nie wieder spüren werden.

»Wir bleiben bis zum Ende zusammen?«, frage ich, als es vorbei ist, der letzte Kuss, heiser und tonlos.

Er nickt, fest entschlossen. »Bis zum Ende«, sagt er. »Für immer.«

Ich nicke ebenfalls. Und dann hebe ich die Hand und schreie.

Es ist seltsam.

Ich hatte mir ausgemalt, dass es schwierig wird. Doch es ist einfach, so schrecklich einfach. Das Tor wispert, ruft mich, wartet auf meine Anweisung.

Schließe dich, befehle ich. *Für alle Zeiten.*

Ich spüre, dass es passiert. Etwas kippt; etwas verändert sich.

Durch die Feuerwand sehe ich den Ausdruck in Merinas Augen.

Ich sehe, dass sie *versteht*, was ich gerade getan habe.

Ich höre ihren Schrei, der die Schatten zum Beben bringt. Ich sehe das Entsetzen in ihren Augen.

Ein letztes Mal fasse ich Eli an der Hand. Sie fühlt sich warm an; warm und beruhigend.

Der Wind kommt wieder auf und umschließt uns. Die Schatten kriechen näher; ziehen uns in ihre Umarmung.

Ein letztes Mal nicken wir uns zu. Lächeln uns an. Wie wir es so viele Male getan haben.

Doch dieses Mal ist das letzte Mal.

Hand in Hand schreiten wir durch die Flammen.

Der Wind umfasst uns; die Schatten umwabern uns. Alles verschwimmt.

Ich spüre nur Elis Hand in meiner, dann spüre ich gar nichts mehr. Mein Körper fällt leblos zu Boden und dann fliegen wir, weiter und weiter.

Die Zeit steht still, für alle Zeit.

Für immer.

Bis zum Ende.

Epilog

Fünf Jahre später

Der junge Mann knöpft methodisch seinen eleganten Mantel zu, Knopf für Knopf. Es ist kalt draußen. Winter; obwohl der Frühling naht. Noch ein letztes Grinsen schenkt er seinem Spiegelbild. Ein merkwürdig unnatürliches Grinsen. Maskenhaft. Seine Zähne sind viel zu ebenmäßig, zu strahlend und glatt. Genauso wie seine Haut. Nicht eine einzige Narbe ziert sein Gesicht. Nicht die winzigste Unregelmäßigkeit.

Er sieht älter aus als sechzehn Jahre.

Die Menschen mögen es nicht, wenn jemand nicht so ist wie alle anderen, erklingt eine leise Stimme von weither in seinem Kopf.

Er tritt aus dem Wagen. Die leisen, gedämpften Geräusche der Leierkästen erklingen, der Geruch von gebrannten Kastanien hängt in der Luft.

Sein Herz tanzt.

Zuhause.

Dies hier ist sein Zuhause. Er hat niemals etwas anderes gekannt als den Zirkus.

Wie jeden Abend geht er, immer weiter, den Hügel hinauf. Lauscht dem leisen Wispern des Nachtwindes. Als er auf der Kuppe angelangt ist, hält er kurz inne und atmet durch; schmeckt die Luft, die schon nach Frühling riecht. Die Lichter Uskars glitzern unter ihm.

Wie jeden Abend ruft er dem Nachtwind leise Worte entgegen.

»Ich werde eine Möglichkeit finden«, wispert er. »Seid unbesorgt. Ihr werdet zurückkehren, eines Tages …«

Und schließlich antwortet der Nachtwind.

Er lacht.

»Es hat keine Eile, Maku«, raunt er. »Wind und Schatten kennen keine Zeit. Man kann sie nicht haschen, nicht fangen … Wer versucht, den Wind zu jagen oder den Schatten zu fangen, ist ein Narr …«

»Und dennoch«, flüstert Maku dem Nachtwind ins Ohr. »Ich forsche weiter, suche einen Hinweis …«

Stille herrscht, nur unterbrochen von dem Gesang der Eulen und Nachtigallen.

Dann, endlich, Elis Stimme. »Ich bin stolz auf dich, Maku … Du wirst großartige Dinge vollbringen. Noch großartiger, als du sie jetzt vollbringst.«

»Welche großartigen Dinge vollbringe ich denn?«, fragt Maku und schürzt die Lippen. Für einen Moment gibt der Tarnzauber nach, offenbart die dicken, schwarzen Muster, die sich über sein Gesicht ziehen.

Der Nachtwind lacht. »Du bist der größte Magier, den die Welt je gesehen hat. Und ein Wächter. Natürlich vollbringst du großartige Dinge. Versprich mir nur eines …«

»Alles«, sagt Maku. »Natürlich verspreche ich dir alles.«

»Geh sorgsam mit deiner Macht um«, raunt der Nachtwind. »Mit der Welt. Ihren Bewohnern. Die Prophezeiung der Achai darf sich niemals erfüllen.«

»Aber natürlich tue ich das«, sagt Maku mit einem grimmigen Lächeln. »Und ihr? Seid ihr eurer Aufgabe gewachsen?«

Der Nachtwind kichert. »Aber natürlich«, wehen die Stimmen von überallher. Louises Stimme. Elis Stimme. »Das Tor ist und bleibt geschlossen. Für alle Zeiten. Wie geht es Dorothea? Eduard? Marie, Vincent, Madame Rosa?«

Maku grinst. »Immer noch gut«, sagt er. »Sie sind nach wie vor begeistert, dass Ora endlich für seine Verbrechen verurteilt wurde, nach all den Jahren. Und sie lieben es, nun drei neue Direktoren zu haben.«

Der Nachtwind lacht. »Arbeitet ihr gut zusammen? Du, Dorothea und Madame Rosa?«

»Das Geschäft läuft gut«, sagt Maku. Er lässt sich auf einem Felsen nieder und legt die Beine übereinander. »Seit der Krieg vorbei ist ... Die Menschen lieben meine Auftritte.«

»Und was ist mit den verbleibenden Doppelgängern?«, fragt der Nachtwind.

Makus Gesicht verdüstert sich. »Es sind nicht mehr viele«, sagt er. »Doch wir Wächter führen nach wie vor Krieg ... Der Oberste, Frieda, Emilie, Johanna, Julius ...«

»Ihr werdet es schaffen«, wispert der Nachtwind. »Dieses Zeitalter gehört den Menschen. Nur den Menschen. Nutzt es gut ...«

»Das werden wir«, sagt Maku und richtet sich auf; fest entschlossen. »Ich tue alles, was in meiner Macht steht.«

Langes Schweigen breitet sich aus.

Maku blickt in den Himmel, erleuchtet vom letzten Hauch des Abendrotes. Der volle Mond schickt sein Dämmerlicht der Welt entgegen.

»Bist du glücklich?«, fragt Maku leise.

In diesem Moment ist seine Stimme wieder die eines Jungen. Zaghaft und ein wenig ängstlich.

Louises Stimme weht heran aus dem Wispern des Nachtwindes.

»Ja«, flüstert sie. »Ich habe mich noch niemals so frei gefühlt wie in diesem Moment.«